講談社文庫

パラドックス13

東野圭吾

講談社

パラドックス
13

1

首席秘書官の田上《たがみ》から話を聞き、大月《おおつき》は眉をひそめた。彼は官邸内の執務室で、原稿の仕上げに取りかかっているところだった。アフリカ政策に関するものだ。彼は来週、アディスアベバで演説を行う予定だった。

黒檀《こくたん》の机に向かっていた大月は、くるりと椅子を反転させた。田上は大きな身体を少し丸めるようにして立っている。

「堀越《ほりこし》が一体何の用だ。また原発に何かあったのか」

堀越忠夫《ただお》は科学技術政策担当大臣だ。彼が先日、国際原子力機関の総会に出てきたことを大月は思い出した。

「いいえ、そういう種類のものではないようです。同行しておられますのは、ジャクサの方々です」

「ジャクサ？」

「ＪＡＸＡ――宇宙航空研究開発機構です」

「ああそうか。あそこの連中が何の用だ。Ｈ２ロケットのことか」

「私もそう思いましたが、違うようです」田上は手帳を取り出した。「宇宙科学研究本部の高エネルギー天文学研究系という部門から、御報告したいことがあるということでして」

「何だそれは」大月は思わず苦笑していた。言葉の意味があまりにも不明で、逆におかしくなったのだ。

「とにかく、大至急ということなんですが」

「詳しい話は訊《き》かなかったのか」

「訊きましたが、到底口頭で伝えられるものではないそうです。総理に、直接お会いし、説明したいということでした」

「ふうん」

「じつは」田上は、やや躊躇《ためら》いがちにいった。「堀越大臣も、事情を完全に把握してはおられない御様子です。一通り説明は受けたが、理解できていないことも多いので、総理と一緒にもう一度説明を聞きたい、とおっしゃっています」

「なんだ、自分が理解してもいないのに、そんな連中を俺に会わせようっていうのか」

「緊急事態であることは確かだということです。堀越大臣によれば、これは我が国だけの問題ではなく、地球全体に関わることだそうでして」

地球という言葉を聞き、大月は片方の眉を吊り上がらせた。

「すると、温暖化の件か」

だとすれば面倒臭い、と大月は思った。温暖化対策、とりわけ二酸化炭素削減にアメリカは消極的だ。この問題に関しては、完全にあの国は孤立状態である。しかし対立することは論外というのが大月の姿勢だった。

「わかりませんが、話した雰囲気では、それも違うように感じました。今回総理に報告したい内容というのは、日米共同で、ある研究をしている最中に見つかったことのようです。それがあまりに重大な内容であるため、公に発表する前に、まずそれぞれの責任者が、自国の政府首脳に伝えようということになったそうです。つまり、同様の報告がホワイトハウス内でも行われるわけです」

「ホワイトハウス？　大統領に直接報告されるというのか」

「そのようです」

大月は椅子から立ち上がっていた。

「それを先にいえ」

説明のため、前に立った男は松山《まつやま》といった。宇宙科学研究本部で高エネルギー天文学を担当している研究主幹らしい。四十歳ぐらいの、痩《や》せた小男だった。ひどく緊張している様子で、さほど暑くもないのに、最初からこめかみのあたりが汗で光っていた。

照明が消され、室内が暗くなった。同時にプロジェクターの電源が入れられた。壁に設置されたスクリーンに、白黒の写真が現れた。雲の固まりのように見える。その周囲には白い斑点が散っている。

「この写真は、X線天文衛星によって観測に成功したブラックホールです。正確にいいますとブラックホールそのものではないのですが、ブラックホールの影響を受けた周辺の様子ということになります」松山は、やや声を震わせて切りだした。

それから始まった彼の話は、大月が想像もしないものだった。意外というより、これまでに考えたこともない内容だった。大月はしばしば話を中断させ、「少し頭を整理させてくれ」といって目頭を押さえた。そうしないことには、現実感を失ってしまいそうだった。

説明を終えると、松山はふうーっと長い息を吐いた。

「以上がP―13現象の概要です。この現象の起きる確率は九十九・九五パーセントというのが、コンピュータによって導き出された答えです。アメリカとイギリス、それから中国でも同様の計算が成されましたが、同じ結論に至っております」最後まで固い口調を変えずに締めくくった。

宇宙科学研究本部長の永野《ながの》が、押し黙ったままの大月に顔を向けてきた。

「今の説明で、御理解いただけましたでしょうか」

大月は頬杖をつき、低く唸《うな》った。その後、隣にいる田上を見た。

「君、理解できた?」

田上は、細い目で瞬《まばた》きした。

「細かいことはよくわかりませんが、どういうことが起きるのかは、何となくわかったつもりです」

科学技術政策担当大臣の堀越が、我が意を得たりとばかりに頷《うなず》く。

「そうなんですよね。専門的なことは、正直いって私にもわからない。数学上はこうなるんだといわれても、どうもぴんと来ないんです」

大月は腕組みをした。まだ立ったままの松山を見上げた。

「で、結局どうなんだ。その現象が起きることによって、何が変わる?　事故や災害に結びつくのか」

松山は質問に答えていいかどうかを尋ねるように永野を見た。永野が頷くと、深呼吸を一つしてから口を開いた。

「結論から申し上げますと、何が変わるのかは予測できません。それは、未来を予知できないのと同じことです」

「それじゃあ対策の立てようがないじゃないか。何も予知しろといってるんじゃない。考えられるケースを想定してみろといってるんだ。それらについて予防策を講じておけば、その時になってあわてなくても済むだろう」

「いえそれが、何らかの変化は起きると思われますが、それを把握することは、論理数学的に不可能なんです」

「何だって？」大月は眉間《みけん》に皺《しわ》を寄せていた。政治の議論では、論理数学的などという言葉を使ったことも聞いたこともなかった。

「たとえば」松山は唇を舐《な》めた。「この現象によって、総理の座っておられる位置が、十メートル移動したとします。そこの壁のあたりです」

「すると俺は壁にぶつかるわけか」

「いえ、壁も同様に十メートル移動しています。同様に、我々も移動しています。すべてが同じように移動しますから、結果的に誰にも変化を把握できないわけです」

「地球全体が移動するわけか」

「宇宙全体といったほうがいいかもしれません」

真顔でいう松山を見て、こいつらは本当に真面目に話しているのか、と大月は疑いを持った。到底、現実とは思えない話だった。

「空間だけでなく、時間についても同じようなことがいえます。総理の時計が十三秒遅れたとします。しかしほかの時計もすべて十三秒遅れ、それだけでなく、あらゆる現象が十三秒遅れで起きるのであれば、誰にも総理の時計が遅れていることを指摘できないはずです」

大月は、自分の腕時計に目を落とした。妻からプレゼントされたオメガだ。

「こうやって針を睨《にら》んでたらどうだ。わかるんじゃないのか」

「時計の針に変化は起きません」松山は答えた。「我々は未来や過去に移動するわけではありませんから」

「よくわからんな」大月は首を捻《ひね》った。「結局、変わったことは何も起こらないということか」

「起こらないわけではありません。把握できないということです」

大月は頭を掻《か》き、次に両目頭を指先で押さえた。考えをまとめる時の癖だった。

顔を上げ、田上のほうを向いた。

「閣僚を集めてくれ。マスコミに怪しまれないよう、何か適当な名目を考えるんだ」

「承知しました」

「君たちも出席してくれ」大月は、松山と永野を交互に見た。「今日と同じように説明してくれればいい。まあ、理解できる人間は殆《ほとん》どいないだろうけどな」

三日後に開かれた臨時閣議における閣僚たちの反応は、大月が予想した通りになった。ＪＡＸＡの松山と永野は、大月に報告した時の経験を踏まえたか、かなり嚙《か》み砕いた説明を用意してきた。それでも、その場にいたほぼ全員が、途方に暮れたような顔で話を聞き終えることになった。

「理論を理解する必要はないよ」大月は閣僚たちを見渡し、笑いながらいった。とりあえずは自分のほうが多少なりとも予備知識を得ているという余裕があった。「正直いって、私もよくわかってないんだ。だから、こういう現象が近々起きるということだけ了解してくれればいい。今の説明にもあったように、これによって何らかの変化があるわけではない。実際にはあるんだが、それを我々が実感することはないということだ」

「しかし総理、そうはいっても、世間が混乱することは免《まぬが》れませんよ」そういったのは国土交通大臣だ。「二〇〇〇年問題の時もそうでした。結果的には特別大きな問題は起きなかったにも拘《かか》わらず、産業界はパニックを起こしました」

大月は足を組み、その足をぶらぶらと動かした。

「その通りだ。あの時はマスコミが、必要以上に危険性を訴えて世論を煽《あお》った。おまけに、政治家や役人も、それに乗ってしまった。今度は、そういう間違いは犯したくない」

「どういう形で発表しますか。これだけ難解な話です。国民の殆どが理解できず、ただ不安を募らせるだけで、結局パニックが起きてしまうんじゃないでしょうか」

「たぶん、そうなるだろうな」

「たぶんって……」国土交通大臣は、戸惑《とまど》いの色を浮かべた。

大月は厳しい顔を作り、全員を見回した。

「公表すれば、間違いなくパニックが起きる。風評被害も出るだろうし、これに乗じて犯罪が起きることも予想できる。いいことは何ひとつない。私は、この件については一切極秘にすべきだと考えている。じつは昨夜、アメリカとも話をした。向こうも同じ意見だった。公表するのは、すべての現象が終わってからで、それまでは徹底的に情報を遮断するということで一致した。これからよその国とも協議することになるだろうが、この方針には変更はないはずだ」

閣僚たちの間に驚きの表情はなかった。こうした問題にかぎらず、国民に対して何かの情報を極秘にすることなど、日常茶飯事《さはんじ》だ。むしろ彼等の頭に浮かんだのは、別のことだった。

「しかし、可能かな」そう呟《つぶや》いたのは防衛大臣だ。「こういう情報は、どこから流出するか、予想できませんぞ」

「だから、徹底してもらいたいんだよ」大月は、きっぱりといった。「各省庁で、どのレベルの人間にまで知らせるかは、皆さんの判断にお任せします。ただ、外部には絶対に漏洩《ろうえい》することがないように注意していただきたい。特に気をつけねばならないのは、インターネットだ。あそこに流れ始めると収拾がつかなくなる。専門の監視グループを作って、万一関連情報が見つかったら、出所を分析し、即座に削除できる態勢を取っておきたい。今もいったように、これは我が国だけの問題じゃない。仮に、うちから情報が漏れたとなったら、国際問題に発展することも十分に考えられる」

全員の顔に、一層の緊張が走った。

「現時点で、この問題について知っているのは、どういう人間ですか」女性の文部科学大臣が質問した。

「JAXAの一部と、ここにいる者だけだ。ほかにはいない。少なくとも国内には」

閣僚たちは一様に考え込む顔になった。情報の管理というのは、責任者にとって、ある意味最も難しい仕事だ。それだけに各自の手腕も問われることになる。

「総理、例の件もお話しになったほうが……」大月の隣にいた堀越が耳打ちしてきた。

わかっている、と大月は小声で答えた。改めて皆の顔を見回した。

「情報の管理もそうだが、もう一つ、皆さんに準備しておいてもらいたいことがあります。P―13現象が起きている間、大事件や大事故が発生しないよう、最大限の注意をお願いしたい。何度も説明されているように、P―13現象による変化を我々が感じることはない。しかし、歴史に影響するような出来事が起きた場合には、どうなるかは予想できない。どうか、何も起きないように努力してください」そういってから大月は、国土交通大臣に目を向けた。「特に、安西《あんざい》さんのところは重要だな」

「その日は特別に交通規制でもやりますか」国土交通大臣がいう。

「任せるよ。あとそれから、警察庁と防衛省でも、特別なプランを練ってもらう必要があるだろうね」

両省庁のトップが揃《そろ》って顔を上げた。それを見ながら大月は続けた。

「アメリカでは、P―13現象に関する情報をテロリストたちに嗅《か》ぎつけられるケースも想定しているらしい。最高レベルの警戒態勢を取るという話だった」

「テロリストたちが何を企《たくら》むというんですか」防衛大臣が訊く。

「わからない。ただ、P―13現象と核爆発が合体すれば世界が変わるのではないか、と考える輩《やから》がいても不思議じゃないだろう?」

防衛大臣の顔がひきつるのが、大月の席からもわかった。それを見て、大月は笑った。

「そう深刻にならんでください。たったの十三秒間です。その間だけ、世界中がじっとしていればいいだけの話だ」

「ええと、もう一度お願いします。いつでしたっけ？」文部科学大臣が老眼鏡を直しながら訊いた。

「日本時間で、三月十三日の午後一時十三分十三秒」大月がメモを見ながらいった。

「それから十三秒間が、地球にとって運命の時間だ」

2

久我誠哉《くがせいや》は、三つのモニターに視線を走らせ続けていた。三月だというのに、車の中は梅雨時のように蒸し暑かった。上着を脱ぎ、ネクタイを外し、さらにはワイシャツのボタンを二つも外《はず》していたが、それでも首筋を汗が流れていく。エアコンをつけたいところだが、アイドリング状態で路上駐車を続けるわけにはいかなかった。この車は、宅配便のワゴンを装《よそお》っているのだ。

「動きがありませんね」一緒にモニターを睨んでいる上野《うえの》という部下がいった。

「焦るな。遅くとも二時には取引場所に向かうはずだ。それまで待つんだ」久我はモニターから目をそらさずにいった。

三つのモニターに映っているのは、彼等が乗っている車から二十メートルほど離れたところにあるビルの、正面玄関、裏口、さらに三階の窓だった。

一週間前、御徒町《おかちまち》の宝石店が襲われるという事件が起きた。犯人たちは銃を持っており、宝石店の警備員二人が殺害された。奪われたのは、金の延べ棒や宝石などで、仕入れ価格にして約一億五千万円相当だった。

警察では、犯行の手口などから、店の内部事情に詳しい者が関わっている可能性が高いとみて、元従業員らを徹底的に調べた。その結果、現場に落ちていた毛髪が、一年前まで働いていた男のものだと判明した。追及したところ、男は犯行を認めた。

男は日本人だったが、中国人を中心とする犯罪グループに加わっていた。宝石店を襲ったのも、そのグループだった。男によれば、犯行に加わったのは今回が初めてで、分け前を貰った後は、中国人らとは会っていないということだった。

男の自供から、中国人らの身元は判明した。しかし潜伏場所からは、すでに姿を消していた。

捜査陣にとって幸運だったのは、金の延《の》べ棒を取引する日時や場所を、日本人の男が知っていたことだ。捜査一課管理官の久我は、犯人らの居場所を大胆に絞り込み、聞き込みに大量の捜査員を投入した。その結果、それらしき中国人が出入りしているというビルを突き止めることに成功したのだった。

久我は三階の窓が映っているモニターを凝視した。彼等の部屋が三階にあるということはわかっている。ただし部屋の窓は終日カーテンが閉じられたままだ。モニターに映っているのは廊下の窓である。

その廊下に一人の男が現れた。さらにもう一人やってきて、何やら立ち話を始めた。

「曹漢方と周輝英です」上野が興奮した口調でいった。

久我はマイクを手にした。

「久我だ。敵が出てきた。ただし、まだ動くな。最初にいったように、こちらで確認している以外に仲間がいるかもしれない。また、全員が銃を持っていると考えたほうがいい。姿を見せても、すぐには動くな。車に乗り込んだところを包囲する」

間もなく、了解、という声が返ってきた。

久我は携帯電話を取り出し、時報を聞き始めた。腕時計を外し、針を合わせた。午後零時四十分だった。秒まで合わせるのが、こういう場合の習慣だった。

携帯電話をポケットに戻そうとした時、それが鳴りだした。彼は舌打ちをした。よりによって、こんな肝心な時に——。

無視しようかと思ったが、着信表示を見て、考え直した。捜査一課長からだった。こちらの状況はわかっているはずだから、余程の緊急事態かもしれない。

「はい、久我です」

「私だ。取り込み中のところ、すまんな」

「何でしょうか。現在、例の強盗殺人犯の確保に着手しているところですが」モニターを見ながら久我はいった。犯人の二人は、再び部屋に戻っていく。

「そう思ったから、急いで電話した。じつは、ついさっき刑事部長に呼ばれて、妙な指示を受けた」

「といいますと？」

「一時から一時二十分の間は、無闇《むやみ》に動くなということだった」

「はあ？」久我は、思わず口を開けていた。「どういう意味ですか」

「そのままの意味だ。もう少し正確にいうと、本日十三時ちょうどから十三時二十分の間は、極力、警察官を危険な任務には就かせないこと、という指示だ」

ますます意味がわからなくなった。

「それは、どこからの指示ですか」

「おそらく、警察庁より、もっと上から出されたものだろう。刑事部長も、あまり詳しいことは御存じないようだった」

「一時から一時二十分……ですか。どうしてその二十分間は動いちゃいけないんですか」

「俺にもよくわからんのだ。もしかすると、例のテロ予告の件と関係があるのかもしれん」

「アメリカからの情報だそうですね。本日、テロが行われるおそれがあるとか」

「その情報の出所も、はっきりしないんだがな。君も知っている通り、そのせいで繁華街や人の集まるところの警備が強化されている。不思議なことに、それもまた一時半頃には解除していいということだから、何か繋《つな》がりがあるとしか思えない」

「テロ対策と強盗殺人犯の逮捕と、どう繋がるんですか」

「だからそれは俺にはわからん。とにかくその二十分間は、危険な行為は慎《つつし》めということらしいんだ。仮にその必要がある場合でも、一時十三分前後は絶対に避けるように、とのことだ」

「一時十三分に何かあるんですか」

「わからん。詳細については後日説明があるらしい」

「しかし、こちらとしては動かざるをえない状況なんです。犯人たちは間もなくアジトから出ようとしています。この機会を逃せば、今度いつ逮捕できるかわかりません。下手に泳がせて、民間人に被害が出るようなことになれば最悪だと思うのですが」

「それはわかっている。俺も犯人を逮捕するなといってるわけじゃない。ただ、引き延ばす手があるなら、考慮してほしいというだけのことだ。もちろん、犯人逮捕が最優先だ。後で何か問題になった場合には、俺が責任を取る」

「わかりました。念頭に置いて行動します」

「任務中に水を差して悪かった。沈着冷静に行動してくれ」

「了解です」久我は電話を切った。思わず首を捻っていた。捜査一課長の口ぶりから察すると、かなり政治的な力が作用しているようだ。それにしても二十分間だけ、いや一時十三分前後だけは動くなとは、どういう意図があるのか。

やりとりを聞いていたらしく、上野が不安そうな顔を向けてきた。

「何か？」

「いや、何でもない」久我は手を振り、モニターを見つめた。「捜査一課長から激励を受けた。ところで今日は何の日だったかな。特別な意味でもある日か？」

「今日ですか。三月十三日……明日はホワイトデーですが。あっ、そういえば金曜日ですね。十三日の金曜日です」

「そうだったか」

「それが何か？」

いや、と久我は首を振る。ホワイトデーも十三日の金曜日も、関係があるとは思えない。

久我の目が、裏口を映しているモニターに向いた。その瞬間、身を乗り出していた。

「おい、あいつは何だ？」

「何ですか」上野もモニターに顔を寄せた。

若い男が駐車中の車の陰に潜んでいるのが映っていた。背広姿で、身を屈めている。

「誰でしょう？　うちの者ではなさそうですが」

　久我は吐息をついた。

「あれは所轄の巡査だ。今回の事件で、初動捜査に当たっていたはずだ」

「あっ、すると管理官の……」

「誰かにいって、連れて来させろ。あんなところに素人がいたんじゃ、本職たちの邪魔になる」

「わかりました」

　上野が無線を使い、裏口周辺で張り込んでいるはずの捜査員に連絡をした。間もなく、潜んでいた若い男が久我の部下によって連れ去られるのが、モニターに映し出された。

「お兄さんの前で、いいところを見せたいんじゃないですか」上野が庇《かば》うようにいった。

「くだらん」久我は吐き捨てた。

　大月は首相官邸の一室にいた。彼の前には大型モニターが設置されている。そこには太陽系の時空が数学的に変化する様子がグラフィックで表現されているのだが、残念ながら、それらの意味することは、彼には殆どわからなかった。ただ、「P—13現象」と呼ばれる事態を引き起こす何かが近づいてくる様子だけは、担当者たちの説明によって、何とか理解できていた。それによれば、あと十分少々で、歴史的事件が起きるはずだった。もっとも、その事件は数学的に歴史には残り得ない、というのが研究者たちの意見ではある。

大月は傍《かたわ》らに立っている田上を見上げた。

「打つべき手は全部打ったかな」

「そのはずです」

「何か見落としているような気がして仕方がない」

「各省庁に、今《いま》一度確認するようにいいましょうか」

「いや、伝達を疑っているわけじゃない。それに、今さら抜け落ちが判明したところで、間に合わないだろう。後は神に祈るのみだ」

「対応策については、アメリカが示してきたマニュアルに沿って、完璧に遂行しました」

「高速道路は、どうしたんだっけ？」

「国交省によれば、点検を理由に速度制限や車線規制を行っているそうです。それから空港の離着陸も、該当時間内は避けるはずです。航空機の場合、大事故が起きるとすれば離着陸時ですから」

大月は頷き、ほかに大事故が起きるケースを想像した。原子力関連施設のことが頭に浮かんだが、すぐに打ち消した。それについては考えないことにしていた。

「各地の警備は万全だな？」

「それについては警察庁から警視庁や各県警本部に通達がいっているはずです」

大月は頷いた。今さらじたばたしたところで何も変わらないと腹をくった。

「あと十分ちょうどか……」モニターを見ながら呟いた。


ワゴン車のドアが開けられると、中に二人の男がいた。一人が兄の誠哉だというこ
とは、その背中を見ただけで久我冬樹《ふゆき》にはわかった。車内には無線機やモニターが設置されており、誠哉はそれらを睨んでいるようだ。

「裏にいた巡査を連れてきましたが」ここまで冬樹を引っ張ってきた刑事がいった。

誠哉が、ちらりと視線を投げてきた。

「俺に何の用だよ」ふて腐れた声で冬樹はいった。

誠哉はモニターから視線を外さずに口を動かした。

「おまえに用があるわけじゃない。ただ、こっちの邪魔をしてほしくないだけだ」

「俺がいつ邪魔したよ？　裏口を見張ってただけだ」

「それが邪魔だというんだ。ここから先は本職に任せておけ。下手に首を突っ込んだら怪我をするぞ」

「俺だって刑事だぜ」

「わかっている。所轄の功績は評価している。だから後のことは考えなくていい。おまえたちの仕事は終わった」

「まだ終わってねえよ。犯人たちを捕まえてないだろ」

「わからんのか。武装した犯人を確保するのは、こそ泥を捕まえるのとはわけが違うんだ」

「そんなことは――」

わかっている、と冬樹がいいかけるのを誠哉は手で制した。そのまま無線機を手にした。

「連中が三階の部屋を出た。全部で五人だ。全員、配置につけ。こっちも移動する」

誠哉は運転席に声をかけた。「先回りするぞ。所定の場所に向かってくれ」

車のエンジンがかけられるのと、誠哉がドアに手をかけるのが同時だった。ドアを閉める前に誠哉は弟の顔を見た。諭すような表情だ。

「ここにいろ。絶対に動くなよ」

冬樹は兄を睨みつけた。しかしそれを無視するように誠哉はドアを閉めた。

走り去る車を見送った後、冬樹は周りを見た。彼をここまで連れてきた刑事も、いつの間にかいなくなっている。そのことを確認し、駆《か》けだした。

彼は、ビルの正面玄関を見通せる場所に移動した。三人の男が出てくるところだった。そのうちの二人が、大きなバッグを提げている。宝石店から盗みだしたものだろう。もう一人の坊主頭の男は手ぶらだが、用心深そうに周囲に鋭い視線を配っていた。

変だ、と冬樹は思った。さっき誠哉は部下たちに、部屋を出たのは五人だと知らせていた。ほかの二人はどこにいるのか。

彼はビルの裏側に戻った。建物の陰から様子を窺《うかが》う。見たところ、張り込んでいる捜査員の姿はない。全員、正面玄関に回ったのかもしれない。

裏口から一人の男が出てきた。黒い革のジャケットを羽織っている。荷物はないようだ。

男は道路脇に止まっていたオープンカーに近づいた。周りを気にする素振りを見せながら乗り込んだ。

その時、上着の隙間から覗《のぞ》くものがあった。

拳銃だ――冬樹は全身の血が騒ぐのを感じた。同時に、男がエンジンをかける音が耳に届いた。

次の行動を考えている余裕はなかった。冬樹は道路に飛び出していた。今まさに動きだそうとする車の前に立ちはだかった。

「警察だ。エンジンを切って、両手を上げろ」

男は驚いた様子だったが、すぐに無表情になった。そしてエンジンを切った。

冬樹は運転席に近寄り、男の上着をめくった。銃を収めたショルダー・ホルスターを確認した。

「銃刀法違反の現行犯で逮捕する」

冬樹が手錠を出そうとした時だった。激痛が脇腹を襲った。彼は思わずうずくまっていた。スタンガンだ、と思った時には、車のエンジンがかかっていた。

逃がすもんか——冬樹は車の後部に飛びついた。

3

久我の視線は、十メートルほど先の駐車場に向けられていた。建物の隙間に作られた小さなコインパーキングだ。そこに白色のベンツが止まっている。中国人たちの車だということは、すでに確認済みだ。間もなく彼等がやってくるはずだった。

約三十人の捜査員を、周辺で待機させている。武装した特殊班も、その中に含まれていた。久我は自分の銃の感触を、上着の上から確かめた。銃撃戦になることは極力避けねばならないが、相手がどう出てくるかは予測がつかない。

ビルの部屋からは五人の男が出てきた。だがビルの正面玄関から現れたのは三人だけだった。残りの二人は、おそらく裏口から出るつもりだろうと推察した。取引現場に向かうのに、二手に分かれるというのは彼等の常套手段だった。そこで裏口にも捜査員を残してある。

三人の男が現れた。久我はマイクを手にした。

「乗り込んだところで出ていく。それまでは動くな」部下たちに指示を出した。

その直後だった。彼の耳に部下の声が飛び込んできた。

「岡本《おかもと》です。裏口を見張っていたところ、出てきた一人に所轄の刑事が近づいてしまいました」

「何だと？　どういうことだっ」

「わかりません。我々は指示された通り、二人が揃うまで待っていたのですが……」

「それでどうなった？」

それが、と部下がいった時だった。激しいエンジン音と共に、路地からオープンカーが走り出てきた。車の後部に冬樹がしがみついているのが見えた。

「あいつ、何やってるんだ……」

「あと十秒です」担当者の乾《かわ》いた声が響いた。

大月は大型モニターを凝視していた。グラフィックの意味はわからなかったが、斜め下に表示された数字が、カウントダウンを示していることは理解している。

その表示が009、008、007と変わっていく。

大月は両手を握りしめ、祈っていた。表示が000になった後も、この世界が変わらずに続いていることを心の底から願った。この世界のどこにも異変は起こらず、この国の秩序は以前のままで、昨日と同じように自分が国家のトップであることを切望した。


オープンカーはベンツのそばで停止した。三人の男はベンツに乗り込みかけたところだったが、坊主頭の男が助手席から出てきた。手に銃を持っているのが久我にもわかった。冬樹は、ぐったりとした様子だ。

久我はマイクに向かって叫んだ。「確保だ。確保しろっ」

さらに彼は車から飛び出した。内ポケットに手を入れた。

それを見て、オープンカーを運転している男が、再びアクセルをふかした。車が急発進する。しかし冬樹は手を離そうとしなかった。

周囲に潜んでいた捜査員たちが一斉に現れた。坊主頭の男は、狼狽した顔を見せ、持っていた銃を発砲した。

その直後、久我は全身に衝撃を受け、後ろにひっくり返っていた。

銃声で振り返った冬樹は、自分の目を疑った。倒れた誠哉の胸が、真っ赤に染まっていたからだ。撃たれたのだ、とすぐに理解した。

衝撃と絶望で頭が混乱する中、彼は憎悪の目を前方に向けた。渾身《こんしん》の力を振り絞り、座席に這《は》い上がろうとした。

すると車を運転している男が、片手でハンドルを持ったまま、もう一方の手で銃を構えてきた。口元に、酷薄な笑みが浮かんでいる。

銃の引き金に指がかかるのを冬樹は見た。

銃口から火が噴き出した。

自分の身体が何かを通過していく感覚があった。見えない膜のようなものを、頭から胴体、足と通り抜けていく。同時に何かが全身を通過していく感覚もあった。その何かは細胞の一つ一つに至るまで、隈無《くまな》く通っていった。

その直後に冬樹は我に返った。彼は依然として車の後部にしがみついていた。車は走り続けている。

だが前方を見て、息を呑んだ。たった今まで運転していた男の姿がない。

車は徐々に速度を落としているようだが、止まる気配はいっこうになかった。何とか運転席へ、と思った時だった。車が何かにぶつかった。しかし止まらず、そのまま何かを押し進む。アスファルトを削る音がした。

やがて車はガードレールに当たり、ようやく止まった。

冬樹は車から離れ、前に回った。車のバンパーとガードレールの間には、壊れたバイクが挟まっていた。最初にぶつかったのは、これらしい。

どうして道路の真ん中にバイクが倒れていたんだろう——。

だがそんな疑問など些細《ささい》なものだった。激しい爆発音で後ろを振り返った冬樹は、目の前で繰り広げられている光景に仰天した。

あらゆる車が暴走し、あちらこちらで衝突していた。トラックはビルに突っ込み、バスはタクシーの列に突っ込んでいた。横転しているバイクは数え切れない。それらの中には、まだタイヤが回っているものもあり、たった今まで走っていたことを示していた。

一台の車が歩道を猛然と横切り、様々なものをなぎ倒しながら冬樹のほうに向かってきた。彼はあわてて身をかわした。車は、ついさっきまで彼が乗っていたオープンカーに激突した。運転席には誰も乗っていない。

ガソリンの臭いがした。彼はあわてて駆けだした。数秒後、車は轟音《ごうおん》と共に炎に包まれていた。

命拾いをしたと安心している余裕などなかった。ガソリン臭は、いたるところから漂ってくる。道路上の殆どの場所で車がぶつかりあっているのだから当然だった。

冬樹は近くの建物に逃げ込んだ。入ってからデパートだと気づいた。店内は、何事もないように明るく、化粧品売り場では商品を並べた台が回転していた。

だが圧倒的に奇妙な点があった。人が誰もいないのだ。

冬樹は奥に進んだ。エスカレータが動いている。それに乗って、二階に上がってみた。二階は女性服売り場だった。客も店員もいない。しかしBGMは流れている。

彼は、さらに上がっていった。どのフロアも状況は同じだった。人はいない。だが機械類は動いている。

五階には家電品のコーナーがあった。冬樹は、その売り場を目指した。

テレビにCMが映っていた。見たことのあるタレントが、うまそうにビールを飲んでいる。それを見て冬樹は少し安堵した。映像の中ではあるが、自分以外の人間の存在を、ようやく確認できたからだ。

だがリモコンを使ってチャンネルを替えた途端、その安堵感も消し飛んだ。

生番組らしく、画面にはスタジオが映っている。いつもならそこに、話術の巧みさで人気を得ている有名司会者が立っているはずだった。しかしその人物の姿はない。脇を固めているレギュラータレントも映っていない。彼等が座っているはずの椅子が並んでいるだけだ。

冬樹は次々とチャンネルを替えた。通常通りの番組が流れている局もあれば、全く何も映らなくなっている局もあった。いずれにせよ、何があったのかをテレビ番組から推察するのは無理のようだった。

一体どういうことだ——。

焦りからくる冷や汗が、冬樹の全身を包んでいた。額の汗を手の甲でぬぐい、彼は携帯電話を取り出した。知り合いに片っ端から電話をかけてみる。呼出し音は鳴った。だが、電話に出る者はいなかった。

電話番号のリストに久我誠哉の名前があった。それを見た瞬間、ある光景が冬樹の瞼《まぶた》に蘇《よみがえ》ってきた。誠哉が撃たれ、胸から血を流しているシーンだ。

あの後、誠哉はどうなったのか。状況から考えて、助かったとは思えなかった。電話をかけるかどうか迷い、結局冬樹はやめた。そのかわりにメールを打ち始めた。次のような内容だった。

『誰でもいいです。これを見た人は連絡をください。久我冬樹』

一斉送信を試みた後、エスカレータを下り始めた。誰かから反応が返ってくることを期待し、左手には電話を握りしめたままだった。だが彼が一階に下り、デパートを出てからも、何の応答もなかった。

外の状況は、先程までよりも、さらに悪化していた。

様々な場所で車が衝突し、黒い煙を上げていた。火災が起きているところもあった。煙の濃度は高く、周囲の状況がよくわからなかった。化学製品の燃える臭いが鼻を刺激し、目や喉が痛くなった。

歩道の脇に自転車が置いてあった。鍵はかかっておらず、壊れてもいないようだった。冬樹は跨《また》り、こぎだした。

もはや車道を走っている車はなかった。殆どすべての車が、何かにぶつかって止まっていた。火災が激しくなっている場所も少なくない。街路樹が焼け、喫茶店のテントに炎が広がっていた。いずれは建物に及ぶかもしれないが、冬樹にはどうすることも出来ない。

彼は自分たちが走ってきた道を戻ることにした。やはり誠哉のことが気になっていた。

コインパーキングが見えてきた。そこに止まっている白いベンツに、例の中国人たちが乗っていたのを思い出した。

ベンツはさっきと同じ位置に止まっていた。冬樹は自転車から降り、ゆっくりと近づいた。中国人たちの姿はない。それを確かめてからドアを開けた。

後部シートに二つの大きなアタッシェケースが置かれていた。開けてみると、金の延べ棒が入っていた。盗まれたものに違いなかった。

冬樹はベンツから離れ、周囲を見回した。誠哉たちの乗っていたワゴン車が目に留まった。だがその近くで倒れていたはずの誠哉がいない。地面に血の痕《あと》も残っていない。

冬樹は途方に暮れ、立ち尽くした。何が何だかわからなかった。世界から人々が消えたのだ。そう考えるしかない状況だった。

おーい、と彼は叫んだ。誰かいませんか——声をかぎりに叫んだ。だがどこからも返事はない。周辺で起きている火災や事故の音が聞こえるだけだ。

冬樹は再び自転車で走り始めた。叫びながらペダルをこいだ。だがどこにも誰もいない。壊れかけた無人の街で、彼の声だけが響いた。

どこもゴーストタウンのようだった。しかし、たった今まで人がいた気配はある。通りに面したオープンカフェのテーブルには、まだ氷の溶けていないコーラとサンドウィッチが並んでいた。

奥から煙が漂ってきた。覗くと、キッチンで何かが燃えているようだ。コンロの火が何かに燃え移ったのかもしれない。消火作業を行うかどうか考え、結局その場を離れることにした。同様の火災は、いろいろなところで起きているに違いない。ここだけを消すことに大した意味はないと思った。

インターネットカフェの看板を見つけ、冬樹はブレーキをかけた。幸い、この店では火災は起きていないようだ。

店員がいないので、真っ直ぐに店内に向かった。ここにも客はいない。すぐ近くのパソコンの前に座った。

世界で何が起きているのか、インターネットで調べようとした。だが彼の要求を満たしてくれる情報はどこにもなかった。表示されている情報は、今の彼にとってはどうでもいい、呑気《のんき》なものに過ぎなかった。

突然、明かりが消えた。パソコンも使えなくなった。停電したのだ。

冬樹は急いで外に出た。隣のビルにあるコンビニに入った。明かりは消えていない。どうやら、さっきのビルだけが停電したようだ。

冬樹は恐怖を覚えた。街中で事故や火災が発生しているのだ。どこかで電線が切れたりしてもおかしくはない。いずれは方々で停電が発生するものと思われた。それだけではない、発電や送電のシステムが、いつまで維持されるかは不明だった。何しろ、人間が消えているのだ。電気だけでなく、水道もガスも、いずれは供給されなくなるかもしれない。

冬樹は、自分の頭がおかしくなったのではないかと思った。そのせいで、幻覚を見ているのではないかと疑った。

彼は自転車で走り続けた。全身から汗が噴き出した。その汗が目にしみた。

走っても走っても、人影はどこにもなかった。皇居の横を通り抜け、さらに南に向かう。どの道も、壊れた車でいっぱいだった。それらの間を縫うように走った。芝《しば》公園まで来た時、冬樹はブレーキを踏んだ。視線の先には東京タワーがあった。彼は自転車の向きをかえた。

東京タワーは停電していなかった。もしそうなっていたら、先程思いついた考えは捨てざるをえなかった。

チケットを買うこともなく彼は中に足を踏み入れた。展望台に向かうエレベータまで真っ直ぐに進んだ。そこも無人だった。

エレベータに乗り、展望台を目指した。上がっている間は、急に止まるのではないかと気が気でなかった。無事に到着し、扉が開いた時には、大きなため息が出た。

展望台から東京を見下ろし、愕然《がくぜん》とした。いたるところで火の手が上がっていた。教科書で習った空襲という言葉を彼は思い出した。あるいは、これまでにいくつかの地域で起きた大地震を思い浮かべた。しかしそれらとは全く異なる点が一つだけある。被害者が見当たらないということだ。

有料の望遠鏡があったので、彼は料金を投入した。最初に焦点を合わせたのは、最も激しく燃えている地域だった。高速道路のすぐ脇に、何か巨大なものが横たわり、炎を立ち上らせている。

それが何なのかを確認した時、冬樹は思わず後ずさりしていた。壊れて燃えているのは旅客機だった。原形を殆ど留めていなかったが、胴体と思われる部分に入っているロゴは、日本人なら誰でも知っているものだった。

4

冬樹は叫び声を上げていた。獣のような声だった。抑えようとしても、口は彼の意思に反して大きく開き、喉の奥からは声が発せられ続けた。それが止まると今度は激しい目眩《めまい》が彼を襲った。その場にうずくまり、頭を抱えた。

現実じゃない、これは現実の世界ではない——。

おそるおそる立ち上がり、外の景色を見た。さっきまでと何ら変わらなかった。東京の街が壊れている。

再び、望遠鏡を覗いた。どこに焦点を合わせても、繰り広げられている光景に大した差はなかった。煙が上り、車や建物が壊れている。高速道路上は、殆どのところで火災が起きていた。

茫然自失《ぼうぜんじしつ》し、望遠鏡から目を離しかけた時だった。ピンク色の小さな何かが、視界の端で動くのが見えた。

冬樹は急いで望遠鏡に目を当てた。ピンク色の何か――それはたしかに洋服のように見えた。つまり人がいるということだ。

だがその直後、彼の視界は遮断された。望遠鏡の利用時間が過ぎたのだ。彼は舌打ちをし、財布を出した。ところが小銭が残っていない。

両替機を探し、周囲を見回した。彼の目に留まったのは売店だった。土産物などを売っている。

彼は駆けだした。売店のレジカウンターの向こう側に回った。幸い、レジスターが開いたままになっている。小銭もたくさんあった。

一瞬、両替をしようと自分の財布を出したが、すぐに思い直し、百円玉を鷲掴《わしづか》みにして店を出た。さっきの望遠鏡のところに戻った。

気持ちを逸《はや》らせながら料金を投入し、望遠鏡を覗いた。ピンク色の洋服が見えたあたりに焦点を合わせ、ゆっくりと望遠鏡を動かした。場所は麻布から六本木のあたりだ。

あそこだ――冬樹の視線が、ある建物の屋上を捉えた。ピンク色の服を着た人物は、たしかにそこにいたのだ。

だが今は、その姿はない。再び現れるのではないかと期待して待ったが、現れることはなく、やがて再び視界が暗くなった。

改めて料金を投入しようとしたが、すぐにその手を止めた。こんなところからいくら探したところで、とても見つけられないと思った。仮に見つけられたとしても、呼びかけることも合図を送ることも出来ない。

行ってみよう、と思った。行ったところで、うまく相手に出会える可能性は低いかもしれない。いやじつは、単に目の錯覚だったのかもしれない。それでも行ってみるしかないと思った。ここにいても何も解決しない。それどころか、電気が止まれば取り残されることになる。

エレベータに乗り込み、祈る思いでボタンを押した。幸い、途中で止まることはなかった。電気はまだ無事のようだ。

外に出ると、自転車にまたがりペダルをこぎ始めた。道路上にはキーがささったままの車やバイクがいくらでもあるが、いずれもが事故を起こしていた。安全に運転できる保証はどこにもなかった。それに道路上の混乱ぶりを見るかぎりでは、バイクでさえも通れないところがありそうだった。

彼は一心不乱に足を動かした。周囲の異様な光景は、もはや気にならなくなっていた。あまりにも現実離れした事態が続いたため、神経が麻痺《まひ》しているのかもしれなかった。

望遠鏡で見た地域に近づいてきた。彼は自転車を止め、声をかぎりに叫んだ。

「おーい、誰かいませんかあ」

だがその声はビルの谷間で虚《むな》しくこだました。彼は少し移動しては、同じように大声で呼びかけた。何度繰り返しても結果は同じだった。

ビルの階段に腰を下ろし、項垂《うなだ》れた。声を出す気力もなくなってきた。

一体、何が起きたのか。ほかの人間はどこに消えてしまったのか。

子供の頃に友達とやった悪戯《いたずら》を思い出していた。誰か一人を除いて、皆で一斉に隠れるのだ。残された一人が血相を変えて探し回るのを、陰でくすくす笑いながら見ていたものだ。

だが東京中の人間が、どんな理由があれ、一斉に行動を共にするというのは、とても考えられなかった。車やバイクに乗っている人間さえも消えているのだ。何らかの天変地異が起きた、と考えるしかなかった。しかしそれはどういうものなのか。いや、それ以上に大きな疑問がある。なぜ冬樹だけは残っているのか、ということだ。

彼はそのままごろりと横になった。上空を分厚い雲が通過していく。天気が崩れそうだ。だが今はそんなことなどどうでもよかった。

疲労で、ひどく身体がだるかった。彼は瞼を閉じた。眠気が訪れようとしていた。神経が消耗したせいかもしれない。このまま眠ろうと思った。今度目が覚めた時には、元の世界に戻っていることを期待した。

それが聞こえたのは、うつらうつらしかけた時だった。意識が鈍《にぶ》っていたせいで、すぐには反応できなかった。だが再び聞こえた時、冬樹は目を開けていた。身体を起こし、周囲を見た。

聞こえてくるのは笛の音だった。駅員などが吹いている笛だ。聞こえる間隔に規則性はない。長く吹いたり、短く吹いたりしている。

冬樹は立ち上がった。誰かいる——。

音を頼りに自転車をこぎだした。その誰かが笛を吹くのをやめないことを願った。

道路を曲がると、そこは車の入れない歩行者専用道路だった。若者向けのショップやファストフード店が並んでいる。

クレープを売る店の前にベンチがあり、そこに五、六歳の小さな女の子が座っていた。ピンクのスカートを穿いている。彼女は懸命に笛を吹いていた。

望遠鏡で見たのは、この子に違いないと冬樹は思った。

自転車から降り、彼はゆっくりと近づいていった。

「お嬢ちゃん」彼女の背中に声をかけた。

バネ仕掛けのように少女の身体が、ぴょんと浮いた。それから彼女は冬樹のほうを振り向き、大きな目をさらに見開いた。色の白い、かわいい女の子だった。

「一人なの？」

冬樹が訊いても、彼女は答えない。身体を硬くしているのがわかる。

「ほかに誰かいないの？　お兄ちゃんは一人なんだよ」

少女は瞬きした後、ベンチから立ち上がった。右手でそばのファッションビルを指した。

「このビルがどうかしたのかい？」

少女は相変わらず無言のまま、そのビルに入っていった。冬樹も後に続いた。

エスカレータはまだ動いていたが、少女は奥に進んだ。エレベータの前に立つと、ボタンを押した。扉が静かに開いた。

「何階？」冬樹は訊いた。

少女は操作パネルの上のほうを指した。ビルは五階建てだった。そこで冬樹は5のボタンに指を近づけたが、少女は激しく首を振った。さらに上を指差す。5の上にはRのボタンしかない。つまり屋上だ。

冬樹は合点した。望遠鏡から見えた建物は、このビルだったのだ。少女はつい先程まで、ここの屋上にいたということなのだろう。

ビルの屋上は、ちょっとしたイベントが出来そうな広さがあった。しかし今の時期は何もしていないらしく、灰皿を囲むように椅子が置かれているだけだ。

少女は奥を指差した。屋上の柵の手前に、一人の女性が倒れている。

冬樹は駆け寄り、女性の様子を見た。薄いカーディガン姿で、俯《うつぶ》せになっている。

セミロングの髪が顔にかかっていた。

彼は首に手を当てた。体温が感じられたし、脈も正常だった。

「一体どうしたんだ？」冬樹は少女のほうを振り返った。

ところが彼女は離れたところで立ち止まり、近づいてこようとしない。黒く大きな目を、倒れている女性に向けているだけだ。

冬樹は女性の肩を揺すった。

「しっかりしてください。大丈夫ですか」

間もなく反応が現れた。女性は唸るような声を漏らした後、ゆっくりと瞼を開けた。

「気がつきましたか？」

彼の呼びかけに答えず、彼女はのろのろと身体を起こした。虚《うつ》ろな目で彼を見上げた。

「私、どうしちゃったんだろう……」

「ここで倒れておられたんです。あの子が自分をここまで連れてきてくれたんです」

女性は少女を見た。次の瞬間、それまで半開きだった彼女の目が、大きく開かれた。息を呑む気配もあった。

彼女は立ち上がり、ふらつきながら少女に近づいていった。地面に膝をつき、少女を抱きしめた。

ごめんね、ごめんね——そういっているのが冬樹の耳に届いた。

彼は彼女たちのところへ歩み寄った。あのう、と声をかける。

「お二人はここで、何をしておられたんですか」

少女の身体を離し、女性は空咳《からせき》をした。

「別に何も……。娘と二人で買い物に来たんですけど、少し疲れたので休んでいただけです」

どうやら二人は母子らしい。

「では、なぜ気絶されたんですか」

「それは、よくわからないんですけど……」彼女は少女の顔を覗き込んだ。「ママ、どうしちゃったの？　ミオは何をしてたの？」

しかしミオと呼ばれた少女は答えない。首からぶらさげた笛を口にくわえ、一度強く吹いた。

「何よ、ミオ。どうして何もいわないの？」

「お嬢さんは、口がきけるんですか」

「ええ、もちろん。どうしたのよ、ミオ。どうしちゃったの？」

彼女は娘の身体を揺すった。だが少女は無反応だ。人形のように表情も変わらない。

「たぶん強いショックを受けたせいだと思います。こんな状況なんだから、無理ないでしょう。自分だって、頭がおかしくなりそうなんですから」

冬樹の言葉に、女性は当惑した顔で振り返った。

「こんな状況って？」

「こっちへ来てください」

冬樹は彼女を柵のところまで導いた。そこから街を見下ろすようにいった。様々なところで車が衝突し合い、建物からは煙が上がっている。

血の気が引いたらしく、女性の顔が白くなった。

「何が起きたんですか。地震ですか」

「地震じゃありません。戦争が起きたわけでもありません」

「じゃあ一体何が……」

冬樹は首を振った。

「それが、何が起こったのか自分にも全くわからないんです。気がついた時には、こうなっていました」

彼女は眼下の光景を見て、不審げに眉根を寄せた。

「こんなことになってるのに、国は何をしているんですか。消防車も出てないし」

「それについては説明が難しいのですが」冬樹は状況を伝える言葉を考えた。しかし、適切な表現は思いつかなかった。仕方なく、こう続けた。「今のところ、この世界にいるのは、我々三人だけのようです」

女性の名前は白木栄美子《しらきえみこ》といった。夫とは離婚していて、娘のミオと二人暮らしなのだという。仕事が休みなので久しぶりに母子で買い物に出かけたところ、このような災害に見舞われたというわけだ。

だがその災害の内容について、冬樹は何ひとつ説明できなかった。これまでに目にしたことを伝えたが、栄美子は信じられない様子だった。建物を出て、周囲を見て、ようやく彼のいうことが嘘ではないと知ったようだ。

三人は廃墟のようになった街を歩いた。どこにも人影はない。

「世界が終わったみたい」栄美子が呟いた。「核兵器でも落ちたんでしょうか」

「それなら、被害はこんなものでは済まないでしょう。それに死体が一つもないのがおかしい。いや、何よりも不思議なのは、なぜ我々は無事なのかということです。とにかく、ほかの人を探しましょう。そこからきっと、活路が開けるはずです」

そうですよね、と栄美子は首を傾げている。

何が起きたのかはわからないという事態に変化はなかったが、自分以外に生存者がいたということで、冬樹は生きる意欲を取り戻していた。同時に、こうして人と接し、話を出来ることがいかに幸せかということを痛感していた。

日は少しずつ傾《かたむ》きつつあった。信号機が作動しているところを見ると、まだ電気は供給されているようだ。無人の状態で、ライフラインがいつまで維持されるのか、見当がつかない。自動化が進んでいるとはいえ、無限ということはありえない。

「おなか、すきませんか？」冬樹は栄美子に訊いた。

「少し……」彼女は手を引いている娘を見た。ミオは感情のない顔で前を向いている。

「じゃあ、食事にしましょうか」

「そうですね……」栄美子はそばのコンビニを見た。

「コンビニの弁当も悪くないけど、今のうちに栄養のあるものを食べておきませんか。ミオちゃんにとっても、そのほうがいい」

「栄養のあるものというと？」

「もう少し歩けば銀座です。肉でも魚でも、最高級の素材が揃っている街です。しかも、今日はたぶん食べ放題だ」

彼の冗談に、ようやく栄美子が微笑を浮かべた。しかしミオは無反応だった。

銀座に至る道も、事故を起こした車によって壊滅状態にあった。三人は被害の及んでいない場所を慎重に選びながら歩を進めた。途中、ミオが疲れた様子を見せたので、冬樹が背中におぶった。

いつもならば大勢の人々が行き来する銀座の街が、ひっそりと静まりかえっていた。ここでも車の事故は起きているが、軽微なものばかりのようだ。おそらく渋滞していたせいだろう。

料理店がたくさん入っているビルが目に留まった。そちらに向かいかけたところで、彼は足を止めた。歩道上に、赤いスプレーで大きな矢印が書かれていたからだ。それはまだ乾《かわ》いていないようだった。

5

冬樹の視線に気づいたらしく、栄美子も赤い矢印を見下ろして、「何でしょう、これ」と呟いた。

「わかりません。書かれてから、まだそんなに時間が経ってないみたいだけど」

冬樹の背中にいるミオが、遠くを指差した。

「どうしたんだ?」そういって視線を遠くに向けた冬樹は、あっと声をあげていた。十メートルほど先の地面に、やはり同じような赤い矢印が書かれていたからだ。

その矢印の向いている方向を見ると、さらに別の矢印が書かれている。明らかに誰かが何かを伝えようとしているのだ。

「とりあえず、矢印にしたがって進んでみましょう」冬樹はミオを背負ったまま歩きだした。

矢印が指示する通りに進んでいくと、あるビルの前に着いた。矢印はビルの入り口を指している。中に入れということらしい。

矢印はビルの階段にも書かれていた。おそるおそる上がっていく。二階は寿司屋だった。入り口の前に、中に入るように示す矢印があった。

冬樹は、格子の入った引き戸を開けた。正面にカウンターがあり、男が座っていた。大きくて丸い背中が見えた。チェック柄のシャツを着ている。

男が振り向いた。フグのように太った若い男だった。首に脂肪がつき、顎《あご》が埋《う》もれている。口元が膨《ふく》らんでいるのは、食べ物が詰まっているからだろう。その口のまわりには醬油がついていた。

男は湯飲み茶碗を手にし、茶で口の中のものを喉に流し込んだ。それから改めて冬樹たちを見て、うれしそうに目を細めた。

「ああよかった。やっと人に会えた。一時はどうなることかと思ったよ」

カウンターの上にペンキのスプレー缶が載っていた。矢印を書いたのは、この男らしい。

「あんた、何をやってるんだ」冬樹は訊いた。

「何って、見ればわかるだろう? 寿司を食ってるんだよ。俺、前から一度、銀座で寿司を食いたかったんだ。一カンで何千円もするってやつをさ」

男の手には大量のウニを載せた寿司が握られていた。自分で勝手に作ったらしい。

冬樹はミオを背中から下ろした。

「あんた、一人なのか。ほかには誰もいないのか」

「いないんだよ。気がついたら一人だった。おまけにあちこちで交通事故が起きるし、何が何だかさっぱりわかんねえよ」

「どこにいたんだ？」

「飯田橋《いいだばし》だよ。病院に向かう途中だったんだ。帝都《ていと》病院で検査を受けることになってさ」

「病気なのか」

男は笑って首を振った。丸い頰《ほほ》が揺れた。

「ただの血液検査だよ。今度のバイト先で、受けてこいっていわれたんだ。太りすぎで心配だからってさ。俺は大丈夫だっていったんだけど、ほんとに大きなお世話だよなあ」

「飯田橋からは、どうやってここに？」

「途中までは車。キーがささってて、エンジンがかけっぱなしの車があったからさ。だけど、事故だらけで通れる道が少なくて、結局途中から歩いた。疲れたよ」男はウニをたっぷり載せた寿司を頰張った。

冬樹は首を傾げた。ここにいる四人は、どうやら同様の体験をしているようだ。つまり、突然周りから人が消えたのだ。なぜそんなことになったのか。そして、なぜ自分たちだけが存在しているのか。

「おたくらもどう？　銀座の寿司屋は、やっぱり違うよ。こういう機会はめったにないんだから、食わなきゃ損だよ。生ものだから、ほうっておくと悪くなるしさ」太った男は、カウンターの向こう側に回り、手を洗い始めた。「お嬢ちゃん、おなかすいてるだろ？　寿司は、何が好きだい？」

ミオは答えない。代わりに栄美子がいった。

「この子は、お寿司なら何でも好きですけど。あっ、でもサビ抜きで」

「オーケー。じゃあ、まずはこいつからだ」男はまな板の上にトロの切り身を載せ、包丁で器用に切り取った。さらに慣れた手つきで酢飯を握ると、その上にトロを載せた。「はい、一丁上がり。お次は何がいいですか？　どんどん注文しちゃってください」

「いい手つきだね」

冬樹の褒《ほ》め言葉に、太った男は、へへへと笑った。

「スーパーの厨房でバイトしてたことがあるんだよ。大したことのないネタを旨《うま》そうに見せるのに苦労したけど、ここじゃあそんなことはしなくていいから楽だね。さあ、遠慮しないで、食っちゃってください」男は、楽しそうに次々と寿司を握っていく。

「いただいちゃったらどうですか」冬樹は栄美子にいった。「彼がいうように、食べないと腐るだけだから」

はい、と彼女は頷き、娘をカウンターの椅子に座らせ、自分もその横に腰掛けた。男が握った寿司を食べ、おいしい、と呟いた。それを見て、ミオもトロに手を伸ばした。

冬樹は店内を見回した。今のところ、火災の起きる心配はなさそうだった。電気も水道も、問題ないようだ。

大きな水槽がテーブル席の横に置いてあった。生け簀《す》らしいが、魚は一匹もいない。そういえば、と彼は思った。ここへくる途中、人だけでなく、野良猫やカラスの姿も見ていない。

もしや、と思った。

「このあたりに、ペットショップってなかったかな」

「ペットショップ？　さあ」太った男は首を捻った。

「デパートの中にあったと思いますけど」栄美子がいった。「中央通りの向こう側のデパートです」

冬樹は頷いた。

「ちょっと出てきます」

「どちらへ行かれるんですか」

「だから、ペットショップです。消えたのが人間だけなのかどうかを確かめてきます」

冬樹は寿司屋を出ると、デパートに向かった。周囲の状況にあまり変化はない。ただ、煙を上げている建物が増えたように思える。飲食店で小火《ぼや》が起きているのかもしれない。

デパートは、ほぼ無傷の状態だった。エスカレータも問題なく動いている。冬樹はそれを使い、ペットショップのある五階まで上がった。

ペットショップも静まりかえっていた。ガラス製の飼育ケースが並んでいたが、いずれも空だった。しかし小さな皿にはエサが入っているし、排泄物も認められた。さらにケースの上には、「アメリカンショートヘア（メス）」といった表示も出ている。

冬樹は確信した。消えたのは人間だけではない。動物も消えている。

ペットショップから離れ、エスカレータに向かいかけた。途中、ふと思いついたことがあり、家電売り場に足を向けた。今のうちに、持ち運びの出来る照明を確保しておこうと思ったのだ。電気はいつ止まるかわからない。その時がもし夜中だと、全く動けなくなるおそれがあった。

ふつうの懐中電灯ではなく、なるべく照度の高いものを探した。彼が選んだのは、把手のついたライトだった。災害時用にラジオも内蔵されている。それを二つと、ふつうの懐中電灯を二つ、さらには乾電池を何本か袋に入れ、売り場を離れた。

寿司屋に戻ると、男はまだ寿司を握り続けていた。しかし母子の姿はない。

「お帰り」男は寿司を口に入れたままいった。「どうだった？」

「ペットも消えていた」

「やっぱり……。どういうことだろう」

「わからん。それより、女性たちは？」

「女の子はそこだよ。腹が膨れたら、眠くなったらしいや」男はテーブル席を顎で示した。ミオは並べた椅子の上で寝かされていた。かけられているカーディガンは、栄美子のものだ。

「おかあさんは？」

「ほかに食料がないか調べてくるといって出ていったよ。生魚ばっかりじゃ、栄養が偏《かたよ》るとかいってさ。こんな時に、栄養のバランスなんか考えなくてもいいと思うんだけどね」男はスプーンでイクラをすくい、口に運んでいる。

たくさんの寿司が皿に盛られているので、冬樹も腰を下ろし、手を伸ばした。たしかに、これまでに食べたどんな寿司よりも旨かった。

寿司を食べながら、持ってきたライトや懐中電灯に電池をセットした。ライトに内蔵のラジオの電源を入れたが、どこの周波数に合わせても雑音が聞こえるだけだ。

「人がいないんだから、ラジオ番組をやってるわけないんじゃないの?」男がいった。

「もしかしたらと思っただけだ」冬樹はラジオをそばのテーブルに置いた。

「それにしてもよかったよ。ほかに人がいて。俺、どうしようかと思ってたんだ。正直、泣きそうだったよ」

「泣きそうになりながら、寿司を食ってたのか」

「泣きそうだったから、寿司を食ってたんだよ。旨いものを食うと、嫌なことを忘れられるじゃん。だからさ」

男は新藤太一《しんどうたいち》といった。太っているせいで年齢不詳だったが、冬樹よりも二つ下だった。静岡の出身で、大学に通うために上京したが、三年生の時に中退したのだという。バイトを転々としながら、葛飾《かつしか》にあるアパートで独り暮らしをしているということだった。

「誰かに連絡を取ったかい」冬樹は訊いた。

「ケータイ、かけまくった。だけど誰にも繋がらない。メールにも返事がない」

どうやら冬樹と同じ状況らしい。

太一が甘エビを口に入れるのを見ながら、冬樹はあることに気がついた。生け簀の魚は消えているが、ネタになった魚介類は存在している。両者の違いは何か。無論、ネタになったほうは死んでいるということだ。

そこへ栄美子が帰ってきた。段ボール箱を抱えている。

「上がイタリアンの店だったんです。野菜とか調味料とか、もらってきちゃいました」

「奥さん、ワインはどうだった？」太一が訊いた。「たくさんあった？」

「あったみたいですけど」

「そいつはいいや。寿司には、やっぱり白ワインだよ。この店には、ろくなワインがないんだよなあ」太一はカウンターから出てくると、そのまま外に出ていった。ワインを取りに行ったらしい。

入れ替わりに栄美子がカウンターの内側に入った。段ボール箱から出した野菜を洗い始めた。トマトやキュウリなどが見える。

母親の声が聞こえたからか、ミオが起きてきた。

「目が覚めたの？　ちょっと待っててね。今、ミオの大好きなトマトとチーズのサラダを作ったげるから」栄美子が優しい口調でいった。

ミオは相変わらず言葉を発することなく、テーブルの上のラジオ付きライトを見ている。

冬樹は、栄美子が調理台の上に置いた野菜を眺めているうちに、またしても新たな疑問を見つけた。彼の視線はジャガイモに向けられている。

買ってきたジャガイモを放置しておくと芽が出てしまうことがある。それは植物として、まだ生きていることを示している。

街路樹があったことを冬樹は思い出した。植物も生物のはずだ。ところが生きている動物は存在しないが、生きている植物は存在する。この違いは、どこから来るのか。

冬樹が腕組みをした時だった。ミオがいじっているラジオ付きライトから、突然人の声のようなものが聞こえた。ミオは、自分が何か失敗でもしたと思ったのか、あわてた様子でスイッチを切った。

「何だ、今のは」冬樹は椅子から立ち上がっていた。

「人の声、みたいでしたよね」栄美子もいった。「女の人のようでしたけど……」

冬樹はラジオを手に取り、スイッチを入れた。ボリュームを上げ、ゆっくりとチューナーを動かした。

外から太一が戻ってきた。

「甘口ばっかりで参ったよ。どうにか、寿司に合いそうなのを見つけてきたけどさ」

「静かにしろっ」冬樹がいい放った。

「何だよ、一体」

「今、人の声が聞こえてきたんです」栄美子が太一に説明した。

「えっ、マジかい。そいつは大変だ」太一は両手にワインを提げたまま、冬樹のそばに寄ってきた。

ラジオから声が聞こえた。今度は、さっきよりも明瞭だった。

（生存者はいますか。これを聞いた人は、東京駅八重洲《やえす》地下中央口まで来てください。生存者はいますか。これを聞いた人は——）

「女の声だ」太一がいった。「でもラジオのアナウンサーって感じじゃないな」

「たぶん、災害時用の放送だ。役所か何かの放送設備を使ってるんだろう。話してるのは素人の女だよ」

「私たち以外に生存者がいるということですよね」栄美子が目を輝かせた。

「東京駅……か。様子を見てきます。あなた方は、ここにいてください」

「一人で大丈夫かい？」太一が訊いてくる。

「ここから東京駅だと、かなりの距離だぜ。付き合ってくれてもいいけど、往復することになるかもしれない」

冬樹の言葉に、太一は頬を揺らせて頷いた。

「待ってるよ。この人たちのことは任せてくれ」

よろしく、といって冬樹は店を出た。

自転車を見つけ、それに乗って東京駅を目指した。周囲はすっかり暗くなっている。それでも明かりが点っているのが救いだ。街灯は、タイマーで点灯するらしい。様々な臭いが混じった空気をかきわけながら、冬樹はペダルをこいだ。間もなく東京駅に到着した。階段で地下に潜った。地下街の照明も、今のところ無事だった。八重洲地下中央口に着いたが、人の姿はどこにもなかった。冬樹は改札口を通過し、周囲を見回した。やはり人影はない。

「誰かいませんか」声を出してみたが、応答はない。

『銀の鈴《すず》』という有名な待合所に行ってみたが、そこも無人だった。

あの放送は何だったのだろう――そう思った時だった。背中に何かが当たった。

「動かないで」女の声が聞こえた。

6

背中に当たる感触から、銃口だと悟った。冬樹は両手を上げていた。

「何者だ」彼は訊いた。

「人に名前を訊く時は、まず自分が名乗る。学校で、そう習わなかった？」

女の声は若かった。まだ十代かもしれない。さっきラジオで聞いた声とは少し違うようだ。

「久我って者《もの》だ」

「おたく、名字しかないわけ？」

「冬樹だ。久我冬樹。これでいいか？」両手を上げたままで彼はいった。

「まだ動いちゃだめ。銃を持ってるでしょ？」

どきりとした。たしかにその通りだった。捜査一課が中国人たちの逮捕に向かうと聞き、銃を装備して署を出てきたのだ。だがなぜそのことを、この女は知っているのか。

「そんなもの、持ってない」とりあえず、そういってみた。

「嘘ついたってだめ。わかってるんだから」

「……どうして知ってるんだ」

「透視できるから」

「まさか」後ろを振り返ろうとした。

「動かないでっ」声が鋭く飛んできた。「いっておくけど、あたし、拳銃を持ったのなんて初めてなんだからね。急に変な真似をしたら、本当に撃っちゃうかもしんないよ」

「そいつは勘弁してほしいね」冬樹は吐息《といき》をついた。

コミネさん、と後ろの女が誰かに呼びかけた。

「この人の拳銃を出して。たぶん上着の下だから」

足音が聞こえ、冬樹の背後から一人の男が現れた。スーツ姿の小柄な男だ。眼鏡をかけている。どこか、おどおどした様子があった。

「あんた、コミネさんっていうのかい？」冬樹は訊いた。

「あ、はい」

「慎重に頼むよ。拳銃には安全装置がついてるはずだけど、動き回ってるうちに、外れたってこともあり得るからさ」

コミネの顔が一層気弱そうになった。びくびくしながら冬樹の上着をめくり、ホルスターに装着された銃を、あぶなっかしい手つきで取り外した。

「オーケー、いいよ、ゆっくりとこっちを向いて」後ろの女がいった。

冬樹は腕を下ろし、後ろを向いた。目の前に立っていたのは若い娘だった。紺のブレザーにチェック柄のミニスカートという出で立ちだった。どう見ても女子高生だ。

「課外授業にしちゃあハードだね」冬樹は軽口を叩いた。どんな形であれ、人と出会えたということで、心に余裕が生まれている。

「無駄口叩くと、本当に撃っちゃうからね」女子高生は猫のような目で睨んできた。

その手に握られているのは本物の拳銃のようだった。警官が所持しているものと同型だった。警察から盗み出してきたのかな、と冬樹は思った。

「俺はラジオ放送を聞いて、ここへやってきたんだ。それなのに、この歓迎ぶりは、ちょっとひどいんじゃないか」

「おたく、一人？」

「ここへ来たのは俺一人だ」

「ということは、ほかにも誰かいるわけ？」

「いるけど、詳しいことは話せないな。そっちのことを教えてもらえないうちはさ」

「ふうん」女子高生は、考えを巡らせる顔になった。「まあいいや。ついてきて」

「どこへ行くんだ」

「すぐそこ。ついてくればわかるよ」女子高生は意味ありげに笑った。「コミネさん、先に行って。あたしは、この人の後から行く」

コミネという男が歩きだした。冬樹は彼の後を追った。娘も、後ろからついてくる。

「一つ訊いていいか」冬樹はいった。

「何？」

「どうして、こういうことになったんだ。もし知っていたら、教えてほしい」

彼女がため息をつくのが聞こえた。

「それについては誰も知らない。でもそんなことを考えてる場合じゃないんだよね」

「どういうことだ」

「まあ、すぐにわかると思うよ」

コミネは改札口を出て、すぐそばの喫茶店に入っていった。冬樹も後に続いた。

中には高級そうなスーツを着た恰幅《かっぷく》のいい男と、夫婦らしき二人の老人、そして二十代と思われる女性がいた。二人の老人はテーブルを挟んで座っているが、あとの二人は離れた席にいる。

「新入りを紹介します」女子高生がいった。「久我冬樹君。リーダーがいったように、やっぱり拳銃を持ってました。没収したけどね」

「リーダー？」

「誰がいるかわからない場所には、決して一人で入らぬこと。やむをえず入る場合は、壁を背にして慎重に進むこと。──その程度のことを、先輩刑事は教えてくれなかったのか」

店の奥から声が聞こえた。冬樹が聞き慣れた声だった。間もなく誠哉が現れた。

「兄貴……いや、管理官」

誠哉は首を振った。

「兄貴でいい。もうここには警察なんてものは存在しない」誠哉はコミネから冬樹の拳銃を受け取ると、弾丸を抜いて冬樹に返した。「ここにいる全員が無防備だ。だからおまえにだけ拳銃を持たしておくわけにはいかない」

「でも、彼女だって銃を持っている」女子高生を見た。

「俺の銃を預かってもらっている。ただし、弾丸は抜いてある」

女子高生が拳銃を左右に振りながら笑った。

「ああ気持ちよかった。あたし、一度ああいうのをやってみたかったんだ」

冬樹は改めて誠哉のほうを向いた。

「兄貴が生きてたとは思わなかった」

「お互い様だ。何が起きたのかはわからんが、気がついたら、街中で俺一人になっていた。追っていたはずの中国人も仲間の捜査員も消えている。周りじゃ事故が次々に起きるし、正直、自分の頭がおかしくなったと思った」

「俺もそうだよ」

「何らかの超自然現象が起きたと解釈するしかなさそうだ。で、おまえは今まで何をしてたんだ」

「あちこち動き回ってたよ。東京タワーに上ったり、六本木を自転車で走ったり。おかげで、どうにか三人と出会うことが出来たんだけどさ」

その三人が銀座の寿司屋にいることを冬樹は話した。

「ここに連れてきたほうがいい。こんな状況で孤立していると、生きていけなくなるぞ」

「あとで連れてくるよ。ところで、あのラジオ放送は兄貴が？」

誠哉は頷いた。

「とにかく誰かに呼びかけることが先決だと思って、バイクでラジオ局に向かった。使用中のスタジオに行ってみたが、スタッフもパーソナリティもいない。そこであのエンドレステープを作り、勝手に流すことにしたわけだ」

「でも、女性の声だった」

「彼女だよ」誠哉は奥にいる若い女性を見た。「ラジオ局に向かう途中、たまたま見つけた。一緒に来てもらって、テープに声を吹き込んでくれるよう頼んだんだ。女性の声のほうが、聞いている者が安心するかもしれないと思ってな」

「その後は？」

「ここへ来た。東京駅に来てくれと呼びかけたんだから、ここに誰もいないんじゃ話にならんだろう。この店で、やってくる人間を待っていたというわけだ」

店の一部はガラス張りになっていて、改札口を見通すことができる。それで冬樹が来たことにも気づいたらしい。

「どうして集合場所を東京駅に？」

「いろいろと考えた末だ。まず第一に、多くの人に位置がわかりやすい。たとえ道順がわからなくても、山手線に沿って歩けば、いつかは辿《たど》り着く。地下にしたのは、ここだと交通事故の被害から免れていて、食料や生活必需品に困らないだろうと考えたからだ。万一、停電になったとしても、自家発電装置が働くはずだしな」

「列車事故は起きてないのかな」

「ＡＴＣのおかげで、新幹線では重大な事故は起きていない。ただし、あちこちで衝突事故は起きていると思われる。在来線にもATCは採用されているが、停止の場合にはATCを切って、運転士が手動で止めるのが一般的らしい。その運転士がいないのなら、当然列車は走り続けることになる。ぶつかるまでな」

「そんなこと、よく知ってるな」

「彼に教わったんだよ」誠哉はコミネという男を指差した。「技術屋さんらしい」

「たまたま知っていただけです。技術屋は関係ないです」コミネは頭を掻いた。

「皆さんも、あのラジオ放送を聞いて集まってきたわけですか」冬樹は全員を見渡した。

「まあそうなんだけど、あたしたちは、最初から一緒にいたんだよ」女子高生が答えた。

「最初から？」

「そう。中野の歩道を歩いてたら、急に周りでどかんどかんと事故が起きて、びっくりした。すぐそばにいたのが、そちらの御夫婦」そういって彼女が指したのは、老夫婦だった。

老人のほうが首を大きく縦に動かした。

「そのお嬢さんのいうとおりです。私らも、ただ歩いておっただけです。もう少しで事故に巻き込まれるところでした」

「で、どの車も誰も乗ってなくて、さらにびっくりしたわけだけど、一台だけ、人が乗っている車があったの。それがコミネさんたちの車」

女子高生の言葉を聞き、冬樹はコミネを見た。

「あなたは車を運転していたんですか」

「そうです。専務と二人で取引先に向かうところでした」

「専務というと？」

「私だよ」恰幅のいい男が低い声を出した。コーヒーを飲み、ソーサーを灰皿代わりにして煙草を吸っている。

「おじさん、ここは禁煙なんだけど」女子高生が抗議した。

「誰が決めたルールだ？」中年の男は、テーブルに張られた禁煙の札をソーサーで隠した。

「おまえの前にラジオを聞いてやってきたのは、この人たちだけだ」誠哉がいった。

「ほかにも生存者がいるかもしれないが、接触する手段がない」

「あのラジオ放送は、いつまで流れるんだろう？」

「わからん。電気がきている間は流れていると思うが」

「とにかく、銀座の三人を連れてくるよ」

東京駅を出た冬樹は、自転車に乗って銀座に戻った。彼の顔を見て、太一と栄美子は安堵《あんど》の表情を浮かべた。戻るのが遅いので、何かあったのではないかと心配していたらしい。

誠哉たちのことを話すと、二人は途端に表情を明るくした。

「よかったあ。俺たちだけじゃなかったんだ」

「聞いた、ミオ？　ほかにも人がいるんだって」栄美子が娘に話しかけたが、ミオはやはり感情を失ったままのようだ。

「そこにいる人たちと話し合えば、何かわかるかもしれないな」

期待を込めて話す太一に、冬樹は首を傾げて見せた。

「それは何ともいえない。だけど、彼等と合流したほうがいいのは事実だ。疲れてるだろうけど、出発しよう」

外に出ると、ミオを冬樹が背負った。さらに栄美子が、二人の身体を紐《ひも》で縛った。

その間に太一が、どこからか二台の自転車を見つけてきた。

三人でこぎだそうとした時だった。上のほうで低い破裂音が響いた。冬樹が見上げると、向かい側のビルの窓から炎が噴きだしていた。割れたガラスの破片が、彼等のすぐそばまで飛んできた。

「充満していたガスが爆発したんだ。ここにいたら危ない。急ごう」そういって冬樹はペダルをこぎだした。その時、頰に冷たいものが当たった。

「ついてねえなあ。雨まで降ってきた」太一が情けない声で嘆いた。

彼等が東京駅に着く頃には、雨は本降りになっていた。逃れるように地下に入り、集合地点を目指した。

さっきの喫茶店に行くと、改めて全員が自己紹介をすることになった。技術屋のサラリーマンは小峰義之《こみねよしゆき》といい、大手建設会社に勤務していたらしい。専務の戸田正勝《とだまさかつ》は五十八歳で、本来ならば今日、重大な取引があったのだという。

「あの取引さえうまくいけば、うちの会社は持ち直せたはずなんだ」

戸田の台詞に、女子高生の中原明日香《なかはらあすか》は、ぷっと大きな音をたてて吹き出した。

「こんなことになっちゃって、まだ会社のことを気にしてるよ」

彼女の台詞に、戸田はむっとしたように唇を結んだ。

老夫婦は、山西繁雄《やまにししげお》、春子《はるこ》と名乗った。杉並に自宅があるそうで、どうなっているのかをさかんに気にしている。

「移動しても安全だと確認できた場合は、一度お宅の様子を見に行きましょう」誠哉が老夫婦に言葉をかけた。

誠哉が最初に出会ったという女性は、富田菜々美《とみたななみ》といった。帝都病院で看護師をしているという。たしかに黒いカーディガンの下は白衣姿だった。

「お昼御飯を買いに近所のコンビニに行って、その帰りだったんです。気がつくと、道端に倒れていました。何が起きたのかは、皆さんと同じで、さっぱりわかりません」

「あっ、もしかして、工事現場のそばにいた？」太一が訊いた。

ええ、と菜々美は頷く。

「じゃあ、俺と同じだ。俺もあそこにいたんだよ。そばに人が倒れていたなんて、全然気づかなかった。もっとよく探せばよかった」太一が嬉しそうな声を出した。自分と共通点のある人物が若くて奇麗な女性だったからだろう。

誠哉が皆を見回した。

「ここにいる者は、ほかの誰かと同じ場所、あるいは近い場所にいたことになる。だけど、それ以外には共通点は見えてこない。だけど、必ず何らかの一致した点が見えてくるはずだ。それを、みんなで考えてみよう」

その時だった。店全体が、ぐらりと揺れた。

7

揺れは間もなく収まった。咄嗟《とっさ》に、テーブルのそばで身を屈めていた冬樹は、ゆっくりと顔を上げた。ほかの者たちも、姿勢を低くしている。

誠哉がドアを開け、外の様子を窺った。

「見たところ、大きな被害は出てないようだ。だけど余震が来るおそれもある。しばらく、このまま動かないでおこう」

「一体、どうなっちゃったんだ」甲高《かんだか》い声で太一がいった。「この上に地震かよ。まさか、地球最後の日じゃないだろうな」

誰も答えなかった。無視したのではなく、それを悪い冗談と受け取れないせいだと冬樹は解釈した。彼自身がそうだったからだ。

「地上の様子を見てくる」誠哉がいった。「冬樹、ここを頼む。余震に気をつけろ」

わかった、と彼が答えるのを聞き、誠哉は店を出ていった。

冬樹は、そばの椅子に腰を下ろした。ため息が出た。

「あの人がいてくれてよかったわね。私たちだけじゃ、どうすることもできなかったかもしれないわよ」山西春子が夫にいった。

夫の繁雄が大きく頷く。

「全くそうだ。右往左往するしかなかった」

春子が優しげな目を冬樹に向けてきた。

「お二人は御兄弟だそうですね。あなたも警察の方？」

「そうです。といっても、兄は警視庁で、俺は所轄ですけど」

そういう細かいことはどうでもいいとばかりに春子は首を振った。

「何が起きたのかはわからないけど、警察の人が二人もいるなんてついてたわ。年寄りで足手まといになるでしょうけど、どうかよろしくお願いしますね」

「いえ、こちらこそ」冬樹は頭を下げた。

小峰が隅のテーブルで、ノートパソコンを操作していた。冬樹は、彼のそばに近づいた。

「何をしてるんですか？」

「えっ？　ああ……インターネットです。今の地震について、何か情報がないかと思って」

「見つかりましたか？」

小峰はモニターに目を向けたままで首を振った。

「何もありません。それだけでなく、すべての情報が全く更新されていない。様々な掲示板に片っ端から書き込みをしているんですが、何の反応もない。インターネットにアクセスしている人間が、この世から消えたみたいです」

「実際、消えたんじゃないの？」そういったのは明日香だ。「乗り物からも街からも、人間が消えてるんだよ。インターネットを使ってた人間は消えてないって考えるほうが、あたし的には不自然なんだけど」

「でも消えてない人間だっている。俺や君のように」冬樹はいった。「そういう人間は、小峰さんのようにインターネットへのアクセスを試みるんじゃないか」

「たぶん、試みている人間はいるはずです」小峰は様々なサイトへのアクセスを続けながらいった。「ただ、その人数は驚くほど少ないんでしょう。だから、彼等が僕の残した足跡に気づいたり、僕のほうが彼等の存在に気づいたりする確率は、極めて低いものになります。アマゾンのジャングルに別々に迷い込んだ二人が、真っ暗な夜中にたまたま出会うというのより、もっと低い確率かもしれない」

「災害時にインターネットは有効だといわれてるのに……」冬樹は呟いた。

「結局のところ、インターネットを形成しているのはコンピュータではなく人間なんです。参加者が多ければ世界中の人間が情報を共有できますが、参加者がいなくなれば、ただのケーブルの網《あみ》にすぎない」

「とりあえず、続けてもらえますか」

「いわれなくても、そのつもりです。ほかにすることがないし」諦め口調ながらも、小峰はいった。

山西繁雄が立ち上がった。ドアに向かって歩きだす。

「どちらへ？」冬樹は訊《き》いた。

「トイレです。ええと、どこにあったかな」

「改札口の先にありました。左側です」

ありがとう、といって老人は店を出ていった。その足取りは、ややおぼつかない。

「あの……」富田菜々美が、おずおずと口を開いた。「皆さん、御家族のこととか心配だと思うんですけど、消えた人たちは一体どこにいったんだと思いますか」

誰かに対してというより、全員に向けて発せられたように聞こえた。

「それがわかれば苦労しないよ」ぼそりと答えたのは戸田だ。「自分たちの置かれている状況がわかってないのに、ここにいない人間のことなんかわかるはずがない」

「……そうですよね。すみません」菜々美は細い声でいい、俯《うつむ》いた。

「別に、謝る必要はないんじゃないの。家族のことを心配するのは当然なんだしさ」明日香が唇を尖《とが》らせた。

気まずい空気が流れる中、山西繁雄がトイレから戻ってきた。

「まだ水は出るみたいだよ。安心した」

その時だった。再び激しい揺れが襲ってきた。さっきよりも揺れ幅が大きい。テーブルの上のものが床に落ちる音がした。誰かが悲鳴をあげた。

冬樹は、そばの柱に摑《つか》まり、天井を見上げた。照明器具がゆらゆらと揺れている。その状態が十秒ほど続いた。揺れが止まった後も、冬樹はまだ身体のバランス感覚が狂っていた。柱から離れ、頭を振った。足元が少しふらつく。

「あっ、大変……」声を上げたのは栄美子だ。

冬樹が見ると、店の片隅で山西繁雄が倒れていた。そばで栄美子がしゃがみこんでいる。

あなた、といって山西春子が立ち上がった。冬樹も急いで駆け寄った。

山西繁雄は顔を歪《ゆが》めていた。ズボンの右膝が血で染まっている。彼の足の下には、フロアスタンドがあった。ガラス製のカバーが割れている。どうやら彼は、その上に倒れこんでしまったらしい。ガラスの破片が膝に突き刺さっていた。

「ズボンを脱がせよう」冬樹はいった。

春子と一緒にズボンを脱がせていると、「何をやってるんだ？」と後ろから声が聞こえた。振り返らなくても、声の主はわかる。

「怪我人だよ。山西さんが怪我したんだ」

「何だって？」誠哉が近寄ってきた。「どうしてこういうことになるんだ」

「申し訳ない。今の揺れで、よろけちゃいましてね」山西繁雄が、ばつの悪そうな顔で誠哉を見上げた。「だけど大丈夫です。大したことはありませんから」

「かなり傷が深そうじゃないですか。きちんと治療しないとまずいです」そういうと誠哉は、富田さん、と呼びかけた。「あなたの出番だ。よろしくお願いします」

兄の言葉で、富田菜々美が看護師だということを冬樹は思い出した。

彼女は椅子から立ち上がり、山西繁雄に近づいた。

「あたし、何も持ってませんから。せめて消毒薬でもあれば……」

「すぐそこに薬局があったよ」明日香がいった。「ほかに必要なものは何？　あたし、取ってくる」

「とりあえずガーゼと包帯、それからピンセット……かな」そういってから菜々美は腰を上げた。「あたしが行く。そのほうが早いし」

「そうしてください。我々は何をしていればいいですか」誠哉が訊いた。

「下手に動かさないほうがいいかもしれません。傷口にも触らないようにしてください」

「わかりました」

「俺も一緒に行くよ」太一が菜々美の後を追った。

彼等が出ていくのを見送った後、誠哉は冬樹を見て眉をひそめた。

「ここを頼むといっただろ。余震に気をつけろとも。何をしていたんだ」

「トイレに行くのを止めろっていうのかよ」

「揺れた時、おまえは何をしていた？　この人が立っているのを見て、何か声をかけたか」

「それは……しなかったけど。こんなことになるとは思わなかったから」

誠哉は、ふんと鼻を鳴らした。

「常に先の危険を想定する——危機回避のイロハだ」

返す言葉がないので冬樹は黙り込んだ。

「久我さんでしたっけ、弟さんを責めないでください。私が悪いんですから」山西繁雄が顔を歪めた。「子供じゃないんだから、余震が来ることぐらいは考えなきゃいかんかった。自業自得です」

「そうですよ。だから、兄弟仲良く……ね」山西春子が笑いかけてきた。

菜々美が戻ってきた。彼女は慎重に傷口からガラスの破片《はへん》を取り除き、消毒した後、化膿《かのう》止めの軟膏《なんこう》を塗り、ガーゼと包帯で保護した。

「これで、とりあえずは大丈夫だと思いますけど」

「やあ、助かりました。ありがとうございます。看護師さんがいて、本当によかった」山西繁雄が嬉しそうに目を細めた。

「ところで、太った彼は？」誠哉が菜々美に訊いた。

「何か食べ物を探すといってましたけど……」

「あいつ、もう腹が減ったのか」冬樹は思わず呟いた。

その太一が戻ってきた。顔中に汗をかいている。走ったらしく、息も荒れている。

「大変だ。煙が出てる」

「場所はどこだ？」誠哉が訊いた。

あっちのほう、と太一は指差した。誠哉が店を出ていくのを見て、冬樹も続いた。

店を出て、太一の示すほうに目を向けると、たしかに地下街の奥が霞《かす》んで見える。わずかだが異臭も漂ってくるようだ。

「まずいな。火災が起きているようだ」誠哉がいった。「消火システムが壊れているのかもしれない」

「今のうちに消しておかないと」

足を踏み出した冬樹の腕を、誠哉が摑んできた。

「待て。火災の規模がわからないのに、無闇に近づくな」

「だけど、放っておいたら火がこっちに来るかもしれないんだぜ」

「全員の安全確保が先決だ。ここが煙に包まれる前に脱出する」誠哉は店の中にいる人々に声をかけた。「地下街を出ます。急いで」

戸田と小峰が真っ先に飛び出してきた。白木母娘《おやこ》がそれに続く。山西繁雄が、菜々美と明日香に支えられながら出てきた。

「全くもう、おやじたちは人のことはどうでもいいのかよ」明日香が戸田たちを睨んだ。

「俺が代わろう」冬樹は明日香に代わって、老人に肩を貸した。

「いや、大丈夫です。一人で歩けます」

「急がねばなりませんから、遠慮は無用です」誠哉がミオを背負いながらいった。

「皆さん、日本橋《にほんばし》方面に向かってください。決して、寄り道しないように」

十一人は、地下街を日本橋に向かって歩きだした。煙の濃度が、みるみるうちに高くなってくるようだった。

「リーダー、食料を確保しておいたほうがいいんじゃないの?」太一が大声で訊いた。彼は弁当屋の前にいる。全国弁当祭り、という看板が出ていて、ワゴンの上には弁当が並んでいた。

「無駄に荷物を増やすな。外に出ればコンビニだってある。逃げるのが先決だ」

誠哉に却下され、太一は失望感を露《あらわ》にした。

「こんなごちそうを捨てて、コンビニ弁当かよ」

日本橋で地下街から外に出た。燃えている建物がいくつかあった。そのせいで、夜だが周囲の様子はよくわかる。雨はやんでいたが、生暖かい風が強く吹いていた。

中央通りから銀座のほうを見た。煙がもうもうと上がっている。飲食店が多いので、火災が発生しやすいのかもしれない。

歩きだした誠哉の背中に、冬樹は声をかけた。「どこへ向かうつもりだ?」

「とりあえず、全員が休める場所を見つける。ホテルでもいいが、マンションがあれば、そっちのほうがいい。生活用品が揃っているからな」

道路に面して事務機器のショールームがあった。改装工事の途中だったのか、青いビニールシートが広げられ、その上で脚立《きゃたつ》が倒れていた。誠哉は立ち止まり、何かを拾い上げた。電動ドリルだった。使えることを確認し、再び歩き始めた。

全員が無言だった。この異常な状況について、それぞれが考えを巡らせているに違いなかった。だが冬樹と同様に、誰もが答えを見つけられず、ただ途方に暮れているのだ。

二十分ほど歩いたところで、誠哉が足を止め、すぐそばの建物を見上げた。マンションのようだ。一階がコンビニになっている。

「この付近は火災が起きていないようだ。電気も来ているみたいだし、とりあえず、今夜はここを根城としましょう」

「どうせなら、もっと豪華マンションにしたらどうだ。不法侵入で捕まるわけでもないんだから」そういったのは戸田だ。

「豪華マンションは防犯システムが複雑で、鍵も特殊なものを使っている可能性が高く、侵入するのが大変です。たまたま鍵のかかっていない部屋があれば話は別ですが、そういう部屋を探すより、鍵を壊しやすいマンションを選んだほうが合理的でしょ？」

もっともだと思ったのか、戸田は仏頂面《ぶっちょうづら》をしながらも反論しなかった。

たしかに誠哉が選んだマンションはオートロックがなく、各部屋に行くのが容易だった。エレベータが止まった時のことを考え、二階に部屋を確保することになった。

誠哉が電動ドリルを使って鍵穴の下に穴を開け、曲げた針金で解錠した。

誠哉に続いて、冬樹も足を踏み入れた。その部屋は２ＬＤＫだった。どうやら若い夫婦が住んでいたようだ。リビングボードの上には、結婚式を挙げた時の写真が飾られていた。小柄な花嫁と体格のいい花婿。彼等はどこへ消えてしまったのか。

「ここで十人は狭いな。隣の部屋も使いましょう。五人ほど、ついてきてください」

誠哉は電動ドリルを手に、出ていった。菜々美や山西夫妻、白木母娘が彼に続いた。

戸田がソファに座り、早速煙草に火をつけた。太一は、早速キッチンに入っている。

「ちょっとおじさん、ここは禁煙にさせてもらうから」明日香がベランダのガラス戸を開けながら、戸田に嚙《か》みついた。

「どうして君にそんな資格があるんだ」

「だって、煙草を吸ってるのはおじさんだけだもの。多数決」

ふん、と鼻を鳴らし、戸田は煙草の灰を床に落とした。

「何やってんのさっ」明日香が目をいからせた時だった。

どこからか、猫の鳴き声のようなものが聞こえた。

8

一時、全員が動きを止め、そして沈黙した。そのことが、自分の聞いたものが空耳でないことを冬樹に教えた。しかし、今は何も聞こえない。

「あの……」太一が何かをいいかけた。

「待って」明日香が人差し指を唇に当てた。

風の音が聞こえる。だがそれに混じって、弱々しい泣き声が冬樹の耳に届いた。猫か。いや、そうではない。彼は明日香と顔を見合わせた。

「赤ん坊だっ」

冬樹はベランダに出た。すぐ横に明日香も来る。二人で手すりから外を見た。

「そんなに遠くじゃないと思う」明日香がいった。

「そうだな……」

耳を澄ませたが、何も聞こえない。

「どうしたんですか？」右隣から声がした。菜々美が防火壁から顔を覗かせていた。

無事、隣室に入れたらしい。

「あっ、菜々美さん、そっちの部屋はどうですか？」太一が部屋から顔を出した。

「たぶん、そっちと同じ間取りだと思います」

「そうなんだ。じゃあ、俺もそっちに行こうかな」

「ちょっと静かにしてっ」

明日香がいった直後、また泣き声が聞こえた。今度は、はっきりと場所が確認できた。左隣の部屋だ。

冬樹は端まで移動し、隣の室内を確認しようと手すりから身を乗り出した。

「どう？」明日香が訊く。

「見えない。中に入ってたしかめてみよう」冬樹は、右隣の菜々美に声をかけた。

「兄貴に、反対隣の部屋を開けてくれといってください。赤ん坊がいます」

えっ、と菜々美は目を見開いた。

冬樹は急いで玄関に向かった。明日香も後からついてくる。

外に出ると、すぐに隣室のドアが開き、電動ドリルを持った誠哉が出てきた。

「赤ん坊がいるって？」

「たぶん間違いない。こっちの部屋だ」

冬樹が指し示したドアの前で誠哉は腰を下ろし、先程と同じように電動ドリルの先端を鍵穴の下に押しつけた。

鍵が外れると、真っ先に明日香が中に飛び込んだ。冬樹も、その後を追う。

その部屋の間取りは１ＬＤＫだった。リビングと接している部屋から泣き声が聞こえてくる。明日香が引き戸を開けた。

彼女が立ち尽くすのを見て、冬樹は声をかけた。「どうしたんだ」

室内に目を向けると、真ん中に厚手のタオルが敷かれ、その上に赤ん坊が寝かされていた。白いベビーウェアを着せられている。目の大きな赤ん坊だった。泣くたびに、白い頬が赤くなった。

いつの間にか菜々美が横に来ていた。彼女は赤ん坊に近づき、点検するように周囲を見回した後、慎重な手つきで抱き上げた。

「ちょっと痩せてるけど、健康な赤ちゃんです。三ヵ月ぐらいだと思います」

「女の子？」明日香が訊く。

菜々美はベビーウェアの下のほうを少し開き、にっこり笑った。「男の子よ」

誠哉がやってきて、赤ん坊を見る前に室内を眺めた。

「特に変わった様子はないな。どうして赤ん坊だけが残されているんだろう」

「それを考えるのはナンセンスだぜ」冬樹はいった。「俺たちが、どうして取り残されているのかさえわかってないんだからさ」

誠哉は不愉快そうに眉をひそめたが、すぐに小さく頷いた。「それもそうだな」

いつの間にか全員が集まり、部屋の入り口を取り囲んでいた。

「あの……」小峰が発言した。「その赤ん坊、どうするんですか」

「どうするもこうするもないでしょう」誠哉が答えた。「それとも、このまま放っておけとでもいうんですか」

「いや、そういうわけじゃないですけど」小峰は頭を掻いた。

赤ん坊がむずかりだした。菜々美は、あわててあやすが泣きやまない。

「おなかがすいてるみたいね」栄美子がいった。「どこかにミルクがあるんじゃないかしら」そういってキッチンに入っていった。

「ここは現役のおかあさんと看護師さんに任せたほうがいいかもしれないな」誠哉がいった。「人が多すぎても邪魔なだけだ。ほかの者は、別の部屋に移りましょう」

今夜の落ち着き場所となったのは、２０３号室と２０４号室だった。赤ん坊のいる部屋は２０２号室だ。菜々美と栄美子とミオをその部屋に残し、全員が２０３号室のリビングルームに集まった。

「明日からどうするか、それを相談したいと思います」誠哉が皆を見回した。「何が起きたのかは不明ですが、どうやら我々以外の人間が消えたのは確実のようです。あるいは、隣の赤ん坊のように、探せばまだ生存者は見つかるかもしれない。しかしそれを探すより、まずはどうやって生きていくかを考えるほうが先決だというのが私の意見です。今はまだ電気が使えていますが、やがてストップすることを覚悟したほうがいい。ガスや水道も同様です。そうなった時にどうするか。それを考えておくべきでしょう」

「電気とか、止まっちゃうんだ」明日香が天井の明かりを見上げて呟いた。「ていうか、今はどうして電気が来てるのかな。電力会社の人だって、いなくなったはずなのに」

「発電システムとか送電システムは、殆どが自動だからだよ」小峰が女子高生の疑問に答えた。「燃料が切れたりしなければ、電気は供給される。だけど事故が起きたら、どうなるかはわからない」

「知ってのとおり、方々で事故が起きている」誠哉はいった。「すでに停電している場所も少なくない。このマンションだって、いつそうなるかはわからない。やがてはすべての電力が止まると考えたほうがいいだろう」

「食い物を確保しておかないと」太一が発言した。

誠哉は、薄く笑いながら頷いた。

「食料の確保は大事だ。少なくとも、どこにどれだけのものがあるかは把握しておいたほうがいいだろうな」

「当分、この場所に留まるってことかい？」冬樹は訊いた。

「そのつもりだ」誠哉は頷き、皆を見た。「この場所が最適なのかどうかはわかりません。もしかしたら、もっといい場所があるかもしれない。しかし、赤ん坊が見つかったし、怪我人もいる。皆で移動するのは簡単なことではない。とにかく今大事なことは、安全に生きていける環境を作ることです」

ダイニングチェアに座っている山西繁雄が、傷めた膝に手を当て、申し訳なさそうに目を伏《ふ》せた。

「ひとつ訊いてもいいかね」ソファに座っている戸田が手を挙げた。

「何でしょうか」

「今後どうするにせよ、これからも我々は一緒に行動しなければならんのか。君の指示に従って」

誠哉は苦笑を浮かべた。

「ラジオを使って皆さんを集めた責任があるので、とりあえず今は私がとりまとめ役をしているだけです。どなたかがそれをしてくださるのでしたら、もちろんお任せします」

「久我さんにリーダーをしてもらえばいいじゃん。何か問題あるわけ?」明日香が非難の目を戸田に向ける。

「俺はリーダー役をしているつもりはないよ」誠哉はいい、戸田を見た。「私から指示している気もありません。自分の意見を述べた上で、皆さんの考えをお尋ねしているんです。何かもっといい考えがあるということでしたら、お聞かせください」

「もっといい考えなのかどうかはわからないが、食べ物の確保とかの前に、やるべきことがあるように思うんだがね」

「どういうことですか」

「助けを求める、ということだよ」

「助け……ですか」誠哉が戸惑ったように相手の言葉を繰り返した。

戸田は頷いてからいった。

「私は現実主義者だ。物事を、なるべく論理的に考えようと思っている」

「私もそうです」

「君のいうように、たしかに我々以外の人間は消えたように思える。しかし単にいなくなっただけで、どこかには存在しているだろうというのが私の考えだ。となれば、そこを探すのが先決ではないだろうか」

「日本人だけで一億人以上いるんです。その人たちが一瞬にして、どこか別の場所に移動したというんですか」

「消えたと考えるよりは現実的だろ」

そうかな、と明日香が呟いた。そんな彼女をじろりと睨んだ後、戸田は続けた。

「それに我々は、まだ別の場所の状況を何ひとつ知らないじゃないか。東京の市街地だけを見て、人間が消えたと思い込んでいるだけかもしれない。ほかの土地では何も起きてないってこともあり得る」

「だとしたら、政府は何をしているんでしょう？　この状況を知っていながら、何の手も打ってないということになりますが」

「それは私にもわからんよ。とにかく私は、人のいる場所を探すべきだと思う。どこかにきっといるはずだ」

「具体的には、どうやって探すんですか」

「手分けして探すしかないだろうな。交通機関は麻痺《まひ》しているから、自転車で走り回ることになるだろうが」

誠哉は頷くことなく、全員を見回した。

「ほかの方の意見はどうですか。戸田さんに賛成されますか」

誰も答えない。誠哉は冬樹に目を向けてきた。

「おまえはどう思う？」

「俺は……そんなことをしても無駄だと思う。兄貴だって、そう思ってるだろ？」

「どうして無駄なんだ。わからないじゃないか」戸田が吠えた。

「だって、状況から考えて、明らかじゃないですか。俺たちしかいないですよ。ほかの人間なんて、どこにもいないです」冬樹は一息入れてから、改めて口を開いた。「何が起きたのかはわからないけど、俺たちだけが助かったんです。ほかの人たちはたぶん、この世にはいない。死んでしまったんです」

全員が表情を凍らせたようだった。だが意外な言葉を耳にして呆然《ぼうぜん》としているようには見えなかった。

誰もがわかっていたことなのだ、と冬樹は確信した。わかっていながら、それについては触《ふ》れずにいたというだけのことだ。

後ろで何かが落ちる音がした。冬樹が振り返ると、菜々美が立っていた。その後ろには、赤ん坊を抱いた白木栄美子とミオの姿があった。菜々美の足元に哺乳瓶が転がっていた。誠哉がそれを拾い上げた。

「赤ん坊の様子はどうですか」

菜々美が答えないので、「元気ですよ、とても」と栄美子がいった。「ミルクをすごくたくさん飲んだし」

「それはよかった。名前はわからないのかな」

「ユウト君というみたいです。三ヵ月健診の書類がありました。勇《いさ》ましい人です」

「勇人君か。いい名前だな」誠哉は栄美子の腕の中で眠っている赤ん坊を覗き込み、目を細めた。それから改めて全員を見回した。「何が起きたのか、これから何が起きるのか、全くわからない状態ですから、何かを断定するのはやめましょう。戸田さんの意見にも一理あると思いますから、明日、状況が許すようであれば、何人かで遠出してみましょう。残った人たちは生活する環境を確保する。そういうことでいかがですか」

反対意見は出なかった。戸田も満足のようだった。

コンビニの弁当で夕食を済ませると、とりあえず今夜は休もうということになった。２０３号室は、山西繁雄以外の男性五人で使うことになった。山西夫妻と明日香、菜々美の四人が２０４号室、白木母娘と勇人が２０２号室だ。

戸田がどこからかブランデーを見つけてきて、小峰を相手にちびりちびりと飲み始めた。太一はコンビニから持ってきたというマンガを、ポテトチップスをかじりながら読んでいる。

冬樹は居間を出て、隣の部屋に入ってみた。そこには本棚や鏡台、机などが置かれていた。夫婦が共同で使っていたようだ。

鏡台の上には、蓋《ふた》の開いた瓶《びん》や、ブラシなどが載っていた。今まさに使っている最中だという感じがした。

「何をしてるんだ」後ろから声をかけられた。誠哉が入り口に立っていた。

「これ、見てくれよ」冬樹は鏡台の上を指した。「この家の奥さんは、化粧をしている時に消えたんじゃないかな」

誠哉は鏡台をじっと見つめた後、小さく首を振った。

「さっきもいっただろ。何かを断定しようとするな」

「だけど……」

冬樹が反論しかけた時、チャイムの音が鳴った。

玄関に行き、ドアを開けると、外で明日香が立っていた。スウェットの上下に着替えている。どこかで見つけたのだろう。

「どうした？」冬樹が訊いた。

「菜々美さんがいないの。いつの間にか、いなくなっちゃってる」

後ろで聞いていた誠哉が、居間を突っ切り、ベランダに出た。冬樹もそれに続いた。

「何だ、一体どうしたんだ」戸田がうろたえた声を出した。

冬樹は誠哉と共に、まだところどころで煙の上がっている道路を見下ろした。歩道上を一台の自転車が走っていくのが見えた。

「あれだ。追いかけないと」冬樹はいった。

「待て。俺が行く。おまえはみんなのことを頼む」誠哉は玄関に向かった。

9

外に出た誠哉は、素早く周囲に目を配《くば》った。倒れている自転車が何台かあったので、そのうちの一台を起こした。だがそれにまたがる前に、彼の目に留《と》まったものがあった。数メートル離れたところでバイクが横たわっていたのだ。

近づき、慎重に車体を観察した。カワサキの250ccだった。オイルやガソリンが漏れている心配はなさそうだった。キーはささったままだから、ほかの四輪車と同様、突然ライダーが消えたらしい。幸いだったのは、どうやら信号待ちをしていたようだということだ。倒れた拍子にエンストを起こしたのだろう。ガソリンも、かなり残っていた。

だがバイクを起こし、またがってみて違和感を覚えた。シートの一部がなくなっているのだ。ちょうど尻や腿《もも》が当たる部分だ。削れたとか摩耗《まもう》したとかではなく、最初からなかったかのように消えている。

同じことがハンドルにもいえた。握ってみると、グリップの部分が手の形そのままに窪《くぼ》んでいる。長く使っていると、すり減るものではあるが、それとは明らかに違う。

不思議に思いながらエンジンをかけてみた。乗り心地は悪いが、異状はないと判断し、そのまま発進した。ただし車道は事故車で塞がっている。菜々美が自転車で走っていった歩道上を進むしかない。

だがそれは容易なことではなかった。地震や事故のせいで、歩道上にも無数の障害物があったからだ。店の看板が落ちていたり、自転車が倒れていたりする。無論、ドライバーを失った車が歩道に乗り上げ、店舗に激突しているというケースもあった。

障害物を避けたり、時にはバイクから降りて取り除いたりしながら、誠哉は菜々美を追った。こんなことをしていて追いつけるだろうかと不安になる一方で、彼女にしても進むのに苦労しているはずだという読みもあった。

間もなく、その予想が当たったことを確認した。バイクのライトで照らされた前方に、菜々美の後ろ姿が見えたからだ。彼女は自転車を押しながら、何かを乗り越えようとしているところだった。

その彼女の動きが止まった。どうやらバイクのエンジン音が耳に届いたようだ。誠哉のほうを振り返り、呆然とした様子で立ち尽くしている。

誠哉はゆっくりと近づいた。そばのビルが壊れており、瓦礫《がれき》が歩道を塞《ふさ》いでいた。車道はトラックと乗用車が何重にもぶつかっていて、通れる隙間がない。

「そこを自転車で越えるのは、なかなか大変そうですね」バイクから降りて、彼女に近づきながら誠哉はいった。

「どうして？」菜々美は涙目で訊いてきた。

「何がですか」

「どうして追いかけてきたんですか。ほうっておいてくれればいいのに」

「そんなわけにはいかない。あなただって、あの赤ん坊を見捨ててはおけなかったでしょう？」

「それとこれとは違います。あたしは自分の意思で行動しているんですから」

「だったら、せめて行き先ぐらいは教えてください。ほかの者が心配するでしょ？」

菜々美は自転車のハンドルを握りしめたままで俯いた。

「病院の様子を見てきたいんです」

「病院？　あなたが勤務していた帝都病院ですか」

彼女は頷いた。

「どうなったのかを知りたくて……。入院患者さんたちも、いっぱいいたのに」

「その方々も、今は消えてしまっている——そう考えるしかないと思いますが」

「でも、どうしてそんなことに……」顔を上げ、険《けわ》しい目で誠哉を見つめた後、菜々美は力なく首を振った。「久我さんにだって、わからないんでしたよね。ごめんなさい」

「いずれ答えは見つかるでしょう。だけど今最も大事なことは、それを知ることじゃない。生き延びることだと思います。一人で行動するのは危険です。どうか、我々と一緒にいてください」

だが菜々美は頷かなかった。

「あたしのことは心配しないでください。病院に行かせてください」

「おそらく誰もいませんよ。仮に我々のような生存者がいたとしても、いつまでも病院に留《とど》まってはいないでしょう」

「それでも……それでも行きたいんです」

「どうしてですか」

菜々美は唇を嚙み、再び下を向いた。

「それを話さなきゃいけませんか」

悄然《しょうぜん》とした様子の彼女を見て、誠哉は詰問《きつもん》し続けることに後ろめたさを覚えた。彼女の行動を制限する権利も、プライバシーに踏み込む正当な理由もないことに気づいた。

「わかりました。じゃあ、俺も一緒に行きます」驚いたように顔を上げた菜々美を見て、彼は続けた。「飯田橋は決して遠くないですが、自転車で行くとなると大変ですよ。おまけにあなたは道順をよく御存じじゃない。もし御存じなら、こんなところでもたもたする前に、障害物の少ない脇道に入っていたはずです。違いますか」

彼女は首を振った。

「久我さんに迷惑をかけるわけにはいきません」

「勝手にいなくなられるほうが余程迷惑です。みんなが心配しますから、早く行って、さっさと帰りましょう」誠哉はバイクにまたがった。「後ろに乗ってください」

でも、という形に菜々美の唇が動いた。

「さあ」誠哉は笑いかけ、促《うなが》した。「早く」

菜々美は観念したように頷き、自転車のハンドルから手を離した。バイクに近づき、誠哉の後ろに座った。

「しっかりと俺の身体に掴まっていてください。道が悪いので、おそらくかなり振動があると思います」

はい、と小声で答えた後、菜々美は両腕を誠哉の胴体に回してきた。それを確かめてから、彼はエンジンをかけた。

障害物の少ない道を選びながら、誠哉はバイクを走らせた。幸いなことに、まだ多くの場所で街灯が点っている。

菜々美を後ろに乗せて走りだしてから約二十分後、誠哉のバイクは帝都大学の敷地内に入っていた。病院では目立った事故は起きていないようだ。窓から明かりの漏れている部屋も、いくつかあった。

「まるで何も起きてないみたい」バイクを降りてから菜々美がいった。「夜の病院って、いつもこんな感じです。急患が運ばれてこないかぎりは、とても静かで」

「行ってみましょう」誠哉は正面玄関に向かって歩きだした。

正面のガラス扉をくぐった。薄暗いが、照明は点《とも》っている。だが待合所にも、受付カウンターの向こうにも、人影はなかった。インフォメーション・カウンターの前に、車椅子が一台、放置されている。使い古されたような座布団が敷かれ、背もたれに杖《つえ》がぶらさがっていた。

「たった今まで、誰かが座っていたみたい」菜々美が車椅子を見ながらいった。

「あなたの職場はどこですか？」誠哉は訊いた。

「三階のナースステーションです。ちょっと、行ってきていいですか」

「どうぞ。でも、エレベータは使わないほうがいい」

わかっています、といって菜々美は歩きだした。

誠哉は、あたりを見回した。どこを見ても、彼女がいったように、人のいた気配が濃厚に残っている。受付カウンターには、診療申込書が書きかけの状態で放置されていた。

そのすぐ横にボールペンが転がっていた。それを手にし、誠哉は首を傾げた。ところどころ、ほんのわずかだが窪んでいる。物理的な圧力が加わったというより、その部分だけが消失したようになっているのだ。彼は手の中で、いろいろと持ち替えてみた。やがて、手に触れていた部分だけが消えているのだとわかった。さっきのバイクと同じだ。

誠哉は、ぽつんと取り残されたようになっている車椅子に近づいた。座布団を手に取った。すると中央部に大きな穴が開いていた。それは、座った時に、ちょうど尻が当たる部分に見えた。座布団だけではない。車椅子の背もたれも、背中が当たりそうな部分だけ、奇麗に切り取ったようになっている。

それらを見ているうちに、ふと思いついたことがあった。誠哉は階段に向かった。

二階から上が病室になっていた。彼は廊下を歩き、近くの病室に入ってみた。六人部屋で、それぞれのベッドはカーテンで仕切られている。

誠哉は一台のベッドに近づいた。もちろん誰もいない。だが掛け布団をめくってみると、そこには明確な異状があった。シーツには穴が開いていた。しかも人が横たわった形をしている。ベッドも、その形にくり貫かれたように凹んでいた。掛け布団の内側も、中央部分が消失していた。

ほかのベッドも調べてみた。すべて似たような状況だった。一台だけ、異状のないベッドがあったが、その掛け布団はめくられたままになっていた。そのベッドの使用者は、トイレか何かで離れていたのだと思われた。

誠哉は確信した。消えたのは、人間や動物だけではない。彼等が触れていた物質も消えているのだ。

なぜそんなことになるのかは、無論誠哉には全くわからなかった。ただいえることは、ほかの人々は間違いなく「消えた」のだということだ。自分の意思で、どこかに行ったのではない。これはアクシデントなのだ。

この超常現象が、どれぐらいの範囲で起こっているのかはわからない。だが東京や日本だけといった、狭い範囲で起きているとは思えなかった。ちょっとした異常気象でさえ、世界中に影響が及ぶのだ。これほどの超常現象が、局所的なもので済むとは考えられなかった。

誠哉は廊下を出た。階段を上がり、三階に向かった。誠哉は廊下を出て、病室を見て回った。ナースステーションに菜々美の姿はなかった。誠哉は廊下を出て、病室を見て回った。彼女が患者のことを気にしていたことを思い出したからだ。だが、どの部屋にも彼女はいなかった。

もしかしたら一階に下りたのかもしれない。そう思って、階段に向かいかけた時だった。かすかに声のようなものが聞こえた。

誠哉は踵《きびす》を返し、ゆっくりと歩いた。廊下に面したドアの一つが開いていて、そこから明かりが漏れている。医療相談室、という札が出ていた。

そっと覗き込むと、菜々美の後ろ姿が見えた。彼女は床に膝をつき、すすり泣いていた。そばには小さな机があり、それを囲むように椅子が置かれている。

菜々美さん、と誠哉は声をかけた。

彼女は背中の震えを止めた後、わずかに首を捻った。

「どうしたんですか」誠哉は訊いた。

菜々美は心を静めるように何度か深呼吸をした。

「何でもありません。ごめんなさい」

彼女が何かを手にしていることに誠哉は気づいた。よく見るとそれは茶色のサンダルだった。

「そのサンダルは何ですか」誠哉は訊いた。

菜々美は迷ったような気配《けはい》を示した後、小声でいった。「彼のサンダルです」

「彼の……」

「あの人、病気の説明をする時に、片方のサンダルを脱ぐ癖があったんです。不真面目に見えるからやめたほうがいいって何度か注意したんですけど」

誠哉は中に足を踏み入れた。机の上にはカルテが載っていた。手に取ってみた。書かれている内容については理解できなかったが、担当医が松崎和彦なる人物だということはわかった。誠哉は事情を把握した。

「そのサンダルは、松崎医師のものですか」

菜々美は、こっくりと頷いた。

松崎医師が、彼女にとって特別な存在だったことは間違いないようだ。彼女がなぜ病院に来たがったのかを誠哉は理解した。恋人がどうなったのかを知りたかったのだ。

「膵炎《すいえん》にかかっている患者さんがいて、とても深刻な状況なので、一刻も早く正確なことを本人に教えなきゃいけないといってました。その説明をしていたのだと思います」

「その最中に消えた、ということですか」

「消えたんじゃなく、死んだんですよね」泣き声になって菜々美はいった。「弟さんがいってたように」

「それはまだ何ともいえません。何が起きたのかさえわからないんですから」

「でも、もうどこにもいないことには変わりないですよね。それって、死んだのと同じことじゃないんですか」

「それについては……俺には答えられません」

菜々美は胸の中でサンダルを抱きしめた。再び背中が揺れ、嗚咽《おえつ》が漏れた。

「あなたにお願いがあります」誠哉はいった。「せっかく病院に来たんですから、何かあった時のために、救急医療セットを持ち帰りたいんです。薬局などでは手に入りにくいものを中心に揃えてもらえませんか」

だが彼女はゆっくりと首を振った。

「そんなことをして、何になるんですか。どうせあたしたちだって、生きてはいけないでしょう？」

「どうしてですか。現に、こうして生きているじゃないですか」

「今はそうだけど、ほかに誰もいないし、街はどんどん壊れていく。こんな中で、どうやって生きていくっていうんですか」

「それはまだわからない。大事なことは、生き続けるということです。そうすれば、いつかきっと活路《かつろ》が開けるはずです」

「活路なんて……」彼女は呻《うめ》くように呟いた。「彼がいないのに……」

「お願いします。協力してください」誠哉は頭を下げた。「絶望するのは早すぎます。あなたの恋人がどうなったのかなんて、誰にもわからないじゃないですか。もしかしたら、会えるかもしれない。突然消えたんだったら、突然現れることだって起こりうるかもしれない。どうか、希望を捨てないでください」

「突然現れる……」菜々美がようやく振り返った。目の縁が赤く腫《は》れていた。「そうでしょうか」

「信じるんです。それしかない」誠哉は声に力を込めた。

10

携帯電話で誠哉にかけてみたが、繋がる気配がなかった。試しに一一〇番にかけてみた。しかし結果は同じだ。

冬樹はベランダに出て、暗い道路を見下ろした。誠哉は無事に菜々美を見つけられただろうか。

部屋に戻り、ベッドに横になろうとした。枕元のナイトスタンドを消そうとした時、何気なくドアのほうを見て、ぎくりとした。十センチほど開いていて、その隙間から顔が見えた。ミオだった。

冬樹は上体を起こした。「どうしたの？」

しかし相変わらずミオは言葉を発しない。無表情のままで中に入ってきて、ベッドに上がった。毛布をかぶり、猫のように身体を丸くした。

冬樹は少女の顔を覗き込んだ。「何かあったのかい？」

ミオは何度か瞬きした後、大きな目を固く閉じた。

どうやら彼女の失語症は、かなり深刻な状態のようだった。無理もない、と冬樹は思った。大人でさえ、現実離れした状況に置かれて、気が狂いそうなのだ。感受性の高い子供の神経が保つはずがなかった。

ミオを残し、冬樹は部屋を出た。玄関に向かうと、先にドアが開いて、栄美子が青白い顔を覗かせた。目が充血している。

「今、そちらに行こうと思っていたところです」冬樹はいった。

「ミオが……」

ええ、と彼は頷いた。

「ついさっき、俺の部屋に来たんです。今はベッドで寝ています」

「そうですか」栄美子は安堵したように、ふっと息を吐いた。だが、すぐに部屋に向かおうとはせず、その場で俯いた。

「どうしてこっちに来たのかな。何かあったんですか」

「いえ、そういうわけではないんですけど」栄美子は何かを迷っている様子だった。やがて顔を上げた。「申し訳ないんですけど、今夜はこちらで寝かせてやってもらえませんか。もしかしたら、たくさんの人と一緒にいたほうが安心なのかもしれません」

「それは構いませんけど。だったら、あなたもこっちの部屋に移りますか」

いいえ、と彼女は首を振った。

「赤ちゃんの世話は、隣の部屋のほうがやりやすいんです。私は隣にいますから、ミオに何かあったら呼んでくださいますか」

「わかりました。ええと、ミオちゃんに声をかけなくてもいいんですか」

「あっ……いえ、大丈夫です。今夜は、そっとしておこうと思います。よろしくお願いします」

といって栄美子は出ていった。

冬樹は首を捻った。こんな状況下で母娘が離れているのは不安ではないのか、と疑問に思った。

居間を覗いてみた。戸田がソファで横になっていた。テーブルにはブランデーの瓶とグラスが出しっぱなしになっている。小峰はノートパソコンに向かっていた。太一の姿はない。

「太一はどこへ?」冬樹は訊いた。

小峰はパソコンから顔を上げた。

「おなかがすいたとかいって、出ていきましたよ。下のコンビニじゃないかな」

「あなたは何をやってるんですか。インターネットですか」

「いや、ゲームです。ネットは繋がらなくなりました。これで、ほかの生存者とアクセスする手段はすべてなくなったことになる。まあそれ以前に、生存者がいるのかどうかがわからないわけだけど」小峰はグラスにブランデーを注ぎ、ひと舐《な》めしてから戸田を見て、力のない笑みを浮かべた。「平和そうな顔をして眠っている。一体、どんな神経をしてるのかな。家族のこととか、心配じゃないのかな」

「小峰さん、御家族は？」

「女房と息子がいます。息子は来月から小学校でね、今日は入学式用の服を買いに行くとかいってました。ふだん買い物は近所のショッピングセンターで済ませるんですけど、今日は新宿あたりに出たかもしれないな。女房はきっと、自分の服も買う気だったでしょうからね」

抑揚《よくよう》のない口調でぼそぼそとしゃべる小峰の声には、すでに家族と会うことを諦めている響きが込められているようだった。

いつかきっと会える――その言葉を発しかけて冬樹はやめた。ひどく無責任な台詞のように思えた。

「太一を探してきます」

階段で一階に下りた。コンビニの明かりは点灯している。だが外から見たかぎりでは、太一の姿はなかった。

中に入り、店内を見回した。奥から誰かが洟《はな》を啜るような音が聞こえてきた。食料品の棚のそばだ。冬樹は近づいていった。

太一が床に座り込み、弁当を食べていた。食べながら、泣いている。ティッシュの箱を横に置き、鼻水と涙をぬぐいながら、カツを頬張っている。

「何、泣いてんだよ」冬樹は訊いた。

太一は弁当を膝に置き、ティッシュで洟をかんだ。

「だってさ、ここにある食べ物、明日で全部期限切れなんだぜ。一日や二日なら、期限を過ぎたって、別にどうってことないけどさ。その後は、どうすりゃいいんだよ。ほかのコンビニやスーパーにある食べ物だって、同じように期限切れになっていくんだぜ。全部腐っちゃったらさ、その先は何を食べりゃいいんだよ」

「それで泣いてるのか」

「そうだよ。いけないか？　食い物の心配をしちゃ悪いか？」泣き腫らした目で太一は見上げてきた。

「悪くはないけど、今、そんなことを心配したって始まらないだろ」

「なんでだよ。食い物が一番大事なんじゃないか？　それがなくなったら、生きていけないんだぞ」

「すぐになくなるわけじゃないだろ？　生ものは腐るだろうけど、保存のきく食料だってある。缶詰とか、レトルトとか」

「それだって、いつかはなくなるじゃないか。無限じゃないだろ？　どうすんだよ」

「どうするって……」

その時、エンジン音が聞こえてきた。冬樹は表を見た。誠哉がバイクをマンションの前に止めるところだった。後部シートに菜々美を乗せている。彼女はクーラーボックスを提《さ》げていた。

冬樹に気づいたらしく、誠哉がコンビニに入ってきた。菜々美も後からついてくる。

「何をしてるんだ？」誠哉が訊いてきた。

冬樹は太一とのやりとりを話した。誠哉は頷き、太一を見下ろした。

「たしかに食べ物は大事だ。今から考えておいても早すぎることはない」

それみろ、と太一は唇を尖《とが》らせた。

「だけど、泣いてたって仕方がない」誠哉は、ぴしゃりといった。「人間には知恵ってものがある。食べ物ぐらい、知恵を使えば何とでもなる。幸い、しばらくの間は困ることはない。みんなでじっくりと考えよう」

「何だよ、知恵って。そんなもんで腹が膨れるのかよ」

「とにかく、今夜は休もう。明日から何が起きるのかわからないんだから、体力をつけておくんだ」誠哉は踵を返し、出口に向かった。

「おまえも、さっさと立てよ。それだけ食ったんなら満足だろ」冬樹は太一の腕を摑み、無理矢理立たせた。

だが出口の前で誠哉が立ち止まっていた。天井を見上げている。

「どうしたんだ?」冬樹は訊いた。

「防犯カメラだ」

えっ、と冬樹は誠哉の視線の先を見た。たしかに防犯カメラが設置されている。

「それがどうかしたのか。コンビニなら、どこでも付いてるぜ」

「録画時間は? 何時間ごとにテープを交換するのかな」

「二十四時間」そう答えたのは太一だった。「この程度の店なら、それがふつうだと思うよ。俺、バイトをしてたから知ってるんだ」

「ということは」誠哉は冬樹のほうに顔を向けた。「何らかの超常現象が起きた時も、録画は行われていたということになるな」

冬樹は息を吞んだ。兄の考えがわかった。

「ビデオデッキとモニターを探そう」

「それならたぶん、店の奥だ」意図を察したらしく、太一が率先してレジカウンターの奥にあるドアに向かった。

ドアの向こう側は四畳半ほどの事務所になっていた。真ん中に机があり、囲むようにパイプ椅子が置かれている。さらに周囲には段ボール箱が乱雑に積み上げられていた。

「これだよ」太一がいった。部屋の隅にあるキャビネットに、十四インチのモニターが載っていた。白黒画面で、店内が映っている。レジカウンターの横にいる菜々美が、不安そうに事務所のほうを見ていた。

「いい加減な防犯カメラだな。一画面しかない。レジだけ見張ってりゃいいというわけか」太一がいった。

「強盗は、大抵レジを襲うからな」

冬樹の言葉に、太一は首を振った。

「強盗なんて、そうしょっちゅう入るもんじゃないだろ。このカメラの目的は、店員を見張ることだよ。売上げをちょろまかしたり、友達が来た時に代金を取らないっていう店員が、時々いるからさ。レジに向けて設置されてるのは防犯カメラじゃなくて、店員の監視カメラだってことは、コンビニでバイトをしたことのあるやつなら誰でも知ってるよ」

「さすがに詳しいな」

「売上げをネコババして、クビになったことがあるんだ」

「なるほどね。その経験を生かして、ビデオデッキを探してくれ」

「それはたぶん、この中だな」太一は下のキャビネットの扉を開けようとした。だが鍵がかかっているらしく、開かない。「やっぱりね。店員に触られないよう、鍵をかけてある」

誠哉が周囲を見回し、何かを手に取った。それを冬樹のほうに差し出した。

「これを使って、こじ開けてみろ」マイナスのドライバーだった。

扉の隙間にドライバーの先を突っ込み、力任せに動かした。薄い金属製の扉は、簡単に変形した。

キャビネットの扉を開くと、平たい装置が収められていた。

「使い方はわかるか？」誠哉が太一に訊く。

「そんなもん、簡単だよ。ふつうのビデオデッキと同じだから」

太一はスイッチを押し、まずテープを巻き戻した。一番頭まで戻したところで、再生スイッチを入れた。画面に映像が現れた。左下に時刻が表示されている。午前八時過ぎのようだ。その少し前にテープを交換したということだろう。

店内は賑わっていた。朝食を買いに来たと思われる客が、レジの前で並んでいる。

「何だか、ほかの人間の姿を見るのが、すげー久しぶりみたいな気がする」太一が呟いた。

「同感だけど、それはともかく画質が悪いな」冬樹はいった。

「それは仕方ないよ。ＶＨＳの二時間テープを使って、二十四時間撮影してんだぜ。

VHSなんて、三倍速で録画しても画質が汚いだろ。それが十二倍だもんな」

　そういうことか、と冬樹は頷いた。この画質の悪さが、防犯ビデオから犯人を割り出しにくくしている、という話を思い出した。

「早送りは出来ないのか」誠哉が訊いた。

「もちろん、出来るよ」太一がデッキを操作した。

　画面上を映像が高速で流れ始めた。多くの人々が、レジで精算をして帰っていく。時刻を表すカウンターの数字が、みるみるうちに増えていった。

　その数字の最初の二桁が『13』を過ぎた時だった。

　画面を見ていた全員が、あっ、と声を上げた。その直後、太一は再生速度を戻した。

　店内から人々の姿が消えていた。客だけでなく、店員もいない。

「戻してくれ」誠哉がいった。

　太一は巻き戻しスイッチを押した。すると間もなく、画面に人々の姿が映し出された。

「コマ送りするんだ」

　わかってる、といって太一はジョグダイヤルを回し始めた。三人の目が画面に釘付けになっていた。

　そこだ、と誠哉がいった。太一が止めると、画面も静止した。

「この瞬間に人が消えてる……」太一はジョグダイヤルを前後に少しずつ動かした。

人々が一瞬にして消えていることが判明した。その時刻は十三時十三分だった。

「あの時だ。間違いない」冬樹はいった。

「どういうことだよ。本当に人が消えてる。こんなことって……」太一の顔は真っ青になっていた。

誠哉が手を伸ばし、自分でジョグダイヤルを操作し始めた。

「よく見てみろ。それが、次の瞬間」奥の食品売り場に、女性客が立っているだろ。手にカゴを提げている。「女性客が消え、同時にカゴが床に落ちた。ビデオの故障でも何でもない。実際に、人間だけが消えたんだ」

太一が両手で頭を抱えた。

「どうなってんだよ。俺、もう、頭が変になりそうだよ」

誠哉が事務所を出て行った。冬樹も後を追った。

外では菜々美が不安そうに立っていた。

「どうしたんですか。何が映ってたんですか」

だが誠哉は答えず、食品売り場に行くと、そこに落ちていたカゴを拾い上げた。ビデオに映っていた女性が持っていたカゴだ。

「これを見てみろ」誠哉が冬樹のほうに差し出した。「把手《とって》の部分だ。握った指の跡がある。手に触れていた部分だけ、微妙に窪んでいるんだ」

「どうしてこんなことに……」その部分を見ながら冬樹はいった。

「同様のことが、あちらこちらで起きてる」誠哉はいった。「人々が消えた瞬間、その人が触れていた部分も消えた——そういうことになる」

11

夜が明けようとしていた。レースのカーテン越しに朝の光が差し込んでくる。

週刊誌を手にした小峰は、しばらく黙っていた。その週刊誌は、冬樹がコンビニから持ってきたものだ。雑誌売り場の前に落ちていた。ところどころ、カッターナイフで切り取ったような穴が開いている。よく調べてみると、読むために頁を開いた際、指の当たる部分だった。つまり立ち読みしていた人間が消えた時、その部分も消失したと考えられる。

小峰は週刊誌をテーブルに置き、首を振った。

「どういうことなんでしょうね。人が触れていた部分が消失した、というあなた方の意見には同意できますが……」

「いたるところで同様の現象が起きています」誠哉がいった。「道路上で止まっている車を何台か調べましたが、ハンドルやシートの表面がなくなっています。助手席や後部座席に人が乗っていた場合は、その座席のシートに異変が起きていました」

小峰は顔をしかめ、わからないなあ、といって唸った。

「だけど、ひとつだけ、合点がいったことがあります」

何ですか、と誠哉が訊く。

「服が落ちてないことです」

「服？」冬樹は誠哉と顔を見合わせた。「どういうことですか」

「一瞬にして人間が消えたことについては、何ひとつ説明できません。我々が消えなかった理由についても不明です。でも不思議がってばかりいても始まらない。だからルールを考えてみようと思ったんです。何が消えて、何が消えていないか。必ず何かのルールがあるはずですから」

「なるほど、それで？」誠哉が先を促す。

「これまでに判明しているのは、人間や犬や猫はいなくなったけれど、建物や車は残っているということです。もう少し広い言い方をすれば、生物は消えたけど、無生物は消えていない、となるんじゃないでしょうか」

「植物だって生物だよ」少し離れたところで話を聞いていた太一が、口を挟んできた。

小峰は頷いた。

「ああそうだね。消えたのは動物だけだ。植物や無生物は残っている」

「寿司屋に鮮魚がいっぱいあったけど、あれは死んでるから、無生物ってことになるわけか」太一が納得したようにいった。

「そういうことだと思う。動物だけが消えて、その他の物質は消えずに残った。とりあえずそんなふうにルールを考えてみたのですが、それでは説明のつかないことがあると気づいたんです。それが服です。服は動物じゃない。ただの物質です」

そうか、と誠哉がいった。

「そのルールに則れば、人間が消えても服は残るはずだ。乗っていた車やバイクが残っているように」

「そうなんです。道を歩いている人間の肉体だけが消えて、着ていた洋服は、その場に残っていなければおかしい。道端には、洋服が散乱しているはずなんです。ところがどこにもそんな形跡はない。だから、ルールを考え直さねばならないと思っていたところでした」

「人間が触れていたものも一緒に消える、というのが正解ですかね」

誠哉の言葉に、小峰は頷かなかった。眉間に皺を寄せ、眼鏡を指先で持ち上げた。

「それでは不十分だと思います。たしかにこの週刊誌なんかを見たかぎりでは、そういう現象が起きたように思われます。だけど、触れている、というのは具体性に欠ける表現です。たとえば洋服の場合、多くの人は中に下着を着ています。一番上に羽織《はお》っている上着などは、直接は肌に触れていない場合が多い。それでも消えているわけですから、触れていることが絶対条件ではないはずです」

誠哉は顎に手をやった。「それもそうか……」

「おそらく、もっと複雑なルールがあるんだと思います。それがわかれば、もしかするとこの怪現象についても何らかの説明がつけられるのかもしれない」小峰が締めくくるようにいい、ブランデーの入ったグラスに手を伸ばした。

そのグラスが、突然かたかたと音をたてた。揺れているのだ。

次の瞬間、その振動は部屋全体に及んだ。立ち上がることもままならないほどに床が激しく上下し始めた。

「また地震だっ。かなり大きいぞ」誠哉が叫んだ。「下手に動くな。頭を守るんだ」

冬樹は、そばにあったクッションに手を伸ばし、それで頭を保護した。太一はダイニングテーブルの下にもぐりこんでいる。

リビングボードの上にあるものが、次々と落ちた。キッチンからも、食器が落ちて割れる音が聞こえてくる。

戸田が飛び起きた。「わっ、なんだ、どういうことだ」

壁や柱が、ぎしぎしと音をたてた。冬樹は外の様子を見ようとベランダに近づいた。

「冬樹っ、ガラス戸に近づくな」誠哉の声が飛んできた。

その直後、ガラス戸の入った枠《わく》が大きく変形していくのを冬樹は見た。彼はあわて飛び退《の》いた。

激しい音と共に、まるで破裂するようにガラスが割れた。粉々になった破片が室内にも降ってきた。

しばらくすると揺れは収まった。だが冬樹は、すぐには動けなかった。平衡《へいこう》感覚が戻らないのだ。ゆっくりと頭を上げ、周囲を見回した。

床には物が散乱していた。ガラスの破片も散っている。壁には大きな亀裂が入り、天井の一部が剝《は》がれていた。

そして明かりはすべて消えている。停電したようだ。

戸田が顔を歪め、腕を押さえていた。指の間から血が滴《したた》っている。

「どうしたんですか？」冬樹は訊いた。

「ガラスだ。こっちに飛んできた」戸田は苦しげに答えた。

誠哉が立ち上がった。

「外に出よう。頭を保護するものを忘れないように」

誠哉に続き、冬樹はクッションを持ったまま居間を出た。だが玄関に向かう前にミオのことを思い出した。

隣の部屋のドアを開けると、本棚がベッドに覆い被さるように倒れていた。

ミオちゃんっ、と冬樹は叫んだ。あわてて本棚を起こした。

大量の書物がベッドに散らばっていた。その下で布団が小さく盛り上がっている。

冬樹は布団を剝がした。ミオが手足を丸めた格好で、じっとしていた。

「ミオちゃんっ、大丈夫か」冬樹は少女の身体を揺すった。

ミオの瞼がゆっくりと開いた。瞬きした。彼女の身体は小刻みに震えていた。顔面は蒼白だった。

「冬樹、どうだ？　ミオちゃんは無事か？」誠哉が訊いてきた。

「大丈夫みたいだ。――行こう、ミオちゃん」冬樹は少女を抱きかかえた。

部屋を出ると、赤ん坊を抱いた栄美子が青ざめた表情で立っていた。

「怪我はありませんか」誠哉が訊いた。

栄美子は無言で頷いた。それから冬樹と一緒にいるミオを見て、安堵したように吐息をついた。

隣の部屋から菜々美と明日香が出てきた。

「びっくりした。マンションが壊れるんじゃないかと思っちゃった」明日香が息を荒くしながらいった。

「菜々美さん、戸田さんの傷をみてくれ。ガラスで切ったらしい」誠哉がいった。

菜々美は戸田の上着を脱がせ、手当を始めた。彼女が提げていたクーラーボックスには、様々な医薬品や応急手当の用具が入っていた。

「お年寄りたちは大丈夫だったかな」

誠哉の問いに彼女たちが答える前に、山西繁雄が春子に支えられるようにして出てきた。

「歩けますか？」誠哉が山西に訊いた。

「何とかね。横になっていたから、昨日みたいに転ぶ心配がなかった」

老人の軽口に笑みを浮かべた後、誠哉は皆を見回した。

「全員、無事ですね。とりあえず、このマンションは出ましょう。どこか、広くて安全なところに移動します」

階段を使い、全員が一階に下りた。

眼前に広がる光景に、冬樹は目眩《めまい》を起こしそうになった。地面の、あるところは隆起し、あるところは陥没《かんぼつ》していた。砂埃《すなぼこり》が舞い、建物からは煙が出ていて、先が殆ど見通せない。そのくせ歩道や道路上に無数のガラス片が飛び散り、朝の光を受けてキラキラと光っている。

「戦争映画みたいだ」太一が呟いた。

「それ以上だよ。地球滅亡って感じ」明日香の声から力強さが消えていた。

「コンビニで水と食料を調達しよう」誠哉がいった。「あまり荷物が増えると移動しにくいから、とりあえず二、三日分だけでいい。それから、最低限の生活用品も揃えておいたほうがいいだろう」

停電のせいでコンビニの中は薄暗かった。冬樹は明日香と二人で、カゴに飲料水やサンドウィッチ、握り飯、インスタント食品などを片っ端から放り込んでいった。

店を出ると、誠哉がニット帽を全員に配った。それらもコンビニの商品だった。

「これをかぶってください。今から少し歩きますが、足元だけじゃなく、頭の上にも注意が必要です。阪神淡路大震災では、地震後、頭上からの落下物で多くの方が亡くなっています」

全員が帽子を着用したのを確認し、「よし、行こう」と誠哉が声をかけた。

彼を先頭に、十二人は移動を始めた。道路がうねっている上、ガラス片を避けねばならないので、ただ歩くだけでも一苦労だ。

空は灰色だった。天気が悪いのではなく、煙で覆われているからだ。先程の地震のせいで、昨日に続き、今日もまた新たな火災が発生しているに違いなかった。

二十分以上歩いて辿り着いた先は、中学校の体育館だった。

「こんなところでなくてもいいんじゃないか」戸田が不満そうにいった。「こういう場所を避難所にするのは、大勢を収容できるからだろ？　我々しかいないんだから、壊れてない住宅を使えばいいじゃないか」

「余震の心配がなく、二次被害が起きる恐れがないと確認できれば、どこか適当な住処を探せばいいと思います。しかし現段階では、住宅の類に入るのは危険です。いつ何時、火災が発生するかもわかりません」

誠哉の説明に、戸田は納得できない顔だ。

「どうして？　たとえば、あの家なんかはどうだ」彼は道路の反対側にある邸宅を指差した。「見たところ、どこも壊れてない。火災が起きている気配もない。ああいう家なら安心じゃないのか」

だが誠哉は首を振り、遠くを指した。

「あそこを見てください。煙が上がっているでしょう？」

たしかに数十メートル先の建物から煙が出ていた。何かが燃えている最中だということは明白だった。

「忘れてならないのは、我々にはあの火を消せないし、火を消してくれるはずの消防が来ることもないということです。あの火は燃え続けます。やがては隣の建物を燃やし、さらにその隣へと広がっていくことも考えられます。また、別の場所から突然火が出ることも十分にありえます。今の時点では、危険のない住居など、どこにもないのです」

「そんなことをいったら、体育館だって同じだろ」

「二次被害に遭《あ》う危険性は極めて低いです。周りの建物と隔絶されていますから、類焼の心配がない。基本的に中はがらんどうですから、何かが落ちてきたり、倒れてくることもない。火の気がないから、火災が発生するおそれもない。単に広いということだけで、こうした場所が避難所に使われるわけではないのです」

誠哉の説明に、戸田は仏頂面で黙り込んだ。納得したわけではないのだろうが、反論の言葉が思いつかないらしい。

体育館に目立った被害はなかった。中に入ると、男たちでマットや跳び箱などを並べ、全員が休めるスペースを作った。

明日香が全員に食べ物を配った。サンドウィッチを受け取った太一が唇を尖らせた。

「たったこれだけかよ?」

「我慢しなさいよ。ダイエットが出来てよかったじゃん」

太一は、食べることしか楽しみがないのに、とぼやいている。

「問題は照明ですね。今は明るいけれど、たぶん夕方になれば、かなり暗くなっちゃいますよ」小峰が天井を見上げていった。壁四面の天井近くに明かり取りの窓が作られていて、今はそこから光が入ってきている。

誠哉は時計を見た。

「まだ午前七時です。夕方まで、十時間以上ある」

「それが何か？」

「暗くなって、何も見えなくなったら、眠ればいいんです。それが本来の夜の姿です」

ふん、と戸田が鼻を鳴らした。

「まるで原始時代だな。せめて、江戸時代程度にしておかないか。ランタンを使えばいいし、それが手に入らないならローソクでもいい」

「お使いになることを止めたりはしませんが、なるべくならそうしたものに頼らない生活に慣れたほうがいいと思います。それらの物資も、いずれは入手が困難になります」

「俺は食べ物のほうが心配だな」早々にサンドウィッチを食べ終えた太一が、ぼそりといった。

事態の深刻さは、刻一刻と増していくようだった。それを冬樹が感じたのは、トイレに入った時だ。水が流れなくなっていた。つまり、水道が止まったということだ。

「現在タンクに溜まっている水を流したら、もうそのトイレは使えないということか」誠哉は考え込みながらいった。「男はトイレがなくても何とかなる。トイレを使うのは、基本的に女性だけということにしよう。女性陣も、極力水を節約する方法を考えてください」

「そんなことをいわれてもねえ」当惑した顔で、明日香は菜々美と顔を見合わせた。

「おおい、大変なことになってるぞ」入り口から外を見ていた太一が大声を出した。行ってみると、学校の向かい側が火に包まれていた。誠哉が予言した通り、先程の火は消えることなく、付近一帯を燃やし尽くしているのだ。

「このままだと街が消えちゃうよ」

太一の言葉に、誰も応えなかった。

12

余震は幾度となく続いた。その中には、歩くのが困難なほど大きな揺れもあった。誠哉が外出を禁じたが、それ以前に、出ていこうとする者はいなかった。

「どうしてこんなに地震が続くんでしょうね」小峰が誰にともなくいった。彼は跳び箱を椅子代わりにして座っている。

「たまたまじゃないんですか」冬樹が応じた。

「そうかな。人々が消えたことと何か関係があるように思えてならないんだけどな」

「どういう意味です？」

「いやあ、私にしても、はっきりとした考えがあるわけではないんだけど」小峰は頭を掻き、斜め上に目を向けた。「さっき、太一君がいったでしょ。このままだと街が消えるって。それを聞いた時、ふと思ったんです。街どころか、世界が消えるんじゃないかって」

「世界が？　まさか」

「いや、世界という言い方は不適切かもしれないな。人間世界、といったほうがいいかもしれない」

この場には、誠哉と太一を除く全員が集まっていた。二人は現在、体育館の表と裏に分かれて、風向きや近辺の火災の様子を見張っている。二時間で交代する、ということが少し前に決まっていた。

自分たちに何が起きているのか全くわからない状態で、しかも当面すべきこともなかったので、皆が小峰の話に耳を傾けた。

「以前から、時折いわれてたことがあるじゃないですか。人類の環境破壊には目を覆うものがある、地球を元の美しい姿に戻すには人間がいなくなるしかないって」

小峰の隣にいた戸田が、呆れたように身体を揺すった。

「だから人間が一瞬にして消えたとでもいうのか。馬鹿馬鹿しい」

「地球の報復ではないかと思うんです」小峰は続けた。「もちろん、地球に意思はないでしょうけど、ひとつの惑星を守るため、宇宙規模の自浄作用みたいな現象が起きてるんじゃないでしょうか。まずは天敵である人間を消滅させる。次に、人間が築きあげてきた文明を破壊してしまう。この地震にしても、地球がすべてを白紙にしようとする手順の一つのように思えてならないんです」

「ありえんよ、そんなことは」戸田は首を振る。

「どうして、そういいきれるんですか」

「どうしてもこうしてもない。もしそういう自浄作用のようなものがあるなら、人類がここまで繁栄できたのはなぜだ？　そうなる前に、その作用が起きていたはずじゃないのか」

「何らかのリミットがあったんじゃないでしょうか。許容範囲を越えて、人間たちが傲《ごう》慢《まん》な行いを繰り返してきたばかりに、ついに地球の怒りを買った——。違いますかね」

「いや、私もそう思う」山西繁雄が発言した。彼は妻の春子と並んで、折り畳んだマットの上にいた。「人間はこれまで、好き勝手なことをやり過ぎてきた。そろそろ天罰が下ってもおかしくなかった」

隣の春子も頷いた。

「私の田舎《いなか》でもね、山を削って道路を造ったり、トンネルを掘ったりした挙げ句、大雨で土砂崩れが起きたりしたんです。いつかきっと、もっとひどいことが起きるんじゃないかと思っていました」

戸田は露骨にげんなりした顔を作り、立ち上がった。

に向かった。

「くだらん。道路開発と一緒にしてどうするんだ」煙草とライターを出しながら出口
戸田と入れ替わりに誠哉と太一が戻ってきた。

「外の様子はどう？」冬樹が訊いた。

「付近の火災は、だいぶ収まったようだ」誠哉が答えた。「といっても、火が消えたわけではなく、このあたりの家屋は燃やし尽くされたという意味なんだけどな。いずれにせよ、ここまで飛び火してくる心配はなさそうだ。日が暮れてきたし、今夜はこのままここで過ごすことにしよう」

「ここで雑魚寝《ざこね》するのか」

「隣の倉庫に、毛布や枕が何組か保管されている。たぶん緊急避難所として使われることを想定してのものだろう。あと、保健室から布団を持ってくるという手もある」

「教室で寝ちゃだめ？　ここはちょっと寒いんだけど」明日香が訊いた。

誠哉は首を振った。

「教室は危険だ。いつ余震が来るかわからないからな。どこかにストーブがあると思うから、それで我慢してくれ」

明日香は不満そうだったが、小さく頷いた。

「飯にしようぜ。腹が減って、死にそうだよ」そういうなり太一が、食料の入ったカ

ゴを探り始めた。

簡単な夕食を終えた頃には日没が過ぎていた。途端に館内は暗くなってきた。冬樹たちは急いで倉庫から毛布や枕を運び込んだ。誠哉は小峰と二人で、保健室から布団を持ってきた。それらはミオと赤ん坊のために使われることになった。

体育館の床にマットを敷き、さらにその上に拾ってきた段ボールを広げ、横になることにした。山西繁雄のアイデアだった。

「まるでホームレスだな」戸田が苦々しそうにいった。

「でも暖かい。グッドアイデア」

明日香の褒め言葉に、山西は嬉しそうに目を細めた。

冬樹も同じようにして横になり、毛布を身体に巻きつけた。まだ午後七時を過ぎたところだったが、明かりのない体育館内は真っ暗だった。考えてみれば、昨日から殆ど眠っていなかった。そのせいで頭は重く、身体もだるい。だが、意識は妙にはっきりとしていた。興奮状態が続いているせいだった。コンビニでアルコールを確保しなかったことを後悔した。

しかし眠れないのは彼だけではないようだった。周りで、ごそごそと寝返りをうつ気配があった。誰もが恐怖と不安に包まれているのだろうと想像した。

静寂の中で、誰かがすすり泣く声が聞こえてきた。どきりとして冬樹は耳を澄ませた。聞き覚えのある泣き声だった。

冬樹は毛布から這い出し、近づいた。

「太一、またかよ」小声で戒《いさ》めた。「今、食い物の心配をしたってしょうがねえだろうが」

だが太一は毛布をかぶったまま、「そんなんじゃねえよ」と泣き声でいった。

「どうしたんだ」誠哉も起きあがり、尋ねてきた。

目が慣れたせいで、周りの様子が見えてきた。ほぼ全員が上体を起こしていた。誰もが太一の泣き声には気づいていたのだろう。

「じゃあ、なんで泣いてんだよ」冬樹は太一に訊いた。

太一が毛布の下で何かいった。だがよく聞き取れない。何だって、ともう一度訊いた。

おしまいだよ、といったのが聞こえた。

「おしまい？　何が？」

「俺たちだよ。どう考えたって、もうおしまいじゃないか。電気が止まって、水も出なくなって、おまけに誰も助けてくれない。そんな中で、一人きりで、どうやって生きていけっていうんだよう」

「一人きりじゃないだろ。俺たちだっているじゃないか」

「一人きりだよ。家族とはもう会えない。友達だっていない。俺、こういうのだめなんだよ。それに、あんたたちに何とかできるのかよ。どうしようもないだろ？　もう死ぬしかないんだよ」

「うるさいよっ、デブっ」後ろから明日香の声が飛んできた。「男のくせに泣くなよ。誰だって泣きたいんだよ。あたしだって、家族とか友達のことを考えたら、泣きそうになるんだ。だけど必死で我慢してるんじゃないか。空気読めよ、馬鹿。こんなところで一人でも泣いたら、みんながくじけそうになるだろ。我慢しろよ。それぐらい我慢しろよ」

太一を罵る明日香だが、彼女もまた途中から泣き声になっていた。それをごまかすためか、彼女は毛布から出ると、暗闇にもかかわらず、ばたばたと足音を立てて、どこかへ行った。

「冬樹」誠哉が声をかけてきた。「懐中電灯を持っていってやれ」

冬樹は無言で頷き、枕元に置いてあった懐中電灯に手を伸ばした。

まだめそめそと泣いている太一に誰かが近づいた。山西春子だった。

「ごめんね、太一君。何の力にもなってやれなくて。太一君は、私たちのために荷物を運んだり、外の見張りとかをしてくれているのにね。本当に、太一君みたいな人が一緒にいてくれてよかったと思う」そういって彼女は太一の背中を毛布の上からさすった。

太一は何も答えない。だがすすり泣きも聞こえなくなった。

「そうよねえ、太一君はまだ若いんだから、怖くても当然よねえ。私たちなんか、もうこんな歳だから、どういうことになってもいいっていう覚悟があるんだけど。だからね、もし何かあったら、私が太一君の身代わりになってあげるから心配しないで」

「いいよ、もう。ほっといてくれよ」太一が身体を丸めるのがわかった。

山西春子が元の場所に戻るのを見て、冬樹は立ち上がった。懐中電灯のスイッチを入れ、出入口に向かった。

明日香は体育館のすぐ前にある広場にいた。膝を抱えて座っている。

「そんなところにいると風邪ひくぞ」

「構わないで。一人になりたいんだから」

「一人になるのはいいけど、体調を崩されるのは困る。そんなことになったら、みんなが迷惑するってことはわかってるだろ」

壊れた椅子があったので、冬樹はそれを運んできて解体し始めた。

「何を始める気？」

「寒いのに電気もガスもない。こういう時にやることは一つだろ」

壊した椅子の隙間に新聞を突っ込み、ライターで火をつけた。忽《たちま》ち火は大きくなり、やがては木を燃やし始めた。ぱちぱちと弾ける音がし、炎が周囲を赤く照らした。

暖かい、と明日香は呟いた。「焚き火なんて、何年ぶりだろ」

「学校ではやらなかったのか。キャンプファイヤーとか」

「やったことない。学校は街の真ん中にあって、グラウンドも小さかったから、火を使うのは禁止されてたんじゃないのかな」

なるほどね、と冬樹は頷いた。

「さっきはごめん」焚き火を見つめながら明日香はいった。「太一君を注意するつもりだったのに、あたしがおかしなことになっちゃった。ダサいよね」

「気にすることない。泣きたい時には泣けばいいんだ。無理してたって、しょうがねえよ」

明日香は頭を振った。

「もう、絶対に泣かない。泣くとしたら、このピンチを切り抜けた時かな。そうしたら、嬉しくて泣いちゃうかも」

「ピンチか。たしかにピンチだよな」

「あたし、こう見えてもフットサルをやってんの」

へえ、と冬樹は彼女の顔を見て、ちらりと全身に視線を走らせた。一見したところでは華奢《きゃしゃ》な感じだが、たしかに筋肉はしっかりとついていそうだった。

「でね、シュートを決めに行くのも楽しいわけだけど、強い相手から攻めこまれるのを必死で守るっていうのも、案外嫌いじゃないんだ。チームのみんなからはマゾだなんていわれるんだけど、ちゃんと理由があるんだよね。猛攻撃を凌《しの》ぎきったら、相手は絶対に、ちょっとがっくりくるわけ。そこが狙い目。一転して攻撃に移って、一気にシュートを決める。それが快感なんだ」

だから、と気持ちを切り替えるように彼女は背筋を伸ばした。

「今は最大のピンチなんだって思うことにする。これを凌げば、その後には、きっといいことがあるって」

明日香の声には力がこもっていた。懸命に自らを奮《ふる》い立たせようとしているのが冬樹にも伝わってきた。裏を返せば、それだけ追い込まれた気持ちになっているということだ。

かけるべき言葉が見つからず、冬樹は黙って焚き火に視線を注いだ。その火が時折激しく揺れることに気づいた。

「いやな風が吹いてきたな」周りを見ながら呟いた。「そろそろ中に入ろう」

不吉な風は、翌朝も吹き続けていた。空は分厚い雲で覆われ、今にも雨が降ってきそうだった。

「せめて天気ぐらいはよくなってほしいのになあ」空を見上げ、山西繁雄が嘆息《たんそく》した。

戸田が誠哉に詰め寄った。

「いつまでここに留まっているつもりだ？　火災は収まったみたいだし、そろそろ人間らしい生活を取り戻したいんだがね」

だが誠哉は首肯《しゅこう》しなかった。

「もう一日だけ我慢してください。まずは周辺の状況を把握する必要があります。どこが安全なのか、まだわかりませんから」

「移動しながら安全な場所を探せばいいじゃないか。ここへ来た時みたいに」

「あの時には、この体育館という当てがありました。今は何もありません。当てもなく移動を始めるのは危険です。怪我人や赤ん坊だっているんです」

「耐震設計の行き届いた建物なんて、いくらでもある。うちの会社だってそうだった。そういう建物を目標にすればいい」

「そこに辿《たど》り着くまでが危険だといってるんです。道路がどんなふうになっているのかも我々は知らない。お願いですから、今日一日だけ待ってください」誠哉は頭を下げた。

戸田は不満そうだったが、わざとらしく大きなため息をつき、黙り込んだ。

「何人かで手分けして、周辺の状況を調べよう。どこに食料があるか、危険な箇所はないか、住める場所はあるか、そういったことを確認するんだ」誠哉が、主に男性たちに向かっていった。

誠哉、冬樹、太一、小峰の四人が出発することになった。とはいえ、道路が壊滅状態のため、バイクはもちろん自転車を使うのも困難だ。全員が徒歩で体育館を後にした。

冬樹が歩きだして間もなく、後ろから足音が近づいてきた。振り返ると、明日香が小走りで追ってきた。

「あたしも一緒に行くよ。足腰には自信があるから」

冬樹は頷き、微笑んだ。彼女と並んで歩き始めた。その時だった。遠くの空で雷鳴が轟《とどろ》いた。

13

誠哉はペダルをこいでいた。体育館を出てから見つけた二台目の自転車だ。最初の自転車は、一キロほど走ったところで投棄した。道路が広範囲にわたって陥没していたからだ。そこを徒歩で通過した後、再び新たな自転車を見つけたのだ。

ほかの者には、危険だから自転車やバイクは使うなといった。だが誠哉には、どうしても遠くに移動する必要があった。

彼は晴海《はるみ》通りを西に走っていた。謎の超常現象が起きてから、まだ二日しか経っていないにもかかわらず、東京の街は廃墟と化していた。まだどこかで火災が続いているらしく、煙や埃で視界が悪い。それらの細かい塵が降り積もっていくせいで、道路上の壊れた自動車の群れは、早くも煤《すす》けた色をしていた。

霞んだ視界の先に、見慣れた建物が現れた。尖った屋根の豪壮《ごうそう》たる建築物——国会議事堂だ。遠目に見るかぎりでは、地震による被害はわからない。

誠哉は自転車を止めた。すぐ横の建物を見上げた。

警視庁本部も、外観を見るかぎりは無事のようだ。彼は、いつもの経路を辿り、中に入った。ただし、いつも門のそばにいる警官の姿はない。

エレベータは止まっていた。照明もすべて消えている。誠哉は懐中電灯を手に、階段を上がり始めた。幸い、火災が起きた様子はない。

彼が最初に向かったのは自分の職場、すなわち捜査一課のフロアだった。足を踏み入れてみて驚いた。整然と並んでいた机の向きがばらばらになり、椅子は方々に散らばっていた。床には、机の上に置かれていたと思われる書類や筆記具などが散乱している。

誠哉は自分の席を見てみたが、やはり机の上には何も載っていなかった。未処理の書類を入れるケースがあったはずだが、周囲には見当たらなかった。この建物の揺れも、かなりのものだったらしい。

彼は捜査一課長の席を目指した。だがそこも嵐が過ぎ去った後のようになっていた。

床に携帯電話が落ちていた。バッテリーが切れていないことを確認し、誠哉は発信記録を調べた。そこに表示されたのは、誠哉の番号だった。

中国人たちを逮捕しようとしていた直前、捜査一課長から電話がかかってきたのを思い出した。あの時の記録が残っているらしい。

誠哉は捜査一課長からの突然の指示を今も覚えている。次のようなものだった。

一時から一時二十分の間は、危険な行為は慎め。仮にその必要がある場合でも、一時十三分前後は絶対に避けるように――。

この指示は、刑事部長から出されたものらしい。だが捜査一課長によれば、刑事部長自身が詳しい事情を把握していないようだったという。

一時十三分という時刻に、誠哉は引っかかっていた。コンビニの防犯カメラに、人々が一瞬にして消滅した瞬間が録画されていたが、その時刻がまさしく一時十三分だった。これを偶然だとは、とても思えない。

あの通達と超常現象には、何らかの関係がある。おそらく、現象を見越した上での指示だったのだ。つまり上層部の人間は、すべてを予期していたことになる。

それにしても――。

あの指示の目的は何だったのか。超常現象を予期していた政府首脳たちは、どこへ消えたのか。そもそも超常現象の正体は何なのか。

それを明らかにしようと思い、誠哉は警視庁本部までやってきたのだった。

誠哉は捜査一課長の携帯電話を机に置き、踵を返した。彼が次に向かった先は、刑事部長の部屋だった。

ドアを開けると、足元にトロフィーが転がっていた。ゴルフ大会で刑事部長が優勝した時のものだ。壁際のキャビネットの上に飾ってあったのを誠哉は覚えていた。

書棚から飛び出した本が床に落ちていた。しかしそれ以外には大きな変化はないようだった。書棚には地震対策が施されている。また刑事部長の机は特注の重いもので、捜査員たちが使用しているスティール製のように簡単に動いたりはしない。

誠哉は革張りの椅子に座り、机の引き出しを開けた。いきなり、一枚の書類が目に留まった。警察庁から回ってきているもののようだ。そのタイトルを見て、思わず眉をひそめた。『P―13現象への対応について』とあった。

何だこれは、と思った。無論、『P―13現象』という言葉自体、誠哉は聞いたことも目にしたこともない。

その内容は、誠哉が捜査一課長から指示されたものと大差なかった。三月十三日の十三時ちょうどから二十分間は、警察官を危険な任務に就《つ》かせないこと。事務員並びに技術職員にも、危険の伴う仕事はさせないこと。やむを得ぬ理由がある場合でも、十三時十三分前後は必ず避けること――とある。

一方で、人が集まる場所などでのテロ対策について、通常よりも強化することを要望している。また交通部に対して、事故発生率の高い場所を把握し、監視するよう求めている。いずれも時間が指定されていて、十三時から二十分間、となっていた。

誠哉は首を捻った。明らかに警察庁は、何かが起きることを予期していたのだ。『P—13現象』とは、その名称だろう。ところが、それがどういうものなのかは、どこにも記載されていなかった。

警察庁に行ってみることを考えた。警察庁長官ならば、さすがにもう少し詳しいことを知らされているのではないか。

そんなことを考えながら書類を眺めていた誠哉の目が、ある文章に釘付けになった。そこには次のように書かれていた。

尚、当日の対象時間内は、総理官邸にP—13現象対策本部が設置される見込みで、緊急事態が発生した場合は、対策本部に対応を問い合わせること——。

その建物が元々は何だったのか、一見しただけではわからなかった。正面玄関が真っ黒に焼けていたからだ。すぐそばに地下への階段があり、煙はそこから上がってきたようだ。地下のレストランか何かで火災が起きたのかもしれない。建物の上部にある看板を見て、ようやくホテルだと判明した。

「ここの窓ガラスは無事みたいだな」建物を見上げて冬樹はいった。「体育館からそんなに遠くないし、いざとなれば、ここで寝泊まりすればいいんじゃないかな」

「ベッドには不自由しなさそう。でも、シャワーは使えないよね」明日香がいう。

「そりゃあそうさ。水が出ないんだから、仕方がない」

「どこかに水の出るところはないかなあ。お湯が出れば、もっといいんだけど」明日香は口元を曲げ、周囲を見回す。「こんなに長い間顔を洗わないなんて、久しぶりだよ。シャンプーだってしたいし」栗色の髪に指を突っ込み、頭をぼりぼりと掻いた。

「たしかに、風呂には入りたいな」冬樹も、自分の服の臭いを嗅いだ。埃と汗が混じったような臭いがした。

あっ、と明日香が指を立てた。

「お台場は？　あそこなら温泉があるよ」

冬樹は肩をすくめた。

「温泉といったって、勝手に湧いてくるわけじゃない。ポンプとか機械を使って、地下千何百メートルってところからくみ上げるんだ。どうせ機械は止まっている」

「そんなのわかんないじゃない。行ってみないと」

「どうやって行くんだ？　ゆりかもめだって止まってるんだぜ」

「じゃあ、歩いて行く」

ふん、と冬樹は鼻を鳴らした。

「勝手にしろよ。仮に温泉に入ってさっぱり出来たとしても、歩いて帰ってきたら、また汗みどろだ。つまんないことといってないで、調査を続けよう」

いつの間にか二人は銀座に来ていた。だがすぐにはそうと気づかなかったほど、街の様相は変わっていた。街路樹や街灯は倒れ、地面は波打っている。そしてその歩道や道路上には、ガラスの破片が飛び散っていた。

「安全そうな場所なんて、どこにもないね」明日香が足元を見ながらいった。

「全くだ。もし人が消えてなかったらと思うと、ぞっとする。このあたり、血の海になってたぜ」

「ほんとだね」そういった後、明日香は吹き出した。

「何だよ。何か、おかしいか」

「だって少し前までは、周りの人間が突然いなくなっちゃって、パニクってたわけじゃん。それなのに今は、人が消えてよかったみたいにいうから」

ああ、と冬樹も頬を緩《ゆる》めた。「それもそうだな」

この異常事態に、少しずつ慣れてきているのかなと彼は思った。あるいは、あまりに現実離れしたことが続くので、神経が麻痺しているのかもしれない。

二人はデパートの前で立ち止まった。見たところ、損傷はそれほどひどくない。ただし照明が消えているので、中は真っ暗だ。

「地下の食料品売り場がどうなっているか、確かめてみよう」そういって冬樹は中へ入っていった。

入り口をくぐり、「これはひどい」と思わず呟いていた。足の踏み場もないほどに商品が散乱していた。靴売り場の棚には、商品が一つも載っていない。すべて床に落ちているからだ。

明日香が小さな悲鳴を上げたので、冬樹は振り返った。「どうした?」

しかしすぐに彼女は照れ笑いを浮かべ、舌を出した。

「何でもない。あれを見て、ちょっとびっくりしただけ」

彼女が指差した先を見て、冬樹も一瞬ぎくりとした。人が倒れているように見えたからだ。しかしそれはマネキンだった。頭部が外れ、そばに転がっている。

「お互い、人恋しくなってるみたいだな。ところで、俺は地下の状況を見てくる。君はどうする?」

「うん……適当に、そのへんを見てる。ドライシャンプーとか探したいし」

「わかった」冬樹は、停止しているエスカレータに向かって歩きだした。

地下に下りると、光が入らない分、一層暗かった。懐中電灯で足元を照らしながら進んだ。異臭が漂っている。生鮮食品売り場から臭ってくるようだ。電気が止まり、冷蔵されていたものは無論のこと、冷凍食品も傷み始めているのかもしれない。

総菜や弁当などが床に散らばっていた。それらを見て、冬樹は強い焦燥《しょうそう》感を覚えた。一昨日の夜、太一が泣いていたのを思い出した。彼の心配は的外れではないと思った。刻一刻と、食べ物はなくなっていく。しかもその量は膨大だ。

缶詰、干物、飲み物の売り場を探した。見つけると、それらの種類、量などを、丹念にメモしていった。

地下食料品売り場を一通り見回った後、彼は一階に戻った。ところが明日香の姿がない。化粧品売り場にもいなかった。

首を傾げながら、二階に上がってみた。そこも真っ暗だった。

三階に上がろうとエスカレータの一段目に足をかけた時、小さな光が目に入った。女性服売り場の奥だ。

冬樹が行ってみると、明日香が鏡の前に立っていた。白いミニのワンピースに着替えている。しかも高価そうなネックレスを首につけていた。

台の上に懐中電灯が、彼女の姿を照らすように載っていた。

「ファッションショーかい?」

冬樹の声に、明日香は痙攣《けいれん》したように全身を震わせた。振り返り、ばつの悪そうな顔をした。えへへ、と笑う。

「この服、前から目をつけてたんだよね。売れてなくてよかった」

冬樹は彼女の全身を眺めた。靴もどこかから持ってきたらしい。新品だった。

「このネックレス、六十万円だよ。で、この指輪が百二十万円」明日香は指輪をはめた手をひらひらさせた。「ちょっと楽しくなってきちゃった。服も靴もアクセサリーも、ぜーんぶ自由に使えるんだもん」

冬樹は、ふっと息を吐いた。「そんなことして、何になるんだよ」

その言葉に、明日香は途端に不機嫌そうに唇を尖らせた。

「別にいいじゃない。楽しいんだから」

「今そんなことをしてる場合かって訊いてるんだ。生きるか死ぬかって時に、シャネルやグッチが何かの役に立つか？」

「ほっといてよ。気持ちが元気になるの。こういうことをしてるのが幸せなわけ」

「ふうん」冬樹は肩をすくめた。「それじゃまあ、御自由に」くるりと背中を向けた。

エスカレータに向かって歩きかけた時、背後で物音がした。振り向くと、明日香が床にうずくまっていた。

「おい、どうしたっ」冬樹はあわてて駆け寄った。「気分でも悪いのか」

明日香は項垂《うなだ》れたままで首を振った。その背中は揺れていた。泣いているのだ、と冬樹は気づいた。

「ごめん。もう泣かないって決めたのに……」細い声で彼女は呟いた。

「どうしたんだ?」

明日香は、もう一度首を振った。顔を上げ、目の下を指先でぬぐった。

「そうだよね。こんなことしたって意味ないよね。こんな時だから、これまで出来なかった贅沢をして、精一杯着飾ってやろうと思ったんだけど、そんなことやったって、ただ虚《むな》しいだけ。だって、見てくれる人がいないんだもん。どんなに高級なアクセサリーも、おしゃれな服も、生きていくためには何の役にも立たない。がらくたと同じだよね。持って帰ったって、邪魔なだけ」

「贅沢ってのは、生きるのに余裕がある人間のすることだからな」

明日香は小さく頷いた。

「こんながらくたを、前は死ぬほど欲しかった。生きていくのには何の役にも立たないものに、心の底から憧れてた。馬鹿だよね」

「それだけ余裕があった、つまりは幸せだったってことだろ」

明日香は目元をこすりながら立ち上がった。

「動きやすくて丈夫そうな服に着替えるよ。ノーブランドでいいから」

「それがいい。着替えが終わったら、地下に行こう。生きていくのに必要なものが、いっぱい眠ってるぜ」

14

誠哉が永田町《ながたちよう》にある総理大臣官邸に到着した時、空の色はかなり暗くなっていた。日が暮れたわけではない。天候が、さらに悪化しつつあるのだ。いつ大雨が降ってきてもおかしくない状況だった。

ふだんは警視庁警備部の機動隊や官邸警備隊が周辺や敷地内を警備しているのだが、今は全くの無人だった。誠哉は西側の入り口から敷地内に入った。

五階建ての四角い建物は、びくともしていなかった。ここが建設される際、地震対策についても十分に検討されたという話を誠哉は思い出した。地階には、危機管理センターが作られており、大規模災害が起きた場合には、災害対策本部として使われることになっている。

建物内は照明が点っていた。つまり、電気が来ていることになる。災害対策本部を設置しようとするぐらいだから、大規模停電に対応できなければ話にならない。自家発電装置、しかもエネルギー源が枯渇《こかつ》するおそれのない太陽光発電や風力発電のシステムが導入されているのだろう。

それでも誠哉はエレベータを使用するのは避け、階段を上がり始めた。総理大臣執務室は最上階だと聞いたことがある。そこに行けば、『P—13現象』とは何なのかを教えてくれる資料があるのではないかと思った。

だが二階まで上がったところで、誠哉は立ち止まった。ポケットから一枚の書類を出した。刑事部長の席にあったものだ。そこには、『総理官邸にP—13現象対策本部が設置される見込み』とある。

彼は自分の額《ひたい》を叩き、階段を下り始めた。

これほどの超常現象なのだ。ふつうの会議室や執務室を対策本部にあてるわけがなかった。当然、地下のセンターを使うはずだ。

地下の廊下には非常灯が点っていた。空調も効いているようだ。久しぶりに焦げ臭くない空気を吸ったような気がした。

張り紙をしてあるドアがあった。『関係者以外立入禁止』と記されている。誠哉はドアを開いた。

最初に目に飛び込んできたのは、壁際に置かれた大型の液晶モニターだった。電源は入ったままで、奇妙な図形が映し出されている。様々な数値も表示されているが、それらが何を示しているのか、誠哉にはまるでわからない。

そのモニターを眺められるように、会議机がコの字形に並べられていた。机の上には冊子が置かれている。対策本部といいながら、出席者自体が消失したのでは意味がないではないか、と誠哉は思った。

モニターを真正面から見られる席に近づいた。席位置を示す紙が置いてあり、首相、と書かれていた。

誠哉は総理大臣の大月には直接会ったことがない。テレビで見ただけだ。雄弁で、積極的に政策を推し進めていくというイメージを世間に植え付けることに成功はしているが、単に宣伝がうまく、時流を利用する術に長《た》けているだけだ、というのが誠哉の評価だった。

大月の席にも冊子はあった。彼はそれを取り上げた。冊子を作成したのは、宇宙科学研究本部で高エネルギー天文学を担当している研究主幹らしい。

そこには誠哉の知らない難解な言葉が並んでいた。ブラックホール、ワームホール、超ひも理論——聞いたことはあるが、それが何かを説明することなど誠哉には出来なかった。おそらく、この会議に出席していた面々も同様だっただろう。

だが冊子作成者は、説明すべき相手がそうした素人であることを覚悟していたらしく、極めてわかりやすい説明文を後半に付け加えていた。誠哉は、その部分に視線を走らせた。

その文章は、たしかにわかりやすかった。それにもかかわらず、彼は何度も読み返した。その内容はあまりにも超現実的であり、感覚で理解するのが難しかったからだ。

冊子の最後の項目は、『P—13現象によって生じることが予想される問題』というものだった。その部分を読み進めていた誠哉の目が、ある箇所で止まった。やがて彼は自分の体温が上昇していくのを感じた。

彼は冊子を手にしたまま、床にしゃがみこんでいた。そのままうずくまり、両手で頭を抱えた。

もうすぐ体育館に着くという頃、雷鳴が聞こえた。冬樹と明日香が顔を見合わせた直後、大きな雨粒が二人の顔を襲った。

冬樹は舌打ちをし、足を速めた。登山用リュックが肩にくいこむ。レジャー用品売り場で入手したものだ。

「あと少しってところなのになあ」

「だから急ごうっていったじゃん。それなのに、あれもこれもってリュックに詰め込んでるから、遅くなっちゃったんだよ」

「そっちが、くだらないファッションショーをやってたのがいけないんだろ」

冬樹がいうと、明日香は立ち止まった。唇を尖らせ、上目遣いに睨んできた。

「悪い。もういわないよ」彼は謝った。「濡れちまうぜ。急ごう」

するると明日香は黙ったまま、彼の背後を指差した。振り返ると、倒壊しそうになっている民家があった。玄関は完全に壊れている。

「あの家がどうかしたのか」

明日香は背負っていたリュックをその場に置くと、無言で家に近づいていった。冬樹はあわてて後を追った。

「何する気だ。危ないぞ」

だが彼女は止まらず、壊れた玄関から家の中に入っていった。間もなく出てきた彼女は、両手に傘を持っていた。

はい、といって彼女は一方の傘を冬樹のほうに差し出した。

「馬鹿みたいだね。雨が降ったら、傘をさせばいいんだった。で、もう傘を買う必要なんかない。傘なんて、どこにだってある」

「たしかにそうだな」冬樹は傘をさした。黒くて大きな傘だった。

体育館に戻ると、薄い煙が漂っていた。火事かと思い、冬樹はどきりとしたが、そうではなかった。人々が一箇所に集まっていて、その中央から煙は出ている。

「あっ、お帰りっ」太一が気づいて、冬樹たちに声をかけてきた。

「何やってるんだ」

へへへ、と太一は鼻の下をこすった。

「倒壊した建物を調べてたらさ、焼き肉屋だったんだ。しかも炭火焼き肉の店。それで網と炭火をもらってきて、ブロックを積んで、ここにバーベキュー台を作ったってわけ」

「へえ、楽しそう」明日香が目を輝かせた。

山西春子と白木栄美子の二人が、肉や野菜を網に載せて焼いていた。

「どうぞ、食べてください。疲れたでしょう？」栄美子が冬樹と明日香に皿を差し出してきた。

「食材も焼き肉屋から盗んできたのか」冬樹は太一に訊いた。

「残念ながら、その店の肉や野菜は、建物の下敷きになってて、とても食える状態じゃなかった。今焼いてるのは、別のスーパーから持ってきたものなんだ」そういってから太一は顔を曇らせた。「あの地震のせいで、食料にはかなりの被害が出たと思うよ。電気は止まってるから、冷蔵庫や冷凍庫の中のものは全部腐っていくだろうし」

「デパートの食料品売り場が、まさにそういう状況だった。缶詰とか乾物とか、日持ちしそうなものを中心に調達してきたけどさ」冬樹は自分のリュックを見下ろした。

「生活できそうな場所はありました？」菜々美が尋《たず》ねてきた。

「銀座に向かう途中にホテルがあります。見たところ、そんなに被害は大きくないようでした。寝るだけなら、十分じゃないかな」

「ただし、たぶんシャワーは使えない」明日香が横からいう。「でもドライシャンプーを手に入れたから、希望者はいってね」

冬樹は全員の顔を確認した。一人足りない。

「兄貴は、まだ帰ってきてないのかな」菜々美に訊いた。

「ええ。まだ戻ってきておられません」

「そうですか」

どこまで行ってるんだろう、と彼は首を傾げた。

冬樹と明日香も食事を始めた。歩き回った後だけに、その味は格別だった。しかも、温かい食べ物を口にしたのが久しぶりなのだと冬樹は気づいた。

「おい、これ、もうないのか」跳び箱を椅子代わりにして座っていた戸田が、隣の小峰にいった。ビールの缶を手にしている。

「まだありますよ。少しでも冷えてたほうがいいだろうと思って、表に出してあるんです」

「じゃあ、二つほど持ってきてくれ」そういって戸田は空き缶をつぶして横に置くと、皿の肉を食べ始めた。

小峰は、何かをいいたそうな顔で戸田を見ている。

「なんだ？　俺の顔に何かついてるか」戸田がいった。

「いいえ、何でもありません。ビールを取ってきます」小峰は皿を置き、立ち上がった。

冬樹は明日香と顔を見合わせた。彼女は不快そうに眉をひそめている。彼も唇を突き出して見せた。

食事が終わる頃になっても、誠哉は戻ってこなかった。皆は後片付けを始めた。

山西繁雄が片足を引きずりながら荷物を運ぶのを見て、冬樹は駆け寄った。

「休んでてください。俺がやりますから」

山西は手を振った。

「これぐらいやらせてくれないか。年寄りのうえに、足まで怪我して、みんなに迷惑をかけている。少しは手伝わないと気がひける」

「でも、腰を痛めたりしたら大変ですから」

「十分に注意するよ。これ以上、足手まといになるわけにはいかんからね」山西は笑いながら作業を続けた。

「いい加減にしなよっ」突然、明日香の声が響いた。

冬樹が見ると、彼女は戸田の前に立っていた。戸田は、相変わらず跳び箱に腰掛けたままだ。その手には、まだ缶ビールが握られていた。

「みんなが働いてるんだから、ちょっとは協力しろっての」

「なんだ、その口の利き方は。それが目上の者に対する態度か」戸田の目は据《す》わっていた。

「明日香さん、もういいよ」横で小峰が彼女をなだめている。

冬樹は三人に近づいた。

「どうしたんですか」

「このジジイがちっとも働かないから、注意してんの」明日香が答えた。

戸田が立ち上がった。

「誰に向かっていってる？」

「あんただよ。あたしはさ、網を洗ってくれって、あんたに頼んだんだよ。それなのに、どうしてそれを小峰さんにやらせるのさ。おかしいだろ」

「こいつの手が空いてるみたいだったからだ」

「あんたの手だって空いてるだろ。ビールなんか、いつだって飲めるじゃん。それともあんた、仕事中も酒ばっかり飲んでたわけ？　ずいぶんといい御身分だったんだね」

戸田の顔が歪んだ。

「生意気なことをいうなっ」明日香の肩を、どんと押した。

「痛ってえ。何すんのさ」

突っかかろうとする彼女を冬樹は腕で止めた。戸田のほうを見た。

「女性に暴力はよくないな」

「その娘が、俺のことを侮辱したからだ」

「そうかな。ちっともそんなふうには聞こえなかったけどなあ。むしろ、人を侮辱しているのは、あなたのほうじゃないんですか」

「何だと」

「この際だからいっておきますけど、我々の間には何の序列もありません。全員が平等です。したがって、何をするにも公平でなければいけない。かつて小峰さんは、あなたの部下だったかもしれない。あなたの地位は、会社ではかなり上だったのかもしれない。だけど、そんなものはもうないんです。小峰さんはあなたの部下じゃないし、あなたは誰の上司でもない。そのことを肝に銘じてください」

「そんなことは……わかっている」

「いいえ、わかってない。だから面倒なことを小峰さんに押しつけたり、ビールを取りに行かせたりするんだ。この中であなただけが、まだ現実を受け入れられずにいる。地位も名誉もなくしたという現実にね」

戸田の顔が赤くなった。アルコールのせいではなさそうだった。

「何さ。まだなんか文句あるの？」明日香がいった。

戸田は悔しそうな表情を浮かべると、無言でそばに置いてあった網を手にした。

「あっ、私がやります」小峰があわてていった。

「うるさいっ」戸田は小峰の手を振り払い、網を持って出口に向かった。

明日香が冬樹を見て、舌を出した。

「ちょっとやりすぎちゃったかな」

「構うもんか。これから、ますます大変なことになるかもしれないんだ。現状認識してもらわないと、こっちが迷惑する」そういってから冬樹は小峰のほうを向いた。

「やりにくいかもしれませんけど、小峰さんも戸田さんを特別扱いしないでください。もう、上下関係はなくなったんです」

だが小峰は複雑な表情を浮かべている。

「どうしたんですか。もう気を遣う必要はないといってるんです。何か問題がありますか」

すると小峰は顔を上げ、唇を舐《な》めた。

「でも、元に戻るかもしれないじゃないですか」

「元にって？」

「原因は全くわからないけど、我々以外の人間が、突然消失したわけでしょ？　だったら、その逆のことが起こらないともかぎらない。ある日急に、すべてが元に戻るってことも考えられると思うんです。もしそうなれば、必ず元の人間関係が復活します。今の現象が一時的なものなら、私は人間関係を壊したくない」

彼の話が聞こえたらしく、菜々美が近づいてきた。

「消えた人たちが戻ってくると思いますか」彼女は小峰に訊いた。

だって、といって小峰は顔をこすった。

「そう思ってないと、気が狂いそうじゃないですか」

15

日没が過ぎても誠哉は戻ってこなかった。

「何かあったのかしら」ブリキ製のランタンに火を灯しながら菜々美がいった。

「兄貴のことだから、大丈夫だとは思うけど……」

「お兄さんは、どっちのほうに行かれたんですか」

さあ、と冬樹は首を捻った。

「途中までは一緒だったんです。俺と明日香ちゃんは銀座に向かったんですけど」

「ちゃん付けはやめてくれない？」隣から明日香がいった。「子供扱いみたいで、いやなんだよね。明日香って呼び捨てでいいよ」

「ああ、そう。じゃ、そうする」

「で、あんたはジュニアね」

「ジュニア？」

「久我だけじゃ、どっちのことかわかんないでしょ。リーダーとジュニアでいいじゃん」

「俺は久我冬樹だ。面倒なら、冬樹でいい」

冬樹がいった時、懐中電灯を持った太一が、外から入ってきた。

「よう。あのおじさん、いなくなっちゃったぜ」

「おじさん？」

「会社役員のおじさんだよ。外を見回ってたらさ、これだけ置いてあった」太一が差し出したのは、焼き肉用の網だった。「洗剤とタワシで洗ってたみたいだけど、途中で投げ出したらしいや」

明日香が大きな音をたてて舌打ちした。「しょうがねえなあ、あのおやじ」

「どこにもいないのか」冬樹は太一に訊いた。

「周りをざっと見たけど、いなかった」

「どうせどっかでいじけてるんじゃないの？　ほうっておけばいいよ」明日香がいう。

小峰が無言で出口に向かった。それを見て、冬樹も彼に続いた。

外は、雨が激しくなっていた。側溝《そっこう》を流れる水の勢いも強い。

洗剤とタワシが置いてあった。それを使って網を洗っていたのだろう。小峰は周囲を見回した後、地面に落ちていた紙を拾い上げた。

「何ですか、それ」冬樹は訊いた。

「周辺の地図です。さっき専務が、職員室にあったのを持ってきて、見ていました」

「何のために、そんなものを見ていたのかな」

小峰は黙り込んでいたが、やがて何かに気づいたように顔を上げた。

「もしかしたら……」

「どうしました？」

だが小峰は答えるのを躊躇《ためら》うように瞬きした。

「ちょっと、行ってきます」そういうと入り口のそばに並べてある傘の一つを手にした。

「待ってください。どこへ行くんですか。戸田さんの行き先に心当たりがあるんですか」

「違ってるかもしれません。だから、とりあえず私一人で行ってきます」

歩きだそうとする小峰の腕を冬樹は摑んだ。

「この雨の中を、一人で行くつもりですか。風だって、これからもっと強くなるおそれがある。単独行動は危険です」

「大丈夫。そんなに遠くじゃないし」

「だから、一体どこへ行くつもりなんですか。それを聞かないかぎり、あなたを行かせるわけにはいきません」

小峰は吐息をついた。辛そうに顔を歪めてからいった。「会社です」

「会社？　あなたの？」

小峰は小さく頷いた。

「茅場町《かやばちょう》に本社があるんです。ここからだと歩いて行ける距離です」

「待ってください。どうして戸田さんが、この期《ご》に及んで会社なんかに行くんですか」

「それは私にもわからないけど、そんな気がするんです」

俯いてそういった小峰の横顔を見つめた後、冬樹は後ろを振り返った。太一と明日香が立っていた。

冬樹は頭を掻いた後、傘を取った。

「俺も行きます」小峰にいった後、明日香たちのほうを見た。「留守番を頼む」

明日香が一歩前に出た。

「あたしも行くよ。最初に、あのおじさんに抗議したのはあたしだし」

「君が悪いわけじゃない。俺だって、自分が悪いと思うから行くわけじゃない。ただ、小峰さん一人に行かせるのは危険だと思うだけだ。風で何かが飛んでくるかもしれないし、途中の道路がどんなふうになっているかもわからないからな。だからといって、人が余分についていっても邪魔なだけだ。君はここにいろ」

明日香は、口を尖らせながらも頷いた。「わかった」

「じゃあ、行きましょう」

冬樹は小峰と共に出発した。

予想した通り、風の勢いはますます増していくようだった。懸命に傘を支えながら前に進むが、その傘が壊れそうだ。

交番が目に入った。壊れてはいない。冬樹は大声でいった。「あそこに寄りましょう」

「何のために？」

「警官が使う雨合羽《あまがっぱ》があるはずです。それを使いましょう」

交番に飛び込み、奥の扉を開けた。居室があり、荷物や調度品が散乱していた。ビニール製の雨合羽を見つけると、それを羽織り、さらにヘルメットもかぶって交番を出た。風はさらに強まったようだ。

「あわてず、ゆっくりと行きましょう」冬樹はいった。

地震によって崩れ落ちた建物の破片が、時折宙に舞っていた。外れかけた看板が、ばたんばたんと音をたてている。直撃をくらったら、大怪我をすることは免れない。

道路のところどころに亀裂が入っていて、それに沿うように雨水が流れていた。東京じゃないみたいだ、と冬樹は思った。

懐中電灯で腕時計を照らした。体育館を出てから、三十分以上が経っていた。

「道は合っていますね」

「そのはずです。もうすぐです」

雨の影響か、見回したところ、もう燃えている建物はなかった。煙や粉塵《ふんじん》もおさまったようだ。

「あの建物です」小峰が前方を指していった。

巨大な墓石を連想させる細長いビルが、薄闇の中で建っていた。

足元を照らしながら慎重に近づいた。ガラスの破片が落ちているかもしれないからだ。だが幸いなことに、割れた窓ガラスは、さほど多くないようだった。

「雨のせいで足元が滑りやすくなっています。用心しましょう」そういって小峰が先に進んだ。

建物は地震の被害をあまり受けていないように見えた。戸田が、うちの会社は耐震設計が行き届いている、といっていたのを冬樹は思い出した。

正面玄関から建物に入った。中は真っ暗だった。停電後も、しばらくは非常灯がついていただろうが、それも消えてしまったようだ。火災が発生した気配はなかった。

「戸田さんの職場はどこですか」冬樹は訊いた。

「三階です。役員室ですよ」

階段を三階まで上がった。二階の廊下では、どうやら壁際に積み上げられていたと思われる段ボール箱が崩れていた。

「この建物も、かなり揺れたようですね」小峰はいった。「ビルの土台に巨大なベアリングが仕込まれていて、そこで震動を吸収する構造になっているんです。うちの自慢の商品ですが、それでもここまで揺れるんじゃ、ふつうの建物は耐えられないだろうなあ」

階段をさらに上がり、三階に着いた。冬樹は足元を照らし、立ち止まった。廊下に濡れた足跡が付いていた。

「専務ですね」小峰もそれを見ていった。「やっぱり、ここへ来ていたんだ」

「部屋は、この先ですか」

そうです、といって小峰は歩きだした。

廊下の先に、開いたままになっているドアが見えた。足跡が、その前で途切れていることも確認できた。

小峰に続き、冬樹も室内を覗き込んだ。大きな窓の手前に、黒い人影が見えた。窓のほうを向いて、椅子に座っているようだ。

専務、と小峰が声をかけると、人影は一度大きく揺れた。冬樹は懐中電灯で照らした。戸田の背中が光の中に浮かんだ。

「専務……どうしてここへ？」小峰が近づきながら訊いた。

「おまえたちこそ、何をしに来た」

「おたくを探しに来たに決まってるでしょ」冬樹はいった。つい、言葉遣いがぞんざいになっていた。「勝手にいなくなったら、俺たちが迷惑するんですよ」

「俺がいなくても、別に困ることはないだろう。ほっといてくれ。一人にしておいてくれ」

「何をいじけてるんですか。こんなところに舞い戻ってきたって、どうしようもないでしょ? おたくのいいなりになる部下や美人秘書は、一人もいないんですよ。生き残るには、俺たちと一緒にがんばってもらうしかない。どうしてそれがわからないんですか」

「おまえの——」大声でいった後、戸田は肩を落とした。「おまえのような若造に何がわかる? 俺が一体どれだけ苦労して、この地位まで上がってきたと思ってるんだ。それなのに、こんな形で何もかも奪われて……。おまえなんかに、俺の気持ちがわかるものか」

「仕事で苦労してる人間なんて、星の数ほどいるよ。誰もが報《むく》われるわけじゃない。苦労が水の泡になるなんてことは、よくあることなんだ。おたくの場合、専務になれたんだろ。苦労が報われたわけだ。だったら、それでいいじゃないか。何が不満なんだ。まだまだ威張《いば》りちらしたかったのか」

するとと戸田は顔を捻り、冬樹を睨んできた。

「何だよ。何かいいたいことがあるのかい?」

だが戸田は何もいわず、窓のほうに向き直った。その両手は、椅子の肘《ひじ》置きを握りしめている。

「まるで駄々っ子だな」冬樹は吐き捨てた。

「専務、戻りましょう。ここに一人でいたら危険です」

「ほっといてくれといってるだろ。おまえたちだけで戻れ」

「そんなわけにはいきませんよ。どうか、お願いします」

小峰の懇願するような口調は、冬樹の心をさらに苛立たせた。

「そうやってごねてること自体が、もうすでに迷惑なんだ。いやだというなら、腕ずくで連れて帰るだけだ」

冬樹が戸田の背中に向かって歩きかけた時だった。彼の右腕が、後ろから何者かに摑まれた。

ぎょっとして振り返ると、誠哉が険しい顔つきで立っていた。登山服姿で、頭にはライトのついたヘルメットをかぶっていた。

「兄貴、どうしてここに……」

「明日香君たちから話を聞いた。おまえのことだから、どうせこんなふうだろうと思って、様子を見にきたんだ」

「それ、どういう意味だよ」

「おまえには、人生の先輩を敬《うやま》おうっていう気持ちがないのか」

冬樹は兄の顔を見返し、眉根を寄せた。

「人生の先輩？　何だよ、それ。そんな骨董品みたいな言葉が何かの役に立つのかよ。こんな状況なんだぜ。先輩も後輩も、年上も年下もないだろうが」

すると誠哉は、呆れたように吐息をついた。

「おまえは、人々が消えたら何もかもがリセットされるとでも思ってるのか」

「違うのか？　学校も会社も組織も政府もないんだぜ。序列だけが残ってるなんてのは、おかしいだろ」

「じゃあ尋ねるが、おまえには歴史がないのか。おまえという人間は、誰とも関わらず、誰の世話にもならず、今のおまえがあるのか。そうじゃないだろ。いろいろな人に支えられて、育ってきたんじゃないのか」

「たしかにそうだよ。でも俺は、このおっさんには何の世話にもなってないぜ」

「じゃあおまえは、何の行政サービスも受けなかったか。文明の利器を使わなかったか。文化や娯楽を味わわなかったか。おまえよりも先に生まれて社会に出た人間たちが、税金を払い、科学や文化の発展に貢献したから、おまえという人間がここにいるんだ。違うか。それとも、それらのものがすべて消滅したから、もう恩義も感じなくていいというわけか」

誠哉の剣幕に、冬樹はたじろいだ。返す言葉が思いつかなかった。今いわれたような考え方を、これまでにしたことは一度もなかった。「目上の人間を敬え」と親や教師にいわれてきたから、道徳の一つとして捉えていたにすぎない。

誠哉は戸田に近づいた。

「我々は、ほかの部屋にいます。気持ちの整理がついたら出てきてください。とりあえず、一回分の食事をお持ちしました。ここに置いておきます」背負っていたリュックの中からビニール袋を出し、机の上に置いた。「外は、かなりの荒れ模様です。戻るにしても、朝まで待ったほうがいいでしょう」

誠哉は小峰のほうを向いた。

「では、我々は出ていきましょう」

小峰は不安そうに戸田を見た後、小さく頷いた。

「行くぞ」誠哉は冬樹にも声をかけると、ドアを開けて出ていった。小峰がそれに続く。冬樹も彼等の後を追った。

隣に小さな会議室があった。中へ入ると、冬樹は雨合羽のままで椅子に座った。

「人はいろいろなものを拠《よ》り所にして生きている。それは家族だという人もいるだろうが、会社だという人間がいてもおかしくはない」登山服を脱ぎながら誠哉はいった。「どういうことで喪失感を覚えるかは人それぞれだ。そこへ土足で踏み込むなんてことは、誰にも出来ない。許されることじゃない」

「もう……わかったよ」冬樹はいった。

ガラス窓に当たる雨の音が、ますます激しくなっていた。放水車でかけられているようだった。風の音もすさまじく、地響きがしそうだった。

「この状況で、また地震がきたら……今度はやばいな」誠哉が呟いた。

16

身体を揺すられ、冬樹は目を覚ました。誠哉がそばにいた。

「夜が明けた。そろそろ出発するぞ」

冬樹は身体を起こした。会議室の床で横になっていたのだ。小峰も壁にもたれ、ぼんやりとした顔をしている。

誠哉がリュックの中から四角い箱と缶を出してきて、冬樹の前に置いた。クッキー状の非常食とウーロン茶だった。

「栄養補給だ。かなり体力を使いそうだからな」

あまり食欲はなかったが、冬樹は箱を開け、非常食を食べ始めた。まずいわけではないが、水気が少なく、ウーロン茶がなければ辛いところだった。

「これからは、こういうものばかりを食べることになるんですかね」同じ思いらしく、小峰がいった。

「覚悟しておいたほうがいいんじゃないですか」冬樹は応じた。「とりあえず生ものは全滅でしょうから。まあ、缶詰やレトルトといったものは、この先も食べられると思うけど」

窓の外を見ていた誠哉が振り返った。

「非常食や保存食にはかぎりがある。もっと、将来的なことを考えたほうがいい」

「将来的なことって？」

「安定して食べ物を確保する方法を見つけだすべきだといってるんだ」

「そんな方法あるのかな」冬樹は首を捻った。

「じゃあ、カロリーメイトやカップラーメンを食べ尽くしたら、後は飢え死にするのを待つとでもいうのか」

「そうはいわないけど……」

冬樹が非常食を食べ終えた時、ドアが開いた。戸田が、ばつの悪そうな顔をして立っていた。

専務、と小峰が声をかけた。

「もう大丈夫ですか」誠哉が訊《き》いた。

「うん。いろいろと迷惑をかけて済まなかった。どうかしていた」

「おやすみになられたんですか。もし一睡もしておられないなら、待っていますから、少しでも仮眠をとられたほうがいいですよ」

「いや、平気だよ。二時間ぐらいはうとうとしていたから。それに、これ以上は迷惑をかけたくない。天候も少し回復してきたみたいだから、なるべく早く出発したほうがいいんじゃないか」

たしかに窓の外は明るく、雨音も聞こえない。

よし、と誠哉が残りの三人を見下ろした。

「出発しよう」

会議室を出て、階段に向かった。その途中で冬樹は戸田を呼び止めた。

「昨夜は、失礼なことをいってしまって、どうもすみませんでした」頭を下げた。

「いや、こっちこそ、申し訳なかった。これからは、出来るかぎり協力するよ」

先を歩いていた小峰も立ち止まっていた。戸田は彼のほうを見た。

「おまえも、もう俺には遠慮するな。上司も部下もない」

小峰は笑みを浮かべ、頷いた。

「さあ、行きましょう」誠哉が声をかけてきた。

だが建物から外に出たところで、四人は立ちすくんだ。亀裂の入った道路上を、大量の泥水が流れ続けていたからだ。

「道路の排水が出来なくなっている……」戸田が呟いた。専務は疲れていると思うし。しばらく様子を見ますか」小峰が誠哉にいった。

「いや、戻ろう。俺のことなら心配は無用だ」戸田が力強い声を出した。「それより、体育館のほうが心配だ。あっちは男手が少ない。それに、いつまた天気が悪くなるかわからないだろ。この分だと、からりと晴れてくれそうにない」

冬樹は空を見上げた。戸田のいうとおりだった。雨こそやんでいるが、分厚い雲は依然として空を覆っている。生暖かい風が吹き続けているのも不気味だった。

「本当に大丈夫ですか」誠哉が戸田に確認した。

「平気だよ。こう見えても、足腰には自信がある」

「わかりました。戻りましょう。その前に何か杖になるものを探してください。足元を確認しながら進むんです。泥のせいで、地面がどうなってるかわかりませんから」

誠哉にいわれ、冬樹は周囲を見回した。だが杖に出来そうなものは見当たらなかった。

「待ってくれ。それならちょうどいいものがある」戸田が一旦建物に戻った。

間もなく出てきた彼が手にしていたのは、ゴルフのキャディーバッグだった。

「今の状況では、最も不要なものの代表だが、使い途はあったな」

それぞれがゴルフクラブを一本ずつ持ち、泥水の中へ足を踏み入れた。

歩きだして間もなく、杖を用意したのが大正解だとわかった。泥水の下には瓦礫が隠れていたり、小さな陥没があったりするからだ。不用意に足を踏み出せば、大怪我をしてしまうおそれさえあった。

「あなたのお兄さんはすごいですよ」冬樹のすぐ横を歩いている小峰がいった。「常に冷静だし、行動力もある。咄嗟《とっさ》の判断力も素晴らしい。何より、他人を思いやる態度には敬服しました。正直なところ、僕も、こうなったからには上司も部下も関係ないじゃないかと思ってはいたんです。だけどそれを態度に出さなかったのは、元の状態に戻った場合のことを考えてのことでした。恥ずかしいです」

小峰の賛辞を、冬樹は黙々と歩きながら聞いていた。他人が誠哉について褒めるのを聞くことには慣れていた。飽き飽きしている、とさえいえる。

その誠哉が足を止めた。ストップ、と声をかけてきた。

「道を変えよう。ここから先は危険だ」

冬樹は誠哉のところまで行き、その先を見て愕然とした。道路が広範囲にわたって陥没していた。泥水が、すごい勢いで裂け目に流れ込んでいる。濁流《だくりゅう》と形容できるほどの光景だった。

「東京にいるとは思えませんね」

小峰の呟きに、「東京は死んだんだよ」と戸田が答えた。「死んだのが東京だけなら、まだいいんだが……」

陥没した道路を迂回《うかい》し、再び歩きだした。泥水の中を移動するのは困難を極めた。時には膝下まで浸かってしまうのだ。

数十メートル進んでは休憩する、ということを繰り返し、ようやく体育館が見えてきた時には、出発してから三時間ほどが経っていた。

体育館の周囲も水浸しだった。汚水の臭いが充満している。

「こいつはひどいや……」体育館の中を覗き、冬樹は思わず唸った。

床の板が反り上がり、ところどころで折れていた。どうやら浸水したらしい。

「女性陣はどこへ行ったんでしょう」小峰が周りを見回した。

冬樹は体育館を出て、校舎のほうに足を向けた。

おーい、と声が聞こえてきた。見上げると、二階の窓から明日香が手を振っている。

「あそこだ」冬樹は誠哉たちに知らせた。

皆で校舎の入り口に向かったが、入る手前で戸田が立ち止まった。

「小峰、この校舎、どう思う？」

「かなり古いですね。それに、コンクリートに亀裂が入っています。最近の地震の影響でしょうね」

「問題がありそうですか」誠哉が訊いた。

小峰は険しい顔で首を傾げた。

「あまりいい状態とはいえませんね。亀裂がいつ生じたのかはわかりませんが、昨夜の大雨で、内部にも相当の水が染みこんでいると思われます。鉄骨が錆《さ》びていることは十分に考えられます」

なるほど、と誠哉も深刻な顔つきで頷いた。

中に入ってみると、内側の壁にも幾筋もの亀裂が入っていた。水が滲み出ているところもある。

階段を使い、二階に上がった。二年三組、という表示の出た教室の前で明日香が待っていた。

「よかった。全員無事みたいだね」明日香のほうから声をかけてきた。

「そっちはどうだ。体育館から避難したみたいだけど」冬樹が訊いた。

「床上浸水しそうになったから、慌ててこっちに移ってきた。でも、おばあちゃんが怪我しちゃった」

「おばあちゃん……ていうと、山西さんの奥さんか」

教室に入ると、机が後方に寄せられていた。床に敷いたマットレスの上で山西春子が横になっている。遠目にも顔色が蒼白なのがわかった。傍らに菜々美と山西繁雄がいる。白木栄美子は勇人を抱いて、ミオや太一と共に少し離れた椅子に腰掛けていた。

「何があったんですか」誠哉が菜々美に訊いた。

彼女は悲しげな目を彼に向けた。

「体育館から逃げ出す時、転んで頭を打たれたんです。それで意識不明になって……」

「頭のどこですか」

「後頭部です。外傷はありません。それだけに心配です」

「内部に損傷があるということですか」

菜々美は頷いた。

「本当は動かしてはいけない状態だと思うんです。運ぶにしても、しっかりと固定しておかないと。でも、そんな余裕はとてもなかったから、みんなで抱えてきました」

冬樹も春子の顔を覗き込んだ。呼吸はしているようだが、全く動く気配がない。危険な状態だということは、医学知識のない冬樹にもわかった。

「こういう場合、病院ではどういう処置をしますか」誠哉が訊いた。

「それはもちろん、まずレントゲンを撮ります。それで傷の状態を確かめてから、適切な治療を……この場合は、おそらく手術ということになると思いますけど」

誠哉は眉間に皺を寄せ、手術か、と呟いた。

全員が黙り込んだ。菜々美は単なる看護師だ。手術など不可能だった。だがそれをしないかぎり、山西春子が回復する見込みはない。

「兄貴、どうする？」冬樹は誠哉を見た。

誠哉は吐息をついてから口を開いた。

「じつは、総理官邸に避難しようと思っている」

「官邸に？」

「そうだ。昨日、見てきたが、被害は殆どない。発電設備も整っているし、食料の備蓄もある。今後の生活の拠点にするには絶好の場所だと思う」

「あそこまで、どうやって行く？」

「無論、歩いていくしかない」

「こんな状態でか？　戸田さんたちの会社から、ここへ戻ってくるだけでも、あんなに苦労したんだぜ」

「時間をかけて、力を合わせれば、何とかなるんじゃないか」

「おばあさんはどうすんだ。担架《たんか》で運ぶのか」

冬樹の問いに誠哉は答えない。沈痛な面持ちで、目をそらした。その瞬間冬樹は、兄の考えを察知した。

「見捨てるのか？　あんた、それでも人間かっ」

「見捨てるわけじゃない。だが運ぶのは無理だと思う」

「同じことじゃないか。この状態でほうっておいたら、絶対に助からない」

すると誠哉は菜々美のほうを見た。

「山西夫人を官邸に運べたとして、助けられる見込みは？」

菜々美は俯き、黙ったままで首を振った。

冬樹は誠哉を睨んだ。

「どうせ助けられないから、見捨てていくっていうのか。いくらなんでも、それはないだろ。ゆうべ、俺にいったことを忘れたのかよ。年上の人間を敬うんじゃないのか」

誠哉の鋭い目が冬樹に向けられた。

「官邸までの道はわかるな？　おまえがみんなを連れていってくれ」

「兄貴はどうするんだ」

「俺はここに残る。山西夫人が息を引き取るのを見届ける。治療も手術も出来ない以上、そうするしかない」

誠哉の言葉に、冬樹はたじろいだ。返す言葉が思いつかなかった。

「久我さん、それはいけないよ」山西繁雄が穏やかな口調でいった。「そんなこと、あなたにはさせられない。それは私の役目だ」

「いや、お気持ちはわかりますが、あなた一人を残すわけにはいきません」誠哉がいった。

「みんなで残ったら？」そういったのは明日香だ。「そうしようよ。これまで一緒にやってきたんだから」

「俺も、それがいいと思う」冬樹は誠哉を見た。

誠哉は唇を噛み、考え込んでいる。その時、戸田が、「ちょっといいかな」と発言した。

「小峰と二人で、この建物を確かめてみたんだが、かなり危険な状況だ。今度大きな地震が来た場合、持ちこたえられるとは思えない。はっきりいえば、倒壊するおそれがある」

「つまり、一刻も早く移動すべきだと？」

誠哉の問いに、「そういうことだ」と戸田は答えた。

「おじさんさあ、自分が残りたくないからって、変な難癖つけないでくれる？」明日香が眉をひそめた。

「難癖じゃない。こう見えても私は建築士の資格を持っている。この建物は危ない」

冬樹には、戸田がいい加減なことをいっているようには見えなかった。誠哉も同じ思いらしく、眉間の皺が深くなった。

山西繁雄が腰を浮かせ、春子の右手を握った。老妻の顔を、しげしげと眺めた。

「手は温かいし、息だってしている。単に眠っているようにしか見えないんだがなあ」

そして彼は菜々美に向かっていった。

「あなた、薬をたくさん持っていましたね。それは全部、治療にしか使えない薬かね」

菜々美は首を傾げた。「どういう意味ですか」

「まあ要するに」山西繁雄は続けた。「安楽死させる薬はないだろうか、と尋ねているわけだよ」

17

老人の発言に、一瞬全員が静まりかえった。ごうごうと薄気味悪く吹く風の音が聞こえた。

冬樹が一歩前に出た。

「何をいうんですか。そんなこと、出来るわけないじゃないですか」

すると山西は、ゆっくりと冬樹のほうに顔を巡らせた。その表情を見て、冬樹はどきりとした。老人の目には冷徹《れいてつ》ともいえる光が宿っていた。

「それは、方法がないという意味かな？　それとも道徳的に出来ないといっているのかな」

「もちろん、後者です」

「だとしたら、こう尋ねたいな。道徳とは何か、とね」

山西の身体から発せられる、目に見えない圧力に、冬樹は後ずさりした。意見を求めるように誠哉を見た。だが彼はじっと下を向いている。

「あなたはね、お兄さんの提案の、本当の意味をわかっていない」山西はいった。

「何ですか、それ」

「お兄さんが、本当に春子が息を引き取るまで、ここにいるつもりだったと思うのかね？」

冬樹は訝《いぶか》しむ目を兄に向けた。「そうじゃないのか」

だが誠哉は答えない。顔をそむけているだけだ。

「お兄さんはいつも、最悪のことを想定しておられる」山西は続けた。「助かる見込みのない人間のために、一人でも犠牲にするわけにはいかないという考えだ。いずれ春子が息絶えることは私にだってわかる。しかしそれがいつなのかは誰にもわからない。お兄さんにだってわからないはずだ。仮に丸一日生きていたとしたら、どうだろう？　その間ずっと誰かが一緒に残っているというのは、極めて危険だ。いつ地震や嵐が襲ってくるかわからんからね。つまり、このまま春子を置いて全員で出発するのが、おそらく最も正しい選択なんだ」

「山西さん……」

「だけど、それをするのは辛い。皆が心を痛めることになる。あなたが怒ったようにね。そこでお兄さんは考えたわけだ。自分が残ることで、まず皆の良心の痛みを緩和させる。しかし今もいったように、春子が息を引き取るまで、本当に待っていたら危険だ。さて、ではどうするか。もはや選択肢は二つしかない。まだ生きていく春子を残し、ここを出ていくか、強制的に息を引き取らせた後、出ていくかだ。いずれにせよ、我々にはこう報告する。山西春子さんは、皆が出発した後、間もなく亡くなった、と」

老人の言葉を聞き、冬樹は全身が熱くなるのを感じた。「まさか、そんな……」

「おそらくお兄さんは、後の方法を採るつもりだったと思うよ。意識がないとはいえ、死んでもいないのに一人きりにしていくのは、あまりにも不憫《ふびん》だからね。だからさっき私はお兄さんにいったのだよ。そんなことはさせられない、それは私の役目だ、とね」

冬樹は誠哉を見た。

「そうなのか、兄貴。山西さんの奥さんを殺すつもりだったのか」

誠哉は答えない。だがそれは肯定を意味していた。

「殺すという言い方は適切ではないよ」山西がいった。「助けられない以上、春子にとって一番幸せな方法を選ぶしかない。以前私らが住んでいた世界では、安楽死について賛否両論あったが、今ここでは、反対する理由などないのではないかな」

「だけど……」そういったきり、冬樹は言葉が続かなくなった。

これまで自分が絶対と信じていたものが、次々と壊れていくのを彼は感じていた。どんな状況下でも人を見殺しにしてはならない、たとえ助かる見込みのない人間であっても、その生死を他人が決定することはできない——こうした考えを間違っていると思ったことなど一度もなかった。いや、おそらく間違ってはいない。それが今も正しいことには変わりはない。だがそうした正しい考えを実践できない場合もある。選択肢から外されている以上、それ以外の道を間違っていると断じることも出来ないのだ。

静寂の中、みしり、と建物が音をたてた。次の瞬間、ぐらりと床が小さく揺れた。それはすぐに収まったが、全員の緊張感を昂《たか》ぶらせるには十分な揺れだった。

まずいな、と小峰が呟いた。

「本当に、早くここを出ないと」戸田もいった。

山西が再び菜々美を見た。

「薬、ありませんか。春子を楽にさせてやれる薬は」

彼だけでなく、全員が菜々美を見つめた。冬樹も彼女を見ていた。

菜々美が立ち上がり、そばに置いてあったクーラーボックスを開けた。彼女が中から出してきたのは、注射器と小さなアンプルだった。

「サクシンという薬です。手術で全身麻酔をする時に使われたりするものです」

「それを注射すれば、春子は楽になれるのかね」

菜々美は迷いの表情を浮かべながらも頷いた。

「いわゆる筋弛緩剤《きんしかんざい》なんです。厚労省では毒薬に指定しています」

「苦しむことは？」

「たぶんないと思います。獣医がペットの安楽死に使うことがありますから」

「なるほど」山西は満足そうな顔をし、冬樹のほうを向いた。「どうかね。これを使って、春子を楽にさせてやりたいのだがね」

老人はしきりに、楽にさせてやりたい、という表現を使った。

冬樹には何とも答えられなかった。もっと別の選択肢を探したが、全く思いつかなかった。仕方なく、誠哉に目を向けた。

誠哉が、ふっと息を吐いた。何かを決断した目をしていた。

「採決をとりましょう。ミオちゃんと赤ん坊、それから山西春子さんを除く九人で決めるんです。反対の人が一人でもいれば否決します。ただし、反対する人には代替案を出していただきます。それが出来ない人には反対する資格はない。それでいいですね」

誠哉の意見に異を唱《とな》える者はいなかった。冬樹も黙っていた。

いつの間にか白木栄美子や太一たちも、そばに来ていた。山西春子を囲むように立っている。

「では、これより決を採ります」誠哉の声が響いた。「山西春子さんの安楽死に賛成する人は手を上げてください」そういい終えた時には、彼自身が挙手していた。

山西繁雄が真っ先に手を上げた。続いて明日香が、そして太一がそれに倣った。躊躇《ためら》いがちに小峰が、沈痛な面持ちで戸田が、悲しげな目で栄美子が手を上げた。

ミオは大人たちが何を話し合っているのか理解できないらしく、不思議そうに皆の顔を眺めている。

菜々美が誠哉を見た。「ひとつ、訊いていいですか」

「何ですか」

「注射を打つのは誰ですか」

彼女の問いに、全員がはっとしたような表情を浮かべた。安楽死させるかどうかだけでなく、誰がそれをやるか、も決めねばならないのだ。

「どうしますか、山西さん」手を上げたままで誠哉は訊いた。

山西は菜々美に向かって微笑みかけた。

「大丈夫。私がやりますよ。私以外の誰にもやらせたくない、といったほうがいいかな」

「でも、それほど簡単ではないんですけど」

「それならたとえば、針を刺すところまではお願いして、その後は私が引き継ぐというのではどうかな。それとも、針を刺しただけで死んでしまうほど、それは猛毒なんですか」

「いえ、針を刺すだけなら何も起きないと思います」

「じゃあ、そういうやり方で頼みます。あなたの手を煩わせて申し訳ないが」

山西にいわれ、菜々美は俯いた。そのまま黙って手を上げた。

残っているのは冬樹だけだった。彼は下を向いていたが、全員の視線を感じた。悪夢のような時間だった。

「反対なら、代替案を」誠哉が冷めた口調でいった。

冬樹は唇を噛んだ。奇跡的に春子が意識を取り戻してくれることを願った。しかし彼女は静かに眠ったままだった。

「いっておくが、そうやって手を上げないおまえのことを、ここにいる誰一人として責めてなどいない」誠哉はいった。「誰もこんなことは決めたくないんだ。みんなに代わっていわせてもらうなら、全員がおまえに期待している。手を上げる代わりに代替案を出してくれることをな。自分には思いつかないから、苦渋の決断をして手を上げているんだ。俺だって、こんなことはしたくない。俺だって、おまえに期待している。情けない話だが」

誠哉の声が次第に震えてきたのを聞き、冬樹は顔を上げた。そして兄の顔を見て、ぎくりとした。彼の目は真っ赤だった。その目から涙がこぼれていた。

周りを見ると、ほかの人々も泣いていた。泣きながら手を上げ続けていた。

自分の道徳観など、じつに浅はかなものだと冬樹は気づかされた。人として正しいことをしたい、という考えに囚《とら》われていた。だがほかの人々は違う。山西春子との別れを心の底から悲しんでいるのだ。その道を選ばねばならないことに絶望しているのだ。

自分はただ傷つきたくなかっただけだ——冬樹はそれを認めざるをえなかった。

彼がゆっくりと手を上げると、皆の泣き声はさらに大きくなった。

「決定しました。手を下ろしてください」誠哉が絞り出すような声で、しかし乱れのない口調でいった。深呼吸を一つしてから、山西を見た。「では、どうしますか」

うん、と山西は頷き、菜々美に向かって軽く頭を下げた。

「さっきの手順でお願いできますか」

わかりました、と菜々美は小声で答えた。

「申し訳ないが」山西が誠哉を見た。「私らだけにしてもらえんでしょうか。人にはお見せしたくない」

「しかし……」

「大丈夫」老人は笑みを浮かべた。「一緒に死ぬなんてことは考えていない。それは心配しなくていい」

誠哉は小さく頷いた。

「わかりました。そのほうがいいかもしれませんね。——じゃあ、我々は隣の教室に移動しましょう」

山西と菜々美を残し、冬樹たちは隣に移動した。地震のせいで並びが乱れた椅子に、何人かが腰を下ろした。冬樹と誠哉は立ったままだった。

「あの薬、まだあるのかな」戸田が、ぼそりといった。「サクシン、といったな。あの毒、まだほかにもあるんだろうか」

「どうしてですか」小峰が訊く。

「だってほら、これからもこういうことがあるんじゃないか。この状況だ。怪我人や病人が出ないとはいえないだろ？　治療をしないと助からないと判明した時、やっぱり今回と同じ結論を出すことになると思うが」意見を求めるように戸田は誠哉のほうを見た。

窓の外を見つめていた誠哉は首を振った。

「どういう結論を出すかは、その都度考えるべきです。それ以前に、怪我人や病人を出さないよう、最大限の努力をしないと」

それはそうだが、といったきり戸田が黙り込んだ。菜々美が入ってきたからだった。

「終わったんですか」誠哉が尋ねた。

「注射の針を刺して、後は山西さんにお任せしました。あたしが部屋を出る時には、まだ薬を注入されてはいなかったと思います」

「そうですか」誠哉は吐息をついた。

冬樹の頭に、山西が注射器を持っている姿が浮かんだ。妻の身体に刺さった針、彼女の命を奪う薬を見つめ、一体何を考えているのだろう。共に歩んできた長い人生を振り返っているのかもしれない。あるいは命を助けられないことについて、妻に詫《わ》びているのかもしれない。

戸田の投げかけた問いが耳に残っていた。今後も同様のことが起きる可能性は高かった。事故に遭うのが、あるいは病魔に襲われるのが冬樹自身でないという保証はどこにもなかった。そういう時、これまでは病院に行けば済む問題だと軽く考えていた。だがこれからは違う。ほかの人々が生き残るためには、自分は死を選ばねばならないかもしれない。そう考えると、途方もなく長いトンネルの中を歩いているような思いがした。

入り口の扉が開いた。山西繁雄が立っていた。朝の挨拶をするような穏やかな表情だった。ただしその顔は、白磁《はくじ》のように血の気がなかった。

「済みました。だから、その、もう出発できるよ」

軽い口調に、こんなことは大した出来事ではない、と示そうとしているのが、冬樹にも伝わってきた。かけるべき言葉が思いつかなかった。

「そうですか」誠哉が応じた。「奥さんの様子を拝見しても構いませんか」

「そりゃあ、構わないけど……」山西は視線を落とした。

大股で出ていく誠哉に、冬樹も続いた。

山西春子の顔には、白いタオルがかぶせられていた。さらにその両手は、胸の前で組み合わせられていた。山西がやったのだろう。

誠哉が跪《ひざまず》き、合掌した。それを見て冬樹も床に膝をついた。手を合わせ、目を閉じた。

皆も同じことをしているのだろう。すすり泣く声が耳に入ってきた。

「別れの儀式はここまでにしましょう」

誠哉の声で冬樹は目を開けた。誠哉はすでにリュックサックを手にしていた。

「各自、荷物を持ってください。今すぐにここを出ます」

全員が無言で支度を始めた。その動きは、いつも以上にてきぱきとしていた。作業を進めることに集中したいという思いは、冬樹にもあった。

「では、出発します」声をかけてから誠哉は教室を出た。ほかの者も彼に続いた。

出口で山西が立ち止まり、振り返った。瞬きし、首を二度横に振った。だがそれだけだった。言葉を発することもなく、前を行く人々を追った。

校舎を出て、ほんの数十メートル歩いた時だった。体内に響くような低い音が聞こえてきたかと思うと、地面が激しく上下し始めた。

「みんな、伏せろっ。頭を守れっ」誠哉が叫んだ。

伏せろといわれなくても、立っているのが困難なほどの揺れだった。まだ水の引かない地面に冬樹は四つん這いになった。

その直後、何かが激しく衝突するような音が襲ってきた。冬樹が顔を上げると、たった今まで彼等がいた校舎が、上から何かに押されるように崩れていくのが目に入った。

もはや驚きの声をあげる余裕さえなかった。

18

東京の街に、もはや『道』は存在しなかった。かつての道路は捻《ねじ》れ、ひび割れ、分断されていた。その上に壊れた車両と瓦礫が積み重なり、泥水が流れていた。

冬樹たちの目指すべき場所は総理官邸だ。そこまでの距離は約十キロだった。整備された道路を辿っていくだけなら、三時間ほどで到着できるだろう。だが出発して一時間が経過した時点で、冬樹は絶望的な思いにとらわれていた。その道のりの険《けわ》しさは、想像を超えていた。まるでジャングルの中を進むようだった。しかも平坦なところなど殆どない。時にはロープを使い、体力のない者たちを引っ張ってやらねばならなかった。また道路の巨大な裂け目に出くわし、大きく迂回することも強いられた。ジャングルと違うのは、獣が襲ってくる心配がないことだけだったが、そのかわり、常に頭上からの落下物に注意していなければならなかった。

かつての鍛冶橋通《かじばしどお》りを進み、日比谷《ひびや》公園の近くまで来た時には、出発から六時間以上が経っていた。これまでにも何度か小休止を取っていたが、全員の疲労は極限に達していた。特に足を怪我している山西繁雄は、もはや一歩も歩けない状態だった。

「兄貴、休憩しよう」冬樹は前を行く誠哉に声をかけた。

ミオを背負っていた誠哉は、疲れ果てた様子の全員を見回した後、時計に目をやった。それから空を見上げ、残念そうに唇を噛んだ。だが次には頷いていた。

「そうだな。仕方がない。今夜は、ここで過ごしましょう」皆にいった。

「ここで野宿するのか」戸田が周囲を見回した。

彼がそういったのも無理はなかった。柔らかい芝生に包まれた、いつもの日比谷公園なら、一晩過ごす程度のことは苦痛ではないかもしれない。だが現在の公園の状況は悲惨なものだった。大雨の後で、地面はどこもぬかるんでいる。

誠哉は、周辺の建物を見回した。

「戸田さんたちの目で見て、安全そうな建物はありますか」

質問を受け、戸田と小峰が周囲を見渡し始めた。二人で何事か話し合った後、戸田が誠哉にいった。

「ここからじゃわからない。二人で見てくるよ」

「お願いします。お疲れのところ、すみません」

「ここで野宿することを考えたら、疲れたなんていってられん」

二人が歩きだすのを見送った後、誠哉が冬樹のほうを向いた。

「とりあえず、座れるところを作ろう。これじゃあ、休むこともできない」

「そうだな」

倒れている木が何本かあった。それを冬樹と誠哉とで運んだ。

「ごめん、俺、もう動けないんだ」太一が申し訳なさそうにいった。

「ゆっくり休めよ。そのかわり、後で荷物運びだ」

冬樹の軽口に、太一は情けなさそうな顔をした。

横たえた木に、皆で腰を下ろした。山西は膝を曲げるのも辛そうだった。

「大丈夫ですか」冬樹は山西に声をかけた。

「今のところは大丈夫だよ。だけど、皆さんに悪いなあと思ってね。私がいなけりゃ、とっくの昔に官邸に着いてたんじゃないかなあ」

「そんなことないですよ。ほかのみんなだって疲れています」

「いやあそれにしても、つくづく情けなくなった。年老いたことを恥だと思ったことはないが、これほど役立たずになってしまったとはなあ」老人は首を捻った。「高齢化社会なんていってたけど、あれは嘘の世界だな。ごまかしだったんだ。自然の摂理《せつり》に反してたってことだな」

山西が何をいいたいのかわからずに冬樹が黙っていると、老人は続けた。

「当たり前のことだが、自然の土地にバリアフリーなんてことはない。エスカレータもエレベータもついてない。どんなところも、自分の足で乗り越えていかなきゃいけない。ところが社会が文明というものにどっぷり浸かるようになって、足腰の頼りない年寄りでも、平気で外出できるようになった。いかにも自分の足でどこへでも行けるように錯覚していた。いや、錯覚させられていたというべきだな。だから、そうした文明を取り上げられたら、たちまちこのザマだ」

「高齢者が増えれば、その人たちでも快適に生活していけるように社会を整備していくのは、国として当然のことだと思いますけど」

冬樹の言葉に、山西は大きく頷いた。

「そう。日本の福祉政策は大したことないといわれたが、それでもいろいろとやってくれた。私らも、しょっちゅう役所に希望を出したものだよ。あそこに手すりをつけてくれとか、あの段差をなくしてくれとかね。だけど、それがなくなってしまった時のことは、誰も責任を取ってくれない。だから、地震や台風なんかの時、真っ先に年寄りが死んでいく。それは仕方がない、というのが国の考え方だったんだろうねえ」

「じゃあ、どうすればよかったんでしょうか」冬樹は訊いた。

山西は、ふっと息を吐いた。

「私は今、どうにかこうにかここまで来た。年寄りで体力がないうえに怪我をしている。それなのに来られた。理由はほかでもない。皆さんのおかげだ。身体を支えてもらったり、手を貸してもらったりしなければ、到底無理だった。それで思うんだよ。真の老人福祉とは、手すりをつけたりバリアフリーにすることではないとね。足腰の弱った老人に必要なのは、そんなものではなく、手を貸してくれる人なんだよ。それが家族であれば理想的だ。近所の人でもいい。ところが国は、家族がばらばらに生きていかざるをえないような国づくりをしてしまった。他人と関わりを持たないほうが得をする世の中にしてしまった。その結果、一人で生きていかねばならない老人が増えたわけだが、その事態を国は文明の利器で対応しようとした。で、老人はそれらに頼り、一人でも生きていけると錯覚する。私も錯覚していた一人だ」そういうと彼は誠哉を見た。「家内の件、お世話をかけました」

いいえ、と誠哉は短く答えた。その顔には戸惑いの色がある。冬樹と同様、なぜここで山西が妻の話を出してきたのかがわからないのだろう。

「春子に対する処置を、私は少しも後悔していません。自然の摂理に従ったまでだと思っております。その意味で、私の扱いにも躊躇わんでもらいたいんです」

「どういうことですか」誠哉は訊いた。

「今もいったように、皆さんのおかげで私はここまで来られた。それだけに、本当に足手まといになるようなことだけは絶対に避けたい。まかり間違っても、私のために誰かが犠牲になるようなことだけはあってはならんのです。いざという時には、どうか決断してもらいたい。これは私からの頼みです。それが自然の摂理というものです」

冬樹は言葉をなくした。山西は、自分が動けなくなった時には見捨てろ、といっているのだ。

さすがの誠哉も答えに窮しているようだ。下を向き、唇を噛んでいる。ほかの者たちも、山西の話は耳に入っていたはずだが、黙ったままだった。

そこへ戸田と小峰が戻ってきた。

「最近オープンしたばかりのホテルがあった。被害は大きくないし、耐震設備もしっかりしているようだ。今夜一晩過ごすだけなら問題ないと思う」戸田がいった。

「そうですか。助かりました」誠哉が立ち上がった。「じゃあ、そのホテルまで、がんばって歩きましょう」最後に彼は山西に声をかけた。「行きましょう」

山西は頷き、どっこいしょと腰を上げた。

そのホテルは、幹線道路から少し奥に入ったところに建っていた。そのおかげで、車の衝突などの被害は免れたようだ。付近で火災も起きなかったらしい。玄関前には瓦礫や破片が散らばっていたが、この建物のものではなく、どこかから飛ばされてきたものと思われた。

玄関はガラス張りになっていた。そのおかげで、停電していても、ロビーは結構明るい。もっとも、日没を過ぎれば、ここも真っ暗になることが予想された。

「こんな椅子に座ったのって、久しぶり」革張りのソファに身を沈め、明日香がはしゃいだ声を出した。

「栄美子さん、赤ん坊を休ませられる場所を探してください。太一、おまえの出番だ。食べ物があるかどうかを確認してこい」

誠哉の指示に、「了解っ」と元気な声を出して、太一が階段に向かった。

山西もソファに腰を下ろし、広々とした天井を見上げた。

「ホテルに来るなんて、親戚の結婚式以来だな。一度、こういうところに泊まってみたかったんだよ」

それを聞き、誠哉は気まずそうな笑みを浮かべた。

「せっかくですが、客室で休むのは我慢してください。地震が来て、閉じこめられたりしたら大変ですから」

「ああ、それはわかっている。雰囲気を味わえるだけでも幸せだという意味だ」山西は笑った。

太一が戻ってきた。浮かない顔をしている。

「あのさ、ちょっと来てほしいんだけど」

「どうした？　食い物が見つかったのか」冬樹が訊いた。

「缶詰とかなら、結構あるよ。助かった。それよりさ、変なことがあるんだ」

「変なこと？」

「とにかく来てくれ」

太一が案内したところは、一階にあるオープンフロアのレストランだった。白いクロスの敷かれたテーブルが並んでいる。列に乱れがあるのは地震のせいだろう。その上に載っていたと思われる塩や胡椒《こしょう》の瓶が床に落ちていた。

「何が変なんだ」冬樹は太一に訊いた。

「これだよ。ここ、見てくれよ」太一が床の一部を指差した。冬樹の位置からはテーブルの陰になって見えない。

そばに行ってみると、床に皿やフォーク、割れたグラスなどが散乱していた。さらに高級シャンパンのボトルが転がっている。

「これがどうかしたのか。誰かの食事の跡だろ」冬樹はいった。

「それはわかってるけど、変だと思わないか」

「何が？」

　すると太一はしゃがみこみ、何かを拾い上げた。空き缶のようだ。

「これ、キャビアだ」

「そうらしいな。それがどうした。これだけのホテルだからキャビアぐらいあるだろ」

「そんなことはわかってるよ。でもさ、なんでここに空き缶があるんだよ。キャビアを注文して、缶詰ごと出てくる店なんて、どこにもないだろ？」

　あっ、と冬樹は声を漏らした。たしかにその通りだった。

　太一は、割れたグラスを指差した。

「それにさ、シャンパンのボトルはあるのに、シャンパングラスがない。このグラスは、はっきりいってふつうのコップだぜ」

　それもまた太一のいう通りだった。少し考えた後、冬樹は、はっとした。この状況を説明できるとすれば、答えは一つだった。だがそれを口にする勇気が冬樹にはなかった。太一も同様らしく、黙っている。

「どうしたんだ」誠哉がやってきた。「何があった？」

　太一が先程と同じ説明を繰り返した。誠哉の表情が、みるみるうちに厳しいものへと変わっていった。

「人々が消えたのは、午後一時十三分だ。このレストランも、通常の営業を行っていたはずだ」誠哉はいった。「昼間からキャビアを食って、シャンパンを飲む客も、中にはいるかもしれない」

「だけど、キャビアを缶詰ごと食って、シャンパンをコップで飲む客はいないよね」太一が後を継いでいった。「そんなことをしたら、ホテルからつまみだされちまう。そうされなかったということは、その時すでにホテルには誰もいなかったってことだ」

「これを誰かが食ったのは午後一時十三分以後、つまり生存者が、俺たちのほかにもいるってことか」

冬樹の言葉に誠哉は頷いた。

「それしか考えられない」

一瞬背中がぞくりとするのを冬樹は感じた。自分たち以外に生存者がいる可能性は十分にあったのだが、いつの間にか、この世にはほかに誰もいないという気持ちが根付いていた。だから正体不明の生存者に対し、わけもなく不気味なものを感じてしまうのだ。

誰かが近づいてくる気配があった。ぎくりとして冬樹が振り返ると、栄美子が不安そうな顔で立っていた。

「あの……ミオを知りませんか」

「ミオちゃん？　いないんですか」冬樹が訊いた。

「私が赤ちゃんを寝かしつけている間に、どこかに行ったみたいなんです。外ではないと思うんですけど……」

「それはまずいな」誠哉が呟いた。「物が散乱しているし、壊れているところもある。下手に動き回って、怪我でもしたら大変だ。探そう」さらに彼は冬樹と太一を見て、小声でいった。「生存者のことは後回しだ」

冬樹は、床に転がったシャンパンのボトルをちらりと見てから、小さく頷いた。

皆で探し始めて間もなくのことだった。どこからか、笛の音が聞こえてきた。冬樹には聞き覚えのある音だった。

「ミオちゃんの笛だっ」彼は叫んだ。

音は上から聞こえてくるようだった。冬樹はそばの階段を駆け上がった。二階は宴会場が並んでいる。一つの扉が開いていた。

ピーと再び音が聞こえた。扉の開いた宴会場からだ。冬樹は足を踏み入れた。中は真っ暗で、よく見えない。

「ミオちゃん？」彼は呼びかけながら、ゆっくりと前に進んだ。

闇の中に黒い塊が見えた。冬樹は懐中電灯のスイッチを入れた。

ミオが大きな目に恐怖の色を浮かべ、四つん這いになっていた。その口には笛がくわえられている。

そんな彼女の足元に、一人の男が倒れていた。男はミオの足首を摑んでいた。

19

冬樹の背後から、ばたばたと足音が聞こえてきた。振り返ると誠哉たちが入ってくるところだった。

倒れている男を見て、明日香が小さな悲鳴を上げた。

「誰だ、その男?」

戸田がいったが、無論、答える者はいない。

ミオ、といって栄美子が近寄ろうとした。それを誠哉が制した。

冬樹は、慎重に近づいた。男は目を閉じている。呼吸しているところを見ると、死んでいるわけではなさそうだ。ミオは怯えきった顔を冬樹に向けてきた。

彼は少女の足首から男の手を外した。男は気を失っているらしく、もはやその手に力は入っていなかった。

解放されたミオは、真っ直ぐに母親のもとへと走っていった。そんな娘を栄美子が抱きしめた。

「何者かな」いつの間にかそばに来ていた誠哉がいった。

「わからない。俺が来た時には、もうこういう状態だったんだ」

顔が汚れているのでよくわからなかったが、男は三十代か四十代前半に見えた。短髪で、無精髭を生やしている。着ているワイシャツも泥で汚れていた。

「顔が赤いな……」誠哉は、遠巻きにしている人々のほうを向いた。「菜々美さん、ちょっと診てもらえますか」

菜々美が不安げな顔つきで歩み寄ってきた。腰を落とし、男の首筋に手を当てた。途端に、その表情が険しくなった。

「ひどい熱です。たぶん三十九度以上はあると思います」

誠哉の顔色が変わった。

「それはまずいな。どこか明るいところに移そう。ここでは看病も出来ない」

「一階のラウンジまで運ぶのか」冬樹が訊いた。

「それがいいだろうな。太一、手を貸してくれ」

皆が見守る中、太一を含めた三人で男を運ぶことになった。男は意識を失ったままだが、その顔は苦しそうに歪められていた。

階段にさしかかった時だった。男の足を持っていた太一が手を滑らせた。「あっと、やばい」

男の背中を支えていた冬樹が、咄嗟に片手を尻の下に伸ばした。それで男の身体が落下するのは防げたが、胴体が半回転し、ワイシャツの背中がまくれあがった。

その瞬間、冬樹は息を呑んだ。男の背中には、鮮やかな入れ墨が施されていたからだ。

彼は誠哉と目を合わせた。ほかの者たちにも見えたらしく、空気が張りつめるのがわかった。

だが誠哉は、それについては何もいわなかった。

「慎重に運ぶんだ。怪我をさせたら、もっと厄介なことになるからな」太一にそういっただけだった。

男をラウンジまで運ぶと、三人掛けのソファに寝かせた。すぐに菜々美が体温計を腋《わき》に挟んだ。さらにクーラーボックスを開け、中に入っている薬品を調べ始めた。

「風邪かな」誠哉が男を見下ろしていった。

「だといいんですけど……」菜々美の口調は歯切れが悪い。

「何か？」

菜々美は躊躇いがちに口を開いた。

「インフルエンザかもしれません。さっきの部屋に吐いた跡がありました」

彼女の言葉を聞いた瞬間、冬樹は一歩後ろに下がっていた。だがそうしたのは彼だけではなかった。栄美子などは、ミオを抱き、離れたソファに移動した。

「検査は出来ますか」誠哉が訊いた。

菜々美は首を振った。

「検査キットを持ってきていません。まさか、こんなことになるとは思わなかったから」

「すると治療薬も……」

「タミフルが効果的ですけど、ありません」

「解熱剤は？」

「ありますけど、単なるウイルス性の風邪だったら、却って逆効果になるおそれがあります。もう少し様子を見たほうがいいと思います」

ふうーっと誠哉は息を吐いた。髪の中に手を突っ込み、頭を掻くと、そのままの姿勢で全員を見回した。

「症状がはっきりするまで、皆さんは近寄らないようにしてください。菜々美さんも離れてください」

「でも容態が悪化するかもしれないし……」

「自分がそばにいます。もちろん、感染しない程度には距離を取るつもりです」

「それなら、あたしも一緒にいます」菜々美は、きっぱりとした口調でいった。

「わかりました。――冬樹、皆さんのことを頼む」

冬樹は頷き、皆を離れた場所に導こうとした。だがその必要はなかった。ほかの者たちは、すでに移動を始めていたからだ。

誠哉と菜々美を除いた九人が、先程のレストランに集まった。太一と明日香が厨房から缶詰やレトルトの食べ物を見つけてきて、食器と共にテーブルに並べた。

「ホテルのレストランといっても、結構こういうものを使ってるんだね。がっかり」明日香が缶詰の蓋を開けながらいった。

「どんなものにも本音と建前がある。おかげで空腹を満たせるんだから、まあよしとしようじゃないか」山西が穏やかな声を出した。

「それにしても、火が使えないのは辛いな」戸田が、レトルトの袋にフォークを突っ込み、中身を直《じか》に食べながら顔をしかめた。「まるで宇宙食だ」

「このレバーペーストは、冷たくてもおいしいですよ。クラッカーにつけて食べたら最高です。ほかにキャビアもあります」太一が口を動かしながらいった。

「せめて贅沢なものでも、たらふく食うか。あの男の気持ちはよくわかるよ」戸田がラウンジのほうにフォークを向けた。

「そのことですけど、お兄さんはどうするつもりなんでしょうか」小峰が深刻な顔を冬樹に向けてきた。

「何がですか」

「男のことです。あなたも見たでしょう？　あいつ、ヤクザですよ」

小峰の言葉に、全員が手を止めた。それぞれの顔に、場の空気を窺う気配が見えた。

「そのようですね」冬樹は応じた。「だからどうしろと？」

小峰は苛立《いらだ》ったように頭を振った。

「病気の人間をほっとけないというのはわかります。また、こんな状況だけに、少しでも仲間がいたほうが心強いというのも事実です。だけど、それはあくまでも相手がふつうの人間だという前提があればこそです。あの男は、そうではない」

冬樹は口をつぐんだ。小峰のいわんとしていることは十分に理解できた。

すると明日香が口を挟《はさ》んできた。

「どうして断言できるわけ？　どんな人間か、まだわかんないじゃない」

小峰は小さくのけぞった。

「ヤクザだぞ。入れ墨を見なかったのか」

「ヤクザだからって、悪人と決めつけるのはおかしいよ」

「幼稚な意見は勘弁してほしいな。悪人でなければ、ヤクザになんかならないだろ」

幼稚といわれたのが気に障ったらしく、明日香は目をいからせた。

「そんなのわかんないじゃん。成り行きで、そういうふうになっちゃう人だっているでしょ。だけど後悔して、それから真面目になった人だって、世の中にはいっぱいいるよ。あたしの中学の先輩にも、元暴走族だったけど、反省して教師になったっていう人がいるんだから」

　小峰は肩をすくめた。

「暴走族とヤクザを一緒にするなよ。若い時の悪事を反省しない人間がヤクザになるんだ。そんな人間がたとえ改心したって、ふつうの人間のようなモラルは持ってない。どこかにその名残があるものだ。しかもあの男は入れ墨をしている。極道の世界に浸りきってた証拠だ。我々とうまくやっていけるとは到底思えない」

「そんなの決めつけだと思うけど」明日香は口を尖らせ、小峰を睨んだ。「じゃあ、どうするの？　見殺しにするってわけ？」

「そうはいってない。仲間にすることには賛成できないといってるんだ」

「同じことじゃない。あのままほっとけば、死んじゃうよ、あの人」

「私は——」山西が徐《おもむろ》に発言した。「それについては仕方がないと思うよ」

「お爺さん……」明日香が啞然とした表情を見せた。

　いやいや、と老人は手を振った。

「あの男性に入れ墨があるから死んでも構わない、といってるんじゃない。それは別の話だ。私はね、そんなことよりも、あの人がインフルエンザかもしれないということのほうを重視しているんだ。風邪程度なら、ほっといたって死にはしない。死ぬということは、余程たちの悪い病気だということだ。そんな病人をそばに置いておくということは、我々全員の命を危険にさらすことになる。それは避けねばならない、といってるんだよ」

淡々とした口調だが、ほんの数時間前に妻を安楽死させた山西の言葉には、息苦しくなるほどの重さがあった。

小峰も明日香も黙り込んだ。

日没が過ぎると急速に周囲が暗くなってきた。誠哉は予《あらかじ》め用意しておいたローソクに火をつけた。

入れ墨の男は、まだ眠ったままだ。男から数メートル離れて、菜々美が座っている。指先で目頭を押さえていた。

「疲れたでしょう？　あなたもみんなのところに戻ってください」

だが誠哉がいい終わらぬうちに、彼女は首を振り始めていた。

「大丈夫です」

「でも、無理はよくない。インフルエンザは、疲労していると感染しやすいんでしょう？」

「本当に大丈夫です。それに正直いうと、みんなと一緒にいるのが少し辛いんです」

「何か不愉快なことでも？」

「そうじゃありません。みんなが少しずつ弱っていくのを見ているのが辛いんです。山西さんの奥さんも助けられなかったし、きっとこんなことが続くんだろうなと思うと苦しくて……。だから、こういう時ぐらいは少し離れていたいんです」

誠哉は黙って頷いた。菜々美の気持ちはわかるような気がした。彼自身が、自らの無力感に押しつぶされそうになっている。

「久我さんこそ、疲れてるんじゃないですか」菜々美が訊いてきた。

「いや、平気です。体力には自信がありますから」

すると彼女は憐憫《れんびん》と羨望が混じったような不思議な目を誠哉に向けてきた。

「久我さんは、どうしてそんなに強いんですか。諦めるとか、くじけるっていうこと、ないんですか」

彼女の問いかけに誠哉は苦笑した。

「強くなんかないです。とても弱い人間です。弱いから、それをごまかすために、少しばかり突っ張っているだけです」

菜々美は首を振った。

「とてもそんなふうには見えません。やっぱり警察官になる人は違うなあ、と思ってたんですけど」

「警察官にだって、いろいろといますよ。悪事を働く人間だって、いないわけじゃない」

「それはそうかもしれませんけど……。弟さんも警察官なんですよね。きっと、お兄さんに憧れてのことなんでしょうね」

「いや、それは違います」誠哉は真顔に戻った。「我々の父親が警察官だったんです。その影響です」

「そうだったんですか。じゃあ、お父さんは喜んでおられるでしょうね」

「残念ながら、すでに他界しています」

「あ……ごめんなさい」菜々美は肩をすくめ、俯いた。

「謝らなくていいです。もう何年も前のことですから」

誠哉はローソクの光で時計を照らした。六時になろうとするところだった。

「交代で休みませんか。二人で徹夜をする必要はない。まず、あなたから先に休んでください。二時間ほどしたら、起こします」

「いえ、でもあたしは――」

「いざという時のために休んでおいてもらいたいんです。お願いします」

菜々美は迷いの色を浮かべたが、やがて納得したように頷いた。

「じゃあ、少しだけ」そういって、ソファの上で横になった。

やはりかなり疲れていたらしく、菜々美はすぐに寝息をたて始めた。それを聞きながら、誠哉はローソクの炎を見つめた。彼の頭は、総理官邸で発見した『P―13現象』

のレポートのことで占められていた。何をする時でも、そのことが離れなかった。

皆に話すべきかどうか——それを彼は悩んでいた。いずれは話さねばならないことはわかっている。だが生存自体が困難な今は、到底聞かせられないと思った。それほど絶望的な内容だった。

ローソクが短くなってきた。新しいものに取り替えようとした時、それまで全く動かなかった男が、唸《うな》り声をあげた。さらに目を開けるのが、薄闇の中でもわかった。その様子を見つめていた誠哉と目が合った。

一時の沈黙の後、男が呻くようにいった。「驚いたな……」

「気がついたようだな」

「小さい女の子に会う夢を見たが、まさか本当に人間に会えるとはな」

「それは夢じゃない。その女の子は、我々の連れだ。あんたは、その子の足を摑んだまま、気を失っていた」誠哉はクーラーボックスからミネラルウォーターのペットボトルを出し、男に近づいた。「飲むかい？」

男は警戒心のこもった目をしていたが、横たわったままで腕を伸ばしてきた。誠哉はその手にペットボトルを渡した。

男は黙って水を飲んだ。相当喉が渇いていたらしく、一気に半分以上がなくなった。大きく吐息をついた後、男は誠哉のほうを見た。

「教えてくれ。一体、何があったんだ」

「人が消えた。今いえるのは、それだけだ」

男は口元を曲げた。

「ふざけんなよ。人が消えるわけねえだろ」そういって起き上がろうとした。だが次の瞬間、バランスを失ったように男は倒れた。

20

男は意識を失ってはいなかった。誠哉が元のようにソファに寝かせた後も、虚ろにではあるが、目を開けていた。

「大丈夫か」誠哉は訊いた。

「……あんた、誰だ」

「それは追々《おいおい》説明しよう。それより、身体の具合はどうだ」

「よくねえな。急に熱が出た。おまけに、身体の節々が痛みやがる」

菜々美が起きてきた。怯えた顔をしつつも近づいてきて、タオルで男の汗をぬぐった。さらに彼女が体温計を腋に入れようとすると、男はその手首を摑んだ。

「何しやがる」

彼女は低く悲鳴を上げ、持っていた体温計を落とした。

誠哉がそれを拾い、男の手を菜々美の手首から外した。

「何をびくついてるんだ。体温を計るだけだろ。この人は看護師さんだ」

「看護師……そうか」男の顔から警戒の色が消えた。

「計っていいですか」

「いいよ。かなり高そうだけどな」

菜々美が体温計を挟むのを、男はじっと見ていた。その目を誠哉のほうに向けた。

「何がどうなってるのか、さっぱりわかりゃしねえ。どういうことなんだ」

「だから、それは我々にもわからない。はっきりしているのは、ほかの人間が突然消えたということだけだ。あんただって、そのことは知ってるだろ？」

「事務所にいたら、急に目の前から誰もいなくなった。そばで将棋《しょうぎ》をさしてた奴らもだ。俺は自分の頭がどうかしちまったのかと思ったんだが……」

「正常な反応だと思うよ。我々だってそうだ」

男は熱そうな息を吐いた。「あんたら、夫婦かい？」

誠哉は思わず菜々美と顔を見合わせた。彼女は気まずそうに下を向いた。

「他人だ」誠哉は苦笑しながらいった。「数少ない生存者ということで、一緒に行動している。ほかの部屋に、あと九人いる。あんたが足を摑んだ女の子も、その一人だ」

「そうか。そんなにいるのか。そいつは助かった。俺はてっきり、人類が滅亡したのかと思ったぜ」

男は薄く笑った後、耐えかねたように瞼を閉じた。まだ頭が重いのだろう。

「眠る前に、こっちの質問に答えてくれ」

「……何だ」

「あんたの周りに、最近インフルエンザにかかった人間はいないか?」

「インフルエンザ? ああ、そういや、テツの野郎がそんなことをいってたっけな」

「テツ? あんたの身近にいる人間か」

「電話番だ。熱出して、休みやがった。冬は終わったっていうのに……」

「いつのことだ」

だがこの問いに対する答えはなかった。男は鼾《いびき》をかき始めた。

菜々美が体温計を抜き取った。表示を見て、眉をひそめた。

「どうですか」誠哉は訊いた。

「三十九度三分。さっきから少しも下がってません」

誠哉は男から離れ、ソファに腰掛けた。

「あなたも離れたほうがいい。聞いたでしょ。インフルエンザの可能性が高い」

「そう、みたいですね」菜々美はクーラーボックスを持ち上げ、誠哉のところに来た。

参ったな、と彼は思わず呟いた。

「治療薬を使わなかった場合、自然治癒までにはどれぐらいかかるものですか」

菜々美は少し首を傾げた。

「発症から四、五日といったところでしょうか。じつは治療薬を使ったところで、一日程度短縮されるだけだといわれています。もちろん、十分に体力がある人の場合ですけど」

「この男は体力だけはありそうだ」

「あたしもそう思います。このまま安静にしていれば、たぶん二、三日で回復するでしょう」

「問題は、治癒するまで皆が待ってくれるか、ということだな」

誠哉は眠っている男を見た。その背中に刻み込まれた入れ墨を思い出していた。

冬樹が目を開けると、すぐそばで明日香が濡れた髪をタオルで拭いていた。さっぱりとした顔をしている。

「シャワーでも浴びたのか」起きあがりながら冬樹は訊いた。ホテルの水道から水が出ることは確認済みだ。おそらくタンクに溜まっている分だと思われた。

「そんな勿体《もったい》ないことしないよ。水はトイレ用に残してあるんだから。あと何回、水洗トイレを使えるかわかんないからね」

「じゃあ、どこで洗ったんだ」

「外で」明日香は、にっこりと笑った。

「外？」

「うん、すっごい雨。天然のシャワーをめいっぱい浴びちゃった。気持ちよかったあ」

冬樹は立ち上がった。自分が寝汗をかいていることに気づいた。三月とは思えない暖かさだ。蒸し暑いとさえいえる。

厨房に入り、さらに奥へと進んだ。そこに裏口があることは、昨日のうちに確認してあった。

裏口のドアに近づいた時には、雨音が聞こえていた。ドアを開け、啞然《あぜん》とした。外の駐車場に、川のように水が流れている。激しく降り続ける雨が、ばしゃばしゃと音をたてていた。

ドアを閉め、レストランに戻った。何人かが起き始めていた。

「ひどい雨でしょ」明日香が訊いてきた。

冬樹は頷いた。

「日本の気候じゃないみたいだ。まるで東南アジアだ」

「あの瞬間、何かが変わったのかもしれませんね」そういったのは小峰だ。「人々が消えた瞬間です。地殻変動に異常気象。この次は何が起きるのかを考えると恐ろしくなる」

そこへ誠哉と菜々美が入ってきた。二人とも、かなり疲れた顔つきだった。

「あの男はどうなった？」冬樹が訊いた。

「そのことについて相談しにきた。——皆さん、ちょっといいですか」

誠哉の呼びかけに、全員が集まり始めた。すると誠哉はあわてた様子で手を前に出した。

「我々には、それ以上近づかないように。万一のための用心です」

「万一って？」

冬樹の問いに、やや躊躇いを見せた後で誠哉はいった。

「彼はインフルエンザにかかっている公算が大きい。したがって、一晩中看病していた我々も感染しているおそれがある。幸い、今日は湿度が高いので、ウイルスの活動は抑えられているだろうというのが菜々美さんの見解だが、全員疲れているし、治療薬がない状態では、極力感染する危険性は減らしたい」

なるほど、といって戸田が、二人から少し離れたところで椅子に座った。ほかの者も彼に倣った。赤ん坊を抱いた栄美子は、ミオと共に一番遠い席についた。

「今はまだ眠っていますが、昨夜一度、彼は目を覚ましました」誠哉が皆を見回しながらいった。「我々の存在を知って、かなり元気づけられた様子でした。あのまま安静にした状態で、水や栄養を十分に与えれば、おそらく二、三日中には回復するだろうということです。そこで、今後のことを相談したいと思います」

「ちょっといいかね」山西が手を挙げた。

「どうぞ」

「今の話を聞いていると、あの人物が回復するまで、ここに留まるというふうに解釈できるんだが、そういうことかね」

「それも含めてです」誠哉はいった。「これからどうするかを決めたいと思います」

「申し訳ないが、僕は反対だな」即座に小峰が反応した。「我々がふつうの人間だから、これまで何とかやってこれたと思っています。ああいうふつうじゃない人間を入れたら、きっと結束が崩れる。少なくとも僕は、彼と行動を共にする気はない」

小峰の隣にいた戸田が頷いた。

「私も同感だ。一般社会に適応できなかったからヤクザになったわけだろう。そんな人間が、こんな特殊な環境で、他人と協調出来るとは思えない」

二人の話を聞く誠哉の顔に変化はない。半ば予想していた答えなのだろう。

「ほかの人の意見は？」誠哉は栄美子のほうを見た。「あなたはどうですか」

突然名指しされ、栄美子は目を瞬かせた。

「私は皆さんの意見に従いますけど……」

「そういうのはよくないよ、奥さん」戸田がいった。「自分の意見をいっておくべきだ。ここで何もいわず、後になってから文句をいったって、誰も相手にしてくれないからね」

口調は乱暴だが、戸田の言い分はもっともだと冬樹も思った。生死がかかっている状況で、運命を他人任せにはできない。

「人のことを考える必要はありません。自分がどうしたいのかをいってください」誠哉が改めて栄美子にいった。

彼女は困ったように俯いていたが、やがて意を決したように顔を上げた。

「正直いいますと、怖いです。関わり合いにはなりたくありません」

そりゃそうだ、と戸田がいった。

「あんな奴と一緒にいたら、何をされるかわからんからな」

でも、と栄美子は続けていった。

「本人が勝手についてきたらどうするんですか。だめだとはいえないでしょう？」

「いえばいいんだよ。ついてくるなって」

「そんなことして、後で恨まれたりしないでしょうか」

すると小峰が彼女のほうに大きく身体を捻った。

「恨まれたって、別に構わないじゃないですか」

「だって……」

「そりゃあ、以前の世界なら、そういう心配はありました。連中はすぐに報復しますからね。だけど、今はもう怖がる必要はない。あいつらが威張り散らすのは、後ろに仲間がいるからです。たった一人じゃ何も出来ない。恐れることはありません。それに、あの状態だ。我々が出発しても、ついてくることは出来ないはずです」

「見捨てるってことですか」

「一緒に行動しないというだけのことです。あいつはあいつで、何とかすればいい。二、三日寝てれば回復するというのなら、心配することはないでしょう」

「あの……」菜々美が口を開いた。「それは、きちんと水分や栄養を摂ればということです。寝ているだけじゃ、回復は遅れるし、もっとひどいことになるかも……」

小峰は苛立ったように首を振った。

「助かりたいと思うなら、自分で何とかしますよ。ここには水や食料だってあるんだから。とにかく相手はヤクザなんだ。同情する必要なんかはありません」

強硬な意見を聞かされても、栄美子は釈然としない様子だった。もう少し考えさせてください、といって再び下を向いた。

「冬樹、おまえはどう思う?」誠哉が訊いてきた。

冬樹は唇を舐めた。先程から懸命に思考を巡らせていたのだが、自信を持って発言できる意見は浮かんでいなかった。それでも彼はしゃべり始めた。

「まず本人と話をしてみなきゃ、何ともいえないんじゃないかな」

「何を話すのかね」間髪を入れずに戸田の質問が飛んできた。

「だから、我々と一緒に行動する気があるかとか、その場合には皆と協調してやっていけるかとか、そういうことを確認するんです。彼がどういう人間かわからないのに、仲間に入れるか入れないかを判断するのは、少し早計だと思うんですけど」

「そんなの、いいことばかりをいうに決まってますよ」小峰が、ややむきになった口調で発言した。「真面目にやるとか、みんなとちゃんとやっていけるとか、その場しのぎで行儀《ぎょうぎ》のいいことをいうだけです。そんな言葉、信用できない」

「だからそれを見極める必要はあると思います。嘘をついているように感じたなら、その時にまた話し合うというのはどうですか」

「人の善し悪しを見極めるというのは、なかなかに難しいことだよ」そういったのは山西だ。「人生経験があっても大して意味がない。その証拠に、振り込め詐欺《さぎ》に騙されるのは大抵が老人だ。しかも悪事を働く人間というのは、その手の芝居がじつに上手い」

我が意を得たりとばかりに戸田と小峰が揃って首を縦に振った。

反論が思いつかず、冬樹は黙り込んだ。元々、確固たる信念があって発した意見ではなかった。

「久我さん、いや、弟さんのほうじゃなくてお兄さんのほうだ」戸田が誠哉のほうを向いた。「あなたの意見を聞かせてもらいたいな。あなたは先日、たとえ世界がリセットされたとしても、その前の生き方までもがなかったことになるわけではない、という意味のことをいっていた。正直私は敬服したんだが、その考えでいけば、あのヤクザの過去について我々が目をつむる必要はないということになるんじゃないかな。もちろんどんな過去があるのか詳しいことは不明だが、少なくとも真っ当な生活を送っていなかったことは確実だろう。それを踏まえて、どう考えるのかな」

すると誠哉は、じっと戸田の顔を見返した。それから立ち上がり、ふっと息を吐いた。

「それについて自分の意見をいう前に、ひとつ提案があります。それは今後の生き方に関わってくることです」

「どんなことだ」戸田が訊いた。

「ルールについてです」誠哉はいった。「これからどんなことが起きるのかは全く予想できませんが、現時点では、我々だけで生きていかねばならないのは事実です。となれば、我々の間で守らねばならないルールというものを作る必要があります。これまでの法律は通用しません。ことの善悪さえ、自分たちで決めていかねばならないのです。それを決めず、その場の気分だけで重大な問題を解決しようとすると、後で必ず歪みが生じます」

「いってることはわかるが、善悪というのは、どんな事態になっても変わらんと思うが」

「そうでしょうか。自分の記憶によれば、前の世界では、安楽死は認められていなかったと思います。法律上は悪だったのです。でも今は違います。全員一致で、最善の手段として選んだはずです。我々はすでに、新たなルールを作り始めているんです。したがって――」誠哉は続けていった。「今眠っている人物が何か行動したとして、そしてそれが前の世界では悪と見なされたとしても、今ここで悪だと断じることは、現時点では出来ないのです」

21

「あなたのいっていることもわかりますが、少し極端過ぎるんじゃないですか」小峰がいった。

「極端とは？」誠哉が片方の眉を動かした。

「たしかに状況によって善悪が変わることはあります。だけど我々の安全を優先するという前提は揺らぎようがないでしょ？　ルール以前の問題だと思うのですが」

「いや、私は、どんなことでもルールを作っておかねばならないと思っています。たとえば、この先、彼以外の人間と出会うかもしれないわけですが、どういう人間ならば受け入れて、どういう人間は排除していくのかを決めておかないと、混乱を招くおそれがあります。その時になって議論している余裕などないかもしれませんからね」

「それなら話は簡単だろう。我々と協調できる人間だけを受け入れればいいんじゃないのか」戸田がいった。

だが誠哉は得心がいかないとばかりに顔を横に振った。

「先程から伺っていると、彼は協調できない人間だと決めてかかっておられるようですね」

「いけないかな。暴力で人を脅していた連中だよ。あるいはそういう人間の仲間だ」

「そこですよ。ああいう人間でも仲間がいたわけです。私は職業柄、彼等について皆さんたちよりも少しはよく知っているつもりです。連中の結束力は固く、上下関係は厳しく、裏切りを許さない空気には独特のものがあります。協調性のない人間が留まっていられる世界ではないんです」

「それはヤクザ同士だからだろ。我々はヤクザじゃない」

「では、ヤクザ同士なら、なぜ結束できると思いますか」

「それは……」

「利害関係が一致しているからでしょ」口ごもった戸田の横から小峰がいった。「それと、目指すべき方向が同じだからです。一般人から金を略取して、皆で分配する。偉くなったほうが取り分が多くなるから上を目指す。そういうことじゃないんですか」

「おっしゃるとおりです」誠哉は満足そうに頷いた。「一般の企業と同じです。金を得るために正当な手段を使うかどうかの違いがあるだけです」

そうかなあ、と小峰は首を捻《ひね》った。

誠哉は続けた。

「利害関係と目指すべき方向が一致していることが結束力の源だという点には私も同意です。たとえば今我々がこうして一緒に行動しているのも、お互いが力を合わせたほうが問題を解決しやすいというメリットがある上に、何としても生き延びたいという目指すべき方向が一致しているからだと思うわけです」

「私は何の力にもなっとらんから、お情けで一緒にいさせてもらっとるわけだがね」

自虐的にいう山西に、誠哉は微笑みかけた。

「目に見えるものだけが貢献だとはかぎりません。精神的なものもあります。多くの人間と一緒にいたほうが、誰だって心強くなるものです」

「そういう意味では、あの男は逆の存在じゃないかな」戸田がいった。「さっきの白木さんの話を聞いただろ。彼女は明らかに、あの男を怖がっている。それはつまり、一緒にいて心強いというメリットはないということになる。それどころか、デメリットがあるとさえいえるんじゃないか」

「白木さんの気持ちは、私もわかります。しかし怖いとか怖くないとかいうのは、単なる個人の印象です。そんなものをルールに適用することはできないと思うのです。その点、メリットについて推測できることはいくつかあります。彼は我々の知らない何らかの情報を持っているかもしれない。また、彼の屈強そうな身体にも利用価値はあります。これらのメリットについては、どうお考えですか」

誠哉の言葉に戸田と小峰は口を閉ざした。代わりに山西がいった。

「要するに、君はこういいたいわけだ。あの男が有害だと判明するまでは、排除するわけにはいかないと」

「有害の定義も必要です」

「なるほどね。私が考えるに、それは、我々の安全を脅かすということじゃないかな。我々は皆で力を合わせて生きていこうとしている。それを邪魔するのは明らかに有害だ。我々に危害を加えることも、それに相当する。違うかね」

誠哉は大きく頷いた。

「まさに、そういうことです」

「だけど、猫を被《かぶ》ってる場合もありますよ」小峰がいった。「さっき山西さんも、あの手の連中は芝居が上手いといったじゃないですか」

「芝居なら芝居で構わんのだよ。そういうことだろ？　刑事さん」

　山西にいわれ、誠哉は顔をしかめて手を振った。

「刑事はやめてください。もう職業は関係ありません。でも、そういうことです。芝居なら芝居でも構わない。我々に見せる顔が、彼の本当の顔である必要はないのです」

「そう簡単に割り切れるかな」戸田が呟いた。

　すると山西は低く笑った。

「その心配はいらんよ。というより、そんな心配を今更するのは滑稽《こっけい》なことだ。ここにいる全員が本当の顔を見せているとはかぎらんのだからね。あなた方は私のことを、ただの老人だと思っているだろうが、もしかすると元ヤクザかもしれんよ。あるいは泥棒かもしれん。それでも受け入れてくれている。背中に入れ墨がないという理由でね」

　老人の言葉に、元会社員だった二人は完全に黙り込んだ。冬樹にしても反論の材料が見つけられずにいた。

「大事なことは、このルールは我々自身にも適用されるということです」誠哉が全員を見回した。「我々の安全を脅かしたり、我々のうちの誰かに危害を加える人間は、即刻排除されることになります。たった今から、それがルールになったことを肝に銘じてください」

入れ墨の男が再び目を覚ましたのは、午後になってからだった。菜々美が体温を計ろうとした時、ぴくりと身体を動かし、同時に瞼を開いたのだ。昨夜、手首を摑まれたことを思い出したのか、彼女は驚いたように後ずさりした。

「目を覚ましたようだな」誠哉は男を見下ろした。

男は、ぼんやりとした視線を向けてきたが、やがて小さく頷いた。

「よかった。夢じゃなかったんだな。ほかにも人間がいた」

「昨夜と同じことをいってるな」

「そうか？　ああ、そうかもしれねえな。何しろ、ずっと一人だったからな」男は右手の指で両目を揉《も》んだ。「あんたが何者か、聞いたかな」

「いや、話してない。久我という者だ」

「久我さんか。俺は——」男は目を押さえていた手を胸元にやり、薄く笑った。「免許も名刺も、どっかいっちまったな」

「どっちも、今では不要だ。ただ、名前がわからないのは不便だな」

「カワセだ」

「カワセ……カワは三本の川か」

「さんずいの河だ」

「セは？」

「瀬戸内の瀬だ。そんなこと、大事なのか」

「いや、あんたの頭がどこまではっきりしているかを知りたかっただけだ」

「わりとはっきりしてるよ。そっちの美人の名前は聞いてないな」河瀬は菜々美のほうに首を捻った。「さっきのが夢でないなら、ナースさんのはずだよな」

「富田です」彼女は小声で答えた。

「富田さんか。で、早速訊きたいんだけど、俺の具合はどうなんだ。少しはよくなってるのか」

「今、熱を計ろうとしていたところです」

「そうか。熱ぐらいは自分で計れる。体温計をくれ」

菜々美が体温計を差し出すと、河瀬はそれを腋の下に挟んだ。

「何か、やたら喉が渇く。ビールが飲みてえな」

「ビールはやめたほうがいい。水ならある」誠哉は、そばにあったペットボトルを取った。

「俺はビールが飲みたいんだよ」

「あんたのためを思っていっている。早く治したくないのか。それに、生ぬるいビールなんか、うまくも何ともないぞ」

河瀬は、ふっと頬を緩めた。

「そりゃそうかもしれねえな。生ぬるいドンペリも、まずかった」

誠哉の差し出したペットボトルを受け取り、河瀬はごくごくと水を飲んだ。突き出た喉仏が上下した。

「周りの人間が消えた時、あんたは組事務所にいたといってたな。場所はどこだ」

「九段下《くだんした》だ」そういってから河瀬はワイシャツの襟を触り、にやりと口元を曲げた。

「そうか。俺の素性《すじょう》はばれてるわけか。組っていう言葉を使った覚えはなかったんだけどな」

「あんたが以前、何をしていたのかは、今では関係ない。背中の派手な装飾にも、何の力もない。まずそのことを理解することだ」

河瀬は水を飲み干すと、じろりと誠哉を見上げた。

「あんた、何者だ？　その肝の据わった目は、ただの堅気《かたぎ》じゃねえな」

「変なことをいうな。俺はふつうの人間だ。というより、もう堅気もヤクザもない。俺もあんたも一人の人間ということ以外、何もない。そんなことより、事務所を出てから今日までどこで何をしていた？」

「あっちこっち、走り回ってた。どこにも連絡がつかないし、誰もいねえ。おまけにあちこちで爆発が起きるわ、地震は来るわ、暴風雨に襲われるわで、全く生きた心地《ここち》がしなかったぜ。で、逃げ込んだのがここだ」

「熱はいつから？」

「さあな。ここへ来て、いろいろと飲み食いしてたら、急に気分が悪くなって……後はよく覚えてねえな」

河瀬は考え込む顔になった後、腋から体温計を抜き、菜々美のほうに出した。彼女は受け取ると、目盛りを見た。

「どうですか」誠哉が訊いた。

「三十八度九分……少し下がっていますけど、これからまた上がるかもしれません」

「参ったな。こんな時に風邪なんかひいちまうとはな」河瀬は苦々しい顔つきで首を触った。喉が痛いのだろう。

太一がトレイに食器を載せてやってきた。

「白木さんがお粥《かゆ》を作ってくれた」

「火を使えたの？」菜々美が目を丸くした。

「ボンベ式のガスコンロがあったんだ。俺が見つけたんだぜ。おまけに梅干しもある」

「わかった。うつるといけないから、トレイはそこに置いて、すぐに戻ってくれ」

誠哉の指示に太一は頷き、トレイをテーブルに置くと、レストランのほうに引き返した。

「新顔だな」河瀬がいった。

「あんたの病気が完治したら、全員を紹介する。こちらの条件をのめば、の話だけどな」そういった後、誠哉はトレイを河瀬のそばにあるテーブルまで運んだ。

河瀬が億劫《おっくう》そうに身体を起こした。「条件って?」

「昨夜も話したように、我々は生き残った者同士で力を合わせて生きている。あんたが望むなら、一緒に行動することを我々は拒《こば》まない。この粥も、遠慮なく食べてもらって結構だ。ただし、そのためには我々の決めたルールを守ってもらう必要がある」

「会費でも払うのかい」

「金はとらないが、労働力は提供してもらう。あんたが持っている知恵なんかもね」

「悪知恵なら、いささか自信があるぜ」

「生きていくのに役立つのなら、それでも大いに歓迎する。しかし協力関係を崩したり、皆の安全を脅かすような行動を取った場合は、我々はあんたのことを即刻排除する。その後は、たった一人で、このわけのわからない世界を生きてくれ」

誠哉が話し終える頃には、河瀬は真顔になっていた。鋭い目つきのままで頷いた。

「わかった。しごく真っ当なことなんで安心した。もっときつい条件があるのかと思ったぜ。で、あんたらの中で一番偉いのは誰だ。やっぱりあんたかい?」

「我々の間に上下関係はない。どんなことも全員の意見を尊重して決める。あんたが行動を共にするというのなら、あんたのことも尊重する。そのかわり、あんたにも全員を尊重してもらいたい。いうまでもないことだと思うが、多くの者があんたに対して良い印象を持っていない。それでもあんたを受け入れることにしたのは、あんたの人間性に期待しているからだ。何か質問は？」

河瀬は首をすくめた。「ねえよ」

「我々のルールを守ると約束するなら、一緒に行動してもらって構わない。どうする？」

「こんな中、一人じゃ生きていけそうにないからな。あんたらに付き合うよ」

「ルールの件、約束できるな」

「ああ、約束する」

「よし」誠哉はトレイを河瀬の前まで押した。「あんたを歓迎する。この食事は我々からの心づくしだ」

「それはありがたいが、食欲はあまりねえんだ。気持ちだけ受け取っとくよ」

「無理にでも食え。我々に同行する以上、一刻も早く病気を治してもらわないと困る。我々には向かう先がある。それを延期して、ここに留まっているのは、あんたが寝込んでるからだ。自分が足手まといになっているということを忘れないでもらいたい」

河瀬は何かいいたそうな顔をしたが、結局無言でスプーンを手にした。粥をすくって口に入れた。

「なあ、三月十三日って、何か特別な日だったのか」河瀬が訊いてきた。

「ほかの人間たちが消えた日だ」

「それはわかってるよ。俺が訊きたいのは、そういうことが起きるってことを、一部の人間たちは知ってたんじゃねえのかってことだ」

「どういう意味だ」

「変な噂が流れてたんだよ。三月十三日には外に出ないほうがいいっていうような噂だ。それで幹部連中なんか、ゴルフの予定をキャンセルしたんだぜ。大地震が来るらしいとか、隕石が降ってくるとか、いろいろといわれてたけど、詳しいことは誰も知らなかった。俺は無視してたんだけどさ、こうなってみると気になるんだよな」

河瀬の話を聞きながら、誠哉は拳を握りしめていた。『P―13現象』のことは、裏社会には伝わっていたのだ。それにもかかわらず、誠哉たちには何ひとつ知らされていなかった。

その結果、自分たちはここにいる――。

22

雨は一日中、激しく降り続けた。レストランのガラス越しに外の様子を眺め、冬樹は頭を振っていた。いつまでも空は暗い色をしていて、晴れ間を見せる気配すらない。

明日香がやってきて、同じように外を見た。吐息をつくのが冬樹に聞こえた。

「水中ホテルみたいだね」

「全くだ」

ホテルの周辺は完全に水に浸かっていた。地面の見えるところなどない。このままでは床上浸水は時間の問題ではないかと思われた。

「雨って、こんなに際限なく降るものなのかな。雨雲がなくなることってないの？」

「雨雲は海で作られる。海の水が涸れないかぎり、品切れになるなんてことはないだろうな」

「そうかあ。海が相手じゃ、かなわないね」明日香は手に持っていたものを冬樹に差し出した。「はい、これ」

トマトジュースの缶だった。ありがとう、といって冬樹は受け取った。

「トマトジュースを飲むのなんて、何年ぶりかな」缶を振りながらいった。

「あたしもだよ。ていうか、本当はそんなに好きじゃないし」

「それなのに飲む気になったのか」

「こんなのでも飲まないと、野菜をちっとも摂《と》れないから」明日香はプルタブを引き、ごくりと飲んだ。味をたしかめる顔は、たしかに旨そうではなかった。

彼女によれば、ホテルの客室に設置されている冷蔵庫から持ってきたのだという。トマトジュースのほか、ビールや缶コーヒー、ミネラルウォーターなどもあるらしい。

冬樹もトマトジュースを飲んでみた。まるで冷えていなかったが、野菜特有の青臭さを舌で感じると、とても新鮮な気がした。明日香にいわれるまでもなく、野菜不足は彼も感じていた。レトルト食品や缶詰では、十分な量を摂れない。

「生野菜を食べられる日なんて来るのかな。それからあとお刺身とか」

「植物は生えているから、どこかに行けば、必ず野菜だって見つかるさ」

「お刺身は？」

「刺身は……無理かもしれないな」冬樹は缶に目を落とした。

明日香はそばの椅子に腰を下ろし、頭を振った。

「この地上から人間や動物が消えてしまったみたいに、海からも魚が消えているのかな」

「寿司屋の生け簀の魚は消えていた」

「信じられない」明日香はトマトジュースを飲み、缶を見つめた。「このあたしがトマトジュースを飲んでるっていうのと同じぐらい信じられない」

よくこんな時に冗談がいえるものだと思いながら、冬樹は彼女の隣に座った。

「俺たち、どうなるんだろうな。食べ物はなくなるし、住むところだってない。移動手段も持ってない。どう考えたって、絶望的な状況だ」

「あたしはまだ諦めてないよ」明日香はいった。「みんなが消えたといっても、死んだわけじゃない。きっとどこか別のところにいるんだよ。そうして、あたしたちのことを探してるんだと思う」

「だといいんだけどな」

「そんなに暗い顔すんなよなあ。何とかテンション上げようと思って、前向きなことを考えようとしてるんだからさあ」明日香は顔をしかめた。「前にもいったでしょ。最大のピンチの後には、必ず最高のチャンスが来る。あたしはそれを待ってるの」

冬樹は頷き、口元を緩めた。

「そうだな。いいように考えるしかないな」トマトジュースを喉に流し込みながら、女子高生に発破《はっぱ》を掛けられているようでは仕方がない、と思った。

「あっちの二人、大丈夫なのかな」明日香が訊いた。

「二人って？」

「お兄さんと菜々美さんだよ。インフルエンザ、発症してないかな」

誠哉と菜々美は今もラウンジにいる。男を看病しているようだが、詳しいことはわからない。太一が食事を運んでいるが、あまり長居しないように誠哉からいわれているようだ。

「そんなことになったら、何かいってくるだろ。兄貴たちだって、注意してるはずだ」

そうだよね、といって明日香は前髪をかきあげた。

「お兄さん……あの人、すごいよね」

「そうかい」また兄貴への賛辞か、と思いながら冬樹は応じた。

「自分では、リーダーなんかじゃないといってるけど、あの人がいなかったら、たぶんあたしたちどっかで死んでたよ。もしかしたら、こうして出会うことも出来なかったかも」

「それは、わかんないけど……」

「こういう時、みんなを引っ張っていける人が必要なんだよね。あの人がいてくれて、本当によかったと思う。みんなが口々に好きなことをいいだしたら何も決まらないし、雰囲気だって悪くなってた。だけどあの人のおかげで、とりあえず何とか生き延びられているわけだし。ああいう人が学校の先生だったらよかったのに」

「それ、本人にいってみなよ。教師なんて柄《がら》じゃないっていうぜ」

「あの人は、やっぱり警察官かな」明日香は鼻の上に皺を寄せた。「それにしても、かなり上の、なんていうのか……偉い立場の人だったんだよね」

「警視庁捜査一課の管理官。階級は警視」

わかっているのかどうかは不明だが、すごーい、と明日香はいった。さらに、「冬樹クンは何だったの？」と首を傾げて訊いてきた。

「巡査」ぶっきらぼうに答えた。「所轄のヒラ刑事」

明日香は、遠慮なく吹きだした。

「そうだったんだ。誠哉さんのところまで行くには、かなり大変だね」

「行けるわけねえよ。あっちはキャリアのエリート。こっちはノンキャリア。スタートから違ってる」

「それ、どう違うの？　キャリアとかノンキャリアって」

「国家公務員試験に受かって警察庁に採用された連中がキャリア。都道府県の警察官採用試験に受かっただけの連中はノンキャリア。要するに兄貴は国家公務員で、俺たちは地方公務員ってわけ。こっちからのスタートだと、順調に出世したとしても、今の兄貴の地位まで行く頃には定年が近づいている」

「へえ、そんなに違いがあるんだ。だったらさあ、冬樹君もキャリアを目指せばよかったんじゃないの？」

「簡単にいうなよ。国家公務員試験といってもいろいろあって、一番格上の試験に受からなきゃいけないんだ。東大卒とか、そんな連中ばっかりだよ、受かんのは」

「じゃあ、誠哉さんも東大なの？」

「まあな」

「すごーい」明日香は目と口を丸く開いた。「東大に行ってまで、警察官を目指すなんていう人がいるんだ。初めて知った」

「別に珍しい話じゃねえよ。それに、兄貴が警察官になったのは親の方針だったんだ。俺たちの親父が警察官でさ、息子にも後を継いでほしかったみたいだ。頭のいい兄貴は、どうせならキャリアを目指そうってわけで、勉強をがんばったってことだ」

「ふうん。でも冬樹君は、そこまでがんばる気にはなれなかったんだ」

「俺はさ」話そうかどうか迷ったが、結局は口を開いた。「警察官なんかにはなりたくなかったんだ。大学に入った時も、そんな気は全くなかった。別の夢を持ってた」

「何になりたかったの？」

「それは……まあいいだろ」

「何それ。むかつくんだけど。そこまで話したんなら全部いっちゃいなよ」

さあさあ、と明日香は催促《さいそく》する。冬樹は顔をしかめ、鼻の下をこすった。

「教師だよ。体育教師」

「えっ、ガッコの先生？　えー」明日香の表情は、心底驚いたことを示していた。「悪かったな。兄貴じゃなくて俺のほうが教師志望で」空になったジュースの缶を、テーブルの上で転がした。

「意外だからびっくりしただけだよ。へえ、そうだったんだ。うん、冬樹君が教師ってのも、ありかも。でもどうして方向転換しちゃったの？　やっぱりお兄さんに憧れたわけ？」

「そうじゃないよ。頼まれたんだ」

「誰に？　お父さんに？」

「お袋のほうに」冬樹は答えた。「じつをいうとさ、俺と兄貴は母親が違うんだ。兄貴の母親は若い頃に亡くなって、俺のお袋は後妻なんだ。もちろん、だからって、何か不当な扱いを受けたってことはない。親父はお袋のことを大事にしてくれたと思うし、兄貴と俺とを比較するなんてこともなかった。だけどお袋は、やっぱり引け目を感じてたと思う」

「どうして？　後妻さんだから？」

「というより、俺の出来が悪かったからだろうな」冬樹は頭を掻いた。「兄貴は秀才だったけど、特に親が金をかけたわけじゃないんだ。自分の力で東大に受かって、きっちりと国家試験に受かった。むしろ親に世話をかけたのは俺のほうだ。浪人して、授業料の高い二流大学に行かせてもらってさ。おまけに三年の時には留年までしちまった。お袋は肩身が狭かったと思うぜ。前妻の子供はエリートコースを突っ走ってるのに、自分の血を引いた弟がボンクラじゃ、立場ねえよなあ」

「でもそれは気にしすぎじゃないの？　周りはそんなこと考えてないと思うけど」

「たしかに実際のところはわからない。だけど本人たちは気にするわけだ。お袋とか俺とかはさ。で、ある時、お袋が俺にいったんだ。あんた、警察官になる気はないのかってね。俺はお袋の気持ちがわかったよ。親父は俺にも警察官になってほしかったから、せめてその希望だけでも叶えられないもんかと思ったんだろうな。俺はその場で答えたよ。いいよ、警察官になってもってさ」

ふうん、と鼻を鳴らしてから、明日香はにっこり笑った。

「なかなかいいところあるじゃん」

冬樹は顔をしかめた。

「大したことじゃねえよ。兄貴と差があり過ぎることに変わりはないし。つまんない話、長々とやっちゃったな。忘れてくれていいよ」

「つまんなくないよ。面白かった。それに納得した。だっておたくら兄弟、ぎくしゃくしてて雰囲気悪すぎなんだもん。こんな状況で兄弟喧嘩かよって思ってた」

「昔から、ずっとこういう感じなんだ」

「それ、やめたほうがいいよ。周りが暗くなるから」トマトジュースを飲み干し、明日香は立ち上がった。視線を遠くへ向け、あれっ、と呟いた。「ミオちゃんだ」

冬樹も振り返った。ミオがレストランの隅で膝を抱えて座っている。

「あの子、かわいそうだよね。声が出せなくなって」明日香はいった。「無理ないよね。あたしたちだって、頭がおかしくなりそうなんだもの」

「それにしても、あの母娘、少し変だと思わないか」

「あたしも同じことを思ってた。おたくら兄弟も変だけど、あの母娘はもっと変。だってミオちゃん、あまり栄美子さんのそばにいないもん。栄美子さんも何か気を遣ってるみたいだし、本当の母娘じゃないのかなって疑っちゃう」

「まさか。だって、顔はそっくりだぜ」

「それはあたしもそう思うけど……」

その時、厨房から太一が出てきた。「ちょっと来てくれよ」

「どうした？」

「食べ物のことで相談があるんだ」

「また食い物のことか。おまえはそればっかりだな」

厨房に入っていくと、巨大な調理台の上に、缶詰や真空パック食品などが積まれていた。その横に栄美子が立っている。

「ホテル中を探し回って、これだけかき集めた。食えるものはこれだけだと思う」太一がいった。「いうまでもないと思うけど、冷蔵庫の中は全滅」

冬樹は積まれたものを眺めた。ちょっとした乾物屋を開けそうなほどの量だ。だが十二人で食べ続けるとどうなるか――。

「これで何日ぐらい保つかな」冬樹は誰にともなく訊いてみた。

「かに缶やキャビアばっかり食うのは我慢できるとしても、ブルーベリージャムで飯は食えないからなあ」太一が渋面を作った。

「御飯さえあれば、一週間ぐらいは何とかなると思うけど」栄美子が呟いた。

「御飯？　米がないのか」

「米はあるんだけどさ、炊く手段がない」太一が答えた。「頼りのガスコンロのボンベが、あと三本だ。飯炊きと調理に一本ずつ使ったら、あと三回しか温かいものは食えないってことになる」

「飯が炊けないのは厳しいな。パンは？」

太一は大きくのけぞった。「この蒸し暑さだぜ。とっくにカビてるよ」

「そうか」冬樹は腕組みした。「別の方法で火をおこすしかないな。何かを燃やすとか」

「つまり、またバーベキューの台をこしらえなきゃいけないってことだ。しかも、あの時みたいに炭火なんていう便利なものはないぜ」

「材木を集めよう。家具を壊すとかしてさ。ほかの人たちにも手伝ってもらおう。そういえば小峰さんや戸田さんの姿が見えないな」

「あの二人は、裏で雨水を集める器具を作っている」

「雨水を？」

「水は、いくらあっても足りないぐらいだからさ。飯を炊くのだって、まずは米をとがなきゃいけないだろ」

「そうか……」

自分たちは無人島にいるのだと思い知らされた。しかも、奇麗な水の流れる川も、果実のなる木もない島だ。魚も釣れず、野ウサギもいない。

「ねえ、大変っ」明日香が駆け込んできた。

「今度は何だ？」

「ミオちゃんが……」そういったきり、彼女は言葉を切った。

栄美子が無言で厨房を出ていった。冬樹たちも彼女の後に続いた。

ミオは、さっきと同じところにいた。膝を抱え、その間に顔をうずめるように座っている。

「ミオっ」栄美子が駆け寄り、娘の首を起こした。ミオがぐったりしているのが、冬樹にもわかった。栄美子は彼女の額に手を当てた。

「どうですか」冬樹は訊いた。

栄美子は絶望的な表情で口を動かした。

「ひどい……ひどい熱です」

23

「熱だけか？　ほかの症状は？」ラウンジの中から誠哉が声をはりあげて尋ねてきた。

「時々、咳をしている。腹の具合も悪いみたいだ。食べ物を吐いた跡がある」冬樹は答えた。「そのほかの詳しいことはわからない。声が出せない上に、ぐったりとして、呼びかけに反応するのも辛そうだ」

誠哉は菜々美と何か話し合った後、冬樹のほうに近づいてきた。だが三メートルほど手前で立ち止まった。

「わかった。すぐにここへ運ぼう」

「ここへ？」

「何のために、俺たちがここにいると思ってるんだ。ミオちゃんをそっちに居させたら、ほかの者にうつる恐れが出てくるぞ」

「ミオちゃんの看病も、兄貴たちがやるというのか」

「そういうことだ。何か文句があるか」

「文句があるんじゃない。だけど、看病する係を交代したほうがいいんじゃないかと思う。菜々美さんだって疲れてると思うし」

だが誠哉は首を振った。

「おまえたちの誰かが、ここで看病係をするとすれば、それは俺か菜々美さんのどちらかが発症した時だ。それまでは、誰もこっちには近づけないほうがいい」

「でも――」

「冷静になれ」誠哉は冬樹を遮って続けた。「今一番考えなきゃいけないのは、発症者を増やさないってことだ。看病係を交代制なんかにしたら、全員が発症する危険性だって出てくる。たしかに俺にしても菜々美さんにしても疲れているが、それはおまえたちだって同じのはずだ。合理的に考えろ」

冬樹は黙り込んだ。誠哉のいっていることのほうが正論に思えてきたからだ。一方で、どうしてこういつもいつも自分の意見は却下されてしまうのか、と苛立ちを覚えた。つい先程の明日香とのやりとりが蘇《よみがえ》った。

「納得したなら、レストランに戻れ。ミオちゃんは今、どうしている？」

「寝かせてある。栄美子さんがついているはずだ」

誠哉の顔が曇った。

「何をやってるんだ。栄美子さんにも、すぐにミオちゃんから離れるように指示しろ。彼女に倒れられたら、相当の痛手だぞ。食事の用意はともかく、赤ん坊の世話が出来るのは彼女だけなんだ。それぐらいのことがわからないのか」

「そんなことといったって、ミオちゃんの母親なんだぜ」

「我々にとっても大事な女性なんだ。さっさと戻れ。一分経ったら、俺がレストランに行く。それまでにミオちゃんを一人にしておけ。誰も近づけるな。わかったか」

「わかった」冬樹は踵を返した。

レストランに戻ると、栄美子だけでなく明日香や太一、それに小峰や戸田までもがミオのそばに集まっていた。離れたところに座っているのは赤ん坊を抱えた山西だけだ。

たしかにこれでは危ない、と冬樹は思った。

彼は誠哉からの指示を皆に伝えた。少しは反論が出るかと思ったが、全員が納得顔でミオから離れた。栄美子でさえ、何もいわない。皆が誠哉を信頼しきっていることを痛感せざるをえなかった。

間もなく誠哉が入ってきた。皆が見守る中、彼はミオを抱きかかえ、栄美子のほうを向いた。

「ミオちゃんのことは、我々に任せてください。決して目を離しませんから」

よろしくお願いします、と栄美子は頭を下げた。

誠哉はミオを抱えて出口に向かった。だがレストランを出ていく前に、振り返った。

「冬樹、客室から清潔なタオルや毛布を集めておいてくれ。余分にあったほうがいい」

「わかった」冬樹は答えた。

「それから」誠哉は皆を見回した。「少しでも体調に異変を感じた場合は、即座に申し出てください。絶対に無理はしないでください。自分のためだけでなく、皆を守るためです」

全員が誠哉に向かって頷いた。彼は満足そうに首肯し、レストランを出ていった。

冬樹は明日香と太一を連れて、客室にあるタオルや毛布を集めることにした。だがエレベータは動かない。非常階段を上がっていくしかなかった。しかも客室は五階より上だ。

「きついなあ。このホテル、何階まであるんだよ」太一が顔をしかめた。

「客室は十八階までだって」明日香が答えた。

「ひえー、とても階段じゃ無理だ」

「そんなことといってる場合じゃないぜ。ストックされてる飲み物がなくなったら、客室の冷蔵庫から回収するしかないんだからな」冬樹はいった。

「それまでには何とかここから脱出しないとなあ。早く総理官邸に行きたいよ」

太一のぼやきを聞きながら、冬樹は不安を感じていた。本当に総理官邸に行けば、今よりも事態が改善されるのか、まるでわからなかった。食料の備蓄があるという話だが、どの程度の量なのかは不明だ。発電設備が正常なのかどうかも怪しい。下手に移動すれば、余計に苦しくなるのでは、と思った。少なくとも、ここならば、生きていくのに必要なものは揃っている。

だが延々と続く階段を懐中電灯で照らし、それは錯覚だと思い直した。たしかに現時点では衣食住に困らない。しかしそれが永遠に続くわけではない。いずれはすべての飲食物を消費し尽くすことになる。五階まで上がることを渋っている太一でさえ、最後は十八階まで上がるだろう。

冬樹は、以前テレビで見た、集団で暮らすカリブーという動物の生態を描いたドキュメント番組を思い出した。カリブーは春と秋に食べ物を求めて、長い距離を移動するということだった。草の茂った場所に達すると、しばらくそこに留まり、すべて食べ尽くすとまた移動を始めるのだ。

自分たちはカリブーと同じだ、と思った。いや、食べた草は月日が経つとまた生えてくるが、飲み食いした缶詰や乾麺は、もう二度と元には戻らない。そう考えるとカリブーよりも過酷だということになる。

仮に総理官邸に辿り着き、そしてそこに豊富な食料があったとしても、それが決してゴールではない。その食料もいずれは底をつく。その時にどうするのか。食べ物を求めて、放浪を続けるのか。

そこまでして、一体何の意味があるのだろう、と冬樹は思った。日本中を移動し続ければ、もしかすると食べ物には困らないかもしれない。何年も生き続けられるかもしれない。だがそうすることで、果たして何が得られるのか。まさに、生きることだけを目的にした人生だ。

せめて目標がほしい、と思った。生き続けることで何かを得られるのなら、それが何かを知りたかった。

午後六時を過ぎると、皆で就寝の支度を始めた。夜明けと共に起き、夕暮れと共に眠りに就くのが、エネルギーを最も無駄にしない生き方だと全員が悟ったからだ。

冬樹はレストランの床に毛布を敷き、その上で横になった。眠る前に着替えないことや、床が固いことには慣れた。ただ、さすがに靴だけは脱ぐ。眠ることだけが、今や最高の楽しみだった。

ところがこの夜は、なかなか寝付けなかった。これからどうなっていくのか、という不安から、あれこれと不吉な想像を巡らせてしまうのだ。今までは、そんなことを考える余裕すらなかった。また、思考を続けられるほど体力も残っていなかった。一箇所に留まっているせいで、余計なことを考えるゆとりが出来てしまったのだ。

何度も寝返りを打っていると、かすかな物音が耳に入った。何かを引きずるような音だ。彼は目を開けた。闇の中を、ペンライトを持って誰かが移動している。トイレかな、と思った。だが進んでいる方向は全くの逆方向だった。

気になって冬樹は起き上がった。彼のそばでは二人の男が雑魚寝をしている。小峰と戸田だ。ほかの者たちがどこで寝ているのかは、暗くてよくわからない。

冬樹は靴を履き、そばに置いてあった懐中電灯を手にした。すぐに点けると小峰たちが目を覚ますかもしれないと思い、スイッチを入れず、手探りでテーブルや椅子の位置を確認しながら歩き始めた。

ペンライトの主は、相変わらず足を擦《す》らせるような歩き方で進んでいた。その足音とペンライトの光を頼りに冬樹は後を追った。どうやらペンライトの主は、非常口に向かっているようだ。

相手が非常口のドアをくぐって外に出るのを見て、冬樹は懐中電灯のスイッチを入れた。光の中に現れたのは山西の背中だった。

驚いたように山西が振り返った。眩しそうに顔をしかめ、目を細めている。

「どうしたんですか」冬樹は光を足元に向けながら近づいた。

「君か……。起きてたのか」

「どこへ行くんですか。雨はやんだみたいですけど、まだ水は引いてませんよ」

「うん、それはわかっている。ただちょっと……外に出たくなってね。気にしないで、眠ってくれていい」

山西は笑みを浮かべていたが、その表情には不自然なものが感じられた。

「だけど、外は危険です。夜は一人で行動しないと皆で決めたじゃないですか」

「まあそういわず、年寄りの気紛《きまぐ》れだと思って、ほっといてくれないか」

でも、といって冬樹は言葉を呑んだ。山西が震えているのがわかったからだ。

「どうしたんですか。寒いんですか」冬樹は彼に近づこうとした。

「こっちへ来ないでくれ」山西が声を荒らげた。それから気まずそうに俯いた。「いや、その、とにかくほっといてほしいんだ」

だがその言葉を無視して冬樹は山西の前まで進んだ。その手を摑んだ。思った通りだった。その手の熱さは尋常ではなかった。

「インフルエンザに感染したんですね。それなのにどうして……」

「冬樹君、頼むから、私の好きにさせてもらえないだろうか。大丈夫だから、ほっといてほしい。君たちの手を煩わせたくない」

「そんなこと出来るわけないじゃないですか。とにかく中に入ってください。こんなところにいたら、病気が悪化するだけです」

冬樹は彼の手を取って、引っ張ろうとしたが、山西はそれをふりほどいた。

「頼むから、私に近寄らないでくれ。君にうつったら大変だ」

「どうして中に入らないんですか。外に出て、どうしようというんですか」

冬樹の問いに山西が黙り込んだ時、「何やってんの？」と後ろから声が聞こえた。明日香の声だった。

冬樹が振り返ると、「どうしたの？」と彼女は重ねて訊いてきた。

「山西さんがインフルエンザにかかった」

えっ、と彼女は目を見張った。

「それで、どうしてこんなところにいるわけ？」

冬樹はかぶりを振った。

「わからない。山西さんが外に出るのを見たから、俺が声をかけたんだ」

「二人とも、お願いだからほっといてくれ。迷惑をかけたくない」そういった後、山西は崩れるようにしゃがみ込んだ。

冬樹と明日香はあわてて駆け寄り、彼を抱え上げた。

「私に近づいちゃいかん。そんなことしちゃいかん」

山西は激しく抵抗した。二人の手をふりほどき、またしても座り込んだ。背中を丸め、すすり泣きを始めた。

　どうして、と明日香が呟いた。

「この冬、親しくしていた人が死んだ。私と同い年だった。インフルエンザにかかって、その後肺炎になったんだ。今年のインフルエンザは恐ろしい。かかったら、老人は助からない」

「そんなのわかんないじゃない」

「わかるんだよ。こうしている間も、どんどん悪くなっていくのがわかる――」そういった直後、老人は激しく咳き込んだ。

「君は離れてろ。俺が運ぶ」冬樹は明日香にそういい、山西の腕を摑んだ。自分の首に回し、立ち上がらせた。山西は、今度は抵抗しなかった。

　屋内に戻ったところで山西を横にならせた。

「誠哉さんに知らせなきゃ」明日香がいった。

「待ってくれ」山西が弱々しく手を上げた。「あの人たちはすでに二人の患者の面倒をみている。この上さらに負担を強いるようなことはしたくない」

「そんなこといったって、このままじゃ、お爺さん、よくならないよ」

「いいんだよ、私のことは。助かったところで大して役にもたたんのだから。それならいっそのこと……」そこまでいったところで山西は黙った。だが口は開いたままだ。喘ぐように呼吸をしている。彼がいったように、病状はみるみる悪化しているようだった。

冬樹は老人の真意を悟った。インフルエンザに感染したことを自覚した彼は、ホテルに留まっていれば皆に看病を強いると考え、外に出ることにしたのだ。無論、その結果として、症状が悪化し、命を落とすことも覚悟していたのだろう。

「ねえ、どうする?」明日香が尋ねてきた。

「とりあえず、毛布を取ってくる。このままにはしておけない。見ててくれ」

「わかった」

山西のことを明日香に任せ、冬樹はレストランに向かった。余っている毛布を集め、再び戻った。

「お爺さん、眠っちゃったんだけど、ひどく苦しそうだよ。熱も、さっきより高くなったみたい」明日香が泣きだしそうな顔をした。

山西に毛布をかけ、冬樹は考え込んだ。誠哉に相談しようかとも思った。だが誠哉にしても、山西を救えるわけではない。このままだと、山西が命を落とすおそれは十分ある。

冬樹は立ち上がり、外に出てみた。懐中電灯で周囲を照らしてみる。まだ水に浸かっているところはあるが、出ていけない状態ではなさそうに見えた。

屋内に戻ってから、明日香にいった。「俺、ちょっと出かけてくる」

明日香は目を丸くした。「マジ？　何する気？」

「インフルエンザの治療薬を入手する。このままだと全滅だ」

24

「治療薬って、どこにあるの？　薬屋で売ってるの？」明日香が訊いた。

「ふつうの薬屋には置いてないと思う。病院か、処方箋に応じて薬を出す調剤薬局に行かなきゃだめだろうな。たしか、タミフルとかいった」

「それ、聞いたことがある。でもあたしたちは、なるべく飲まないようにって、学校でいわれたよ」

「十代は一時的に精神の錯乱を起こすおそれがあるといわれたからだろ。飛び降り事故が多発したからな。だけどそんなことをいってる場合じゃない」冬樹は非常口に向かった。

「待って」明日香が追ってきた。「あたしも行く」

冬樹は首を振った。「無茶いうなよ」

「無茶はお互い様でしょ。夜は一人では行動しないっていうルールを忘れたの？」

「時と場合による。すぐに病院や薬局が見つかるという保証はない。外はどこも水浸しで、歩けるかどうかもわからないんだ」

「だからこそ、一人で行かせられないの。たとえば冬樹君が一人で行って、どこかの穴にでも落ちたらアウトじゃん。でもあたしがいれば、助けられないかもしれないけど、助けを求めにここへ戻ってくることは出来る。あたしのいってること、間違ってる？」

「いや、いってることはわかるけどさ……」

「あたしを連れていかないというなら、あんたも行かせない。今すぐ、お兄さんに知らせるからね」

冬樹は顔をしかめた。誠哉なら、一層出ていくことを反対するだろう。

「びしょ濡れになるぜ」

「大丈夫。これ、水に強いんだ」明日香は穿《は》いているパンツを指で摘《つま》んだ。ビニール素材で撥水性《はっすいせい》はありそうだ。

「わかった。行こう」

「その前に、ちょっと待って」

明日香は屋内に入ると、二つのヘルメットを持って戻ってきた。しかもゴム長靴に履き替えている。

「災害時はヘルメット着用。これ、常識だよ」そういって片方を冬樹のほうに差し出した。

サンキュー、と答えて彼はそれをかぶった。

「それからこれ」明日香は懐から薄い本を取り出した。小型の地図帳だった。「相棒として、なかなか気が利くでしょ」

「たしかにね。見直した」

懐中電灯で地図を照らし、まず病院を探した。ところが日比谷周辺には、大きな病院がひとつもない。最も近そうなのは築地《つきじ》にある病院だった。そこまでの距離は約五キロある。

「築地か」冬樹は呟いた。「遠いな」

「薬局は？」

「この地図じゃ、薬局までは確認できない。当てもなく探し回るのは大変だ」

明日香が大きな音をたてて舌打ちした。

「ケータイさえ使えれば、そんなの一発で見つけられるのに」

「今ここでそんなこといっても仕方ないだろ」

「じゃ、どうするの？」

「とりあえず、築地を目指すしかない。調剤薬局というのは病院のそばに多いから、もしかすると途中で見つかるかもしれない」

二人はホテルを出た。雨はやんでいるが、傘を手にした。杖代わりだ。懐中電灯で前方を照らし、傘の先で足元を確認しながら進むのだ。地面には亀裂が走っており、ところによっては数十センチの段差が出来ている。逆に、深く陥没しているところもあった。かつては晴海通りと呼ばれた道路も、今や闇に包まれた茨《いばら》の道でしかなかった。

人の動く気配で誠哉は目を覚ました。ペンライトの光が動いている。ソファに寝かされたミオのそばで菜々美が腰を下ろしていた。体温計の数字を確認しているようだ。

「どうかな?」近寄りながら誠哉は訊いた。

「三十九度ちょっとです。さっきから、また少し上がったみたい」菜々美はミオの額に置かれたタオルを触った。「もう、こんなに乾いちゃってる」

彼女は傍らに置いた洗面器の水にタオルを浸し、少し絞った後、再びミオの額に載せた。

「せめて氷があればいいんだけど……。少しでも冷やすことが出来れば、ずいぶん楽になると思うから」

ミオは苦しそうな顔で瞼を閉じている。半開きになった口から聞こえる寝息も弱々しい。

「ちょっと探してきます」誠哉は立ち上がった。

「探すって、何をですか」

「熱を冷ませるものです。ここはホテルだから、客が急に熱を出した時の用意をしてあるんじゃないかと思うんです。たとえば熱冷まし用のシートだとかジェルだとかです」

菜々美は頷いた。

「そういうものがあれば、ずいぶんいいかもしれません。河瀬さんも、まだ熱が高いし」

「見てきます」

誠哉は懐中電灯を手にラウンジを出た。フロントに行き、カウンターの奥にあるドアを開けた。懐中電灯で照らすと、机や棚の並んでいるのが見えた。

誠哉は机の引き出しや棚の中を片っ端から調べていった。するとキャビネットから、医療セットと書かれた箱が出てきた。中には、救急箱とマスク、ガーゼ、テーピングテープ、使い捨てカイロ、保冷剤などが入っていた。肝心の熱冷ましシートは見当たらない。救急箱の中には、市販の風邪薬や胃腸薬が入っているだけだった。

誠哉はため息をつき、もう一度室内を懐中電灯で照らした。奥にドアがある。開けてみると外は廊下だった。すぐそばに非常口がある。従業員がフロントを通らずに事務所に出入りするためのドアらしい。

誠哉は何気なく館内のほうに光を向けた。すると誰かが倒れているのが目に入った。ぎくりとし、彼はあわてて駆け寄った。

それは山西だった。だが倒れたわけではなく、寝かされているのだということは、毛布をかけられていることでわかった。しかし、なぜこんなところで寝かされているのかはわからなかった。

誠哉は山西の肩を摑み、「山西さん」と声をかけながら軽く揺すってみた。だが山西は目を覚まさない。

もう一度声をかけようとした時、誠哉は摑んでいる肩が妙に熱いことに気づいた。彼は思わず自分の手を見つめていた。

彼は立ち上がり、レストランに向かった。中に入ると、眠っている人々を懐中電灯で照らしていった。

腹を出して寝ている太一の足を誠哉は軽く蹴った。もぞもぞと動いた後、太一はようやく目を開けた。

「あ……もう朝？」

「まだ夜だ。それより、冬樹はどこにいる？」

「冬樹さん？　さあ、知らないけど」太一は寝ぼけ眼《まなこ》で答えた。

誠哉は踵を返し、レストランを出た。山西のところに戻り、再度、身体を揺すってみた。先程よりは少し力を込めた。

「山西さん、山西さん」

皺に埋もれた瞼が動いた。ぴくぴくと瞬きした後、老人は細く目を開けた。

「山西さん、大丈夫ですか」

声を出す気力もないのか、山西は小さく頷いただけだった。

「冬樹と明日香君の姿が見えないのですが、二人はどこへ行ったんですか」

だが山西は答えない。低く唸っているだけだ。

誠哉は非常口に向かった。ガラスドアを出たところで、懐中電灯で周囲を照らした。

ホテルの周囲は水浸しで、ところどころに泥水が溜まっている。その上に足跡がくっきりと残っていた。

「馬鹿野郎……」誠哉は闇に向かって吐き捨てた。

懐中電灯を上に向けると、築地四丁目の標識が照らし出された。冬樹は足を止め、ため息をついた。

「ようやくここまで来た。あと、もう少しだ」

遅れて歩いていた明日香が、うん、と短く返事した。疲労感の漂《ただよ》う声だった。当然だった。ここまで歩いてくるだけで三時間近くを要している。泥に足をとられそうになりながら、懸命に歩いてきた。

「休むか？」

明日香は首を振った。「今休んだら、動けなくなりそう」

「わかった。じゃあ、一気に行こう。本当に、あと少しなんだ」冬樹は再び歩き始めた。

晴海通りは銀座を横切るメイン道路だ。その道を真っ直ぐに進んできた。そうすることで、東京という街がどれほど壊れてしまったのかを思い知ることになった。数寄《すき》屋橋《やばし》のスクランブル交差点は、スクラップとなった車の群れで通り抜けるのも困難なほどだった。華やかなショッピング街は焼けたビルと瓦礫だけのゴーストタウンと化し、歌舞伎座は崩れていた。

大都会というのは、人がいなくなれば壊れてしまうものなのだ。ここが人気の少ない田舎町であったなら、これほどの変化は起きなかっただろう。冬樹は改めて、この街は大勢の人間が微妙なバランスを取りながら支えていたということを痛感した。

次の交差点で左折した。靴の下で、ばりばりとガラスの割れる音がした。

「気をつけろ。ビルの窓ガラスが飛び散っている」

うん、と明日香が答えた。

さらに進んだ後、前方を照らした。灰色の建物が見えた。一台の救急車が止まっている。たしかに病院だ。

救急用の出入口から中に入った。堅固な造りになっているらしく、地震による被害らしきものは見当たらない。

薬剤部は一階にあった。中に入り、冬樹は深呼吸をひとつした。ずらりと並んだ棚のどこに目的の薬があるのか、まるで見当がつかなかった。

「片っ端から調べるしかなさそうだ。一緒に来てもらって助かった。一人じゃ、大変だったよ」

冬樹の言葉に明日香は微笑んで頷いた。「そうでしょ」

「タミフルのスペルはT、A、M、I、F、Lでいいのかな」

「たぶんそうじゃないのかな。たしか黄色と白のカプセルだったと思う」

「本当か」

「うん。インフルエンザについて学校から指導された時、薬の写真も見せられた」

「それは助かる」冬樹は棚に近づいた。

だが薬は単純にアルファベット順に並んでいるわけではなさそうだった。棚には、おそらく病院関係者なら簡単に理解できると思われる記号がついているが、冬樹には全くわからない。黄色と白のカプセルだというのを手がかりに、一つ一つ調べていくしかなさそうだった。

「懐中電灯の光ってのは厄介だな。薬の色が何色なのか、すごくわかりにくい」顔をしかめて冬樹はいった。

ところが明日香の返事がない。おかしいと思って横を見ると、彼女は床にしゃがみこんでいた。

「どうしたんだ？」

「うん……何でもない」彼女は立ち上がったが、ひどく辛そうだった。

「おい、もしかして――」冬樹は駆け寄り、彼女の額に触れようとした。

「何でもないったら」明日香は彼の手を払いのけた。「ちょっと疲れただけ」

「嘘つけっ」冬樹は強引に彼女の額に手を当てた。思った通りだった。かなりの熱がある。

彼は黙って明日香の目を見つめた。彼女は泣きだしそうな表情になっていた。

「平気だから……」

「そんなわけないだろ。いつから具合が悪くなってたんだ」

「病院に着く、少し前ぐらいから。でも、大丈夫だと思う。気にしないで」

冬樹は首を振り、彼女の腕を摑んだ。

「とにかく、横になるんだ」

彼女の背中を押しながら、彼は外に出た。長椅子が置いてあったので、そこで寝かせた。

「早いところ、タミフルを見つけないとな」冬樹は頭を掻きむしった。「病室に行って、布団か何か取ってくるよ」

「平気、寒くないから。それより、薬を探して」

冬樹は唇を噛んだ。

「そうするしかなさそうだな」

「ごめんね。あたし、やっぱりついてくるんじゃなかった。こんなふうに迷惑をかけるとは思わなかった。ホテルを出る時には何ともなかったから……」明日香の目から涙がこぼれた。

「今さら、そんなこといったって仕方ないだろ。それに、俺が発症する可能性だってあったんだ。一人きりの時にそんなことになったら、それこそ命取りだったわけだし」

だからホテルを離れるべきではなかった、というのは冬樹もわかっている。しかし次々と病人が出ている状況で何もしないというのは耐えられなかった。

冬樹は薬剤部に戻り、タミフルの探索を再開した。見つけたら、まずは明日香に飲ませようと思った。精神錯乱を起こすかもしれないが、その時には腕ずくで拘束すればいい。

それから約一時間後、冬樹はタミフルを見つけだした。それまで探していた棚とは全く別の保管庫に入れられていたのだ。正確なスペルは、『TAMIFLU』だった。

「見つけたぞ」冬樹は外に出ると、明日香に呼びかけた。

彼女は虚ろな目をしながらも、口元に笑みを浮かべた。その口が、よかった、というように動いた。

「蒸留水のボトルも見つけた。すぐに飲むんだ」冬樹はタミフルのカプセルを差し出した。

明日香は上半身を起こし、カプセルを口に入れ、水と一緒に飲み込んだ。それからまたすぐに横になった。

「しばらく様子を見よう。兄貴たちに心配をかけることになるけど、仕方がない」

だが明日香はゆっくりと首を横に動かした。

「それはだめだよ。せっかく見つけたんだから、早く持って帰らないと」

「そんなことといっても、その身体じゃ無理だ」

「うん。あたしなんか連れてたら、だめだと思う。だから冬樹君、一人で帰って」

「何いいだすんだ。そんなこと出来るわけないじゃないか」

「あたしのことなら心配しないで。薬飲んだし、ここで寝てればよくなると思う。よくなったら、一人で帰るよ。道だってわかってるし」

「お願いだから」

「お願い……」明日香は目を閉じ、譫言《うわごと》のように繰り返した。「そんなこと――」

25

赤ん坊の泣き声で誠哉は目を開けた。だがそれまでも眠っていたわけではない。ホテルの正面玄関の手前に、赤ん坊を抱えた栄美子の姿があった。それがはっきりと見えたのは、外が明るくなっていたからだ。誠哉は時計を見た。午前六時を過ぎたところだった。

彼は立ち上がり、彼女に近づいた。ただし、数メートルの距離を置いた。自分がインフルエンザに感染しているおそれがあると思ったからだが、そんな気遣いも最早無意味なのかもしれなかった。ミオや山西が発症した以上、全員に感染している可能性がある。

「早いですね」

彼が後ろから声をかけると、栄美子は、はっとしたように振り返った。

「あ……おはようございます。勇人君の声で目が覚めました?」赤ん坊の背中を軽く叩きながら栄美子はいった。

「いえ、さっきから起きていました。あなたは、よく眠れましたか」

栄美子は薄く笑って首を振った。「あまり……」

「そうですか。体調のほうはどうですか」

「今のところは大丈夫です。それより、明日香さんの姿が見えないんですけど」

誠哉は口元を歪めた。

「わかっています。おそらく、弟と一緒です」

「弟さんもいないんですか」

「夜中に出ていったようです」

「どうして？」

「それはまあ、話すと長くなるんですが」

どう説明しようかと考えていると、菜々美がやってきた。

「冬樹さんたち、戻ってきました？」

「まだです。今も栄美子さんとその話をしていたところです」

「一体、何があったんですか」栄美子が誠哉と菜々美を交互に見た。

「じつは山西さんが発症しましてね」誠哉は答えた。「インフルエンザを」

栄美子が息を呑む気配があった。悲しげに眉尻を下げた。「大丈夫なんですか」

「非常口のそばで倒れていたのを、菜々美さんと二人でソファまで運びました。はっきりいって、なかなか厳しい状況です」

「山西さんまで……」目を伏せた後、栄美子は菜々美のほうを見た。「あのう、ミオの様子はどうなのかしら」

「相変わらず、熱は高いです。ミオちゃんに何か持病はありますか」

「特にはないはずです」

「だったら、とにかく本人の抵抗力に任せるしかないと思います。水分補給だけは欠かさないようにしていますから」

栄美子は眉をひそめた。

「菜々美さんも疲れてるんでしょう？　私、交代してもいいんだけど」

「気持ちはわかりますが、あなたにまで倒れられるわけにはいかない」二人の会話に誠哉は割って入った。

「でも、私はたぶんインフルエンザにはかからないと思うんです」

「どうしてですか」

「去年、かかったんです。だから抗体が出来ているはずです」

「なるほど」誠哉は頷いた。「それは明るい材料だ。だけど、確証はない。インフルエンザといっても、いろいろな種類がありますしね」

「でも、あなたや菜々美さんに任せきりにしているのは心苦しくて。ミオは私の娘ですし」

「もう、誰と誰が家族かなんてことは意味がないんです。この世界には我々しかいない。家族も他人もない。どうすれば皆が生き残っていけるか、そのことだけを考えるべきです」

誠哉の言葉に納得したのかどうかは不明だが、栄美子は黙って俯いた。彼女の手は赤ん坊の背中を優しく叩き続けている。それで安心したのか、赤ん坊は泣きやみ、眠りについていた。

「ありがとう、栄美子さん」菜々美がいった。「でもあたしなら大丈夫です。一応、予防接種を受けていますから、ほかの人よりはうつりにくいはずなんです」

それに、と誠哉は続けた。

「あなたには勇人君の世話という大事な役目がある。それについては、看護師の菜々美さんでも、おそらくあなたには敵《かな》わない。母親の経験があるのは、あなただけですから」

だが彼女は下を向いたまま、首を振った。

「買い被らないでください。私、全然いい母親じゃないんです」

「どうしてですか」

「だって」栄美子は顔を上げた。しかしすぐにまた視線を落とした。「何でもないです」

「とにかく、こっちのことは我々に任せてください」

栄美子は小さく頷いた後、顔を上げた。

「あの、明日香さんや弟さんはどこへ？」

「わからないんですが、たぶん病院か薬局に行ったんじゃないかと思います。倒れていた山西さんには毛布がかけられていました。おそらく二人がやったんでしょう。山西さんが発症したことで、二人は無謀な賭けに出たんだと思います」

「賭けって？」

「薬です」誠哉はいった。「インフルエンザの治療薬を探しに出かけたのだと思います。おそらく、弟がいいだしたことでしょうがね。全く、浅はかなやつです」

「だけど、もしタミフルがあれば、かなり助かります」菜々美がいった。「たぶん山西さんは、ミオちゃんから感染したんだと思います。ほかの人も、まだ潜伏期間中にすぎないということも十分に考えられます」

「それはわかりますが、夜中に出ていくなんて論外だ。せめて、朝まで待てばよかったのに」誠哉は唇を噛んだ。「明日香君を連れていったことも、どうかしている。行くなら一人で行けばいいんだ」

「だって、夜は一人で出歩かないというルールがあるから」

「二人だからといって、遠出までは認めていない。やむをえず建物から出る必要がある場合でも一人で行動してはいけない、という意味です」

「それでも、一人よりは二人のほうが安全だと考えたんじゃないでしょうか」

菜々美は懸命に冬樹を庇《かば》うが、誠哉は胸の前で腕を交差させた。

「この場合、逆です。無茶をするにしても、弟が一人で行くべきだった」

「どうしてですか」

「危機を予測した場合、当然そうなります。あなたが今いったように、彼等二人だって、すでに感染しているかもしれないんです。薬を探しに行く途中で発症しないという保証はどこにもない」

菜々美と栄美子は同時に、あっというように口を開けた。

「どちらか一方が発症すれば、もう一人の行動も制約を受けることになる。事実上、一歩も動けないでしょう。それでは薬探しは出来ないし、仮に見つけたところで、ここに届けられない。やがて残る一人にも感染するおそれが出てくる。二人で行くということは、そういう事態を引き起こす確率が倍になるということなんです」

二人の女性は、そんなふうには考えたこともなかったらしく、唖然とした顔をした。

「だけど、もし一人なら、もっと危険じゃないですか」菜々美が反論した。「誰にも助けてもらえず、動くこともできないわけだから」

「しかし一人で済む」

「何がですか」

「我々が失う人数です。二人で行けば、危険度は倍になり、失う人数も倍になる。どちらがいいかは、少し考えればわかることです」

「失うって……」菜々美は不快そうに下を向いた。

「人のために命を賭けるのは構わない。しかし常に最悪のことも考慮しておかないと単なるスタンドプレーにすぎない。弟は、自分の命だけを賭けるべきだった。最悪のことが起きた場合でも、残された者たちの損失が極力少なくするように考えなければ、命賭けの意味がない」

二人の女性が黙り込んだ時、誠哉の視界の隅で何かが動いた。見ると、小峰が立っていた。

「どうかされましたか？」誠哉は訊いた。

小峰は誠哉を見つめたままで、咳をひとつした。その直後、顔を歪め、床にしゃがみこんだ。

「小峰さんっ」

駆け寄ろうとする菜々美を、小峰は手を出して制した。

「近づかないほうがいい。やられた」喘ぐようにいった。

彼の身に何が起きたのかは明白だった。絶望的な思いに襲われながら、誠哉もゆっくりと近づいた。「熱はどうですか？」

「ああ……たぶんかなり高いと思いますよ」小峰はその場で横になろうとする。

「そんなところで寝ちゃだめです。せめてソファで……」

菜々美に身体を支えられ、小峰はそばのソファに移動した。座った後、睨むように誠哉を見た。

「だからいわんこっちゃない。あんなヤクザに関わるから、こういうことになるんだ。とんだ疫病神だ。このままだと全滅ですよ。どうするんですか」

「すみません、小峰さん」栄美子が謝った。「小峰さんに病気をうつしたのは、たぶんミオです。だから、もしあの入れ墨の人を助けなかったとしても、結局こうなっていたと思います。久我さんは悪くありません」

小峰は口の端を曲げた。

「そのミオちゃんにうつしたのは誰ですか。あのヤクザでしょう？　久我さん、あなたいいましたよね。我々の生存を脅かすような者は排除するって。だったら最初から、あの男は排除すべきだったんじゃないですか」

「でも病気は仕方がないでしょう？」菜々美がとりなすようにいった。

「皆さん、あのヤクザにずいぶんと同情的なんだな」

「そういうわけじゃあ……」そういったところで菜々美の目が誠哉の後方に向けられ

た。

誠哉は振り返った。そこに立っていたのは河瀬だった。

「大丈夫なのか」誠哉は訊いた。

「少し楽になった。喉が渇いたから、何か飲もうと思ってさ」

「あっ、じゃあ、お茶を持ってきます」栄美子が赤ん坊を抱えたまま、レストランに向かった。

河瀬は小峰を見た。小峰は目をそらしている。河瀬は、ふんと鼻を鳴らした。

「冬樹さんたちが、薬を探しに行ってくれているんです」菜々美が小峰にいった。

「薬が手に入れば、きっとすぐによくなります。それまでの辛抱です」

小峰は黙って頭を振ると、ソファの上で身体を横たえた。

栄美子が日本茶のペットボトルを持って戻ってきた。

「僕が渡します。まだ彼には近づかないほうがいい」誠哉はペットボトルを受け取り、河瀬のところへ持っていった。「これを飲んだら、すぐに休むんだ」

河瀬はペットボトルを握りしめたまま、栄美子を見た。

「赤ん坊がいるんだな。それに、爺さんも寝かされてるようだが」

「元は何の繋がりもない他人同士だが、今は助け合って生きている」

ふうん、といって河瀬はペットボトルの蓋を開け、茶を飲んだ。

「そのペットボトルは、あんたが責任を持って管理してくれ」誠哉はいった。「間違っても、ほかの誰かが飲まないように気をつけるんだ」

「ああ、わかっている」河瀬は踵《きびす》を返し、ラウンジの奥に向かって歩きだした。だがすぐに足を止めると、振り返った。「俺がいないほうがいいんなら、はっきりそういってくれ。邪魔者扱いされてまで一緒にいたくねえからさ」

誠哉は少し考えてから答えた。

「もちろん、そうなった時には遠慮なくいう」

河瀬は、ふんと鼻を鳴らし、小峰を一瞥《いちべつ》してから再び歩きだした。その小峰は、すでにソファの上で眠りについていた。

「あの、私、朝食の支度《したく》を始めますね」栄美子がいった。

「待ってください。僕も手伝います」

「でも……」

誠哉は顔を小さく横に振った。

「もう、看病係を固定化する意味はないでしょう。レストラン側から三人も病人が出た以上、全員に発症の可能性がある。みんなで手分けして食事の支度をし、看病するしかない。――菜々美さん、そういうことでどうでしょうか」

「あたしもそれがいいと思います」

「じゃあ、行きましょう」誠哉は栄美子を促し、レストランに向かった。

太一や戸田らにも事情を話した。小峰が発症したことをすでに知っていた二人は、次は自分の番ではないかと恐れていた。

「俺、学級閉鎖になった時、その翌日から寝込んだんだよな。もう大丈夫と思った時が一番危ないんだ」太一が腹をさすりながらいった。「何となく腹が痛いような気がするし」

「弟さんたちは、いつ戻ってくるのかね」戸田が訊いた。

「わかりません。どこへ行ったかも不明です」

「探しに行ったほうがいいんじゃないの？」太一がいう。

「それはだめだ。その人間が途中で熱を出したらどうする」

「あ、そうか」

参ったなあ、と戸田は頭を掻いた。

栄美子が朝食の準備を始めたので、誠哉も手伝った。病人が多いので、粥を大量に作る必要があった。水や米はあるが、ガスボンベは残り少なくなっていた。病気にかかっていない者たちの朝食は、冷えたままのレトルト食品や缶詰ということになった。

食後、誠哉は太一や戸田に協力してもらい、ホテルの玄関前に簡単な竈《かまど》を作ることにした。煮炊きが出来ないことは、死活問題になりつつあった。

「あの二人、どこへ行ったんだろう」太一が遠くを見ながらいった。「まさか、どこかで死んでるんじゃあ……」そういった後、自分の口を押さえた。

そこへ菜々美がやってきた。「あのう、久我さん」

「どうしました」

「河瀬さんの姿が見えないんです。しかも、小峰さんの靴が消えています」

「何だって？」誠哉は唇を噛んだ。

26

非常口の外に立ち、誠哉は地面を見下ろした。新たに足跡が増えていた。

「動き回れるほど、体力が回復しているとは思えないんですけど」菜々美が隣でいった。

「居づらくなって、出ていったんじゃないのかな」後ろから太一がいう。「自分のせいで次々に人が倒れていくんだから、責任を感じて当然だと思うよ」

戸田が、ふんと鼻を鳴らした。

「そういう殊勝なところのある人間なら、背中に彫り物を入れているはずがない。自分は少し元気になったし、病人が増えて鬱陶《うっとう》しいからってことで、散歩がてらに外の様子を見に行っただけだろ。心配することはない。帰ってこなければ、その時はその時だ。それより、作業を始めよう。早く竈を作らないと、昼飯はおろか、夕食にだって間に合わなくなるかもしれない」

「まあ、俺たちがここへ来なければ会わなかった人だしね」

戸田と太一は戻っていった。

「ほかの病人たちの様子はどうですか」誠哉は菜々美に訊いた。

「同じような状態が続いています」

「山西さんは？」

菜々美は一旦《いったん》目を伏せてから、誠哉を見上げた。

「あまりよくないですね。咳がひどくなっています。熱も高いままだし……。かなり心臓に負担がかかっていると思います。合併症も心配です」

「そうですか。すみませんが、引き続き様子を見てもらえますか」

「わかりました」

誠哉は再び外に目を向けた。今度は天候を確かめたのだ。生ぬるい風が吹いており、汚れた綿のような雲が急速に移動を始めていた。

また雨になるのか、と舌打ちした。

竈作りは順調に進んだ。不要と思われる木製の家具を片っ端から壊し、薪《まき》にした。

外には倒壊した家屋の破片がいくらでも落ちているが、度重なる豪雨で、水をたっぷりと含んでいる。火をつけるのは困難と思われた。

「火を確保できたのはよかったけど、建物の中で使えないのは辛いよね」ぱちぱちと音をたてながら燃える炎を見て、太一がいった。

「それは仕方がない。屋内でこんなことをしたら、たちまち煙で一杯になる」戸田が苦笑した。「まあ、温かいものが食べられるようになっただけでもありがたいと思わないとな。冷えたままのレトルト食品は、本当にまずい」

早速栄美子が大きな鍋を載せ、ペットボトルの水を注ぎ始めた。五百ミリリットルのボトルが、次々と空になっていく。

その様子を見ながら、今はどんなに備蓄があろうとも、こんなことをしていたら、すぐに食料も水も底をついてしまう、と誠哉は思った。そうなれば、また別の場所に移動するしかない。全員が回復すれば総理官邸を目指すつもりだが、辿り着けなかった時のことも考えておく必要がある。周辺には、大きなホテルが、ほかにもまだある。被害が少ないようなら、ここと同様に、何日間かは生活を保障してくれるかもしれない。

しかし、と彼は考えた。

この世界では、どんなに生き続けても、何も起きないのだ。そのことを誠哉だけが知っている。

懸命に働く栄美子たちを見て、彼は心が痛んだ。本当のことを話すべきではないかと迷い始めていた。驚くべき超常現象を目の当たりにし、全員が混乱している。不安と恐怖が彼等の心を蝕んでいることは明白だった。それでも絶望の中から、懸命に立ち上がろうとしている。生き続ければ何かがあると信じているからだ。自分たちの失ったものを取り戻せるかもしれないというかすかな希望だけが彼等の支えだ。

そんなものはないということを教えてやるべきではないのか、と誠哉は思った。それを隠すことは果たして正しい道なのか。

雷鳴が誠哉の心を現実に引き戻した。薪をくべていた太一が、げんなりした顔を作った。

「また嵐かよ」

「いかんな」戸田が振り返った。「ヤクザはともかく、あの二人が心配だ。冗談でなく、日没までに帰ってこないとまずいぞ。どうする?」

「待つしかないでしょう。探しに行くことなど論外です。二人に何かがあったのだとしても、我々にはどうすることもできない」

「それは、そうかもしれんが……。君は弟さんの安否が気にならないのか」

「もちろん心配です。弟だけでなく、明日香君や入れ墨の男のこともね。だけど今は、自分たちの出来ることをするしかない」

「君のいっていることはわかるが……」戸田は腕組みをし、不安そうな目を空に向けた。

鍋の湯が沸き始めていた。栄美子が鰹節《かつおぶし》を入れると、途端に出し汁の香りが漂い始めた。

いい匂いだ、と太一が幸せそうな顔を見せた。

午後になると、急速に空が暗くなっていった。やがて水滴が落ち始め、間もなく本降りになった。風も強く、せっかく作った竈が水浸しになりそうだった。誠哉は太一たちの力を借りて、ビニールシートで覆った。

「本当にやばいよ。これじゃあ、冬樹たちは戻ってこれないぜ」太一がいった。

「そのことはもういわないでおこう。久我さんがいうように、我々にはどうしようもないことなんだから」戸田が苛立ったようにいい放った。

誠哉は病人たちの様子を見て回った。小峰は頭から毛布をかぶり、眠っていた。彼は昼食を殆ど食べなかった。吐き気がひどいらしいのだ。脱水を防ぐため、水だけはたっぷりと飲ませた。

栄美子がミオのそばに座っていた。ミオの額に流れる汗をぬぐっている。

「どうですか」誠哉は訊いた。

「熱が下がりません。息も苦しそうだし……。何とかしてやりたいんですけど」

「気持ちはわかりますが、少し休んだほうがいいですよ。あなたは働きづめだ。どうか、無理はしないでください」

「ありがとうございます。でも、こうしているのが一番落ち着くんです」

彼女の言葉に誠哉は頷くしかなかった。母親としては当然だろう。

「この子、笛をどうしたのかしら」栄美子が呟いた。

「笛？」

「首から提げていたはずなのに、見当たらないんです。なくしたのかしら」

「もしなくしたようなら、代わりのものを探しておきましょう」誠哉はいった。

最も深刻なのは山西だった。顔は苦痛そうに歪められている。乾いた唇からは、低い唸り声が漏れ、その合間に咳が出た。咳をするたびに、痙攣《けいれん》するように身体が揺れた。

少し離れたところで菜々美が座っていた。マスクをしているのは予防のためだろう。

「熱は？」

彼女は暗い顔で首を振った。

「一向に下がりません。強引に下げる薬を投与する手がありますけど、どうなるかは保証できません」

「やはりタミフルが必要ですか」

「それも、今夜中に服用しないと、たぶん効果は期待できないと思います。発症から四十八時間以内でないと、あまり意味がないんです。小峰さんは体力があるから大丈夫だと思うんですけど、山西さんとミオちゃんは心配です。特に山西さんの場合は、仮に命が助かったとしても、何らかの後遺症が残るかもしれません」

誠哉は無言のまま首を小さく振り、その場を離れた。

「久我さん」菜々美が呼びかけてきた。誠哉が立ち止まって振り返ると、彼女は真剣な眼差しで続けた。「あたし、あれはもういやですから」

「あれ、とは？」

「サクシンです」彼女はいった。「あれを使うのは、絶対にいやです」

安楽死のことをいっているのだと誠哉は気づいた。彼は彼女に笑いかけた。

「わかっています。僕だって、あんなことはもうやりたくない」

「それならいいんですけど」菜々美は俯いた。

誠哉は再び歩き始めながら、口の中に苦いものが広がるのを感じていた。彼女にいわれるまでもなく、安楽死のことなど二度と考えたくはない。だが仮に山西が寝たきりのような状態になった場合、そんな綺麗事をいっていられるだろうか。自分たちが生きていくことだけで精一杯なのだ。現状では、食べ物を探して移動を続けなければ、生存は難しい。寝たきりの老人を連れていくことなど現実的には不可能だ。

しかし足手まといになる人間を次々に切り捨てていって、果たして何が残るだろうか。最後の一人になった者は、それで何かを得られたといえるのか。

考えたくないことだった。しかしいずれは考えねばならない時が来るに違いなかった。その時のことを想像すると、絶望感で目の前が暗くなった。

レストランでは戸田が赤ワインを飲んでいた。すでに一本を空にし、二本目を開けている。太一は缶コーラを飲みながら、クッキーを食べていた。このホテル内で売られていたクッキーだ。

誠哉は戸田の前に立った。

「アルコールは就寝一時間前からにしてください、とお願いしたはずですが」

戸田はグラスを手にしたまま、じろりと誠哉を見据えてきた。

「これぐらいはいいじゃないか。ほかに楽しみがないんだから」

「だから寝る前ならいいといっています。でもそれまでは、酔ってもらっては困るんです。いつ何時、どんな行動を起こさねばならなくなるか、予測がつきませんから」

「まだ平気だ。酔ってない」

「いえ、そこまでにしておきましょう」誠哉はワインの残っている瓶を取り上げた。

「何するんだ」戸田は赤い顔をし、酒臭い息を吐いた。

「もう十分に酔っておられます」

「酔ってないといってるだろ」戸田は立ち上がり、頼りない足取りで誠哉に絡みついてきた。

「それを飲んだら終わりにするよ」

「ルールですから、守ってください」誠哉は彼の手をふりほどいた。その力が強すぎたのか、戸田は身体のバランスを崩し、そばのテーブルにぶつかって転んだ。

あっ、と誠哉は駆け寄った。「大丈夫ですか」

しかし戸田は答えない。怪我でもしたのかと思い、戸田さん、と誠哉は呼びかけた。

戸田は震えていた。さらに泣いていた。断続的に息を吸う音が聞こえた。

「どうせ、死ぬんだろ」彼は低くいった。

「えっ？」

「我々だよ。こんなことを、いつまでも続けられるわけがない。インフルエンザ程度で、この有様だ。食べ物だって、いずれはなくなる。どう考えたって、生き延びられるわけがないんだ。どっちみち、死ぬ。全員死ぬ。それなのにルールなんて意味があるのか。好きなことをして死んだほうがいいじゃないか」

「戸田さん……」

「だから酒をくれ。飲まないと気が変になりそうなんだ」戸田は誠哉にしがみついてきた。

「だめです。もうこれぐらいにしてくださいっ」

誠哉がいい放った時だった。耳に聞き覚えのある音が届いた。

「笛だ」太一がいった。「ミオちゃんの笛の音だ。外から聞こえてくる」

誠哉は戸田から離れ、非常口に向かった。太一も後からついてきた。

外は依然として激しく雨が降っていた。その雨音を縫《ぬ》うように、たしかに笛の音が近づいてくる。

やがて人影が現れた。その体格から河瀬だとわかった。合羽を羽織り、膝まで泥につかりながら歩いてくる。彼はロープを胴体に巻き、何かを引っ張っていた。

そのロープの先を見て、誠哉は驚いた。引きずられるようにして冬樹が現れたからだ。ロープは彼の身体にも巻きつけられていた。さらにロープは後方に延びている。

最後に現れたのは明日香だった。もはや立っているのもやっとという状態ながら、前を行く二人が引くロープだけを頼りに、辛うじて足を前に出している。

誠哉と太一は雨の中へ飛び出していった。明日香に駆け寄り、二人で彼女の身体を支えた。声をかけたが返事がない。聞こえているのかどうかもわからなかった。

「すごい熱だ」太一が叫んだ。

ホテルに戻ると、三人を繋いでいたロープをほどいた。

「太一、菜々美さんを呼んでくれ。それからタオルを」

わかった、といって太一は駆けだした。

河瀬は床で大の字になっていた。明日香は座り込み、項垂れたままで動かない。

誠哉は四つん這いになっている冬樹に近づいた。

「冬樹、どういうことだ。どうして勝手なことをした。こうなることを予想しなかったのか」

ごめん、と冬樹が小声で答えた。

「謝って済む問題じゃない。おまえのやったことは、重大なルール違反だ。命に関わる問題なんだぞ」

そういった直後、誠哉の服の裾《すそ》が後ろへ引かれた。振り向くと、明日香が裾を摑んでいるのだった。

「叱らないで。あたしが悪いの。あたしがついていくって、ごねたから。だから、冬樹君を叱らないで」そういって彼女は、床にばったりと倒れた。

27

乾いた服に着替えさせた明日香を、誠哉は太一と二人でラウンジのソファに運んだ。横たわった彼女に、菜々美が毛布をかけた。明日香は目を閉じたままで、その中にもぐりこんだ。寒気がするらしく、小刻みに震えている。

「タミフルを飲んだということですから、後は安静にしておくしかないと思います」

菜々美の言葉に誠哉は頷いた。

「ほかの病人にもタミフルを飲ませたほうがいいでしょうね」

「そうすべきだと思います。ただミオちゃんに関しては、飲ませた後、必ず栄美子さんについていてもらわないと。小さな子が精神錯乱を起こした例が報告されていますから」

「では、あなたから、そのように指示していただけますか」

「わかりました」

誠哉はラウンジを離れ、レストランに行った。着替えを終えた冬樹が、手足を伸ばして椅子に座っていた。

「気分はどうだ」誠哉は弟の前に立った。

「……まあまあかな」

冬樹の顔色は悪く、目の下には隈が出来ていた。帰ってきた直後は動くのも難儀そうだったが、幸い彼は発症していなかった。

「事情聴取といこうか」誠哉は椅子を引き寄せ、腰を下ろした。「改めて訊く。一体どういうことだ」

冬樹は疲れきった顔で深呼吸した。

「深い理由なんてない。このままだと全員が倒れると思った。何とかしなきゃいけないと思った。それだけだ」

「どうして俺に相談しなかった」

「相談したら、賛成したかい？　夜中に出て行くことを認めたかい？」

「……認めなかっただろうな。せめて夜明けまで待てといっただろう」

「それじゃあ遅いんだよ。なあ兄貴、山西さんは黙ってここを出ていこうとしていたんだ。どうしてだかわかるかい？　インフルエンザにかかったとわかって、このままだとみんなの足手まといになるだけだと思ったからなんだ。そんな山西さんに何もしてやれないのが、俺は悔しくて仕方がなかった。何とか救いたいと思った。インフルエンザの治療薬は、なるべく早く飲ませないと効き目がないって聞いたことがある。だから俺は決心したんだ。今、出ていくしかないって。明日香がついてきたのは誤算だったけどさ」

「彼女はどこで発症を？」

「病院に向かう途中らしいけど、本人が打ち明けたのは薬を探している時だ。正直いって、焦った。どうしようかと思った」

「それでしばらく様子を見ることにしたわけか」

「違う」冬樹は首を振った。「タミフルを見つけた後、すぐに病院を出発した。彼女を連れてね」

「その時点では、彼女はまだ動ける程度には元気だったわけか」

「いいや。歩くのもやっとという状態だった。だから、途中から背負った」

誠哉はため息をついた。

「明日香君を病院に残して、おまえだけタミフルを持って帰るという発想はなかったのか」

「明日香はそうしろといったよ。お願いだから、そうしてくれって。兄貴なら、きっとそうするだろうともいった。でもさ、俺はできなかったんだ。あんな暗い病院で、熱を出して苦しんでいる人間を残していくなんてこと、俺にはできない。考えてみろよ。食べ物はなく、いつ助けが来るかもわからなくて、おまけにひどい熱がある。そんな状態でほうっておかれたら、俺なら気が狂っちまうよ。だから、一緒に帰ろうっていったんだ。歩けなくなったら、俺がおんぶしてやるからといって」

冬樹は落ち窪んだ目を向けてきた。

「兄貴のいいたいことはわかるよ。そんなことをして共倒れになったら何の意味もないっていうんだろ。実際、俺たちは途中で立ち往生しちゃったからな。明日香は動けなくなったし、俺も彼女を背負って歩く力がなくなっていた。そのうちに大雨になって、濁流に足をとられて、もうだめかと思った。あの人が助けに来なかったら、日没までに、ここへは辿り着けなかったかもしれない。もし明日香を病院に残して俺が一人で戻ってきていたら、とっくの昔にみんなにタミフルを飲ませられて、今頃は明日香のことも助けに行けたと思う。でもさ、俺はああいう時、兄貴みたいには行動できないんだ。理屈じゃわかっていても、やっぱり無理なんだよ」

冬樹は悔しそうに唇を嚙み、項垂れた。その目から溢れた涙が、彼の足元に落ちた。

誠哉は無言で立ち上がった。

「兄貴……」冬樹が顔を上げた。

「もういい。よくわかった。ゆっくり休め」

誠哉はレストランを出た。ラウンジでは、着替えを終えた河瀬が大きく股を広げて座っていた。着ているのは、どうやらこのホテルの制服らしい。ほかに着替えが見つからなかったのだろう。

河瀬は目を閉じていたが、誠哉が彼の前に立つと、気配を感じたらしく瞼を開いた。

「二人を助けるために、ここを出たのか」誠哉は訊いた。

河瀬は肩をすくめた。

「それほどの気持ちはねえよ。ただ、あんたらの話が耳に入ってきたからさ」

「我々の話って？」

「誰かが薬を探しに行ったとかって話だよ。で、そいつが戻ってこねえってことらしいから、どういうことなのかと気になってね。それで様子を見に行ったわけだ。身体もだいぶん楽になったしさ」

「どこで二人を見つけた？」

「あちこちぐちゃぐちゃでよくわからなかったけど、たぶん歌舞伎座の近くだ。道路が派手に陥没してた。ひょいと覗き込んだら、二人が下で蹲《うずくま》ってた。死んでんのかなと思って声をかけたら、男のほうが顔を上げた。精も根も尽き果てたって感じだった。それでロープを投げてやったんだ」

「ロープなんか、よく用意してたな」

「数寄屋橋の交差点に交番があるだろ？　あそこを通った時に拝借しておいたんだよ。どこもかしこも足場が悪いから、きっと必要になるだろうと思ってね。たぶんあのロープは、事件現場を野次馬から隔離するためのものだな」

「三人の身体をロープで繋《つな》ぐとは考えたな」

誠哉がいうと、河瀬は薄く笑った。

「どうってことねえよ。引っ張り上げる時に繋いで、そのままここまで引っ張ってきただけだ。あの若い男、よくやったと思うぜ。途中、何度も女の子を担いでたからな。あれだけへばってたのに、大したもんだ」

「あんたもな」誠哉はいった。「だけど次からは、出かける時には声をかけてもらいたい」

「ああ、わかったよ。話はそれだけか。出来れば寝させてもらいたいんだけどな。具合はかなりいいんだけど、さすがに疲れた」

「だろうな。たっぷり眠ってくれ」誠哉は河瀬の前から離れた。

それから間もなく、日没が訪れた。建物内は急速に暗くなり、殆どの者が眠りについた。彼等の寝息は雨と風の音によってかき消されている。

誠哉はラウンジのソファに腰掛け、菜々美と共にローソクの炎を見つめていた。どこからか風が入ってくるのか、炎はかすかに揺れている。

「間違っていたのかもしれない」誠哉は呟いた。

「何がですか」

「自分の考え方が、です。こんな極限状態の中で生き残っていくには、冷静で客観的な判断だけが要求されると信じていた。何かあった時、感情に流されて行動するのは禁物だと思っていました。警察でも、そのように教育されましたしね」

「久我さんのやり方を否定できる人なんていないと思います。そのおかげで、今こうして生きていられるのだということは、全員よくわかっています」

「だけどこのやり方では、タミフルは今も手に入っていなかった」誠哉は両手の指を組んだ。「山西さんは、病気を自覚した後、一人でここを出ていこうとしたそうです。皆に迷惑をかけたくないから、ということでね」

菜々美は悲しげに眉の両端を下げた。「そうだったんですか」

「俺にいわせれば、全くナンセンスです。朝になって山西さんがいないことに気づけば、皆で探し回らねばならない。その過程で、どんなトラブルが発生するかもわからない。結果的に、もっと迷惑をかけることになる。山西さんのような人でさえ、そこまで気が回らないとはね」

菜々美は黙っている。誠哉のいうことは理解できても、病気の老人を責める言葉には同意できないのだろう。

「だけど弟は、そんな山西さんを見て心を動かされた。明かりがなく、荒廃した街に飛び出していった。冬樹だけじゃない。明日香君もついていった。途中でどちらかが発病するかもしれないなんてことは全く考えずにね。その結果、薬は見つかったが、一方が発病した。ところが発病したほうが自分を置いていけといっているのに、もう一方の者はそれが出来ず、病人を背負って出発するという無謀な行いに出た。案の定立ち往生することになったが、そんな彼等を助けたのは、まだ病気が十分に治っていないにもかかわらず、無断で出ていった最初の患者ときている」誠哉は頭を振った。

「呆れるばかりです。俺にはまるで理解できない行動ばかりだ。誰も彼もが衝動的に動いている。理性を失っているとしかいいようがない」

「理屈じゃないんだと思います。それが人間というものじゃないんですか」菜々美は鼻白《はなじら》むように俯いた。「ごめんなさい。すごく生意気な言い方をしちゃった……」

「いや、あなたのいうとおりだ。それが人間というものなんだと思う。これまで自分は、生存を最優先に考えてきました。どうすれば皆が生き残れるか。あるいは、全員が生き残れないなら、どうすれば犠牲を最小限に出来るか——そういう発想しかなかった。だけど生きるということは、ただ命を繋ぐというだけのことじゃない。どんな状況であっても、やはり各自の人生というものを考えなきゃいけないのかなと思うわけです」

「人生……」

「そう、人生です。皆に悔いのない人生を送らせるには、各自の価値観やプライドを無視するわけにはいかない。たとえ不合理に思えることであっても、それがその人の人生にとって大切なことであれば、他人は口出しすべきではないのかもしれない」誠哉はローソクの炎から目をそらし、ソファにもたれた。天井で影が揺れている。

「あたしは、あなたのやり方が間違っているとは思いません。今はとにかく、生き残ることが大事だと思います。だってあたしは、こんなところで人生を終える気はないですから」

いつになく強い口調だったので、誠哉は菜々美を見つめた。

だって、と彼女は続けた。

「久我さんがいったんですよ。生き続けていれば、いつか活路が開けるって。あたし、あの言葉を信用しているんですからね」

「菜々美さん……」

「あの言葉、まだ信じていいんですよね」彼女は真摯《しんし》な眼差しを向けてきた。

「ええ、もちろんです」誠哉は頷いた。

物音がそばで聞こえた。見ると栄美子が立っていた。ポットを提げている。

「お邪魔……かしら？」

「とんでもない。それは？」

「昼間にいれておいたお茶です。いかがですか」

誠哉は菜々美と顔を見合わせた後、「いただきます」と栄美子にいった。

栄美子はポットの蓋を開け、紙コップに注いでいった。日本茶の香りが漂ってくる。

「ミオちゃんの様子はどうですか」

「おかげさまで、薬を飲ませたら、何だか少し楽になったように見えます。そんなに早く効くはずがないんですけど」

「薬を飲んだということで、本人が安心したせいでしょう。プラシーボ効果というやつだ」誠哉は日本茶を飲んだ。思わず深いため息が出た。「お茶をこんなにうまいと思ったことはないな」

「お二人には感謝しています」栄美子が頭を下げた。

「いや、菜々美さんはともかく、自分は何もしていません。薬を取ってきたのだって、弟が勝手にやったことです。それより、こちらこそあなたには御礼をいいたい。あなたの手料理のおかげで、どれほど救われていることか」

栄美子は下を向いた。「私なんて、全然だめです」

「そんなことはありません。あなたのようなおかあさんを持って、ミオちゃんは幸せでしょう」

するとと彼女は激しくかぶりを振った。「とんでもないっ」

思いがけず激しい口調だったので、誠哉は当惑した。栄美子は自分の声に驚いたように口元を手で押さえた。「ごめんなさい。大きな声を出しちゃって」

「いえ、それはいいんですが……」

栄美子は紙コップを両手で包んだ。

「私、いい母親なんかじゃないんです。あの子のことを少しも幸せにしてやれませんでした。あの子があんなふうになったのも、私のせいなんです」

「あんなふうって、声が出せないことですか。あれは、今度のことが原因じゃなかったんですか」

誠哉の問いに栄美子は答えない。だが肯定したも同様だった。驚いたな、と彼は呟いた。

「罰なのかなって思うんです」栄美子はいった。

「罰？」

「こんなことになってしまったことです。母親として、あの子を幸せにしてやれなかったから、罰を受けてるんじゃないかって。そんなふうに神様から叱られても仕方がないぐらい、私はひどい母親でしたから」

「そんなふうに考えるのはよくないですよ」菜々美がいった。「だったら、あたしたちも罰を受けるべき人間だってことですか」

栄美子は微苦笑した。

「そうね。あなた方が罰を受けるなんて変よね」

「かつてのあなたはともかく、今のあなたはミオちゃんにとって素晴らしい母親だと思います。それは我々が保証します。だからそんなふうには考えないでください」

「……ありがとうございます」

栄美子は唇に笑みを浮かべたまま、残りの茶を誠哉の紙コップに注いだ。

28

目が覚めた時、冬樹は壁にもたれ、床にしゃがみこんでいた。毛布を背中から羽織っている。寝汗をたっぷりとかいていて、首筋に触ると手がべとついた。

夜が明けているらしく、周囲は明るい。彼は顔をこすった。頭がぼんやりとしている。今自分がどこにいて、どういう状況なのか、咄嗟《とっさ》に思い出せなかった。レストランの中のようだ。周りには誰もいない。

ああそうだ。帰ってきたんだ——ようやく記憶が蘇ってきた。

冬樹は立ち上がった。身体がひどく重い。歩こうとすると、少しふらついた。

レストランを出て、ロビーに行ってみた。玄関の前で栄美子が鍋を火にかけていた。もくもくと煙が上がっている。自分たちが悪戦苦闘している間に竈が完成していたことを冬樹は知った。

「おはようございます」冬樹は栄美子の背中に声をかけた。

「あ、おはようございます。疲れはとれました？」彼女は笑顔で訊いてきた。

少しは、と冬樹は答えた。

「それならよかった」

竈の向こう側から太一が顔を出した。

「みんなですごく心配してたんだぜ。どっかでのたれ死んでんじゃないかって」

「すまなかった」

「でもおかげで、うちの子も元気になりそうです」栄美子が頭を下げた。「ありがとうございました」

「いやそんな、礼なんかいいです」冬樹は手を横に振った。「専務は？」

「戸田さんなら、勇人ちゃんを見てもらっています。抱っこして、そのへんを歩き回っていました」

「へえ、あの人が」

「戸田さん、お嬢さんがいたそうですよ。昨年結婚したばかりで、お子さんはまだだったんですって。だから赤ん坊の世話をするってことに、少し憧れてたんだそうです」

「なるほどね」

当然のことだが、各自にそれぞれの人生があったということを冬樹は改めて感じた。昨日までの過去があり、今日があり、明日からの未来があると信じていた。その絶対だと信じていた流れが、なぜ突然途切れてしまったのか。打開策は見つからないにしても、せめて何が起きたのかを知りたいと思った。

建物に入り、ラウンジへ行ってみた。ホテルマンの上着を羽織った男が、股を広げてソファに座り、煙草を吸っていた。シャツの胸元をはだけているので、本物のホテルマンには見えなかった。

ようう、と男のほうから声をかけてきた。「調子はどうだい」

「ぼちぼちってところかな」冬樹は答えた。

この男に助けられたことは覚えている。地面が陥没しているところに滑り落ちて、動けなくなっていたら、上からロープを投げてくれたのだ。助けなど来るわけがないと諦めていたから、まるで奇跡のように感じた。

その後のことは、あまり記憶にない。無我夢中というより、夢遊病者のように、ただ足を動かしていたような気がする。意識がはっきりしたのは、このホテルに着いてからだった。誠哉から、いろいろと質問されたことは覚えていた。

「あんたのおかげで助かった。恩に着るよ」

冬樹がいうと、男は指に煙草を挟んだ手を振った。

「持ちつ持たれつってやつだ。これから世話になるしな。まあ、挨拶代わりさ」

男は河瀬と名乗った。

「おかげで薬を持って帰ることが出来た。病気になった連中も感謝してると思う」

「薬が手に入ったんなら何よりだ」河瀬は笑った。

「せっかくだが、その男に感謝する気はないよ」どこからか声がした。

冬樹が振り返ると、青白い顔をした小峰が立っていた。

「元々、その男がいなければ、誰も病気になんかならなかった。薬だって必要なかったんだ。冬樹さんにしたって、感謝する必要はないと思うけどね」そういうと小峰は咳を何度か繰り返しながら、自分の休むソファに戻っていった。

河瀬は横を向き、煙草を吸っている。その口元には、薄い笑いが張り付いていた。

「気にすることはない」冬樹は彼にいった。「病気だから苛立ってるんだ」

「いいんだよ。あっちのいってることは事実なんだ」河瀬は煙草を床に捨てて靴で踏み消すと、立ち上がってレストランのほうへ歩いていった。

冬樹はラウンジの奥へ進んだ。再び横になった小峰の脇を通りすぎた。

毛布を頭からかぶった明日香が寝ていた。彼女だとわかったのは、見覚えのある泥だらけの長靴が足元に置いてあるからだ。

彼は指先で毛布の端をつまみ、ゆっくりと持ち上げてみた。明日香の寝顔が見えた。だが次の瞬間、彼女は瞼を開いた。瞬《まばた》きし、睨《にら》むように彼を見た。

「人の寝顔を覗《のぞ》くなんて、信じられないんだけど」かすれた声でいった。

「気分はどうだ」

明日香は眉間《みけん》に皺《しわ》を寄せ、首を傾げた。

「熱はあると思う。でも、割といいかも」

「喉は？」

「痛い」そういってから彼女は毛布で口元を覆い、咳を一つした。

「今日は一日、寝てたほうがいいな」

「そうする」

冬樹は頷いて立ち去ろうとしたが、ねえ、と明日香が声をかけてきた。

「あたし、冬樹君に謝らなきゃいけない」

「病院についてきたことなら、もういいよ」

「そうじゃない」

「じゃあ、病気になったことか。それも仕方ない。明日香のせいじゃない。俺のほうが病気になってたかもしれないわけだし」

するとと明日香は首を大きく横に振った。

「そういうことも謝らなきゃいけないけど、もっと大きなことがある」

冬樹は首を傾げた。「何かあったかな」

明日香は毛布を身体に巻きつけ、猫のように身体を丸めてから口を開いた。

「病院から戻ってくる途中、あたしたち、道路の割れ目に落ちたんだよね」

「そうだ。陥没してたんだ。うっかり足を滑らせて、二人とも落ちた」

「あの時さ、あたし、正直いうと諦めた。もう助からない、ここで死ぬんだって思った」

「……マジかよ」

「頭はぼうっとするし、身体は重いし、足なんて一歩も動かせそうになかった。こんなアリ地獄みたいなところに落ちて、もう絶対に這い上がれないと思った。でね、もういいやって思っちゃった」

「明日香……」

「ごめんね。何があっても絶対に諦めないって約束したのにさ。ピンチの後には必ずチャンスが来るなんて強がってたくせに情けないよね」

明日香は毛布を口元まで引き上げた。瞬きした後、冬樹を見つめてきた。

「俺も……大きなことはいえないな」彼は頭を掻き、苦笑した。「冬山で遭難すると、眠くなって、何もかも面倒臭くなるっていうだろ。あの時の俺は、そういう感じだった。もうどうでもいいやっていう気持ちも少しあった」

「冬樹君も弱気になってたんだ」

「お互い、やばかったってことだ」

「こんなふうに朝を迎えられるなんて夢みたいだよ。生きててよかった」

明日香の言葉は、心の底から発せられたように冬樹には聞こえた。胸の奥が少し熱くなった。

「栄美子さんが朝飯を作ってくれてる。しっかり栄養を摂って、早く元気になれよ」

そういって冬樹は、その場を離れた。

ミオも寝かされていた。発熱した時には真っ赤だった顔が、今は薄いピンク色に戻っていた。寝息も静かだ。栄美子がいったように、この分なら間もなく元気になりそうに思われた。

無理してでも薬を取りに行ってよかったと冬樹は喜びを感じたが、そんな明るい気持ちも、さらに奥に進むと消し飛んだ。菜々美が床に膝をつき、山西の脈をとっていた。その横顔は深刻そのもので、声をかけるのも憚られるほどだった。山西は小さな咳を繰り返していて、そのたびに身体が痙攣するように動いた。

少し離れたところで誠哉が座っていた。彼も険しい顔つきをしていた。

「山西さんの具合、よくないのか」冬樹は尋ねた。

誠哉は太い息を吐いた。

「熱が下がらない。咳も止まらないから、かなり体力が消耗している」

「薬、飲ませたんだろ？」

「もはやインフルエンザは関係ない。おそらく肺炎を起こしているというのが菜々美さんの話だ」

「肺炎……」

「菜々美さんには、出来るかぎりのことをしてもらっている。だけど、最後は本人の体力次第だ」

「そんなにやばい状態なのか」冬樹は顔を歪めた。「あの時、山西さんを床に寝かせたままにしておいたのがまずかったのかな」

「それはおそらく関係ない。それに、済んだことをあれこれ考えるな。栄美子さんのところへ行って、鍋に熱い湯を貰ってきてくれ。山西さんの近くに置くんだ。少しでも湿度が高いほうがいいらしい」

「わかった」

玄関前では栄美子がいくつかの食器にスパゲティを盛りつけているところだった。すでに太一は食べ始めている。病人用の粥も出来上がっているようだ。

鍋に湯を入れ、冬樹は誠哉たちのところに戻った。

「朝食が出来たみたいなんで、食べてきたらどうかな。山西さんのことは俺が見てるから」

冬樹の言葉に誠哉は頷いて立ち上がり、菜々美のほうを見た。

「行きましょう、菜々美さん。食べられる時に食べておかないと」

そうですね、と彼女は山西のそばから離れた。その表情は浮かない。

二人がいなくなってから、冬樹は山西の傍《かたわ》らに腰を下ろした。山西は苦しそうに眉間に皺を寄せ、時折咳を漏らしている。熱があるはずなのに、蠟《ろう》のように顔は白い。

その口元は、ただれたようになっていた。瘡らしきものが唇の横にこびりつき、乾いていた。

足を負傷していたにもかかわらず、インフルエンザにかかる前までは、山西はじつに矍鑠《かくしゃく》としていた。彼の発したいくつかの言葉は、時に皆を元気づけ、時に皆の意識を一変させた。

特に冬樹は、山西が妻の安楽死を提案した時のことが忘れられない。苦渋の決断であるはずなのに、取り乱すことなく、淡々と自分の考えを語っていた。結果的に全員が彼の提案を受け入れることになったわけだから、ある意味、あの局面で誰よりも冷静だったといえるのだ。

この人物を失うわけにはいかない、と改めて思った。長く生きてきた人間には、それに見合った知恵がある。生きるのに役立つ知恵だ。

冬樹は少し微睡《まどろ》んだ。彼を浅い眠りから引き戻したのは、奇妙な音だった。それは山西の口から発せられていた。だがそれまでの咳とは明らかに異なっている。周期的に首が動き、それに合わせて息が漏れているようだ。顔色は真っ青だった。

冬樹はあわてて立ち上がり、ラウンジを飛び出した。ロビーでは、誠哉と菜々美が向かい合ってスパゲティを食べていた。

「どうした？」誠哉が訊いてきた。

「山西さんの様子が変だ」

冬樹の言葉を聞くと菜々美は無言で皿を置き、ラウンジに向かった。

山西は口を半開きにしたままで、殆ど動かなくなっていた。菜々美は彼のそばに座り、大声で名前を呼びかけた。だが山西は返事をしない。目も開けない。

彼女は脈をとり、表情を曇らせた。「弱くなってる……」

菜々美は心臓マッサージを始めた。その背中からは、これまでにない切迫した気配が発せられている。

「代わりましょう」そういって誠哉が交代した。「あなたは脈を」

いつの間にか、太一や栄美子も冬樹の後ろに来ていた。明日香も身体を起こし、心配そうに見ている。

皆が見守る中、誠哉は懸命に心臓マッサージを続けながら山西の名を呼んだ。菜々美は彼の手首を取り、脈を計っている。

やがて菜々美が誠哉のほうを見た。誠哉は動きを止めた。

菜々美は首を振り、山西の手を離した。それを見て誠哉は、がっくりと項垂《うなだ》れた。

何が起きたのかを冬樹は悟った。だが信じたくはなかった。大事な人物との別離が、これほどあっさりと訪れるとは予想もしなかった。

わあぁ、と栄美子が叫び声をあげた。そのまま床にしゃがみ込んだ。太一は立ったまま泣き始めた。たちまち彼の頬は涙でぐしょぐしょになった。彼の後方では明日香がソファに顔をうずめていた。

ホテルの中庭に土の部分があった。花が植えられていたようだが、無論今は影も形もない。そこを冬樹は太一と二人でスコップを使い、掘っていった。水浸《びた》しになっているので土は軟らかい。一メートルほど掘るのにも、さほど時間はかからなかった。毛布に包んだ山西の遺体を、誠哉と菜々美が運んだ。二人は慎重に、遺体を穴の中に収めた。

「じゃあ、土をかけていこう」誠哉がいった。

二つのスコップを使い、皆が順番に土を載せていった。ミオはいなかったが、明日香と小峰は参加すると主張した。二人は土をかけた後も、屋内に入ろうとはしなかった。

冬樹は河瀬にもスコップを差し出した。

「俺がやってもいいのかい?」河瀬は訊いた。

「もちろんだ」誠哉が答えた。「あんたも参加してくれ」

河瀬はスコップを受け取った。小峰は横を向いている。

最後に冬樹と太一が残った土をかけていった。すべてかけ終えると、栄美子が花をその上に載せた。ホテル内に飾ってあった造花だ。

太一が一本の棒を突き刺した。山西がしばしば杖代わりに使っていた棒だった。

誠哉が合掌するのに倣い、全員が手を合わせた。

「これを最後にしよう」合掌を終えた後に誠哉がいった。「不本意な死は、これでおしまいにする。絶対に」

29

その建物の一階が、かつてコンビニエンスストアだったというのは、到底信じられないことだった。ガラスは割れ、店内には大量の泥と瓦礫が流れ込み、堆積《たいせき》していた。何もかもが灰色に染まっていて、どれが店にあった商品なのか、見ただけで判別するのは極めて困難だった。店の前に汚れた看板が揚がっていなければ、確実に素通りしていたところだ。

足を一歩踏み入れた瞬間、冬樹は何かを踏んだ。容器が潰れるような感覚がある。彼は泥水に手を突っ込み、拾い上げた。アルミの容器だった。

「アルミパックの鍋焼きうどんだ」彼は後ろにいる太一に見せた。

「えー、それを踏みつぶしたのかい？」太一は情けない顔をした。

「どうせ中身は腐ってるよ」冬樹はそれを捨て、周囲を見回した。「さあて、食える物はどこにある？」

ゴム手袋を嵌《は》めた手で、近くにあるものを探っていった。太一も入ってきて、片っ端から調べている。

「あった、カップ麺だ」太一が泥の中から何かを拾い上げた。たしかに器の形をしている。だが次の瞬間、彼は落胆したように肩を落とした。「だめだ。容器が破れて、中に泥が入りこんじゃってる」

「そのあたりを探してみよう。たぶんカップ麺のコーナーだったんだ。破損してないのが、見つかるかもしれない」

二人で泥の中を探った。次々にインスタント食品が出てきた。しかし殆どのものが、どこかが破れていたり、容器が壊れていたりした。辛うじて中身に問題がないと判断できたものは十個にも満たなかった。

「これだけがんばって、一食分にもならないのか。厳しいなあ」太一は顔を歪め、腰を叩いた。

「保存のきく食べ物はインスタント食品だけじゃないだろ。缶詰とか、真空パックされたものとか、もっとほかにいろいろとあるはずだ。へばってないで探そうぜ」

太一は不承不承といった感じで作業を再開した。間もなく、おっと声を上げた。

「どうした？」

「缶詰だ。ラッキー」太一は拾い上げた缶詰の表面を手でこすった。だが明るくなった顔が、すぐに曇った。「なんだよ。猫のエサかよ。紛らわしいなあ」そういって投げ捨てた。

その様子に、ある思いが冬樹の胸をよぎった。だが口には出さず、食べ物の捜索を続けた。

奥にある冷蔵庫は無事だった。中にはペットボトル入りの飲み物が無傷で収められていた。

「これだけあれば、当面飲み物には困らなくて済みそうだ」冷蔵庫を見上げて冬樹はいった。「とりあえず、水だけ持って帰ろうぜ。栄美子さんが喜ぶ」

「コーラもいいだろ?」太一が二リットル容器に手を伸ばした。

「コーラなんて、ホテルの客室に何本もあるじゃないか」

「階段を上がるのが面倒なんだよ」

「贅沢いうな。二人で持って帰れる量には限度があるんだから、水が最優先だ。コーラじゃ飯を炊けないし、カップラーメンだって作れないぜ」

太一は下唇を突き出した。「わかったよ」

その後二人で探し回り、缶詰やソーセージ、チーズなどを見つけた。カップ麺や水のペットボトルと合わせれば、かなりの荷物になる。持ってきた袋に詰め、ホテルに戻ることにした。

「結構な量だと思うけど、みんなで食べたら、たぶんあっという間だな」太一が重い口調でいった。「そうしたら、また探しに来なきゃなあ」

「それまでには全員元気になってるさ。そうすれば、みんなで移動できる」

「そうか。今度の落ち着き先には、食い物がたっぷりあるといいんだけどな」

「総理官邸なら、非常食がかなり備蓄してあるだろ」

「非常食かあ。その言葉の響き、なんか嬉しくないな。総理大臣が食うんだからさ、フレンチとか中華が揃ってたりしないのかな」

「材料があったとしてもコックがいない。まあ、期待しないことだ」

冬樹は軽口を叩きながら帰路を急いだ。だが胸の内では、暗い思いが煙のように広がりつつあった。

山西の死から四日が経っている。病人たちは、かなり回復した。ただし体力が落ちているのは明白だし、菜々美によれば、インフルエンザ・ウイルスが完全に消滅するには、まだ二、三日はかかるということだった。そのため、今しばらくはあのホテルに留まっていなければならない。

問題は食料だった。レトルトや缶詰といった保存のきく食品が、いよいよ底を突きかけている。水も残り少ない。そこで、冬樹と太一が食料を探しに出ることになったのだった。

今回は無事に目的を果たせた。そのことで冬樹は安堵している反面、今後のことが不安でもあった。度重なる天災によって、すべての建物が想像以上に被害を受けている。スーパーやコンビニに置かれている食品も、大半が壊滅していると考えるべきだった。

移動手段が徒歩しかなく、道路が崩壊している現況では、行動範囲は限られてくる。今の場所から一日で往復できる範囲内には、どれだけの食料が残っているのだろうと冬樹は考えた。食べ物を求めて、皆で放浪せねばならない日は、すぐそこまで来ているのではないかと思った。

先程の太一の行動を思い出した。彼は猫のエサだといって、キャットフードの缶詰を捨てた。だがもしかすると、いつまでもあんなことをしているわけにはいかないのかもしれなかった。

キャットフードでさえ貴重な食料に数えねばならない時が来るのではないか。そう思うと、荷物を抱えて歩いているにもかかわらず、背筋が寒くなった。

ホテルに戻ると、ミオを除く全員がレストランで勢揃いしていた。戸田、小峰、菜々美、明日香がテーブルを囲むように席につき、そのそばに誠哉が立っている。栄美子は赤ん坊を抱えて少し離れた椅子に座り、河瀬は、さらに遠い席で煙草を吸っている。

「どうだった？」誠哉が尋ねてきた。

「とりあえず、これだけ」冬樹は担いでいた袋を床に下ろした。

「御苦労」

「かなり状況は厳しいぜ。今日行ってきたコンビニに残ってる食い物は、これで殆どすべてだからな。後はジュースぐらいしかない」

冬樹は、店や商品の被害状況を太一と共に伝えた。

皆がショックを受けるだろうと思ったが、反応は意外にも鈍かった。というより、彼らの話を聞く前から、全員の表情は冴《さ》えなかったのだ。

「その店の被害は、ほかと比べれば、ましなほうなんだろうなあ」戸田が呟いた。

「どういう意味ですか」冬樹は訊いた。

「久我さんの話を聞けばわかるよ」戸田は誠哉のほうに顎をしゃくった。

冬樹は誠哉を見た。「何かあったのか」

誠哉は浮かない顔で頷いた。

「総理官邸までの道順を考えるために、少し周辺を歩き回ってみた。地震と台風による被害は想像以上に大きい。道路の殆どすべてが、陥没や亀裂で分断されている。そこに大量の水が流れていて、一向に引く気配がない」

「道が、ぐちゃぐちゃになっているのは、俺だってよくわかってるよ。タミフルを取りに行く時に体験した」

「あの時以上みたいだぜ」遠くから声が飛んできた。河瀬だった。

「彼にも、周辺を調べてもらったんだ」誠哉がいった。「地面の陥没している箇所が増えているらしい」

「どうしてそんなことに……」

「当然のことなんだよ」戸田がいった。「毎日のように大雨が降る。しかも排水システムが機能していない。コンクリートで表面を固めていようが、今やどこの地盤も水をたっぷりと吸ったスポンジみたいになっている。おまけに東京の街は、地下を有効利用したがために空洞だらけだ。そこへ地震が頻繁に来るんだから、崩れるのが当たり前なんだ」

「他人事みたいにいってるけど、おたくらがやったんでしょう？　役人たちと一緒になって、東京をそんなふうにしたんじゃないの？」太一が口を挟んだ。

戸田は否定せず、肩をすぼめた。

「こんなことは予期していない。大地震と台風が交互にやってくるとか、排水システムを壊れたままにしておくとか、地割れも陥没も修復しないなんてことはね」

「どうしてこんなことになっちゃうんだろ」明日香が独り言のようにいった。「なんか、いじめられてるみたいだよね。これでもかこれでもかって、次々にあたしたちが困るようなことを起こされてるような気がする」

彼女の言葉は、冬樹には単なる泣き言に聞こえた。だが小峰が顔を上げた。

「それ、案外いいセンをついてるかもしれないな。見えない大きな力が、この世界を滅ぼそうとしているのかもしれない。人間が作った街なんていう醜いものは、この世から消えてなくなれって感じでね」

暗い口調で淡々と語る小峰の言葉に、全員が表情を曇らせた。

「何、馬鹿なことをいってるんだ。神の存在を信じるのは自由だが、もう少し現実的に考えたらどうなんだ」戸田が吐き捨てるようにいった。

「私は大真面目ですよ、専務。それに、現実的ってどういうことですか。これまでの既成概念の範囲で考えろってことですか。人々が消えたんですよ。もう、現実的なんていう言葉は無意味だと思いませんか」

小峰がくってかかるのを聞き、戸田は驚いたような顔を見せた。冬樹も同じ思いだった。小峰が戸田に対して、これほど強い口調で話したことなど、これまでに一度もなかった。

変わってきているのは街だけじゃない、と冬樹は思った。人々の心のほうも、確実に変化しているのだ。

「その話は、今ここではやめておきましょう。それよりほかに話し合うべきことがありますから」誠哉がとりなすようにいった。

「何を話し合うんだ」冬樹が訊いた。

「決まってるだろ。いつ、ここを出発するかということだ」誠哉は弟にそういってから、皆のほうを向いた。「今もいいましたように、状況は刻一刻と変化しています。残念ながら、悪いほうにです。自分としては、少しでも早く出発するしかないという考えなのですが、皆さんはどうでしょうか」

それに対して真っ先に戸田が発言した。

「そういうことなら、早いところ出発しよう。総理官邸には自家発電設備もあるんだろ？　電気器具が使えるとなれば、生活もずいぶんと変わる」

「無事だという保証はありませんが」誠哉は釘をさした。

「まず大丈夫だと思う。総理官邸は、阪神淡路大震災レベルの災害を想定していると聞いたことがある」ほかの者の同意を得るためか、戸田は周りを見ながら語気を強めた。

「ほかの方の意見はどうですか。――菜々美さん、どう思われますか」

誠哉から突然名指しされ、菜々美は狼狽を示した。「あたし……ですか」

「インフルエンザから回復して、まだ間のない者も何人かいます。今すぐ移動することは、やはり危険だと思われますか」

菜々美は当惑の表情で小峰と明日香、さらには河瀬のほうを見た。それから考え込むように俯いた。

「菜々美さん、あたしなら大丈夫だよ」明日香がいった。「もう食欲だってあるし、動き回ったって全然平気だから」

「私もです。心配しなくて結構」小峰が同調した。

菜々美は顔を上げ、迷った様子で河瀬に目を向けた。

「あの男のことなら、何の問題もないでしょ」小峰は小声でいった。「もうすでに勝手に動き回っているんだから」

「いえ、あたしが気になっているのはミオちゃんです。一昨日ぐらいまで微熱があったし、元々あまり身体が丈夫じゃないみたいだから……」

「ミオちゃんか……」小峰は黙り込んだ。

「少なくとも、あと一日ぐらいは様子を見たほうがいいんじゃないかと思うんですけど」

誠哉は菜々美の訴えを聞いた後、全員を見回した。

「ほかに何か意見はありますか」

言葉を発する者はいなかった。それを確認してから誠哉は続けていった。

「では、出発は明後日の朝とします。明日一日をかけて、準備しましょう」

彼の言葉に、冬樹も頷いた。

解散した後、明日香が掌で顔を扇ぎながら冬樹に話しかけてきた。「何だか、また蒸し暑くなってきたと思わない？」

「そうだな。でも考えてみたら、そろそろ四月なんだから、こういう日もあって当然じゃないか」

「あ、そうか。もう四月かあ。日付の感覚なんて、全然なくなっちゃってたよ」

冬樹も同様だった。当然のことながら、何曜日なのかもまるでわからなくなっていた。そのことに気づくと、不意に正体不明の不安感が押し寄せてきた。

俺たちは、今後どうなっていくのかがわからないだけでなく、今自分たちの生きている時間さえも見失いつつある——そう思った。

翌日は、予定通りに全員で出発の支度をした。食料、着替え、生活必需品を、出来るかぎりたくさん、ただしコンパクトにまとめる必要があった。

「登山だと思ってください」誠哉は皆にいった。「両手を自由に使えないと危険です。やむをえず手提げバッグを持っていく場合には、中に失って困るものを入れないでください。いつでも投棄できるものを入れてください」

この指示は正当だと誰もが思っただろうが、実践するのはなかなか困難だった。何しろこれから先、何が手に入って、何が手に入らないのかが不明だ。今持っている生活品は、すべて荷物に詰めたくなる。

出発の朝、空気は一段と蒸し暑くなっていた。生暖かい風が吹き、空を雲が移動している。荷物を担いで外に出た彼らは、小さな悲鳴を漏らした。

「汗だくになりそうだ」そういって太一はタオルを首に巻いた。

「寒いよりはましだろ。行こう」戸田が誠哉を促した。

誠哉は頷き、皆に声をかけた。「では出発します」

彼らが歩き始めてから数分後だった。地面が少し揺れた。

30

移動は苦難を極めた。久しぶりに外に出た者たちは無論のこと、何度か歩いたことのある冬樹でさえ戸惑うほど、その道のりは険しいものに変貌していた。

もはや平坦な道など、どこにもなかった。彼等の前にあるのは、道路の残骸にすぎなかった。ところによっては隆起し、またところによっては割れたり陥没したりしていた。道路の破片は巨大な瓦礫と化し、いたるところで彼等の行く手を阻《はば》んだ。しかも地面はすべて泥水に覆われている。裂け目からは、水の激しく流れる音が不気味に響いてきた。

総理官邸まで直線距離でいえば、ほんの三キロほどのはずだった。道路に沿って歩いたとしても五キロはない。ところがそのわずかな距離を進むのに四苦八苦した。そもそも、道路に沿って歩くこと自体が困難だった。全員が大きな荷物を抱えているし、赤ん坊も小さな子供もいる。腰まで泥水に浸かって移動することも、高低差が数メートルに及ぶ瓦礫の山を横切ることも不可能だった。

冬樹はしばしば方向感覚を失った。見慣れた官庁街のはずなのに、自分がどこにいるのか、周りを見回しても全くわからないのだ。そんな時、唯一の目印となったのは東京タワーだった。埃と煙でどんよりと濁った空気の先に、かすかに眺められた。

冬樹は、今度のことが起きた時、最初に東京タワーに上がったことを思い出した。望遠鏡で街中を探しまわり、ようやく発見したのが白木母子だった。あれから何日経ったのだろうと考えたが、正確にはわからなかった。時間の感覚は完全に麻痺していた。

冬樹は一団の最後尾を歩いていたが、すぐ前を行く戸田の足取りが重くなっていることに気づいた。

「大丈夫ですか」冬樹は声をかけた。

戸田は顔をしかめた。

「正直いうと、かなりきつい。さっき足をひねったようだ。片足に力が入らないものだから、腰に負担がかかる。五キロ程度なら歩けると思ったが、こんなに遠回りをしなきゃならないとはな」戸田はタオルで額の汗をぬぐった。

「兄貴、ちょっとストップ」冬樹は先頭を行く誠哉に向かって声をかけた。

その声で全員が足を止めた。誠哉も振り返った。彼はミオを背中に担いでいる。

冬樹は先頭まで進んだ。

「戸田さんが限界だ。少し休ませよう。ほかの人たちも、かなり疲れている」

誠哉は表情を曇らせた。

「もう少し行けば、陥没していない道路に出られる。なるべく早く、そこを通過しておきたい。天候も怪しいからな」

「その道はどこに?」

「あっちだ」誠哉は南を指差した。「あと二百メートルほどだ」

「総理官邸とは逆方向じゃないか」

「仕方がない。これでも最短コースを選んでいるつもりだ。ほかのコースは、危険で歩かせられない」

「安全性を重視するなら休ませよう。焦ったってしょうがないだろ」

誠哉は眉間に皺を寄せながらも頷き、皆のほうを向いた。

「ここで休憩を取ります。ついでに食事も済ませておきましょう」

助かった、と太一がいった。全員の顔に安堵の色が浮かんでいる。やはり皆、相当疲れているのだ。

「でも、ここじゃ、座ることもできませんね」菜々美がいった。

その通りだった。地面だけでなく、どこもかしこも泥で覆われており、腰を下ろせそうになかった。

「いいものがある」小峰が駆けだした。彼が向かった先にあるのはバスだった。前の車輪が歩道に乗り上げたところで止まっている。火災に見舞われた様子はなかった。

「小峰さんっ」誠哉が叫んだ。「ガソリンが漏れてないか、確認してください」

小峰は手を振りながらバスに近づいた。周囲をぐるりと歩いた後、両手で輪を作った。

「どうやら大丈夫らしいな」

誠哉が歩きだしたので、皆も彼に続いた。

バスは泥だらけだったが、中は比較的奇麗なままだった。窓がすべて閉まっていたのが幸いしたらしい。前輪が歩道に乗り上げているので、やや傾いているが、それを除けば、休憩所として申し分がなかった。

「バスの座席がこんなに快適だと思ったの、生まれて初めてだよ」明日香が実感のこもった口調でいった。「このまま目的地まで乗っていけたら最高なんだけどな」

「やってみようか。このバス、そんなに壊れてないみたいだぜ」運転席に座った太一が、おどけたしぐさでエンジンキーに手を伸ばした。

「それには絶対に触るな」誠哉が険しい声でいった。「周囲にガソリンは漏れてないようだが、どこが壊れてるかわからない。万一引火したら、ひとたまりもないぞ。それに、無事にエンジンがかかったところで走れる道なんかはない」

「わかってるよ。ほんの冗談だろ」太一は怯えた顔で手を引っ込めた。

出発前に栄美子たちが作った握り飯が全員に配られた。

「考えてみると、昔の人間はすごかったんだな」戸田がいった。「ろくな道がないのに、一日に何十キロも移動していたわけだ。それに比べて我々は、数キロ歩くのに四苦八苦している。情けない話だ」

「昔の人間だって、土砂崩れのあった道は通れませんよ」誠哉が笑みを浮かべた。「地震や台風の時に身動き出来ないってのは、今も昔も変わらないと思います」

「それもそうか」戸田は納得したようにいってから首を傾げた。「だけど昔の人間は、こういう時にはどうしたのかな。旅の途中で立ち往生した時なんかは」

全員が一時黙り込んだ。やがて口を開いたのは、やはり誠哉だった。

「待ったんでしょう」

「待った？」戸田が訊く。

「事態が好転するまで、じっと待ったんだと思います。そのための備《そな》えをしていたし、どこでも寝泊まり出来るだけのテクニックもあったんでしょう」

「なるほどね。しかし、待つといっても限度があるだろう。食料の問題もある。ただ待つ以外に何か方策はなかったのかな」

「待っても待ってもどうにもならない時は」バスの後方から声が聞こえてきた。河瀬だった。彼は続けた。「そこでそのままくたばったんだよ。それしかないだろ」

小峰が舌打ちした。「こんな時に縁起でもないことを……」

「縁起でもない？　何でだ？　俺は聞いたことがあるぜ。昔の人間にとっては旅も命がけだったたってな。旅先で死ぬなんてのは、ふつうのことだったんだよ。災難に遭ったら、たしかにそれが去るまで待っただろうさ。だけどそれでどうにもならなかったら死ぬしかない。そういう覚悟があったんじゃないのか」

「だから何だ？　我々も、そういう覚悟をしなきゃいけないというのか」

「違うのか。俺は出来てるぜ。いつだって死ぬ覚悟はさ。それともあんたは出来てないのか。それはまた呑気《のんき》な話だ」

河瀬の挑発的な言葉に、小峰は立ち上がろうとした。それを、やめとけ、と戸田が押し止めた。

冬樹の後ろの席で、赤ん坊がぐずりだした。栄美子が荷物の中から哺乳瓶を出し、ミルクを飲ませ始めた。出がけに作ったものらしい。

「ミルク、まだありますか」冬樹は訊いた。

「ミルクはあるんですけど、お湯を沸かせないのが心配です。消毒も出来ないし」

冬樹は頷いて赤ん坊を見た。勇人と名付けられた赤ん坊は、大きく黒い目を見張りながらミルクを飲んでいる。この世界がどうなっているのかを全く知らず、この先のことを怯えていない表情だ。その顔を眺めていると少し心が和んだ。

ガラスに水滴の当たる音がした。気がつくと、周囲は薄暗くなっていた。

「また降ってきたよ」太一が嘆き声を出した。

「よかった。雨が降る前に、いい雨宿りの場所を確保できて」明日香がいった。

冬樹も彼女の意見に同感だった。身体が濡れると体力を消耗する。雨がやむまで、ここに留まっていればいいと思った。さっきの誠哉の言葉通りだ。昔の人間のように、事態が好転するまで、じっと待っているしかない。

だが状況は、それほど甘いものではなかった。

それから約二時間が経っても、再出発できる見通しは全く立たなかった。雨は激しくなる一方なのだ。大量の水滴がガラスに当たり、隙間から水が浸入してきた。

「何だろう、この雨。今までで一番ひどい感じだよ」運転席の太一が後ろを振り返った。

「低気圧が近づいてたんだな。蒸し暑かったのは、このせいだったんだ」戸田が呟いた。

「いつまで降ると思う?」明日香が冬樹に訊いてきた。

さあ、と首を傾げるしかなかった。彼には気象に関する知識などなかった。

「腹をくるしかないんじゃないですか。この雨じゃ、どうすることもできない」小峰がいった。「幸い食料だってあるし、ここなら寒くない。一晩ぐらいなら、問題なくしのげるでしょう。いくら何でも、二日も三日も降り続けることはないと思うし」

彼の意見に多くの者が頷いた。冬樹も、それ以外に選択肢は浮かばなかった。とにかく、今は出ていけないのだ。

誠哉がバスの乗降口に立ち、扉を開けた。激しい雨音と共に、しぶきが車内に入ってきた。彼はあわてて扉を閉めた。

ひゃあ、と太一が悲鳴をあげた。「すごいことになってるよ」

「水が入ってきた」誠哉が乗降口のステップを見下ろした。「道路が水に浸かっている」

「参ったな。完全に身動きがとれなくなった。ここで籠城《ろうじょう》するしかないってことか」

小峰がため息をついた。

「問題はトイレだよね」太一が、にやにやした。「男は何とかなるけど、女の人はちょっと辛いかな」

「何いってんの。今さらあたしらが、そんなことで困るわけないじゃん」明日香が口を尖らせる。

「えっ、どうすんだよ」

「秘密。いっとくけど、バスの後部座席は女性陣専用エリアにさせてもらうから」

「後ろの席をトイレにする気かよ。垂れ流しは御免だぜ」

「そんなことするわけないでしょ。馬鹿じゃないの」

「じゃあ、どうする気だよ」

「だから秘密だっていってるでしょ」明日香は立ち上がり、後方へ歩いていった。河瀬の前に立った。「話は聞いたでしょ？　男性陣は前へ移動してください」

頬杖をついて瞼を閉じていた河瀬は、じろりと明日香を見上げた。しかし何もいわず、荷物を持って前に移ってきた。

「栄美子さんと菜々美さんも後ろに来て」明日香が声をかけた。

それで二人が移動しようと立ち上がった時だった。それまでじっと乗降口のステップを見下ろしていた誠哉が、「ちょっと聞いてください。重大な提案があります」と皆に呼びかけた。

何だ、と戸田が訊いた。

誠哉は深呼吸を一つした。

「今すぐ、ここを出ます。支度をしてください」

彼の言葉に、誰もが言葉を失ったようだった。冬樹も一瞬、兄のいった意味を理解できなかった。

「えー、何いってんの？」最初に反応したのは太一だった。「どういう意味？」

「言葉通りの意味だ。このバスから出る。どこか別の場所を探す」

「どうして？　ここで十分じゃないですか」小峰が訊いた。「こんな中を出ていったら、ずぶ濡れになる。急ぎたい気持ちはわかりますが、せめて雨が小降りになるまで待ちませんか。さっきあなただっていったじゃないですか。昔の人は待ったって」

「昔の人間でも、待っていることが危険だとわかった時には、行動を起こしたはずです」

「危険？　どうして？」

「このステップのすぐ下まで水がきています」

「だからといって、あと何十センチも水嵩《みずかさ》が増えるわけじゃないでしょう」

「いえ」誠哉は首を振った。「増えるおそれがあります」

「まさか」

「いくら雨の降り方が激しいからといって、ここまで道路が浸かるのは異常です。何かが起きたと考えたほうがいい」

「何かって？」

誠哉は一旦黙り込んだ後、決意したように口を開いた。

「どこかの堤防が決壊した可能性があります」

「堤防の決壊？　その程度のことで――」

「警察庁の資料で見たことがあるんです。大雨で、たとえば荒川《あらかわ》の堤防が決壊した場合、都心部の殆どが浸水します。最大で二メートルほどになる、ということでした」

「二メートルって……」小峰はさすがに口をつぐんだ。

「現在の浸水は膝下あたりです。しかしもし決壊が原因なら、これからますます量は増えます。数時間で一メートルは超えるかもしれない」

　何人かが小さな悲鳴を漏らした。

「そんなことになったら、ここだと閉じこめられてしまう」戸田が車内を見回した。

「だから出発するんです。いや、脱出といったほうがいいかもしれない」

「それにしても、こんな中を出ていくなんて……。まだ決壊したと決まったわけではないし」小峰は未だに消極的だった。


　突然、河瀬が荷物を抱えて立ち上がった。無言のまま、乗降口に向かった。

「どうする気だ」誠哉が訊いた。

「出発するんだよ。いいじゃねえか、行きたくないってやつはほっとけば。説得している間にも、水嵩はどんどん増えてるんだぜ」河瀬は小峰のほうをちらりと見た後、扉を開いた。「俺は、こんなところで溺《おぼ》れ死にたくねえ」

「待て、河瀬っ」

誠哉の声を無視し、河瀬は外に飛び降りた。水はステップの上に達している。

「あたしも行く」明日香が後部座席から乗降口に向かって歩いていった。

「待て。ばらばらに歩くのは危険だ。固まって移動するんだ」誠哉がいった。

「そんなことをいったって、ぐずぐずしてる人がいるんだからしょうがないじゃない」

明日香の声に、ほかの者たちの視線が小峰に集まった。

小峰は大きく吐息をつき、腰を上げた。

31

全員がバスを降りるのを見届けて、冬樹もステップに足を下ろした。それだけで足首まで水に浸かった。水面の上昇速度は予想以上だった。

バスから出た途端に、激しい雨が全身を襲ってきた。一瞬にして下着までもがびしょ濡れになった。

「固まって移動するんだ。決して離れないように」ミオを背負った誠哉が叫んだ。その声も雨音にかき消されそうだった。

水位は冬樹の膝上に達していた。比較的長身の彼でも歩きづらいのだから、小柄で体力のない女性たちの苦労は並大抵のものではないはずだった。それでも彼女たちは黙々と進んだ。

「あの建物に入ろう」誠哉が、すぐ目の前にあるビルを指差した。「耐震強度を確認している余裕はない。とにかく水から上がることが先決だ」

その建物までは十メートルほどしかない。しかしその距離が、冬樹にはとてつもなく長く感じられた。靴が重くなり、足が動かない。濡れた服が身体にまとわりつく。

その時、足元がぐらりと傾くような感覚があった。冬樹は明日香と顔を見合わせた。

「今の……地震？」

「そうらしいな」

「こんな時に」明日香が唇を噛んだ。

あっと声を漏らし、冬樹のすぐ前を歩いていた栄美子がバランスを崩した。冬樹は咄嗟に腕を伸ばし、彼女の身体を支えた。だがその拍子に、彼女が抱いていた赤ん坊が腕から離れた。

どぼん、という音をたてて赤ん坊は水の中に落ちた。栄美子が悲鳴をあげた。

次の瞬間、赤ん坊は落ちた時の姿勢のままで浮き上がってきた。さらに流され始めた。

全員が絶叫し、赤ん坊を追って駆けだした。だが思うようには動けない。

ようやく明日香が追いついた。赤ん坊を抱え上げた。

「大丈夫かっ」冬樹が駆け寄り、尋ねた。

赤ん坊が泣き始めた。むせるような咳をしている。明日香はその顔を覗き込み、大きくため息をついた。

「大丈夫みたい。よかった」

冬樹は明日香から赤ん坊を受け取ると、後ろに来ていた太一に渡した。

「建物に入るまで抱いててくれ」

「わかった」太一は頷き、赤ん坊を抱えたままで歩きだした。

冬樹も足を踏み出そうとした時だった。後ろから小さな悲鳴が聞こえた。振り返ると、明日香の身体が胸のあたりまで浸かっていた。

「どうした？」

「あな……穴が開いてる」

冬樹は素早く腕を伸ばし、彼女の手首を摑んだ。だがその直後、ぐいと引っ張られた。

「うわっ、どうなってるんだ」

「穴の底が抜けてる。吸い込まれちゃう」明日香の顔に恐怖の色が浮かんだ。

冬樹は両手を使い、彼女の腕を引っ張った。しかし彼女を吸い込もうとする水の力は強烈だった。どんなに力を振り絞っても、一向に引き寄せられない。

「誰か……誰か来てくれ」大声で叫んだ。

大変だ、という太一の声が聞こえた。気づいてくれたらしい。

濡れた手が滑り始めた。明日香の目が大きく見開かれた。

「離さないでっ、お願い」

「わかってる。離すもんか」

歯をくいしばり、足を踏ん張った。しかし指や腕の力が尽きようとしているのが自分でもわかった。

もうだめだと思った時、誰かが冬樹の胴体に腕を回してきた。

「絶対に離すなっ」誠哉の声が耳元で聞こえた。

河瀬も横から現れ、明日香のもう一方の腕を掴んだ。三人がかりで引っ張ると、ようやく彼女の身体が水の中から出てきた。

「早く穴から離れろっ。また吸い込まれるぞ」誠哉が怒鳴った。

冬樹は明日香の腕を摑んだまま、懸命に前へと進んだ。水の流れが激しくなっていることに、ようやく気づいた。

「冬樹君、あれを見て」明日香が遠くを指差した。

冬樹は目を疑った。巨大な波が近づきつつあった。その高さは二メートル以上ありそうだった。

「早く……早く建物の階段を上がれっ」誠哉が叫んだ。

悲鳴をあげながら、全員が建物の外階段に向かった。

「あっ、荷物が」菜々美が立ち尽くして後ろを見た。彼女の持っていたクーラーボックスが流されていた。手から離れたらしい。

「俺が行くっ」冬樹がクーラーボックスを追った。

「待て、冬樹、間に合わない」

誠哉の声が聞こえたが、冬樹は足を止めなかった。だがクーラーボックスの流れるスピードは思ったよりも速かった。追いつくのに時間がかかった。

ようやく拾い上げ、建物を目指そうとした時には、波はすぐ目の前まで迫っていた。声を出す暇もなかった。彼は頭から波に呑み込まれた。圧倒的な力に、踏ん張ることも、流れに対抗して泳ぐことも出来なかった。彼はクーラーボックスを持ったまま流された。水の中で懸命にもがいた。

やがて何かに激突した。街灯のようだ。彼は必死でしがみついた。目を開けることなど出来なかった。水に流されてきた様々なものが身体にぶつかってくる。

死ぬかもしれない——初めて、そう思った。

何秒間ほどそうしていたのかはわからなかった。不意に身体が軽くなった。顔に水滴の当たる感触がある。彼は目を開けた。

水嵩が膝丈ほどになっていた。波は通り過ぎたらしい。

「早く戻ってこいっ」声が聞こえた。

見ると、建物の階段の上から誠哉が両手を振っていた。明日香や菜々美もいる。

冬樹は深呼吸をして、歩きだした。クーラーボックスは離していなかった。雨は相変わらず激しく降り続いていたが、もはや雨粒が顔に当たることなど気にならなかった。

「走れっ」誠哉の声が届いた。「また来るぞ」

ぎくりとして冬樹は遠方に目をやった。先程と同じような波が見えた。

彼は走りだした。服が濡れているので足が動かしにくい。息もきれた。

建物の階段を駆け上がった直後、彼の足元を激流が襲ってきた。足を取られ、転びそうになった。だが辛うじて耐えた。

「大丈夫か」誠哉が腕を伸ばしてきた。

その手に摑まり、冬樹は階段を上がっていった。「大丈夫だ」

「無茶をするなと何度いったらわかるんだ」

冬樹は口元を歪めたまま、クーラーボックスを菜々美のほうに差し出した。

「ごめんなさい。あたしが離さなければ……」

「こんなことになってるんだから、仕方ないよ」そういって太一が下を向いた。

すっかり水没した道路に、波が次々と通過していった。

「一体どういうことだろう。あの波は何なんだ」冬樹は呟いた。

「地震の影響ですよ」隣にいた小峰がいった。「堤防が決壊して川の水が氾濫したところに地震が来たものだから、大きな波が出来たというわけです。いってみれば津波です」

「まさか東京の街中で津波に遭うとはなあ」戸田が嘆息した。

冬樹は改めて周囲を見渡した。いたるところが水に浸かっている。少し離れたところは霞んで見えない。

「どうする兄貴。このままじゃ、動けないぜ」冬樹は誠哉にいった。

「とりあえず、この建物の中を調べよう。身体を休められる場所を確保するんだ。早く服を着替えないと全員風邪をひくぞ」

「着替えるといっても、荷物の中もびしょ濡れなんだけどなあ」太一が力なくいった。

彼等が逃げ込んだ建物は、様々な会社の事務所が入ったオフィスビルだった。残念ながら飲食店は入っていない。

どこかの会社の従業員用ロッカーがあったので、衣類と名の付くものを片っ端から引っ張りだし、それを使って濡れた身体を拭いた。拭いた後は、各自が自分の体格に合いそうなものを適当に身に着けた。

「男物のぶかぶかを着ることにも慣れちゃったよ」そういって明日香が選んだのは、水色の繋ぎの作業着だった。

着替えを終えると、皆で手分けして建物内を調べることになった。冬樹は明日香と二人で最上階に上がった。そこには広告代理店の事務所があった。

「パソコンも最新式のOA機器も、今の俺たちには全く必要ねえな」オフィスを見回し、冬樹は頭を掻いた。

「いいものがあったよ」明日香が明るい声を出した。

行ってみると彼女は大きな段ボールを開けていた。

「何が入ってるんだ」

「ノベルティグッズ」彼女は携帯ストラップを手にしていた。

「馬鹿じゃねえの。そんなもの、何の役に立つんだよ」

「ほかにもいろいろとあるんだよ。タオルとかティッシュとか、おっTシャツもあった」

それらの品物には、『どっきりステーキ』という派手な文字が入っていた。安価でステーキを食べさせるレストランチェーンだ。そこのイベント用に作ったものらしい。ひどい趣味のデザインだと思ったが、今の彼等にとって、そんなことは問題ではない。

「持っていこう」冬樹は段ボール箱を抱えた。

二階に旅行会社のオフィスがあった。そこの接客用スペースが集合場所となっていた。

「三階は設計事務所で四階は税理士事務所。引き出しやらキャビネットを探し回ったけど、ろくなものがありません。とりあえず、こういった品物だけ持ってきました」

小峰が紙袋に入れたものを床に出した。使い捨てカイロ、のど飴、スリッパ、女性用のカーディガンといったところだ。

「これは助かります」菜々美が使い捨てカイロを手にした。「のど飴も必ず必要になります。ほかに薬類はなかったですか」

「探したけど、見つかりませんでした」小峰は顔をしかめた。

「こういうものなら見つかったよ」戸田がウイスキーの瓶と缶ビールを出してきた。

「どこの会社にも、残業中に隠れて酒を飲むやつはいるんだなあ」

「酒のつまみは？」太一が訊く。

「残念ながら、ピーナッツ一粒見つからなかった」

なんだ、と太一は残念そうな顔をした。

「そういう君は何か見つけたのか」

「洗剤とかシャンプーを見つけてきたよ」

「それじゃあ、腹の足しにはならんな」

「身体を洗いたいことだってあるだろ。髪だってシャンプーしたいじゃないか」

「身体や髪が汚れたって死にやせんよ。問題は食べ物をどうするかだ」

自分だって酒しか見つけられなかったくせに、と太一はぼやいた。

誠哉が戻ってきた。提げた二つの白い袋は膨らんでいる。

「何かあったかい」冬樹が訊いた。「出来れば、食べ物がいいんだけどな」

「あまり健康的とはいえないが、この際、贅沢なことはいってられないだろう」

誠哉が一方の袋の中身をぶちまけた。真っ先に太一が歓声をあげた。ポテトチップスの袋が現れたかららしい。そのほかにもスナック菓子やチョコレート、煎餅などがある。

誠哉はもう一つの袋から、インスタントコーヒーと粉末ミルクの瓶、さらには日本茶の茶葉などを出してきた。

「どこから見つけてきたんだ、こんなもの」冬樹は訊いた。

「各オフィスの給湯室を回ってみた。休憩のおやつ用らしい」

「さすがはリーダーだなあ。俺、この間からこういうのが食べたくて仕方がなかったんだ」太一がポテトチップスの袋に手を伸ばし、開けようとした。

だがそれを誠哉は取り上げた。「食べるのは後だ」

えー、と太一がしょげ返った時、河瀬が入ってきた。上半身が裸だった。

「悪いが、ちょっと手を貸してくれ」

「どうしたんだ」冬樹が訊いた。

「いいから、来てくれ」

河瀬は階段に向かった。後をついていった冬樹は、床に散らばっているものを見て目を見開いた。大量のカップラーメンだった。

「どうしたんだ、これ」

「ここを上がる時、ちらっと見えたんだ。カップラーメンの自販機さ」

「自販機？　だけど一階は……」冬樹は階段の下に目を向けた。途中からは完全に水没している。「この中を入っていったのか」

「素潜りは得意なんだよ。自販機をぶっ壊すのは骨が折れたけどな。機械の中にはもっと入ってたんだが、ぐずぐずしているうちに流されちまった」

太一たちが駆けつけてきた。すごい、と喜びの声をあげている。

誠哉が河瀬に近づいた。

「危険なことをする時は相談してくれ。前にもいったはずだぞ」

「俺のことなら心配はいらねえよ。いつだって死ぬ覚悟は出来てる。これからも、やばいことは俺がやる」

「英雄気取りか」

「何だって？」

「あんたに死ぬ覚悟があるかどうかなんてことは関係ない。さらにいうなら、そんな覚悟は捨ててもらいたい。あんたには死んでもらっちゃ困る。あんただけじゃない。誰にも死んでほしくない。十一人のうちの一人が死ねば、生存力は十一分の十になる。それを忘れないでくれ」そういって誠哉は歩きだした。

河瀬は裸のままで肩をすくめた。

すべての食料が一箇所に集められた。それを見下ろした後、誠哉は皆にいった。

「ここにある食べ物だけで、一週間生き延びる。そのつもりでいてくれ」

「一週間？」太一が声をあげた。「無理だよ、そんなの」

「だったら、外を見てくるがいい。周囲は水に浸かっている。雨は降り続けているし、地震が来れば大波が襲ってくることは実証済みだ。移動はできない。食べ物を探しに行くことも不可能だ。水が引くのを待つしかない」

そんなあ、と太一は頭を抱えた。ほかの者は無言だった。

32

濁った水が激しい音をたてて流れていた。一時的に全員が避難したバスは、半分近くが浸かったままだった。反対側のビルの正面玄関から流れ込んだ水が、別の窓から出ていく。もはや見慣れたとはいえ、やはり異様としかいえない光景だった。

水の上を様々なものが漂流しているが、何もかもが泥色を呈《てい》しており、それが何なのか、離れたところから見下ろしているだけではわからなかった。それらの中には、もしかすると食べ物も混じっているかもしれない。防水の包装が破れてなくて、泥をぬぐえば食べられるかもしれない。だが冬樹は、そんな想像を頭から振り払った。手の届かないところにあるものについて考えたところで無駄だと思った。

「手が止まってるよ」

明日香に声をかけられ、我に返った。

「あ……ごめん」

二人は階段にいた。手すりに、開いたビニール傘を何本か吊してある。そこに溜まった雨水をペットボトルに詰めるのが二人の仕事だった。

「今日は、あまり降らなかったみたいだね」作業を続けながら明日香がいう。

たしかに傘に溜まっている量は、昨日までよりは格段に少なかった。

「これまでのストックがあるから、今日のところは大丈夫だろう。でも、明日から晴れが続いたら、ちょっとやばいかもな」

「食料に続いて、水も節約か」そういってから明日香は、ふっと笑いを漏らした。

「何がおかしいんだ」

「だって、いってることが矛盾してるなって自分でも思ったから。大雨のせいで閉じこめられてるんだから、晴れが続くのはいいことなんだよね」

「たしかにな。その通りだ」

「考えてみたら、前の世界でもそうだったよね。雨が降らないと困るのに、自分が出かける日は晴れてほしいって思ってた。人間って、勝手だよね」

「そういう勝手なことをいいたくなるぐらい、自然の力ってのはでかいってことだ。人間にはどうしようもない。だからうまく付き合っていくしかない」

「人間は結局、そうやって生きていくしかないってことか」明日香はため息をついた。

雨水を入れたペットボトルを持って、二人は旅行会社のオフィスに戻った。栄美子が机の上で湯を沸かしているところだった。オイルライター用の油が何本か見つかったので、それを綿に染みこませて燃やしているのだ。もちろんその程度の火力では、全員分の料理を作ることはできない。栄美子が沸かしている湯は、赤ん坊のミルク用だった。それ以外の用途に使うことは禁止されている。

隣の机で赤ん坊が寝かされていた。明日香が抱き上げた。「おっ、ちょっと笑った」

「今日は機嫌がいいみたい。雨の音がしないせいね」

「ママ、粉ミルクはまだあるの？」明日香が訊いた。いつの間にか彼女は栄美子のことを、ママと呼ぶようになっていた。

「ミルクは大丈夫。まだ開けてない缶が一つあるから」

「その言い方だと、何か大丈夫じゃないものがあるみたいだね」

「それはやっぱりおむつかな。タオルとかで代用しているんだけど」

「そうかあ。紙おむつは、もうなくなっちゃったんだ」

「もう少し残ってたんだけど、この前の大雨の日に、全部使えなくなっちゃったから」

「タオルとか、まだあるの？」

「もう少しは……」

湯が沸くと、栄美子は慣れた手つきで哺乳瓶にミルクを作り始めた。溶かした後は、脇に置いた水に浸けて哺乳瓶ごと冷ます。案外手間がかかるのだなと冬樹は思った。

「汚れたおむつはどこにあるんですか」冬樹が訊いた。

「外のトイレに置いてありますけど」

「じゃあ、洗ったらいいんじゃないかな。洗剤はあったはずだし」

すると赤ん坊を抱いた明日香が、顔をしかめた。

「洗ったところで乾かせないんじゃ意味ないじゃん。今日だって、いつ降ってくるかわかんない感じだし」

「部屋の中で干せばいいだろ」

「そんなことしたら、雑菌が繁殖しまくりだよ。太陽光線を当てて消毒しないと」

「そうなのかなあ」冬樹は首を傾げた。

「第一、洗濯に使う水なんてどこにあるわけ？　泥水で洗うわけにはいかないでしょ」

「そうか」冬樹は頭を掻いた。

「布はタオル以外にもいろいろとありますから、何とか工夫してやってみます」そういった後、栄美子は哺乳瓶を明日香に渡した。

「いいなあ、勇人君は。ミルクがたっぷり飲めて。あたしなんか、昨日からずっと腹ぺこだよ」明日香が赤ん坊に笑いかけ、ミルクを飲ませ始めた。

赤ん坊がミルクを飲んでいる姿を眺めていると、冬樹もつい表情が緩んでくる。世界が正常に戻ったように感じられる。

「ほかの者たちはどこにいるのかな」

「さあ」栄美子は壁の時計を見た。「ミオは、ついさっきまで一緒にいたんですけど。たぶんみんな、食事の時間が来れば集まってくると思います」

時計は午後二時を示している。朝食は七時で昼食は正午、そして夕食は午後五時だ。すべて話し合って決めたことだ。

「訊くのが楽しみのような怖いような複雑な気持ちなんですけど、次のメニューは何ですか」冬樹は栄美子にいった。

彼女は苦笑を浮かべた。

「クラッカーとチーズ。前のホテルから持ってきたものです」

「枚数が問題なんですけど」

「そうね……一人、五枚ぐらいかしら」

「なるほど」

「そんな情けない顔しないでよ。ママが悪いわけじゃないんだし」明日香がいった。

「別に栄美子さんを責めてるわけじゃないよ」

このビルに避難して四日目になる。最初にかき集めた食料は、みるみるうちに減っていっている。十人の大人が食べるのだから当然のことだ。初日に河瀬が水の中から回収してきたカップラーメンも、昨日の夕食でなくなった。何とかしなければと思うが、解決策は見つからない。

冬樹はそばの長椅子で横になった。食料に限りがある以上、体力を温存することだけが、唯一の対策だった。

栄美子がいったように、午後五時になると皆がぞろぞろと集まってきた。誰の顔にも疲労と焦燥の色が漂っていた。

クラッカーとチーズが全員に配られた。

「たったこれだけ……。朝までなんて、とても無理だよ」太一は泣きそうな顔になった。

「明日の朝は、もう少し出せると思う。だから今夜はこれで我慢して。ね？」栄美子が慰めるようにいった。

「あと、食べ物はどれぐらい残ってるの？」太一は訊く。

そうねえ、と栄美子は立ち上がり、壁際のキャビネットの扉を開けた。食料品は、すべてそこに収められている。

「太一君は知らないほうがいいかも」

「何だよ、それ」太一は、がっくりと肩を落とした。

栄美子はキャビネットの扉を閉め、鍵をかけた。鍵の管理も彼女の仕事だ。

「食べ物の入ったキャビネットに鍵をかけられているという事実は、実際以上に空腹を意識させるもんだな」戸田がいった。

「鍵、やめておきましょうか」栄美子が訊いた。

「いや、みんなで決めたことだから、そのままでいいでしょう。盗み食いする者がいるんじゃないかと疑心暗鬼になるほうがまずい」戸田はそういった後、自分の言葉に納得するように頷いた。

重苦しい空気の中で、全員が無言のままでクラッカーとチーズを食べた。五分とからない夕食だった。

「こんなことなら、あのホテルを出なきゃよかったんじゃないかなあ」小峰が呟いた。

皆が彼に注目した。菜々美が口を開いた。「どうしてですか」

「だってあそこなら、まだ食べ物が残ってた。出発するってことで、かなりの量を放棄しなければならなかった。目的地には非常食があるという話だったからだ。ところが目的地には辿り着けない。大雨で、その大事な荷物の半分近くが流された。挙げ句の果てに、こういう状況になったわけでしょ。あのホテルに留まっていれば、もう少しましな生活が送れたと思う」

「出発したのが間違いだったというんですか」冬樹が訊いた。

「結果的にはね。ほかの人も、そう思ってるんじゃないのかな」小峰は皆の顔を見回した。

「あそこなら、まだコーラもたくさんあったしなあ」太一がぼそりといった。

「コーラなんかあったって、生きていけないよ」明日香が太一を睨みつけた。

「ほかにも食べ物はあった」小峰はいった。「今よりは人間的な生活が出来た」

「いいえ、ありませんでした」栄美子が険しい顔でかぶりを振った。「私が食事の用意をしていたんだから、誰よりもよくわかっています。あそこには、もう食べ物は殆どありませんでした」

「そんなことはない。スパゲティだって小麦粉だって残ってた」

「それは小峰さんの勘違いです。食べ物が残り少なくなったから、冬樹さんと太一君に探しに行ってもらったんじゃないですか。忘れたんですか」

「それは覚えている。だけど、あのホテルに食べ物が全く残ってなかったなんてことは信じられない。そんなはずはない」そういって小峰は唇を嚙んだ。

「もういいじゃないか。今更そんなことをいって、一体何になるというんだ」戸田が腕組みし、無精髭の伸びた顎をこすった。

「僕は責任の所在をはっきりさせておきたいだけです」

「責任？　何それ？　馬鹿じゃないの」明日香がいい放った。「さんざん誠哉さんに助けてもらってて、そんな言い方するわけ？　考えられない」

あーあ、と大きな声を発し、河瀬が奥の椅子から立ち上がった。身体を伸ばすように両手を上げ、首を左右に折った後、歩きだした。

「別に大事な話し合いもないみたいだから、俺はこれで失礼するよ。眠くなってきたからな。何か用があるなら声をかけてくれ。三階の設計事務所で寝てるからさ」頭を掻きながら出ていった。

気まずい空気が漂った。そんな中で誠哉が腰を上げた。河瀬に続いて、部屋を出ていこうとする。

「待てよ、兄貴。何とかいったらどうなんだ」冬樹は誠哉を見上げた。

「何とかって？」

「小峰さんの疑問に答えたらどうだといってるんだ。あのままホテルに残ってたほうがよかったんじゃないかって、文句をいってるんだよ」

すると誠哉は意外そうな顔を作り、小峰のほうを振り返った。「そうなんですか」

「いや、別に、文句をいってるわけじゃあ……」小峰は俯いた。

誠哉は皆を見回した。

「自分が今考えていることは、いかにしてこの状況から脱するか、ということだけです。そして最初の日にいったように、一週間後つまりあと三日間は、食料を節約しながらも、ここに滞在するしかないと考えています。その後は、脱出するか、さらに滞在するための方策をとるかを決めます。このアイデアに反対する意見があれば、遠慮なくおっしゃってください。未来に対するアイデアなら大歓迎です」

発言者はいなかった。それを確認するように誠哉は視線を配ると、「四階にいます」といって出ていった。

後には、嫌な雰囲気の空気だけが残った。誰も何もいわず、のろのろと立ち上がった。

冬樹の寝床は、最上階にある広告代理店の中にあった。二人がけのソファに横たわり、毛布をかぶった。だが身体は疲れ果てているのに、眠気は一向に訪れなかった。

空腹のせいだった。

何度か寝返りを打った後、彼は起き上がった。懐中電灯を手にし、ソファから足を下ろした。

階段に出て、まだ水の流れる音がする道路を見下ろしていると、足元で気配がした。光が動いている。ペンライトを持った明日香だった。下の階は、女性陣が使っている。

「眠れないのか」声をかけた。

「冬樹君も？」

まあね、と肩をすくめ、冬樹は階段を下りた。

「明日からのことを考えると憂鬱になる」

「せめて食べ物があればね」

「水嵩が、もう少し減ってくれれば、食べ物を探しに行けるんだけどな」

「まだ水は引かないのかな」

「今日は殆ど降らなかったから、かなり減ったかもしれない。見てみよう」

二人は足音を殺して階段を下りていった。水の音が少しずつ大きくなってくる。

二階からさらに下ろうとしたところで冬樹は足を止めた。

「だめだな。まだ腰ぐらいまでありそうだ。このまま雨が降らなければ、明日あたりは動けるかもしれないけど」

「降らないことを祈るしかないってわけだね」明日香は階段を上に戻りかけた。だがフロアのほうに目を向け、あれ、と呟いた。

「どうした？」

「旅行社のオフィスに誰かいるみたい。光が動いた」

「栄美子さんじゃないのか。ミルクを作ってるんだろ」

「そんなはずないよ。あたしが上の部屋を出た時、ママは赤ちゃんと一緒に寝てたもん」

ふうん、と頷いて冬樹は旅行代理店のオフィスに近づいた。たしかに中から光が漏れてくる。

ガラス越しに中の様子を窺った。黒い影が動いている。

冬樹は懐中電灯の光を向けた。「誰？」

ぎくりとしたように影の主が振り返った。

浮かび上がったのは太一の驚いた顔だった。彼の口元は白くなっていた。そして彼が手にしているものは、粉ミルクの缶だった。

33

時計の針は午前六時四十分を指していた。この早い時間帯に目を覚ましていることは、もはや皆の習慣になっている。

全員が旅行社の事務所に集合していた。各自が好きな場所に腰掛け、輪を作っている。その輪の中心で正座をしているのは太一だった。

「ひどいなこれは」小峰がキャビネットの扉を見ながらいった。食料品を収納してあるキャビネットだ。その扉は大きく凹んでいる。強引にこじ開けようとしたらしい。

「要するにこういうことか」戸田が口を開いた。「夜中に腹が減って仕方がなかったので、盗み食いしようと思ってここへ来た。ところがキャビネットの戸がどうしても開かないので、赤ん坊の粉ミルクに手を出した――そういうことなんだな」

太一の横に立っている明日香が、腰に手を当てた格好で頷いた。

「そういうこと。新品の缶の蓋を開けて、計量スプーンで……何杯だっけ？」彼女は靴の先で太一の尻を突いた。

七杯、と太一は細い声で答えた。

「七杯舐めたんだってさ」明日香は吐き捨てるようにいった。

「やれやれ」戸田は苦笑した。「欠食児童の摘《つま》み食いじゃなく、摘み舐めか。しかしあんなものを七杯も、よく舐めたものだな」

「ごめんなさい。一杯でやめようと思ったんだけど、だんだん止まらなくなって……」太一は亀のように首をすくめた。

「水もなしに、よく舐められたもんだなあ」戸田は感心したようにいう。

「そういう問題じゃないでしょ」明日香が目を怒らせた。「隠れて、そういうことをしたってことについてはどうなわけ？　ママ、どう思う？」

意見を求められ、栄美子は当惑した表情を見せた。だが下を向きながらも彼女はいった。

「勇人ちゃんは私たちと違って、ミルクしか食料に出来ません。その大切なミルクを盗むっていうのは、やっぱりひどいことだと思います。困ります」

「だよね。だからあたしも冬樹君と相談して、みんなに聞いてもらおうと思ったわけ」

「それに、こっちも問題だな」小峰がいった。「結果的に被害に遭ったのは粉ミルクだったけど、キャビネットが開いていたら、こっちの食料に手を出していたってことだ。その事実は見逃せないな」

「それはまあ、たしかに問題ではあるな」戸田は腕組みした。「お互いの信頼関係に影響してくるからなあ。キャビネットに鍵をかけることについて、抵抗があるようなことを私もいったが、まさかこういうことになるとは思わなかった」

「ごめんなさい。本当に、もう絶対にこんなことしません」太一はぺこぺこと頭を下げた。

「謝って済む問題じゃないんだよ」明日香が見下ろした。

「もういいんじゃないの？　太一君も反省してるみたいだし」助け舟を出したのは菜々美だった。「これまで太一君は、あたしたちのためによくがんばってくれたじゃない。これぐらいのことは大目に見てやってもいいと思うんだけど」

「これぐらいのこと、とは聞き捨てならないな」小峰が反発した。「さっきの彼の話を聞いたでしょう？　一杯だけのつもりが、自制できなくて七杯も舐めることになったといっている。明日香君たちに見つからなければ、もっと舐め続けていた可能性だってある。いや、おそらくそうなっていたでしょう。下手をすれば、缶が空になるまで続けたかもしれない」

そんなことはないよ、と太一が泣き声でいった。

「そういいきれるかい？　残念ながら僕には、その言葉から真実味は全く感じ取れないな。で、しつこいようだけど、このキャビネットだ。この戸を壊すことに成功していたら、彼はどれだけ食べていたと思う？　我々の今日からの食料を食べ尽くされていたかもしれないんだ。謝っているから許してやろう、では済まされないと思うけどな」

「じゃあ、どうしろっていうんですか。太一君には謝る以外、どうしようもないじゃないですか」菜々美はあくまでも庇う気のようだ。

「二度とこういうことはしないっていうことを彼に証明してもらうしかないな」小峰は冷淡な声を出した。

「無駄だね。手癖の悪い人間というのは、根本的に直らないものだ」戸田がいう。「かつて経理部に、会社の金に手をつけた男がいた。そいつはクビになって、よその会社に移ったが、そこでもまた同じことをして、結局はブタ箱に入ったそうだ。麻薬と同じなんだ。いつかきっと同じことをする」

太一は小峰のほうを向いた。両手を床につき、土下座の姿勢を取った。

「二度としません。ごめんなさい。許してください」頭を床にこすりつけた。

「僕に向かって、そういうことをしてくれてもなあ」小峰は嘲笑《ちょうしょう》するように頬を歪め、頭を掻いた。

すると太一はその場で回りながら、「すみません、ごめんなさい」といって土下座を繰り返し始めた。

がたん、と大きな音をたてて河瀬が椅子から立ち上がった。そのまま無言で出ていこうとする。その肩を冬樹は摑んだ。

河瀬は振り向いた。「なんだ？」

「便所かい？」

「いや」河瀬は首を振った。「食い物は出てこないみたいだから、上へ行って寝てこようと思っただけだ」

「それはだめだ。見ての通り、話し合いの最中なんだ」

「話し合い？　これがか？」

「何か文句があるのか」冬樹は河瀬の顔を睨んだ。

「そうよ、こんなの話し合いでも何でもない」菜々美がいった。「みんなでよってたかって太一君をいじめてるだけじゃないの」

「悪いことをしたんだから、責められんのは当然だよ」明日香が口を尖らせた。

冬樹は河瀬を見た。

「あんたもそういいたいのか。いじめてるだけだって」

「別に」河瀬は肩をすくめた。「いじめてもいいんじゃねえのか。それで気が済むならさ。俺はそんなことをしても無駄だと思うだけだ」

「無駄？」

「ああ、無駄だね。結局は、誰も信用できねえってことなんだろ？　そんなことは、とっくの昔にわかってるよ。だから、そいつを責める気にもならないし、これからどうしようかっていうのもない。強いていえば、そのデブ公には摘み食いの前科があるってことを覚えておくだけだ。で、絶対に信用しない。それで十分なんだよ。だからこの件については俺としてはおしまい。用はない。だから寝るといってるんだ」河瀬は肩から冬樹の手を外した。「じゃあな。飯の時に声をかけてくれ」

河瀬が出ていくのを冬樹は黙って見送った。それから誠哉のほうを向いた。彼が何も発言していないことに気づいた。

「兄貴はどう思うんだ」冬樹は訊いてみた。

皆の視線が誠哉に集中した。彼が考えていることを誰もが知りたいのだ。

「基本的には奴と同じ考えだ」誠哉はいった。

「奴って？」

「河瀬だ。俺も太一を責めようとは思わない」

「どうして？」明日香が声をはりあげた。「ミルクを盗んだんだよ。それなのにどうして責めなくていいわけ？　被害者は赤ん坊で、誠哉さんには関係がないから？」

「そんなことはいってない」

「だって――」

「前にいわなかったか。かつての世界にあった善悪の概念は通用しない。何が善で何が悪かということまで、我々は自分たちで決めていかねばならない」

「太一のやったことは悪いことじゃないっていうの？　赤ん坊の食料を盗んだんだよ」

「では訊くけど、ミルクを飲めなくて赤ん坊が餓死するのと、太一が栄養失調で倒れるのとでは、我々にとってはどちらのほうが痛手だろう？」

明日香は大きく目を開いた。

「そんな極端な話ってある？　ミルクを舐めないからって、太一が倒れるわけないよ」

「それは君にはわからない。俺にもわからない。どれほど空腹で苦しかったのかは、彼だけが知っている」誠哉は太一を指差した。「ミルクを舐めたことで、太一にこれまで以上の働きが出来るのだとしたら、単純に悪だとは決めつけられない」

「それはおかしいだろう。仮にそうだとしても、我々の了承を得ねばならんはずだ」戸田がいった。

「その余裕がなかったのだとしたら？　あるいは、了承される見込みがないので、自分の判断でやったのだとしたら？」

「それはだめですよ。許されることじゃない」小峰が発言した。

「どうしてですか」

「どうしてって、そんなことをしたら秩序が乱れるじゃないですか。食べ物の奪い合いになる」

「そのことを彼が覚悟していたのだとしたら？」誠哉は再び太一を指差した。「そうなることを予想していながら、尚かつミルクを盗まねばならないほど切迫していたのだとしたら、その行為は彼の生存を優先するという観点からすれば、悪ではなく善だということになりませんか」

「そりゃあ、太一にとってはいいだろうけど、こっちにとっては迷惑だよ。大悪だよ」

明日香の言葉に、誠哉は表情を和ませた。

「俺がいいたいのはそういうことだ。太一にとっては善でも、ほかの人間にとっては悪。十一人いるから、十対一だ。だけど、少数派だからといって無視するわけにはいかない。十一分の一というのは決して少ない率ではないからな」誠哉は立ち上がり、皆の顔を見回した。「人間が十一人と思うから、わかりにくいのかもしれない。十一の国があると思ってください。世界は、その十一の国で構成されているとします。共存するために、国々の間で協定を結びます。その中には、他国のものを奪わない、というルールもあったとします。ところがある国の王様が悩むわけです。その国は貧しく、食べ物も少なくなっている。そこで王様は決断する。隣国を侵略し、食べ物を奪うことにしたわけです。おかげで国民は飢えから逃れることが出来ました。さて、この王様のしたことは善か悪か？」

誠哉は立ち尽くしている明日香のほうを見た。「どう思う？」

「そんなのだめだよ。自分のところの国民を救えたって、ほかの国に迷惑をかけてたんじゃ、やっぱり悪だと思う」

「だけどその国民にとって王様は英雄ではないかな」

「そうかもしれないけど、そんなことしてたら、ほかの国からは総スカンだよ。全部を敵に回すことになるじゃん」

「王様は、そこまで覚悟してやったことかもしれない。戦争を覚悟して餓死者を救うか、国民が飢え死にするのを見ながらも他国との友好関係を守るのか、どちらが善とも悪ともいえないだろ？　だからいってるんだ。太一の事情は太一にしかわからない。我々としては、彼の行動を見て、今後どのように付き合っていくのかを各自が判断するしかない」

　そこまで聞いたところで、冬樹は初めて、誠哉が太一を庇っているのではないことに気づいた。それどころか、彼は太一を切り捨てる可能性さえも示唆しているのだ。

　そのことを、どうやら太一も察知したようだった。彼は顔色を変え、誠哉を見上げた。

「俺、もう絶対にこんなことはしません。だから、お願いですから、仲間外れにしないでください。お願いします。お願いします」

「頭なんかは下げなくていい。許すとか許さないとかの話ではないんだ。それに、そんなことでは信用は取り戻せない」

　誠哉のその声は、小峰や明日香たちが太一を罵倒した時のものより、はるかに冷たく聞こえた。全員が息を呑む気配があった。

「俺の意見は以上だ」誠哉は冬樹のほうを向いた。「ある国が他国を裁く法律なんかないように、ここには法律はない。だから裁判もどきのことをする意味もない。違うか？」

「太一に対して、何の処分もしないってことか」

「そんなことに意味はないといってるんだ。何度もいわせるな」それから誠哉は皆を見回した後、栄美子にいった。「そろそろ食事の用意をしませんか。間もなく七時になるし」

「あっ、そうですね」栄美子は腰を上げた。

それから、と誠哉はいい添えた。

「キャビネットに鍵をかけるのは、もうやめましょう。盗みたい人間がいるなら、盗めばいい」

わかりました、と栄美子は小声で答えた。反対する者はいなかった。

太一が項垂れたままで、わあわあと泣きだした。


それからさらに二日が経った。陽光で目を覚ました冬樹は、いつものように階段に出て、通りを見下ろし、思わず声をあげた。水が殆ど引いていたからだ。

すぐに誠哉に知らせた。誠哉は双眼鏡で遠方の様子を確認した後、ゆっくりと頷いた。

「食事をしたら、出発の準備だ」

「了解っ」冬樹は敬礼をしていた。

この朝の食事は、スパゲティとスープという豪華なものとなった。予定よりも出発が早まったからだ。しっかり食べて、歩く体力をつけておこうと誠哉が指示したのだ。

「空模様を見るかぎり、今日は雨が降ることはないと思います。心配なのは地震ですが、それについては予測のしようがない。起きないことを祈るのみです」誠哉が皆にいった。

「水が引いたからといって安心しないほうがいい」戸田が発言した。「あれだけの浸水があったんだ。地面のすぐ下は、水をたっぷり含んだスポンジだと考えるべきだな。しかも出来の悪いスポンジで、あちこちに空洞がある。地面が陥没して、そんなところに落ちたら助からないぞ。これは脅していってるんじゃない」

「急がず、慎重に進みましょう。大丈夫、ゆっくり歩いても、午後には総理官邸に到着するはずです」誠哉が励ますようにいった。

午前九時過ぎ、全員が階段から下りた。道路にはまだ水溜まりがいくつも残っているが、歩く分には問題がなさそうだった。

「ママ、赤ちゃんは俺が抱っこするよ」太一が栄美子にいった。

「えっ、いいの?」

「かなり荷物が減ったからさ」

赤ん坊は大きな布にくるまれている。その布の端を結び、太一は首から下げた。

「それぐらいしてもいいかもしれないな。何しろ、ミルクをくすねたんだからな」戸田がにやにやしていった。

「では、出発します」誠哉が声をかけ、濡れた道路に足を踏み出した。

34

洪水による傷跡は想像以上だった。いたるところで道路が陥没、あるいは隆起していた。平らに見えるところでも、無数の細かいひびが網の目のように入っていて、足を一歩踏み込むたびに、そのひびから水が滲み出すのだった。

したがって一行の歩みは極端に遅いものとなった。各自が杖となるものを手にし、地面を叩きながら進まねばならないからだ。いつどこが陥没するか、まるで予測できなかった。

「次に大きな地震が来たら一巻の終わりだ」下を向いて進みながら戸田がいった。

「道路が崩れるってことですか」冬樹は訊いた。

「道路だけじゃない。建物の基礎も、相当なダメージを受けているはずだ。極端な話、たった今まで建っていたビルが突然崩れ始めたとしても不思議じゃない」

ひえー、と太一が声を上げた。

「脅かさないでよ、おじさん」

「脅かしているわけじゃない。事実をいってるんだ。こんな状況を想定して建てられている建築物は一つもない、ということだ」

出発から二時間以上が経った頃、ようやく見覚えのある建物が右側に見えてきた。特許庁《とっきょちょう》だ。その角を右折し、真っ直ぐ進めば総理官邸前に出る。

「やれやれ、ようやくここまで辿り着いたか」戸田がため息をついた。

だがそこを右折して、しばらく直進したところで一行は立ち往生することになった。

冬樹は前方に広がった光景に、目眩を起こしそうになった。

夥《おびただ》しい数の壊れた自動車によって、道が完全に塞がれているのだ。大型トラック、乗用車、バス、様々なクルマがぶつかり合い、折り重なっていた。人が通れるような隙間はどこにもなく、乗り越えるのも困難に見えた。

冬樹は、世界が正常だった時のことを思い出した。この交差点は、常に膨大な交通量にさらされている場所だった。あの人々が消えた瞬間、主を失ったクルマたちは、暴走と衝突を繰り返し、冬樹たちの行く手を阻む壁を作り上げたのだ。

「ここまで来て、また迂回か」

小峰が恨めしそうな声を出したが、同調する言葉も、励ましの言葉も、ほかの者からは発せられなかった。もはや、物事がうまくいかないことに全員が馴れているようだった。

誠哉が向きを変えて歩き始めた。皆は黙々とその後に続いた。

溜池《ためいけ》の交差点付近まで行くと、ようやく道を渡れそうな場所があった。壊れた自動車の間を縫うように道を渡った。

誠哉が立ち止まり、皆のほうを振り返った。

「このあたりで、少し休憩しましょう」

「ここで？　でも、あとちょっとじゃないの？　一気に行っちゃったほうがいいんじゃない？」明日香がいった。

「僕もそう思うな。地震が来ないうちに、さっさと進みましょうよ」小峰が同意する。

「いや、ここまで全く休まずに来て、皆さんは相当疲れているはずです。たしかにあとわずかですが、それでもかなり急な上り坂ですから、休息したほうがいい。それに、総理官邸にある食料がどうなっているのかは不明です。今のうちに腹ごしらえをしておくべきだと思います」

「それがいいかもしれないな」戸田がいう。「高名の木登りという話がある。木を登って、次に下りてくる時、地面まであとわずかというところが一番危ないから気をつけろ、という話だった。ここで無理をせず、一呼吸入れるのは悪くない。問題は、どこで休むかだが」

「あそこにしましょう」

そういって誠哉が指差した先には、飲食店が何軒か入っているビルが建っていた。

何もいわず、真っ先に歩きだしたのは、赤ん坊を抱えた太一だった。

「あいつは全く……」

戸田が苦笑し、皆がつられて表情を和《なご》ませた。

ビルの三階に、チェーン展開をしている洋風居酒屋が入っていた。その店を選んだのは太一だった。レトルトを使っていることが多いから、というのが理由だった。調べてみるとたしかにその通りで、カレーやミートソースだけでなく、野菜スープやビーフシチューのレトルトまであった。ハンバーグなども真空パックの状態で保管されていた。

「これ、温めて食べたら幸せだろうなあ」太一が皿に入れたハンバーグを見つめた。

「せっかくガスがあるのに……」

この店は、厨房の熱源にプロパンガスを使っているのだった。したがって、故障していなければコンロを使えるわけだ。

「頼むから、ちょっと試してみる、なんてことはいわないでくれよ」小峰がいった。

「ツマミを捻った瞬間に、ぼんっ、と吹っ飛ぶなんてのは御免だからね」

「そう、大地震の後、何の点検もせずにガス器具を使うなんてのは自殺行為だ」誠哉が追い打ちをかける。

太一は情けない顔をしながら、ハンバーグを食べ始めた。

「レトルトものを冷えたまま食べることには馴れたけど、飯とかパンがないのは辛いな」ソーセージをかじりながら小峰がいった。

「ビールなら、それこそ売るほどあるんだがな」戸田が未練がましくいう。「居酒屋に入ってビールを飲まないなんてことは初めてだ」

「もう少し我慢してください。総理官邸にも、おそらくビールはあります」誠哉がいった。

「わかってるよ。別に文句をいってるわけじゃない。初めての経験だということだ」

明日香と菜々美は、ホワイトアスパラにドレッシングをかけて食べていた。アスパラの缶詰があったのだという。

「サラダを食べたのなんて何日ぶりかなあ。すっごくおいしい」そういって明日香は指でVサインを作った。

栄美子は出発前に作っておいたミルクを赤ん坊に飲ませていた。ミオはプリンを食べている。河瀬はオイルサーディンの缶詰を開け、クラッカーに載せて食べていた。

皆の楽しそうな笑顔を、冬樹は久しぶりに見たような気がした。食事を制限され、閉鎖された空間で何日も過ごしていれば、どんな人間もおかしくなる。たとえ冷えた料理でも、自由に食べられるという事実が、皆の心を和ませたのだろうと思った。

食事に一時間ほど費やした後、改めて出発することになった。食事をする前と比べると、全員の表情は格段に明るくなっていた。足取りも軽い。

「さあて、着いたら総理大臣の椅子に座るとするか」戸田が歩きながらいった。

「ねえ、前から訊こうと思ってたことがあるんだけど」明日香が小声で冬樹に訊いてきた。

「何だ？」

「総理官邸ってさあ、一体何なの？」

前を歩いていた小峰が吹きだし、後ろを振り返った。「知らずに歩いてたのか」

「だってよくわかんないんだもん。総理大臣の家ってこと？」

「総理大臣が住んでいる家は総理公邸。官邸は執務、つまり総理としての仕事をするところだよ」冬樹は説明した。「まあ、同じ敷地内にあるんだけどさ」

「へえ、なんかそれって微妙だよね。職場が近いのはいいけど、ちょっと近すぎる感じ。仕事から解放された気がしないじゃん」

当たり前だろ、と小峰が再び振り返った。

「総理大臣は一国の主だし、最高指導者なんだ。仕事から解放されちゃ困るよ」

「その通り、どんどんこき使ってやればいいんだ」戸田も横からいった。

足取りだけでなく口も軽くなっている、と冬樹は皆のやりとりを聞いていて思った。間もなく目的地に着くという思いから、気持ちが高揚しているのに違いなかった。

「さあ、ここを上がれば総理官邸の前です」誠哉がいった。

「やった。がんばるぞっ」太一が声を上げ、駆けだした。

その直後、彼の足元が破れた。

崩れたのでも、割れたのでもなく、その様子は破れたとしか表現できないものだった。太一の立っていた地面が急激に窪んでいき、ついには分厚い布が破れるように陥没し始めたのだ。

その裂け目は、あっという間に広がり、冬樹たちの足元に達した。声を出す暇もなかった。気がついた時、彼はバランスを失い、道路で四つん這いになっていた。しかもその道路は滑り台のように傾いている。周囲を見回し、彼は凍りついた。とてつもないことが起きていた。

陥没した道路の途中に彼はいた。彼だけでなく、小峰や明日香、戸田も一緒だった。滑り台のように傾いた道路の一番端には太一がいた。その先では水が流れている。ごうごうと不気味な音が聞こえてくる。

「早く上がってこいっ」上から誠哉の声が聞こえてきた。落ちるのを免れたらしい。ロープが投げ込まれてきた。河瀬が持っていたロープだろう。それに掴まり、明日香や小峰、そして戸田が上がっていく。

冬樹はロープを掴んだ後、下の太一を見た。彼は右手一本で道路のひび割れを掴み、滑り落ちそうになるのを耐えていた。左手を使えないのは、その手で赤ん坊を抱きかかえているからだ。

「太一、がんばれっ。今、行くからな」

冬樹はロープを摑んだままで下りていった。水しぶきが顔にかかる。水は引いたと思っていたが、じつは道路の下に、とてつもない激流が潜んでいたのだ。

あと少しで太一の身体に手が届くというところで、ロープの長さが足りなくなった。冬樹は上に向かって怒鳴った。「ロープをもっと延ばしてくれっ」

やがて誠哉の上半身が見えた。彼は自分の身体にロープを巻きつけ、可能なかぎり身体を乗りだそうとしている。おそらく誰かが彼の下半身を摑んでいるのだろう。

そのおかげでロープは少し延びた。太一の身体に手が届きそうだ。

「太一、左手を伸ばせっ」冬樹は叫んだ。

「だめだ。そんなことをして、赤ちゃんが落ちたら大変だ」

「じゃあ、右手は？」

太一は首を振った。

「右手を離したら、このまま落ちちゃうよ」

冬樹は唇を嚙み、上を見た。もう少しロープを延ばしてほしいが、これ以上は無理だということは明白だった。

「冬樹さん、赤ちゃんを先に」

太一はタオルに包まれた赤ん坊を左手に乗せ、その腕をゆっくりと伸ばしてきた。赤ん坊とはいえ、十キロ近くはある。ものすごい力だった。

冬樹は懸命に腕を伸ばし、赤ん坊を包んでいるタオルを鷲摑《わしづか》みにした。赤ん坊が落ちないことを確かめると、太一に向かって頷きかけた。「よしいいぞ」

赤ん坊を片手で抱え、冬樹はロープを頼りに坂道を上った。菜々美が両手をいっぱいに伸ばしている。その手に赤ん坊を渡した。

「俺が代わる」河瀬が声をかけてきた。

「いや、そんな暇はない。俺が行く」冬樹はロープを伝い、再び下りていった。

太一は両手を使い、道路にしがみついていた。下半身は完全に水に浸かっている。強い流れが、彼を奥深い裂け目へ引き込もうとしていた。

「腕をこっちにっ。はやくっ」冬樹は大声を出した。

太一が顔を上げた。蒼白になっていた。水に浸かっている上に、先程、とてつもなく筋力を使ってしまったからだろう。

彼の唇が動いた。だめだ、といったようだ。その目は絶望の色を浮かべていた。

「しっかりしろっ。片腕を伸ばすだけでいい。引っ張ってやるから」

太一は右手で地面を摑んだまま、ゆっくりと左手を上げた。さらに冬樹のほうに伸ばしてくる。あと数センチで二人の手は触れるはずだ。

その時、何かが太一の顔に当たった。わっ、といって彼は後ろにのけぞった。

同時に、道路のひびを掴んでいた右手が離れた。太一は驚いたような顔を冬樹に向けた。目を丸くしていた。口も丸くなっていた。

額から血が出ていた。小石でも当たったのかもしれない。

下手くそな背泳ぎをするように、太一は両手をぐるぐると回した。その姿を冬樹はスローモーション映像で見ていた。時間がゆっくりと流れる感覚があった。

自分に何が起きたのかが理解できないのか、太一は無垢《むく》な表情をしたまま、水の中へと吸い込まれていった。最後の最後まで、目も口も丸いままだった。彼が消えた後には、深く黒い闇だけが残った。その闇に向かって、どうどうと水が流れていく。

「たいちーっ」冬樹は叫んだ。声が嗄《か》れるほどに叫んだ。叫びながら、悲鳴や怒号の混じった声を聞いた。上にいる連中が発しているのだ。

冬樹は上を向いた。「ロープを離してくれ。ここからロープを垂らしてみる」

だが誠哉は首を振った。

「上がってこい」

「だけど――」

「こっちがロープを離したら、おまえは上がれない。早く、上がってくるんだ」

「太一が——」

「わかってるっ。だから早く上がってこい。頼むから、いう通りにしてくれ」

冬樹は奥歯を噛みしめた。太一の消えた深い闇をもう一度見つめた後、下を向いたまま上がり始めた。

涙が溢れ始めた。まるで止まらなかった。堪えようとしても声が漏れた。

赤い矢印が脳裏に浮かんだ。太一と会えたのは、彼があの矢印を街中に書きまくったからだった。矢印の先で彼は寿司を食べていた。冬樹たちにも御馳走《ごちそう》してくれた。どんな局面でもユーモラスで、皆を和ませてくれた。

その太一を救えなかった、死なせてしまった——。

上がっていくと誠哉と目が合った。彼の目も充血していた。頬は強張り、こめかみには血管が浮いていた。

「死なせちまった……」冬樹は呟いた。

「知っている。俺も、全部見ていた」

「どうしてこうなるんだ。なんで、こんなことになるんだよ」

地上に出た後、冬樹はしゃがみこんだ。菜々美も明日香も号泣していた。栄美子もミオも泣いていた。小峰も戸田も、河瀬さえもがっくりと項垂れている。

「それは、この世界の掟《おきて》だから……かもしれない」誠哉がいった。

「掟？　何だよ、それ」

「この世界は、パラドックスの辻褄合わせのために作られた。だから、人間は消滅したほうがいいんだよ。宇宙のためにはね」

35

総理官邸と公邸は、一見したところでは損傷箇所はなさそうだった。耐震構造が効果を発揮したのだろうが、何より、高所に建っているせいで浸水の被害には遭わなかったことが大きいと思われた。

「すごいわ。ガラス一枚割れてない」栄美子がガラス張りの壁面を見上げていった。

「国土交通省、というより旧建設省の自慢の建物だからね」戸田が応じた。「発電設備が無事ならいいんだけどな」

「この分なら平気そうじゃないですか。太陽電池は案外頑丈だし、燃料電池の設備もあると聞いたことがあります」小峰が栄美子のほうを向いた。「電気で使える調理器具もあるはずですよ。久しぶりに温かいものを食べられます」

だが彼の発言に応える者はいなかった。当然だろう、と冬樹は思った。食べる、という言葉を聞けば、太一のことを思い出さざるをえない。いやそんなことを聞かなくても、全員の頭の中は彼の思い出で占められているに違いなかった。彼が深い穴に吸い込まれていったのは、ほんの数十分前だ。明日香や菜々美たちは目が赤いままだし、誠哉に背負われたミオは、まだ涙を浮かべていた。

誠哉が皆にはっぱをかけなければ、今も全員が、あの場所から動けなかっただろう。冬樹にしても、立ち上がる気力さえなかったのだ。それでも官邸を目指すことにしたのは、誠哉の意味ありげな言葉を聞いたからだった。

この世界はパラドックスの辻褄合わせのために作られた――誠哉はそういったのだ。

どういう意味なのかと問う冬樹に対して、誠哉は首を振った。

「それはここでは説明できない。官邸に行ってからだ」

なぜ官邸なのか、と冬樹はさらに訊いた。

「俺も官邸で知ったからだ。すべての秘密はあそこにあった。俺が皆に官邸へ行こうといったのは、生き残るためだけじゃない。真実を知ってもらうには、それが一番いいと思ったからだ。隠しておくことも考えたが、やはりそれは許されないと判断した」

誠哉は、それ以上に詳しいことは話してくれなかった。うまく話す自信がないし、話せたとしても、皆が信用してくれるとは思えない、というのだった。

太一の死という悲劇を目の当たりにした直後だっただけに、こんな理不尽な事態がなぜ起きるのかを知りたいという思いは一層強くなっていた。ほかの者も冬樹と同様だったらしく、誠哉の指示にしたがって、重い足取りながらも官邸を目指すことになったのだった。

「皆さん、私についてきてください」誠哉が官邸の入り口に向かって歩きだした。

「生活するなら、公邸のほうがいいんじゃないですか」小峰が声をかけた。「公邸のほうにも非常事態用の設備が整っているはずです」

誠哉は立ち止まり、振り返った。

「そのとおりです。ですから、今後の生活は公邸を拠点にしたらいいでしょう。でもその前に説明しておくべきことがあります。さっき、いったことです」

「この世界の秘密を聞かせてくれるんだな」冬樹がいった。

「そういうことだ」誠哉は頷いた。

行きましょう、と冬樹は皆に声をかけて歩きだした。

驚いたことに、玄関ホールには明かりが点っていた。全員が声をあげた。

「電気の光を、こんなに懐かしいと思うなんて」菜々美が、感極まったようにいった。

「これでようやく人間らしい生活を送れそうだ」戸田がホール内を見回した。「それにしても豪華な造りだ。これなら大地震がきても、びくともしないだろう」

小峰がエレベータのボタンを操作した。だが扉の開く気配はない。

「ははあ、地震の影響で安全装置が働いたんだな。リセットしてやれば、また使えるようになるはずだ」

「エレベータを使う必要はありません。行き先は地階です」誠哉が下を指した。「階段で十分です。ついてきてください」

彼が階段に向かったので、冬樹たちは後を追った。

階段を下り、非常灯の点っている廊下を進んだ。上質のカーペットのおかげで、足音が殆どしない。

誠哉が立ち止まったのは、『関係者以外立入禁止』と張り紙が出ているドアの前だった。

「この中に、すべての秘密があります」彼はドアを開けた。

室内は真っ暗だった。誠哉が壁のスイッチを入れると、白い光が広がった。

そこは会議室のようだった。細長い机が並べられている。奥に大型の液晶モニターが置いてあった。

「何だ、ここは」冬樹は呟いた。

誠哉が机の上から冊子を取り上げ、冬樹のほうに見せた。

「P―13現象対策本部、だ」

彼が示した冊子の表紙には、『P―13現象対策マニュアル』と印字されていた。作成したのは内閣府らしい。

「何だよ、このP—13現象ってのは」冬樹は訊いた。

誠哉は沈痛な表情を浮かべた後、ほかの者たちを見回した。

「どうか皆さんも、これを読んでみてください。机の上に並んでいます。我々の内閣総理大臣も読んでいた冊子です」

まず小峰が机に駆け寄り、椅子を引いて腰を下ろした。戸田が続き、やがてほかの者も机に近づいた。

「おまえも読んでみろ。その後、説明する」誠哉は持っていた小冊子を冬樹のほうに差し出した。

冬樹は明日香の横に座った。彼女が座っているのは、どうやら大月首相の席らしい。

小冊子の頁を開いた。そこには難解な言葉が並んでいた。意味を理解するためには、同じところを何度も読み返す必要があった。

やがて、三月十三日の午後一時十三分十三秒に何かが起きることを政府の人間たちは知っていた、ということだけはわかった。首相たちは各省庁に、様々な対策を命じていたらしい。警察庁には、警官を危険な任務に就かせないように、という指示が出されていた。

問題は何が起きたかだが、その部分になると冬樹には理解できなかった。記載されている言葉自体が意味不明なのだ。

「何これ、全然わかんないんだけど」隣で明日香がいった。「ブラックホールとか時間跳躍とか、ＳＦみたいなことが書いてあるのはわかるけど。一体どういうことなの？」

菜々美や栄美子も、お手上げだというように首を振った。

河瀬は、小冊子を放り出した。両目の瞼を指先で押さえている。細かい文字を読むのは得意ではないのかもしれない。

「はっきりいって、俺もよくわからない。どういうことなんだ」冬樹は誠哉にいった。

誠哉は、真剣な顔つきで熟読している小峰を見下ろした。

「小峰さん、どうですか。わかりますか」

彼は小冊子から顔を上げた。

「何となくは。要するに、ブラックホールの影響で、ものすごい巨大なエネルギーの波が地球を襲った――そういうことみたいですね」

「そのようです」誠哉は答えた。

「で、その影響というのが、十三秒の時間跳躍ってことらしい」

「時間跳躍って何なんだ」戸田が訊く。

「字面《じづら》の通りです。時間が跳ぶんです。午後一時十三分十三秒から十三秒間跳ぶということです」

「そんなことがあり得るのか」

「あり得る、とここには書いてあります」

「ちょっと待って。それはおかしい」冬樹はいった。「コンビニの防犯カメラで確認したじゃないか。細かい時刻は覚えてないけど、たしかに人々が消えたのは、一時十三分十三秒だった。だけどその後も時間はふつうに流れてた。十三分十三秒の次は、十三分十四秒だった。もし十三秒も跳んだのなら、十三分十三秒の次に、突然十三分二十六秒になるってことじゃないのか」

「それが、そうではないらしい」誠哉がいった。

「どういうことだよ」

「俺も完璧に理解しているわけじゃない。ここに書かれていることから、自分なりに解釈しただけだ。それでもいいか」

「何でもいいよ。説明してくれ」

うん、と頷いてから、誠哉は周囲を見回した。彼が目を留めたのはビニール紐だった。書類か何かを縛ってあったものらしい。

「これを時間の流れだと思ってくれ。で、ここが問題の三月十三日午後一時十三分十三秒だとする」誠哉は紐の中程に、そばにあったマジックで印を付けた。さらにそこから五センチほど離れたところにも同様の印を付けた。「ふたつ目の印が十三秒後だ。通常ならば、午後一時十三分二十六秒ということになる。ここまではわかるかな」

彼の手元を見つめていた全員が頷いた。

「ええと、ハサミはないかな。それからセロハンテープがあればいいんだが」

「ハサミならあります。セロハンテープはありませんけど、こういうものなら」菜々美がハサミとテープ状の絆創膏《ばんそうこう》を出してきた。

誠哉は、紐をぴんと伸ばして持った。

「何も起きなければ、時間の流れはこの直線上を移動するだけだ。ところがP―13現象が起きるとどうなるか。まず現象前は何も変わらない。ふつうに時間が流れていく。一時十三分十三秒、その瞬間が訪れる」彼は紐上の最初の印を指で摘んだ。「ここから先の十三秒間は、最終的に消失する時間だ」

冬樹は頭を振った。「意味がわかんねえ」

「この時点では、時間はとりあえずふつうに流れる」誠哉は紐の上で指を滑らせていった。そして二つめの印のところで止めた。「ここで十三分二十六秒になる」彼はハサミを使い、そこで切断した。切られた紐が床に落ちた。

「この瞬間、それまでの十三秒間が消失する」誠哉は最初の印のところにハサミを入れた。数センチの紐が落ちた。

誠哉は、はじめに落ちた紐を拾い上げ、手元に残った紐と絆創膏で繋いだ。

「十三秒の時間跳躍とは、こういうことだ。その間の時間が、すっぽり抜け落ちてしまうらしい」

「じゃあ、やっぱり俺がいった通りじゃないか。突然、十三秒後の世界が始まるわけだろ」

「そうじゃない。午後一時十三分二十六秒の世界が、十三秒前にタイムスリップしたと考えるべきだ」

「タイムスリップ?」

「物質的なものも、精神的なものも、この世に存在するあらゆるものが十三秒前に戻る。十三秒間動いていた時計は、十三秒分だけ針を戻す。光も電磁波も、その他の見えないエネルギーも、何もかもが十三秒前の位置に戻る。ついでにいうと人間の記憶もだ」誠哉は一気にまくしたてた後、ふっと息を吐いて冬樹を見た。「この世の存在するすべてのものが一緒に戻るんだから、実質的には何も起きないのと同等ということになる」

「そんな馬鹿なっ」戸田が大声を出した。「何も起きないって……起きてるじゃないか。我々以外の人間たちが消えている。これはどういうことなんだ」

すると誠哉は沈痛な表情を浮かべ、視線を下に落とした。何かを逡巡している気配があった。それを見て冬樹は知った。誠哉は戸田の質問に答えられないのではない。答えたくないのだ。

「どういうことだ、兄貴。答えてくれ」冬樹はいった。

誠哉は、ゆっくりと顔を上げた。唇を噛み、黙考《もっこう》している。

冬樹は兄の両肩を摑み、揺すった。

「何を黙ってるんだ。全部教えてくれるんじゃなかったのか」

その時だった。小峰が、ああっ、と大きな声を出した。彼は小冊子を読んでいた。

「どうしたんだ」戸田が訊いた。

「この冊子の、最後の頁《ページ》を……」小峰の声は震えていた。

冬樹は小冊子を手に取り、最後の頁を開いた。そこに記された文書には、『P―13現象によって生じることが予想される問題』というタイトルがつけられていた。

彼は焦る気持ちを抑えながら目を通した。相変わらず、わかりにくい言葉が並んでいる。それでも、次の文章が彼の心を捉えた。

『最大の問題は、P―13現象発生時に存在していたものが、十三秒後に必ずしも存在しているとはかぎらない点である。存在しないものは時間跳躍の対象にならないため、十三秒前と数学的に一致しない。その場合は数学的矛盾（パラドックス）を回避するための、何らかの現象が起きると考えられる。ただし素粒子レベルで起きるパラドックスの影響は、殆ど無視できる。素粒子は数学的連続性の中で存在しているからである。最も警戒すべきは、数学的連続性を持たないものが、十三秒間に消失した場合のことである。ドイツのハンヌアイゼン博士が、そうしたものの代表例として、動物の知性を挙げている。』

冬樹は、その部分を何度も読んだ。動物の知性、という言葉に激しく動揺していた。

「もしかして、これのことか」彼は誠哉を見つめた。「兄貴、さっきいったよな。太一が死んだ時、この世界はパラドックスの辻褄合わせのために作られたってさ。あれは、これのことをいったのか」

誠哉は大きく深呼吸した。瞬きを繰り返した後、小さく顎を引いた。

「そうだ。この文書に基づいて、いったことだ」

「待ってくれよ。そういうおかしな現象が起きたとしてさ、どうして俺たちだけが、こんな世界に取り残されなきゃいけないんだ」

がしゃん、と音がした。菜々美が立ち上がっていた。その拍子に椅子が倒れたのだ。

彼女は虚ろな目をしていた。

「あたし、わかった。難しいことは理解できないけど、何が自分の身に起きたのかはわかった。なぜここにいるのかも……」

「僕もわかった」小峰は頭を抱えていた。「そういうことだったのか」

「何だよ。何がわかったっていうんだ」冬樹は二人を交互に見た後、誠哉に詰め寄った。襟元《えりもと》を掴んだ。「さっさといえよ。知ってるんだろ」

誠哉は唇を舐め、口を開いた。

「動物の知性とは、動物が生きている、という意味だ。つまり、知性の消失とは、動物が死ぬことを意味している。問題の十三秒間に死んだ動物は、もう元の時間には戻れない」

「ちょっと待てよ。それじゃあ、もしかして俺たちは……」

「そうだ」誠哉は、じっと冬樹の目を見つめてきた。「俺たちは死んだ存在なんだ。元の世界では」

36

ひとつの光景が冬樹の脳裏に蘇った。

銃声で振り返った時、誠哉の胸が真っ赤に染まっていた。その兄がスローモーションのように、ゆっくりと倒れていく。

そうだあの時――。

誠哉は殺されたのだ、と思い出した。見ていたはずなのに、今まで記憶の隅に追いやられていた。生きている誠哉を見たことで、何もかもが自分の錯覚だったと自らに思い込ませていたのだ。

「あの時、兄貴はやっぱり殺されていたのか……」冬樹の声が震えた。

「撃たれたことは覚えている」誠哉は答えた。「それなのに死んでいないことを不思議に思っていた。それよりも、周りの人間たちが消えているので、そっちのことに考えを奪われていた」

「だけど、まさか、そんなことが……」

「俺だって信じられない。本当のことをいえば、今だって半信半疑だ。しかし、この話を受け入れないことには、今の状況を説明できないことも事実だ」

冬樹は首を振った。

「そんな馬鹿なこと、あるわけがない。じゃあ、ここは死後の世界だっていうのか。あの世ってことか」

「ある意味そうだ」誠哉の声が冷徹に響いた。「だが数学的にいうと、そうじゃない。俺たちは死んだ。しかし死んだという過去がP—13現象によって消された。つまり、死んでもいないのに未来へは行けない存在、ということになる。そのパラドックスを解消するために、この世界は作られている」

冬樹は兄の顔を見ながら後ずさりした。腰が机にぶつかった。彼はよろけ、机に手をついた。

「信じられない……」

そんなふうに呟きながらも、自分がこの途方もない話を徐々に受け入れつつあることを冬樹は自覚していた。その理由はほかでもない。彼自身にも、殺された記憶があるからだ。

オープンカーの後部にしがみついていた。運転していた男が振り返った。男は銃を持っていた。銃口がこちらを向き、火を噴いた――。

「あの時、俺は死んだのか」思わずいった。

「撃たれたのか」誠哉が尋ねてきた。「俺が殺された後に」

冬樹は小さく頷いた。

「車を運転していた男が、俺に向かって発砲した。どこに当たったのかはわからない」

すると誠哉は自分の胸に手を当てた。

「俺は、たしか胸を撃たれた。そうだろ？」

兄の問いかけに、ああ、と冬樹は答えた。

「そういうことか」離れた席で冊子を眺めていた河瀬が、大きく伸びをした。「ということは、俺も死んだってことになるのか。そういやあ、事務所で将棋を指していたら、突然でかい物音がして誰かが入ってきたような気がする。あれはたぶん、よその組のやつだったんだな。心当たりはあるよ。ふん。そうか。撃たれちまったのか」頭を掻いた。「参ったね」

とてつもない衝撃を受けているはずなのに、河瀬の口調はどこかのんびりとしている。単なる強がりなのか、あまりにもショックが大きすぎて実感がないせいなのかはわからなかった。

「あたしのそばに鉄骨が落ちていました」菜々美が、ぽつりといった。「歩いていて、気がついたら、足元に転がっていたんです。その少し前までは、たしかにそんなものはありませんでした。あの時、太一君も近くにいたそうですけど、同じようなことをいっていました。あの鉄骨は、突然現れたんです」

彼女は座ったままで顔を両手で覆った。

「思い出しました。あの横ではビルの建設が行われていました。毎日、クレーンで何本も鉄骨を動かしていました。そのうちの一本が落ちてきたんですね。たぶんあたしと太一君は、その下敷きに……」すすり泣きが聞こえてきた。

「あたしは……そんな覚えないよ」明日香は、かぶりを振った。「あたしはただ歩いてただけなんだ。何もしてない。だから死ぬはずなんてない。そんな話、おかしいよ。あたしは死んでなんかいないよ」呪文を唱えるような口調だった。

戸田が立ち上がった。小峰の横へ行き、彼を見下ろした。

「小峰、あの時のことを覚えてるか」

それまで頭を抱えていた小峰が、ゆっくりと顔を上げた。

「何となくは……」

「そうか。俺は、今はっきりと思い出した。おまえは携帯電話をかけてたな。ハンドルは片手で操作していた。相手と話をしながら、結構なスピードで走っていた。俺は内心、危ないなと思っていたんだ。そうしたら交差点で、おまえは信号を見落とした。赤信号なのに、そのまま走り抜けようとした」

小峰は大きく目を剝いた。「そんなはずは……」

「間違いない。俺がこの目で見ていたんだ。おまえはたしかに信号無視をした。だからこそ、横からトラックが突っ込んできた。クラクションを鳴らされたことを覚えてないのか」

小峰の表情が虚《うつ》ろになった。その時のことを回想しているのだろう。やがて、何かに気づいたように頰をぴくりと動かした。

「どうだ、思い出したか。トラックに当たられそうになって、咄嗟にハンドルを切っただろうが」戸田が憎々しげにいった。

小峰は口元に手を当てた。何度も瞬きし始めた。

「そういえば、そんな気が……」

「何を他人事みたいにいっている」戸田は小峰の服の襟元を摑んだ。「おまえは車を歩道のほうに突っ込ませたんだ。人を何人もはねて、しまいには壁にぶつかった。ぶつかる直前のことまで、俺は覚えているぞっ」

明日香が立ち上がった。険しい顔で二人を睨みつけた。

「ちょっと待って。それどういうこと？　あたし、おたくらの車のそばにいたよね。それで何？　おたくらの車が人をはねたって？　何人もはねたって？　それ、どういうこと？　あたしもはねられたわけ？　はねられて殺されたってこと？」

彼女の頰がみるみるうちに紅潮した。目も充血していった。その目から涙が溢れた。

「あたしだけじゃない。おじいさんもおばあさんも、あんたらの車に轢かれて死んだってわけ？　何それ？　信じられない」

「恨み言をいうなら、こいつにいえっ」戸田は小峰を突き放した。「俺もこいつに殺されたんだ。この阿呆《あほ》にな」

小峰は椅子から転がり落ちた。「痛てえな……」と呟きながら立ち上がった。転んだ拍子に切ったらしく、唇からわずかに血が出ていた。

「何だ、その顔は。何か文句があるのか」戸田が睨んだ。

「僕だけのせいですか」小峰は三白眼《さんぱくがん》になって、かつての上司を見つめ返した。

「どういう意味だ。運転してたのはおまえだろうが。おまえが脇見運転をしたせいで、こんなことになったんだろうが」

「電話して道順を訊いてみろといったのは戸田さんじゃないですか。僕は一旦どこかに車を止めてから電話をかけたかったのに、遅れるとまずいから止まるなって。電話なんかしてなきゃ、僕だって脇見なんかはしなかった」

「自分の無能さを棚に上げて、責任を人になすりつける気か。電話をかけながらでも、ふつうの人間なら、ちゃんと運転ぐらいはできる」

「それなら道路交通法で禁じられたりはしないでしょう。そもそも、あなたが電話をかければよかったんだ。だって、あなたの用件なんだから。あなたが約束の時間を間違えて、就業時間中に床屋なんかに行ったものだから、会社を出るのが遅れたんだ。それなのにどうして僕が言い訳の電話をかけなきゃいけないんですか。運転中は携帯電話を使っちゃいけないっていう法律があるのに、それを無視してまで、どうして僕があなたの代わりに謝るんですか。おかしいでしょう」

「だったら、あの時にそういえばいいだろう」

「いえるわけないだろうがっ」小峰は顔を歪め、そばの椅子を蹴り飛ばした。「今とは違うんだ。あんたは役員で、こっちはヒラだ。もし、自分で電話してくれっていってたら、あんたどうしてた？　怒っただろうが。頭から湯気を出して怒っただろうが。ヒラのくせに生意気だって喚いただろうが。ヒラは役員に逆らえないんだよ。運転しろっていわれたら、運転しなきゃならない。電話をかけろっていわれたら、違法だろうが何だろうが電話をかけなきゃいけないんだ。そんなこと、あんたが一番よくわかってるはずだろっ」

「貴様、俺にそんな口のききかたをするのか」

「いけないか？　あんたはもう上司でも何でもない。ただの役立たずな年寄りだ。あんたこそ、もう少し口のききかたを考えたらどうだ。ここで生き残っていきたいなら、もっと若い者に媚びたほうがいいぞ」小峰は戸田の肩を小突いた。

「この野郎……」戸田が怒りの形相で殴りかかった。忽《たちま》ち、取っ組み合いになった。

誠哉が駆け寄り、二人の間に割って入った。それを見て冬樹も、小峰を後ろから羽交い締めにした。

「二人とも落ち着いてください。こんなことで喧嘩して、一体何になるというんですか」誠哉が諭した。

「こんなこと？　こいつのせいで命を落としたというのに、笑って済ませろとでもいうのか」戸田が喚いた。

「だからそれはあんたにも責任があるといってるんだ。まだわからないのか。あんたこそ馬鹿だ。死んじまえ」小峰は冬樹に拘束されたままで怒鳴った。

「やめてよっ」明日香が叫んだ。「おたくらが喧嘩したって、どうにもなんないよ。

どっちが悪いのか決着をつけて、それで何とかなんの？　あたしは生き返れるわけ？　何にもなんないんでしょ？　だったら、そんな無駄なことしないでくれる？　そんな体力があるなら、まずあたしに謝ってよ。二人で土下座してよ。少なくとも、あたしには何の責任もない。どう？　あたしのいってること、おかしい？」

暴れていた小峰の身体から力が抜けていくのがわかった。冬樹が腕を離すと、そのまま床にしゃがみこんだ。

戸田も項垂れ、椅子に腰を落とした。

明日香だけは、まだ立ったままだった。俯き、小刻みに身体を震わせている。彼女の足元は、こぼれた涙で濡れていた。

誠哉は彼女の肩に手を置いた。「座って」

明日香は小さく頷き、腰を下ろした。そのまま机に突っ伏した。

誠哉が皆を見回した。

「たしかに我々は、かつての世界では死にました。いや実際には死んでさえおらず、存在が矛盾しているということで、こんなところに飛ばされてしまったわけです。しかし重要なことは、ここでは間違いなく生きているということです。山西夫妻や太一君の死は幻想でも何でもなく、紛《まぎ》れのない事実です。だったら、今ここにある命を大切にするしかない。この世界でどうやって生きていくかを考えるしかない」

彼の声の反響がまだ消えぬうちに、「そんなの無理だよ」と戸田が力なくいった。

「これまで何とかがんばってこれたのは、もしかしたら元の世界に戻れるんじゃないかという期待があったからだ。その望みがないってことなら、一体何を楽しみに生きていけばいいんだ」

「それは……自分たちで見つけだしていくしかない」

誠哉の答えに、無理だよ、と戸田はもう一度いった。

沈黙が会議室を支配した。空気清浄機の音が聞こえる。この部屋の空気は、ただひたすら重苦しかった。

正直なところ、冬樹も戸田と同じ思いだった。これから先、事態が好転する見込みは全くない。もしかすると新たに「死者」と出会うことがあるかもしれないが、数は知れている。そういうことがあったとしても、彼等は解決策を持っていないだろう。つまり、今のような状況のままで、一生を終えねばならないのだ。

赤ん坊の声が聞こえた。泣きだしそうな気配がある。栄美子があわててあやし始めた。

「その子も死んだのかしら……」菜々美が細い声でいった。

全員の視線が赤ん坊に集まった。

栄美子は赤ん坊を抱き、その小さな背中を優しく叩いている。その手を止め、皆のほうを向いた。

「そうです。この子も死んだんです。母親に……殺されたんです」

全員が一斉に息を呑む気配があった。まさか、と誠哉が漏らした。

「本当です。この子が見つかったマンションの部屋に、遺書が残してありました」

「遺書？」

「生きていく希望が、どうしても持てないから、子供と一緒に死ぬことにしたって……そういう内容でした。母親はシングルマザーで、相手の男性には奥さんがいるそうです。その男性に捨てられて、やけになったんじゃないかと思います」

「それで母親が、問題の十三秒の間に、その子を殺したということですか」誠哉がいった。

「そうだと思います」

戸田が、ふうーっと大きなため息をついた。

「そんなことで母親が子供を殺せるものかねえ」

すると栄美子は、わずかに唇を綻ばせた。だがその目には、何ともいえぬ悲しそうな光が滲《にじ》んでいる。

「殺せるんですよ。子供を殺す馬鹿な母親だって世の中にはいるんです。だって……私がそうですから」

栄美子は赤ん坊をそっと下ろすと、部屋の隅で膝を抱えているミオに近づいた。ミオは感情の読めない目で母親を見上げた。そんな娘を栄美子は抱きしめた。

「あの日、私はこの子を抱えてビルの屋上から飛び降りました。お金がなくて辛いというだけの理由で、この子の命を奪ったんです。この子が声を出せなくなったのは、あの時からです。じつは私は勘づいていました。ここは死後の世界じゃないかと思っていました。だって、自分のしたことを考えれば、こんなところにいるのがふさわしいと思ったからです。私は地獄に落とされても文句をいえない人間なんです」

37

部屋の中央で大の字になって寝転がると畳の匂いがした。懐かしい匂いだった。まるで長い旅から我が家に帰ったような気分だった。もっとも、冬樹が住んでいた部屋は、ワンルームの洋室だったが。

背中に当たる感触が柔らかい。目を閉じれば、たちまち眠りに落ちていきそうだった。

冬樹は天井を見つめた。材質は檜だろうか。自然の木目が美しい。

一行は総理公邸に移動していた。すでに内部の状況は確認済みだった。期待通り発電設備には問題がなく、節電をすれば生活に支障はなさそうだった。水と食料は、官邸にあった分を合わせれば、向こう一ヵ月ほどは過ごせそうな量の備蓄があった。

問題は、これからどうするかだった。ここを拠点として人生を送るのか、別の道を探るのか、いずれは決めねばならない。

だが冬樹としては、今はそんなことを考えたくなかった。かつての世界では自分は存在しておらず、そこにいた友人や知人たちと会うこともないのだと思うと、ただひたすらに虚しかった。

誰かが部屋に入ってくる気配がした。やがて天井を見上げる冬樹の視界に、明日香の顔が入ってきた。

「昼寝?」彼女は訊いた。

「いや、ただぼんやりしてただけだ。どうした?」

「食事だって」

「そうか」冬樹は起きあがり、胡座《あぐら》をかいた。改めて室内を見渡す。外国からの賓客をもてなすための和室らしい。縁側の先には、見事に手入れされた庭がある。

「いい部屋だよね、ここ」明日香が隣で正座をした。シャンプーの香りがほのかに漂ってくる。シャワーを浴びたらしい。

「世の中には、こんなところで暮らす人間もいるんだな」

冬樹の言葉に、ふふっと彼女は笑った。

「何がおかしいんだ」

「だって、その台詞には何の意味もないもん。実際には、ここで暮らす人間なんていない。暮らしてた人間だっていない。そもそも、今のあたしたちにとって、世の中って何？」

冬樹は肩をすくめた。

「……そうだな。飯、食いに行くか」

食堂では、すでに食事が始まっていた。クリームシチューにポテトサラダ、鶏の唐揚げというメニューだった。

「すげえ豪華な食事だな」席につきながら冬樹はいった。「食料を節約しなくていいのか」

「初日ぐらいは盛大にしようって誠哉さんが」栄美子が冬樹と明日香のために料理を並べてくれた。「この程度で盛大っていうのも気がひけますけど」

「いや、昨日までのことを考えると夢のようだ。感謝してますよ」戸田が顔を赤くしていった。彼はビールを飲んでいた。

冬樹は唐揚げを口に入れた。かりっとした食感が感動的だった。今は余計なことは考えずに食事を楽しもうと思った。

「どうしたんですか、体調でも悪いんですか」誠哉が菜々美に訊いた。

彼女の皿は、殆ど手をつけられていなかった。

「そうじゃないんですけど、何だか食欲がなくて……」菜々美はグラスの水を飲み干すと、椅子から立ち上がった。「あたし、後でいただきます。栄美子さん、キッチンにラップはあったわよね」

「大丈夫よ。私、やっておくから」

「ううん。悪いから」

菜々美は自分の皿をキッチンに運ぶと、そのまま食堂を出ていった。

「まっ、彼女の気持ちはよくわかるよ」戸田がいった。「食欲がなくて当然だ。むしろ、こんなふうにがつがつ食ってる我々のほうが異常なのかもしれん。あまりにも信じがたいことが多すぎて、神経が麻痺しているんだろうな、きっと」そんなことをいいながら、彼は唐揚げをかじり、ビールを喉に流し込んだ。

テーブルの一番隅の席では、河瀬が分厚く綴じられた書類を読んでいた。時折、ボールペンで何やら書き込んだりしている。

「河瀬さん、それ何だい」冬樹は訊いた。

河瀬はボールペンを置いた。

「やることがねえから、勉強してんだよ」

「勉強？　何の？」

河瀬は表紙を冬樹のほうに向けた。

「P—13現象と数学的不連続性に関する研究報告書——長ったらしいタイトルだ」

「ふん、今さら何を」戸田が鼻を鳴らした。

「難しそうだね」冬樹は河瀬にいった。

「難しいね。書いてあることの半分もわかりゃしねえ。でもさ、いろいろと合点がいったのもたしかだ。たとえば木とか花が消えてないこととかさ」

「木とか花って?」

「ずっと不思議だったんだ。人だけじゃなくて、犬とか猫とか魚とかも全部いなくなってるだろ。つまり動物が全部消えてる。ところが桜の木とか、そのへんの草とかは消えてない。植物は消えてねえわけだ。動物が消えて植物が消えてないのはどういうことかなって考えてたんだよ。だってどっちも生物だろ? 学校じゃ、そう習ったぜ」

「ほんと、そうだ」明日香が皿から顔を上げた。「たしかに不思議だよね」

だろ、と河瀬は嬉しそうな顔をした。

「で、その理由がわかったの?」

「俺なりに何となくだけどさ」河瀬は書類を開いた。「難しい言葉でいうと、植物は数学的連続性を持っているけど、動物にはそれがないってことになるらしい。わかりやすくいえば、ある植物があって、それがその後どうなっていくのかは予測できるけど、動物の場合はできないってことだ」

「何それ？　それでもまだわかんないんだけど」

「要するにさ、花は勝手に動いたりしねえだろ？　風に吹かれたり雨に打たれたりして揺れたりはするけど、そういう自然による外からの力ってものは、数学的に計算できるもんだ。あと、花びらが開いたり、逆に枯《か》れたりするのも、その植物に組み込まれてるプログラムによるものだから、数学的に予測できる。ところが動物の場合は、そうはいかねえ。たとえばある犬が次の瞬間に何をするかなんてことは、誰にも予想できないだろ？　神様にだってできない。そういうのは数学的に不連続ってことになるらしい」

河瀬の読み解き方が本当にそれで正しいのかどうかは不明だが、話を聞いていて、冬樹は何となく理解はできた。同様の思いなのか、明日香も頷いた。

「で、面白いのはさ、動物の定義なんだ」河瀬は書類を見て続けた。「たとえばさ、人間って、どこからどこまでを人間っていうと思う？」

質問の意味がわからず冬樹は首を傾げた。すると明日香が答えた。

「そりゃ、この身体全体をいうんじゃないの？」

「全体って、どこからどこまで？」河瀬は訊く。

「足の先から頭の先。とにかく全部」

「髪の毛は入るのか」

「もちろん入るよ」

「抜け毛は？」

「それは入らない。だって身体から離れたものだもん」

「爪は？」

「入る」

「でも、おねえちゃんなんかがやってるネイルアートのつけ爪なんかは入らないんだな」

「そりゃそうだよ。作りものじゃん」

「じゃあ、皮脂は？　身体の表面についてる脂だ」

「あれは」明日香は首を捻った。「入らない。身体から出ちゃったものは、もう身体の一部とは認めない」

「それならクソは？　まだ出てなくて、腹に溜まってる分だ」

明日香は顔を歪めた。「あたし、食事中なんだけど」

「じゃあ、怪我してて血が流れてるとする。どこからどこまでが人間の一部で、どこから先がそうじゃない？」

この質問に、明日香は黙り込んだ。助けを求めるように冬樹のほうを向いた。

「その答え、河瀬さんは知ってるのかい？」彼は訊いた。

「俺が知ってるというより、ここに書いてある。そのまま文章を読むぜ。ええと……ああここだ。この場合の人間というのは、その知性の影響を受けて、数学的連続性が保てなくなっている部分を含める――どうだい、意味がわかるか」

「全然わかんない」明日香が唇を尖らせた。

「さっきもいっただろ。未来にどうなっているのかを予測できないってのが、数学的に不連続ってことだ。たとえば今、俺はこうやってフォークを持っている」河瀬はフォークを手に持った。「テーブルの上に置いてあれば、フォークには何の変化もない。だけど俺がこうやって持っていると、こいつが次の瞬間にどうなっているのかは誰にも予測できない。そうだろ？」

明日香は頷いた後、えっと目を見開いた。

「じゃあ、そのフォークも人間の一部ってことになるの？」

「簡単にいえばそういうことだ」

「えー、そんなのおかしいよ。だったら身体に触れてるものは全部人間の一部ってことになるよ。空気にだって触れてるし、間接的には何もかも全部触れてることになる」

「おねえちゃん、なかなか頭がいいな。そうなんだよ。俺もそこのところが引っかかった。で、これにはさ、それについてもちゃんと説明してある。俺はさっきから、次の瞬間っていう言葉を使ってるだろ？　大事なのはここなんだ。このフォークは金属で硬いけど、こいつをゴムみたいに柔らかいものだと思ってくれ。俺がそのゴム製のフォークを振り回したとする。フォークは俺の意のままに動くかい？」

明日香は少し考えてから、「動かない」と答えた。

「どうして？」

「だって、ぐにゃぐにゃなんでしょ？　振り回しても、ちょっと遅れて動くと思うよ」

河瀬はフォークを置き、指を鳴らした。

「そこだ。俺の意思よりも少し遅れるわけだ。つまり意のままになってない。その部分は人間の一部じゃないってことになる。だから、次の瞬間っていう言葉を使ったんだ。ここでいう瞬間ってのは、極めて短い時間という意味で、物理的には光の速度と関係があるらしいが、そのへんは難しくてよくわかんねえ。とにかくだ、人間の知性で、その短い時間でも管理できる部分までを、この場合は人間に含めるってことだ。たとえば身に着けてる洋服なんかは、人間の一部に入るってことらしいぜ」

なるほど、と冬樹は思わず口に出していた。

「それで俺たちは服を着ていたし、この世界から消えた人たちも服ごと消えたんだ」

「服は人間の一部じゃないってことなら、おねえちゃんたちは、さぞかし色っぽい格好で現れたんだろうな」河瀬は明日香を見て、にやにやした。

「エロい想像は自由だけどさ、じゃあ今みたいに椅子に座ってたらどうなの？　この椅子の、どこからどこまでが人間の一部ってことになるの？」

「それはどうやら、材質とか触れ方によって違ってくるらしいぜ。もう一回フォークを例にとっていうとさ、こんなふうに硬くて小さいものなら、全部が人間の一部になる。だけどゴムみたいなものなら、持っている部分だけってことになる」

そうか、と突然誠哉がいった。

「それで車のシートが尻の形に消えていたり、ハンドルの表面が持つ手の形に消えていたりしたんだ。コンビニのカゴの把手が、そんなふうになっていたこともある。数学的に、人間の一部とみなされたわけだ」

その光景は冬樹も見た覚えがあった。

「ほらな。なかなか役に立つだろ」河瀬は書類を放り出した。「とはいえ、俺に理解できたのはそこまでだけどさ。あとは、ちんぷんかんぷん。何のことか、さっぱりわかりゃしねえ」

「それでも大したものだ。俺なら、そこまでは読み込めない」冬樹は呟いていた。

「そんなことはねえだろ。まあ、こう見えても俺は、ガキの頃はSF小僧だったんだ。アシモフとか読んだんだぜ」

「へえー、似合わない」明日香はそういいながらも、感心したような目を河瀬に向けた。

大きな音をたてて小峰が立ち上がった。

「くだらない。今さらそんなことを知ったって、何の役にも立たない。この世界から逃げられないってことには変わりがない」
「それはそうだろうな」河瀬はいった。「だけど俺は嫌なんだ。何もわからないまま死んでいくってのがさ。まあ今回は、先に死んじまってるわけだけどな。とにかく俺は何が起きたのかを知っておきたいわけだ。気に障ったんなら、もうこんな話はしねえよ」
「別に……どうぞ御自由に」小峰は食堂を出ていった。

この夜、冬樹は久しぶりに布団の上で横になった。賓客《ひんきゃく》用と思われる和室に敷いたのだ。各自が好きな部屋で休んでいいことになったので、彼以外でこの部屋を使っているのは、誠哉と戸田だけだった。小峰や河瀬がどこで寝ているのかはわからない。女性陣と赤ん坊は、別の和室にいるようだ。

戸田の鼾が聞こえてくる。それが気になっているわけではないのだが、冬樹はなかなか寝付けなかった。時刻は午後七時を過ぎている。いつもなら眠っている頃だった。過酷な状況で眠る日々が続いたので、柔らかい布団が逆に神経を高ぶらせているのかもしれなかった。

誠哉も、まだ寝ていなかった。布団を敷いた後で部屋を出ていき、そのまま戻ってこないのだ。

冬樹は布団から出た。服を着て、部屋を出た。

応接室から明かりが漏れていた。覗くと、誠哉がソファに座り、スコッチを飲んでいた。

「眠れないのか」冬樹は声をかけた。

誠哉が少し驚いたように顔を向けた。

「そういうわけじゃない。一人で考えたいことがあっただけだ」

「じゃあ、俺がいたら邪魔かな」

「いや、もういい。おまえも一杯どうだ？」

「うん、もらおうかな」

誠哉がカップボードからバカラのグラスを持ってきて、冬樹の前に置いた。そこにスコッチを注いでくれた。

ありがとう、と冬樹はいった。

38

スコッチの入ったグラスを片手に、冬樹は室内を見回した。

「静かだな。こんなに静かで、やけにだだっ広い部屋で、総理は何を考えていたのかな」

誠哉は、ふっと口元を緩めた。

「総理大臣が、この部屋で一人になることはないだろう。使うのは客が来た時だけだ」

「あ……そうか」

「総理には官邸に執務室というものがある。演説の原稿なんかは、そこで書くという話だ」

「原稿を書くのは秘書だろ」

「そういう総理もいる。だけどたしか大月総理は、自分で書くと聞いた。大事な場合には、特にそうする主義だったらしい」

冬樹は、テレビでしか見たことがない大月の顔を思い出した。テレビ映りがよく、国民受けするパフォーマンスが巧妙だという理由だけで支持率を維持している、と揶《や》揄《ゆ》されることの多かった政治家だ。

「総理はもちろんのこと、大臣や官僚たちは知ってたわけだよな、P―13現象のことを」冬樹はいった。

「だからこそ、官邸の会議室に対策本部が作られていた」

「だけど、国民には知らされなかった。なぜだと思う?」

「その理由は冊子に書いてあっただろ。時間跳躍は起きるが、それによって何かが変わるわけじゃない。だから混乱を防ぐために極秘事項としたわけだ。役人だって、全員が知っていたわけじゃないだろう。おそらく大部分は知らなかったと思う。知っていたのは、ごく一部の高級官僚たちだけだ。そういえば河瀬が、暴力団のトップクラスは知っていたようなことをいってた。懇意にしている官僚からでも聞いたのかもな」

「総理たちは、その十三秒間に人が死んだらまずいことはわかっていた。それなのに隠していたわけだ」

誠哉はスコッチを舐め、口をへの字にした。

「一国の長としては当然の処置じゃないか。下手に公表すれば、必ずパニックが起きる。その影響で被害が出ることを考えてみろよ」

「十三秒間に死ぬ人間のことは考えなかったわけか」

「考えたから、様々な対策を取った。たとえば防衛省や警察庁には、その十三秒間だけは部下を危険な任務に就かせないように、という通達を出している。その通達は、俺のところにも届いた」

冬樹は顔を上げ、兄の顔を見つめた。

「通達を聞いていたのに、犯人逮捕を優先したわけか」

「詳しい事情は教えてもらえなかったからな。たぶん刑事部長も知らなかったんだろう。俺としては、理由の説明もなく単に危険な任務に就かせるなといわれただけじゃ、目の前にいる犯人を黙って見逃すようなわけにはいかない」

「もし、詳しい事情を聞いていたら？　死んだらパラドックスが発生して、とんでもない世界に飛ばされるとわかっていても、やっぱり逮捕を優先したか」

この質問に、かつて警視庁の管理官だった男は黙り込んだ。首を傾げ、眉根を寄せてから口を開いた。

「それは、今となってはわからんな。こんな超自然的な話を信じられたかどうか、自分でもよくわからない。信じられなくて、結局逮捕に踏み切っていたかもしれない。こう見えても、手柄を立てたいという気持ちは人並みにある。で、結果的には殺されて、ここにいただろう。俺の場合、事前に知らされていようといまいと同じことだ」

冬樹はグラスをテーブルに置き、両手を膝につけて背筋を伸ばした。

「兄貴の判断は間違ってなかった。兄貴はP―13現象なんか関係なく、部下を危険な目に遭わせるようなことは絶対にしない。もちろん自分のことだって、きちんと守る。そのうえで逮捕できるようなプランを立てていたはずだ」

「だから？」

「兄貴がここにいるのは……」冬樹は深呼吸してから続けた。「俺のせいだ。兄貴だって、そう思ってるんだろ？」

「何をいってる」

「だってそうじゃないか。俺が勝手に連中の車に飛び乗って、兄貴たちの前に現れたもんだから、兄貴としては出ていかざるをえなかった。それで……撃たれたんだ」

「そのことは、もういい」

「よかねえよっ」冬樹はテーブルを叩いた。「俺が余計なことさえしなければ、あんなことにはならなかった。俺が殺されたのは自業自得だ。だけど兄貴は――」

「もういいといってるだろ」誠哉が険しい顔を向けてきた。「そんなことを今更いってどうなるんだ？　何か解決するのか」

「解決はしないけど……俺の気が済まないんだ」

「気が済まないから何なんだ。何かしてくれるのか。俺を元の世界に戻してくれるのか」

誠哉の言葉に冬樹は俯いた。

「そんなことは出来ないけど……」

「だったら、くだらない懺悔《ざんげ》みたいな真似はやめろ。おまえの反省の弁なんて聞きたくないし、おまえの気が済むかどうかなんてことには関心がない。そんなことを悩む暇があるのなら、これからどうするかということを考えろ。俺たちに与えられているのは未来だけだ。過去は消滅した」

誠哉の低い声が部屋の空気を震わせた。同時に冬樹の心をも揺さぶっていた。改めて、自分の愚かさを痛感せずにはいられなかった。人の命を大切にしなさいと子供の頃からいわれ続けてきたのに、その意味を少しも理解していなかったことに気づいた。

誠哉が吐息をつく音が聞こえたので冬樹は顔を上げ、はっとした。兄が意外なほどに穏やかな表情をしていたからだ。

「率直にいうと俺は、みんなほどには悲観していない。こんなことになって途方に暮れているのは事実だが、それでもある意味幸運だったと思っている」

「幸運？」

「考えてみろ。俺たちは死んでいたはずなんだ。今こうして、兄弟で酒を飲み、語り合うこともできなかった。ところがどうだ。俺たちは生きている。P―13現象のおかげで、こうして生きている。これが幸運でなくて何なんだ。たしかにこの世界は過酷だ。だけど決して死後の世界なんかじゃない。地獄でもない。ここは俺たちが未来を摑み取る場所なんだ。そうは思わないか」

冬樹は誠哉の顔を見つめ、思わず笑みを漏らしていた。

「兄貴の強さには参るよ。俺はとてもそんなふうには考えられない」

「強さなんかは関係ない。俺はただ、後悔が嫌いなだけだ」

それが強いってことなんだよと冬樹はいいたかったが、黙っていることにした。

グラスのスコッチが空になった。冬樹は腰を上げた。

「寝るのか」誠哉が訊いてきた。

「うん。兄貴は？」

「俺は、もう少し飲む。考えたいことがたくさんあるんでね」

わかった、といって冬樹がドアに向かった時、外から小走りする足音が聞こえてきた。ドアを開けると、栄美子が前を通り過ぎたところだった。

「どうしたんですか」

「あっ、ちょうどよかった。菜々美さんが戻らないんです」栄美子は息をきらしていた。

「戻らないって？」

「部屋を出ていったので、お手洗いかなと思っていたんです。でもその前に彼女がクーラーボックスを開けていたことを思いだして、何となく気になって中を確かめてみたら、注射器がなくなっているんです。たしか五本残っていたはずなのに四本しかなくて……」

「いつのことですか」誠哉が冬樹の後ろから訊いた。

「二十分ぐらい前だと思います。明日香ちゃんと二人で探しているんですけど」

「俺たちも探そう」冬樹は誠哉にいった。

「いや、ここは彼女たちに任せよう。おまえは俺と一緒に来てくれ」

「どこへ行くんだ」

「彼女は、前にも一度行方不明になったことがあっただろ。行くとしたらあそこだ」

その言葉に冬樹は納得して頷いた。「勤めていた病院か」

「彼女の足では、まだそんなに遠くへは行けないはずだ。追いかけよう」

「わかった」

公邸内は栄美子たちに任せ、冬樹は誠哉と共に敷地外へ出た。前方には真っ暗な闇が広がっている。その先にあるのは荒涼たる廃墟だ。道路は原形を留めておらず、どこに死への落とし穴が潜んでいるのかもわからない。

駆けだしたくなる衝動を抑え、慎重に足元をたしかめながら進んだ。まずは皇居を目指した。皇居を右側に見ながら内堀《うちぼり》通りを北上するのが、菜々美の働いていた病院に行くには最も簡単な経路だからだ。

「病院には、彼女の恋人がいたらしい」歩きながら誠哉がいった。「医師だったそうだ」

「それで病院へ……」

「生きる希望を失う最大の原因は、愛情の喪失感だ」

冬樹は懐中電灯で前方を照らしながら頷いた。同感だった。

内堀通りに出るまでは、さほど時間はかからなかった。官邸周辺は車が少なく、地震や洪水の被害も少ないからだ。しかし内堀通りは、ふだん都内で最も交通量が多い道路の一つで、予想通り、壊れた車が重なり合うように繋がっていた。しかもそこに洪水によって流されてきたものが堆積しているので、横切ることさえ容易ではなさそうだった。

二人は内堀通りを渡らず、そのまま北上した。やがて前のほうに、ちらちらと光るものが見えた。

「兄貴、あそこ」

うん、と誠哉は答えた。すでに彼も気づいていたらしい。

菜々美がいたのは半蔵門《はんぞうもん》の付近だった。そこから新宿方面に向かう道が西に延びているのだが、その道に沿って廃車の壁が出来ているので、道路を渡れずにいるのだった。

菜々美さん、と誠哉が声をかけた。彼女は懐中電灯をこちらに向け、放心したような表情を見せた。

冬樹たちが近づいていくと、彼女は懐中電灯を投げ捨て、ポケットから何かを取り出した。素早く作業をしているようだが、何をしているのかは見えない。

二人は、さらに近づいた。

「それ以上、こっちに来ないで」菜々美が叫んだ。

誠哉が懐中電灯を向けた。彼女は服の袖をまくっていた。もう一方の手に持っているのは注射器のようだった。薬は、おそらくサクシンだろう。

「菜々美さん、帰りましょう」誠哉がいった。

「どうして……」菜々美は苦しげに眉をひそめた。「どうして追いかけてきたの？」

「あなたのことが心配だったからです。当然でしょう。これまでも、誰かが行方不明になったら探しました。行き先がわかっている場合には追いかけました」

「あたしのことは、ほっといて」

「そういうわけにはいかない。あなただって、大事な仲間なんです」

菜々美は首を振った。

「もう、仲間じゃなくていい。あたしのことは忘れて。あたしなんかいなくたって大丈夫でしょ？　あたしに出来るようなことは、誰にだって出来るから。お願いだから、ほうっておいて。お願い。お願いします」

「看護師の代わりは出来ても、あなたの代わりなんて誰にも出来ない。あなたは、あなた一人しかいないんだ」

「じゃあ、あたしの気持ちはどうなるんですか。あたしは、みんなのために生きていかなきゃいけないんですか。生きていたって、何の望みもないのに。彼とは、もう二度と会えないわけなんでしょう？　誠哉さん、前にいいましたよね。生きていれば、活路が開けるって。突然消えたんだから、突然現れることだってあるかもしれないって。でも、もうそんなことはありえないわけですよね。それなのに、あたしはどうして生きていかなきゃいけないんですか。なぜ死んじゃいけないんですか」

悲痛な叫びに、冬樹は胸が締め付けられるような思いだった。たしかに今の状況では、生き続けろと命じるほうが残酷なような気がした。

「死んじゃいけない、とはいってない」

この言葉に、菜々美が目を見張った。冬樹も思わず兄の横顔を見た。

「個人的には自殺はよくないことだと思っているけれど、それをあなたに押しつけるつもりはありません。ここでは、すべての既成概念を捨てる必要がありますからね。だからこれは命令ではありません。俺からの頼みです。どうか我々と一緒に生き続けてもらえないでしょうかと頼んでいるんです」

注射器を持ったままで、菜々美は悲しげに首を傾げた。

「何のために？　このまま生きてて、何かいいことがありますか」

「わかりません。でもはっきりいえることは、ここであなたが死ねば、間違いなく我々は悲しむということです。それこそ、いいことなんかは何ひとつないと断言できます。我々を悲しませないでくださいといってるんです」

「あたしなんかがいなくなったって――」

「俺は悲しいです」誠哉は張りのある声できっぱりといいきった。「あなたを失いたくありません。恋人を失ったあなたと同じように、おそらく絶望的な気持ちになるでしょう」

菜々美は顔を歪めて身悶《みもだ》えした。

「そんなの……ずるいです。誠哉さん、ずるいです」

「お願いします」誠哉は彼女に向かって頭を下げた。「もう少しだけ、がんばってください。あなたには死ぬ権利があります。いつだって死ねます。だけど、今は死なないでください。俺のために死なないでください」

誠哉が発する言葉には、菜々美に対する愛情を仄《ほの》めかすものが含まれていた。それが恋愛感情なのかどうかは冬樹にはわからなかった。だが、単に菜々美に自殺を思い留まらせるために発せられたわけでないことは、誠哉の全身から立ち上る気配で窺えた。

菜々美が俯いた。注射器を持つ手が、だらりと下がった。

ゆっくりと誠哉が近づいた。右手を出し、「それをこちらへ」といった。

「ずるいです……」呟きながら菜々美は注射器を差し出した。

39

目を覚ますと、冬樹は庭に面した障子を開け放った。ガラス戸の向こうに見える光景は、昨日の朝と変わらないものだった。空は灰色で、雨が降り続けている。雨に濡れ、樹木の色は濃くなり、灯籠は黒光りしていた。

「今日も雨か」

後ろから声がした。振り返ると河瀬が歯ブラシをくわえながら入ってくるところだった。ランニングシャツ姿だった。

「これで四日連続だ。一体いつまで降るのかな」冬樹はいった。

「さあねえ。こればっかりは、お天道様に訊くしかないわけだが」河瀬は冬樹の横に来て、どす黒い空を見上げた。「それにしてもよく降る。この分じゃ、下はまた洪水だな」

さらりといってくれるが、洪水と聞くと冬樹は暗い気持ちになる。太一が濁流に呑み込まれていった光景が、まだ脳裏にこびりついて離れない。

冬樹が食堂に行くと、キッチンから人の気配が伝わってきた。栄美子の姿がちらちらと見え、ミオが出てきた。手に皿を持っていて、それをテーブルに並べ始めた。冬樹を見上げ、ぺこりと頭を下げた。彼女がこういう反応を見せたのは初めてのことだ。冬おはよう、と彼は声をかけた。ミオは口元を少し動かし、キッチンに消えた。彼女なりの笑顔なのだろう、と冬樹は解釈することにした。

隣の居間では、誠哉が地図を広げていた。傍らにコーヒーカップが置かれている。

「何を調べてるんだ」冬樹は訊いた。

ああ、と誠哉は顔を上げた。

「都内の標高だ。こうして見ると、ここにしてもさほど高台というわけではないんだな」

「どうしてそんなものを？」冬樹は向かい側に座った。

「この雨だ。おそらく下では浸水が始まっている」誠哉は窓の外に視線を向けた。

「ここもいずれ浸水すると思うのかい」

「それはわからない。だけど準備はしておいたほうがいい」

「どんな準備をするんだ。食料はあるし、発電設備も整っている。ここは完璧だぜ」

冬樹は両手を広げた。

「完璧とは、どういうことだ？　俺たちの生活を永久に保障してくれるという意味か」

「永久ってことはないけど、当分の間は大丈夫だろ」

「当分の間というのは？　備蓄してある食料は、せいぜい一ヵ月ってところだぞ」

「一ヵ月保てば十分じゃないか」

するとと誠哉はテーブルに頬杖をつき、冬樹を見つめてきた。

「その一ヵ月の間に水がひかなかったらどうする？　雨がやむという保証はどこにもないんだぞ。泥水の中を泳げとでもいうのか」

「それは……そんなことまで心配していたらきりがないよ」

「きりがないからどうなんだ？　その時はその時、なるようになれってことか」

冬樹が黙り込むと、誠哉は顔を指差してきた。

「現実を教えてやる。水がひかなければ、我々はここに閉じこめられる。もちろん救助は来ない。食料が底をついたら餓死するしかない。全員が、死ぬ」

冬樹は息を呑んだ。

「ここもまた脱出するというのか」

「必要とあらばな」

「でも浸水はもう始まってるんだろ？　どうやって脱出するんだ。それにどこへ行くんだ」

「それを考えている」誠哉は答えた後、冬樹の背後に目をやった。「おはよう」

冬樹は後ろを振り返った。ジャージ姿の明日香が入ってきたところだった。おはよう、と彼女も小声でいった。

「菜々美さんの様子はどうかな」誠哉が訊いた。

明日香は肩をすくめるしぐさをした。「相変わらずって感じ」

「というと、やっぱり元気がないわけか」

「ベッドにもぐりこんだまま。朝ご飯もいらないって」

「彼女、昨日の夜も食べてないはずだ」冬樹はいった。「何とかいったほうがいいんじゃないか」

誠哉は眉間に皺を寄せ、考え込んでいる。兄貴、と冬樹は返事を催促した。

「何というんだ？　無理やり食事を摂らせて、元気そうに振る舞えと命令するのか。彼女は今、生きる目的を見失って苦しんでいる。それでも死を選ばないだけでも、今のところはよしとしなきゃな」

「でもあの分だと、いつまた変な気を起こすかわかんないよ」明日香がいった。

「しかし、だからといって見張ってるわけにもいかないだろ。何としてでも自分の力で乗り越えてもらうしかない」

「そんなの、ふつうの人間には無理だよ。誰もが誠哉さんみたいに強いわけじゃない。あたしだって、正直いって死にたくなることだってあるんだから」

はっとして冬樹は明日香を見つめた。すると彼女は顔をしかめ、手を振った。

「ごめん。変なこといっちゃったね。死ぬ気なんてないから、安心して」彼女は頭をかきながら食堂へ入っていった。

朝食が出来る頃になると、河瀬や戸田も食堂に現れた。戸田は少し足元がふらついている。冬樹の横を通る時、アルコールの臭いがした。

「ありがたいねえ。こんなに毎朝きちんと飯を食ったことなんて、小学生の時以来だぜ」河瀬が席につきながらいった。皿にはハムとオムレツ、サラダが載っている。

だが戸田は椅子に座らず、台所へ入っていった。冷蔵庫を開け閉めする音が聞こえたかと思うと、彼は両手に缶ビールを持って出てきた。テーブルの一番端の席に座り、プルタブを引く。ぐびりと飲んだ後、大きな音をたててげっぷをした。

「戸田さん」誠哉が声をかけた。「少し飲みすぎじゃないですか」

戸田は、据《す》わった目を誠哉に向けた。「いけないか」

「アルコールは極力眠る前だけにしてくださいとお願いしたはずです」

ふん、と戸田は鼻を鳴らした。

「それは以前の話だろ？　いつ何時危険な目に遭うかわからんから、夜までは酔っ払わんでくれってことだった。だけどもう何も問題はないじゃないか。食べ物はあるし、布団の上で寝られる。ビールぐらい、好きなだけ飲ませてもらうさ」

「多少は構いませんが、あなたは明らかに飲み過ぎです。そんなことをしていたら、身体を壊してしまいます」

だが戸田は薄笑いを浮かべた。

「だから？　身体を壊したらどうだというんだ。健康を維持していたら、どんないいことがあるっていうんだ。何もない。長生きしたって、いいことなんか何もない。ただ苦しいだけだ。だったら、生きている間は好きなようにするさ。好きなだけ酒を飲んで、酔っ払って、それで死ねるものなら本望だ。逆に俺は不思議だよ。こんな中で、あんたらはよく素面《しらふ》で生きていられるもんだ」そういってビールを飲み続けた。

誠哉は諦めたように黙り、食事を再開した。冬樹の向かい側で、河瀬がにやにや笑いながらオムレツを食べていた。

冬樹たちの食事が終わる頃、小峰が起きてきた。パジャマ姿だった。どんよりと濁った目でテーブルを見渡した後、椅子に腰を下ろした。コーヒー、と彼はいった。

はい、と栄美子が立ち上がりかけたのを誠哉が手で制した。

「コーヒーなら、たっぷりいれてあります。自分で持ってきてください。栄美子さんが食事を作ってくれるのはあくまでも好意からで、彼女は我々の家政婦じゃないし、あなたの奥さんでもない」

小峰は誠哉を睨みつけた後、面倒臭そうに立ち上がり、キッチンに向かった。

誠哉が腰を上げ、皆を見回した。

「ちょっといいですか。話したいことがあります」

「おっ、久しぶりに警視殿からのお言葉だ」

茶化《ちゃか》すようにいった河瀬を一瞥《いちべつ》した後、誠哉は口を開いた。

「ほかでもありません、今後のことです。先程、弟とも話しましたが、長引く雨のせいで、周囲が水浸しになっているおそれは十分にあります。低いところでは川のようになってしまうことは、皆さん御承知のはずです。一方、ここに留まっていられる時間は、食料から考えて、あと一ヵ月程度です。その間にどうすればいいのかを考えていただけませんか」

「どうすればって、たとえばどういうことだい？」河瀬が訊いた。すでに真顔に戻っている。

「周りが完全に浸水してしまう前に、もっと安全な場所に移動したらどうかっていうのが、兄貴の意見なんだ」冬樹がいった。

「ここより安全な場所なんてあるのかい」河瀬は身体を揺すった。

「周りが浸水して、そのまま水がひかなかったらおしまいだ」誠哉はいった。

「じゃあ、またここを出るわけ？　せっかく、落ち着いたのに」明日香が眉をひそめた。

「反対」コーヒーカップを手にして、小峰がキッチンから出てきた。「もういいよ。もう動きたくない」

「俺も同感だ」そういって戸田は二本目の缶ビールを開けた。「一ヵ月あるなら、それでいいじゃないか。それまでのんびりと、好きなように暮らせばいい。死ぬしかないってことなら、それでいい。どうせ一度死んだ身なんだ。無理して生きてたって、大して意味はないさ」

「生き続けていれば、光が見えることもあります」

誠哉の言葉に、戸田はせせら笑った。

「光？　どんな光だ。死人だけの世界に、一体どういう光が差すっていうんだ。あんたはいつもいい加減なことをいう。もうその手には乗らんよ」

「兄貴が、いついい加減なことをいったというんですか」冬樹がいった。

「いったじゃないか。期待できるようなことばかりいって、結局は全部外れた。何も知らずにいってたのなら、まだいい。だけど知ってた。ここは死んだ人間だけの世界で、元の世界には戻れないってことを知ってた。それを隠して、我々にあれこれと指図していたんだ。単に労働力がほしくてな」

冬樹は首を横に振った。

「そんな理由で兄貴は本当のことを隠してたんじゃない。その程度のことは、あなたにだってわかるでしょう？　兄貴はただ、みんなを生き残らせたかったんだ。生きる希望を失ってほしくなかったんだ」

「だけど結局、希望はない。散々遠回りして、行き着いた先がこの有り様だ。こんなことなら、もっと早くに教えてくれればよかったんだ。だったら、あんな苦労をしてまで生き残ろうとはしなかった」

「どこかで死んでたほうがよかったというんですか」

「ああ、よかったね。あっさりと死んでたほうが、どれだけ楽だったか」戸田は缶ビールをあおった。

河瀬が黙ってキッチンへ入っていった。やがて出てきた彼は包丁を手にしていた。そのまま真っ直ぐに戸田のところへ向かい、彼のパジャマの襟を摑んだ。

「何するんだ」戸田の顔を怯《おび》えの色が走った。

「死にたいっていうから、死なせてやろうってことだ。とっくの昔に死んどきゃよかったと思ってるんだろ？　だったら文句はないはずだぜ。俺に感謝してもいいぐらいだ。俺もさ、一度は人を殺してみたかったんだ。残念ながら、前の世界じゃチャンスがなかったからねえ。さあ、その手をどけなよ。胸をさ、ひと突きにしてやるよ。それとも喉がいいか。喉をかっ切ってほしいか。どっちだ？」河瀬は戸田の顔の前で包丁をひらひらさせた。

栄美子が悲鳴を上げ、そばにいたミオを抱きかかえた。

「河瀬っ」誠哉が声を放った。

戸田は、がたがたと震えている。それを見て河瀬は、戸田を突き飛ばした。

「何だよ。鬱陶しいことばっかりいってるくせに、結局は死にたくないのかよ。だったら、おかしな難癖をつけるんじゃねえよ」

「し、し……死ぬ時は……自分で決める」戸田は吃った。

「じゃあ、決まったら教えてくれ。ひと思いに刺してやるよ。死に損なう心配がないから、そのほうがいいだろ」

包丁の先を戸田に向けた河瀬に、小峰が無言で近づいた。

「なんだ。何か文句があるのか」河瀬はいった。

「刺していいよ」小峰が抑揚のない声を出した。「人を殺したいんだろ？　だったら、刺せばどうだ。逃げないし、抵抗もしない。そのかわり、なるべく痛くないようにしてくれ」

「正気かよ」

「もちろん正気だ。その人みたいに口先だけでいってるんじゃない。殺してくれれば幸いだ」小峰の顔に表情はなかった。ガラス玉のような目で河瀬を見ている。「さあ、早く刺せよ。それとも、人殺しはやっぱり怖いのか」

河瀬が片頬だけで笑った。

「あんた、俺を脅してる気かい？　いっておくが、人を殺したことはないが、刺したことは何度だってあるんだぜ。急所を狙うか外すかだけの違いなんか、俺にとってはどうってことない」

「だったら、やればいいじゃないか」小峰はシャツのボタンを外し、肋骨《ろっこつ》の浮いた胸を見せた。

河瀬の口元が歪んだ。包丁を握り直すのが冬樹の位置からでもはっきりと見えた。

「面白いな。やってやるよ」

河瀬が包丁を構えかけた瞬間、いつの間にか接近していた誠哉が、その腕を摑んだ。

「やめろ、河瀬」

「離せよ」

「誰の得にもならない。あんたが単純な人間だと証明するだけだ」

誠哉の言葉に、わかったよ、といって河瀬は身体の力を抜いた。誠哉が彼の手から包丁を奪った。

小峰は冷めた目をしたままでシャツのボタンを留め、出口に向かった。その途中で立ち止まり、振り返って誠哉を見た。

「あなた、いいましたよね。ことの善悪も、これからは我々で決めていかなきゃいけないって。だったら、人殺しが善か悪かということも未定ということだ。今ここで、その答えを教えてあげますよ。死を願っている人間にとっては、間違いなく善だ」

40

勝敗は明らかだったがゲームは続いていた。残り一つのスペースに、白い駒を摘んだ明日香の手が伸びていく。駒を置いた後は、彼女の細い指が次々と黒い駒をひっくり返していった。ひっくり返し終えたところで彼女は顔を上げた。無表情だった。

「数える？」

「その必要はないだろ。俺の負けだ」冬樹は下唇を突きだし、駒の回収を始めた。

「俺の一勝三敗か。君って、案外強いな」

「ていうか、冬樹君が弱すぎるんだよ。あたし、友達とオセロをやって、勝ったことなんてそんなにないよ」

「コツがよくわかんないんだよな。もう一回やるかい？」

「ごめん。もういいよ」明日香はソファにもたれ、傍らに置いてあったジュースを飲んだ。

冬樹はオセロの盤と駒をケースに収め始めた。リビングボードに入っていたのを見つけたのだ。おそらく首相一家の娯楽の一つだったのだろう。

「ねえ、こんな生活、一体いつまで続くのかな」

さあ、と冬樹は首を捻るしかない。

「誠哉さんは、近いうちにここも脱出しなきゃいけないって考えてるみたいだね。冬樹君はどう思ってるの？」

「兄貴があいってるんだから、そうしなきゃしょうがないんじゃないか」

冬樹の返答に、明日香は目尻を吊り上げた。

「何それ。冬樹君には自分の考えってものがないわけ。何でも誠哉さんのいうがまま？」

「そんなことはねえよ。兄貴のいってることは理解できるってことだ」

「じゃあ、そういえばいいじゃない。今の言い方だと、誠哉さんが右だっていえば右を向いて、左だといえば左を向くみたいだよ」

「だからそんなことはないって。俺だって、兄貴に逆らったことは何度でもある。君だって知ってるはずだぜ」

「前はそうだったけど、何だか今はいいなりって気がする。すっごく難しいことになってきたから、これからのことは誠哉さんに決めてもらおうとか思ってるんじゃないかって」

「そうじゃない」冬樹は強くかぶりを振った後、小さく頷いた。「いや、正直いうと、そういうところはあるかもしれない。俺は兄貴みたいに頭がよくないからさ、生きるか死ぬかっていう局面で、先を読むなんてことは得意じゃないんだ。その点、兄貴は頭がいいし冷静だ。兄貴の判断に任せておけば間違いないんじゃないかって思ってるのは事実だ。でもさ、何でもかんでも頼っとけばいいと思ってるわけじゃない。俺なりに考えなきゃとは思ってる。ただささ、逆らいにくいっていう思いはある」

「逆らいにくいって、どうして？」

「だって、兄貴をこんなところに引きずり込んだのは俺だから」冬樹は顔を上げた。

「俺がヘマをして、兄貴を死なせちまったんだ」

　彼は前の世界での出来事を明日香に話した。彼女は眉根を寄せ、時折頷きながら聞いていた。

「そうだったんだ。同じ事件を担当して、一緒に犯人を逮捕する予定だったんだね」

冬樹は首を振った。

「向こうは本庁で、こっちは所轄。逮捕する時点では、俺にお呼びはかかってなかった。俺が勝手に出しゃばったんだ。兄貴たちの作戦をぶち壊しにして、馬鹿みたいに暴走した。その挙げ句に二人とも犯人グループから撃たれた。自分が情けなくなる」

「でもさあ、冬樹君のいってることはわかるけど、今更気にしたって仕方ないんじゃないの？　誠哉さんだって、根に持ってないと思うけど」

「兄貴がどう思ってるかは関係ないんだよ。俺が俺自身を許せないだけだ。だから、こういう局面になると何もいえない。兄貴のやることに文句をつける資格が俺にあるのかって思っちまう」

「文句をつけるんじゃなくて意見をいうんだよ。冬樹君なりの意見を。誠哉さんだって人間なんだから、いつでも絶対に正しい道を選べるわけじゃない。そういう時、ほかの人が意見をいわないと、それこそ全滅だよ。あたしたちみんな死んじゃうよ。済んだことなんか忘れて、明日からどうすればいいかを考えようよ」

熱っぽく語る明日香の顔を見つめ、冬樹は苦笑した。

「何、その顔。あたしのいってること、おかしいわけ？」明日香は唇を尖らせた。

「そうじゃない。君も、兄貴に負けず劣らず強いなあと思ってさ。それが若さってやつなのかな」

冬樹の言葉に明日香は吹き出した。

「何いってんの。あたしと十歳も違わないくせに」

「見習わなきゃな。俺だけじゃない。君の強さの半分でも、ほかの者にあれば……」

冬樹は頭を掻いた。「すっかり生きる意欲をなくしちゃってるもんなあ。菜々美さんに小峰さん、それから専務も」

「早く立ち直ってくれるといいんだけど」

明日香が呟いた時、入り口のほうで物音がした。やがてドアが少し開いた。誰かが中を覗き込んでいる。

「誰？」

冬樹は立っていき、ドアを大きく開いた。ひっと小さく悲鳴をあげたのは菜々美だった。

「菜々美さん……どうしたんですか」

彼女の顔面は蒼白だった。スウェットのファスナーをきっちりと閉じ、その襟首を摑んでいる。よく見ると、細かく震えていた。

明日香もやってきた。

「どうしたの？　何かあったの？」

菜々美の唇が動いた。かすれた声で何かいった。部屋に、と聞こえた。

「部屋？　部屋がどうかしたの？」

「……あたしが寝ていたら……誰かが……部屋に」

冬樹は、何が起きたのかを察した。すぐに階段に向かった。菜々美たちの部屋は二階にある。

階段を駆け上がった。菜々美の部屋のドアが開けっ放しになっていた。冬樹は中を覗き、ぎくりとした。誰かがベッドの上に座っていたからだ。痩せた裸の背中が見える。誰なのかは、その体型でわかった。

「小峰さん、あんた一体何を……」冬樹は近づいた。

小峰は正座した状態で項垂れていた。

「何とかいいなよ、小峰さん」冬樹はベッドの横に立った。

小峰はパンツ一枚という姿だった。正座したまま、なんでだよ、と呟いた。

「何だって？」

「なんで逃げるんだ。別にいいじゃないか。これぐらいのこと、大したことじゃない

じゃないか」念仏を唱えるように、ぼそぼそといった。

「あんた、菜々美さんに何をやろうとしたんだ」冬樹はいった。「まあ、説明してくれなくても、大体察しはつくけどさ」

小峰がようやく顔を上げ、冬樹のほうを向いた。その目は死んでいた。精気のかけらも感じられない。

「いけないか？　もうこの先、生きてたって意味がないんだ。だったら、セックスぐらいしたって構わないだろ？　お互い、もう死んだ身なんだ。どうして拒む理由がある？　何かをしてくれといってるんじゃない。ただ、じっとしていてくれればいいんだ。こっちは勝手に済ませるよ。後始末だってする。それなのに、何がいけないんだ。あの女性は、自殺したいんだろ？　生きてても仕方がないと思ってるんだろ？　自分の身体なんか、どうなってもいいと思ってるんだろ？　だったら、いいじゃないか。どうして逃げる必要があるんだ？　おかしいじゃないか」

「おかしいのは、あんただよっ」後ろから明日香の声が飛んできた。彼女は大股で入ってくると、小峰の背中を睨みつけた。「どんな時だって、そういうのはお互いの同意がなきゃだめっていうのは、法律以前の問題だろ。信じらんない。頭、どうかしてんじゃないの」

小峰は、ふっと笑みを漏らした。

「おたくらはいいよ。相手がいるんだから」

「相手？　どういう意味だ」冬樹は訊いた。

「とぼけなくていいよ。わかってるんだから。おたくらは好き合ってんでしょ。いつも一緒にいるもんな。どうせ、もう何回もやってるんだろ。いいねえ。女子高生とやりまくりか。それじゃあ、どんな状況になっても落ち込まないよなあ」

冬樹は当惑し、思わず明日香と顔を見合わせた。彼女はすぐに目をそらした。

「あんた、何いってんだ。俺たちは何もねえよ」

「そうだよ。変ないいがかりつけないでよ」明日香も口を尖らせた。

小峰はゆっくりと二人の顔を見比べた。

「まだやってないの？　だけど、いずれする気でしょ。羨ましいねえ」

「何、勝手に想像して、勝手に妬んでんだ。今はそういうことをいってるんじゃないだろうが。自分が何をしたか、わかってるのか」

「もちろんわかってる。したいことをしようとしただけだ。それのどこが悪い？　セックスしたくても相手のいない人間は、こうでもしなきゃしょうがないんだよ。それとも何か？　君がやらせてくれるっていうのか」小峰は明日香のほうを向いた。

「冗談じゃねえよ」彼女は声を張り上げた。

ばたばたと足音が近づいてきた。やがて誠哉が入ってきた。

「何の騒ぎだ」

「こいつ、菜々美さんをレイプしようとしたんだ」明日香が答えた。

誠哉の頰の肉がひきつるのを冬樹は確認した。やはり菜々美のことが本気で好きなのだな、と思った。

「未遂か」

「だと思うよ。あたしと冬樹君がリビングで話をしてたら、菜々美さんが来て、誰かが部屋に入ってきたって……」

「それで、菜々美さんは？」

「今、リビングにいる」

「様子を見に行ってくれ。一人にしておくとまずい」

「でも――」

「早くっ」

誠哉に急かされ、明日香は部屋を出ていった。誠哉の目は、小峰を見据えている。

小峰は再び深く首を折っていた。

「冬樹、みんなを食堂に集めてくれ」誠哉がいった。

食堂の長いテーブルで、七人の男女が席についた。小峰は壁際に置かれた椅子に座らされている。ジャージにワイシャツという出で立ちだった。感情をなくした目を、虚ろに斜め下に向けている。

「絶対に許せないよ。ミルクを舐めた太一となんて比べられない。レイプだよ。こいつはレイプ犯なんだよ。あたし、こんなやつと一緒に暮らすのなんて、絶対に無理だから。ありえないから」明日香が大声でまくしたてた。

菜々美は明日香と栄美子に挟まれるようにして座っている。ずっと俯いたままだ。

「まあ、そう興奮しないで。冷静に話し合おう」誠哉が宥《なだ》めるように右手を出した。

「冷静になんてなれないよ。それとも何？　男性陣はこいつの味方なわけ？　やりたい気持ちはわかるとでもいいたいの？」明日香は立ち上がった。

「そんなわけないだろ。とにかく落ち着けよ」

冬樹の言葉に、明日香は仏頂面をしたままで腰を下ろした。すると、河瀬が腕組みをしたままで含み笑いをした。そんな彼を明日香は睨んだ。

「何？　何がおかしいの？　あたし、変なことといった？」

「変なことといったのは、お嬢ちゃんじゃねえよ。こっちの兄さんのほうだ」河瀬は冬樹を見て、唇の端を上げた。

冬樹は眉をひそめた。「俺が？」

「だってそうじゃねえか。小峰の味方じゃないだろうけど、気持ちはわかるんじゃないのか。俺はわかるよ。やりてえよ。正直いって、今すぐにでもやりてえ。ただ、我慢してるだけだ。おたくだってそうじゃないのか」

冬樹は奥歯を嚙みしめた。怒りが沸き上がった。だが言葉が出てこない。

「それが人間ってものだ」河瀬は真顔になり、低い声でいった。「どうせ話し合うなら、本音を出そうや。格好なんかつけたって、何の意味もないぜ」

いい返せないでいる冬樹に、明日香が厳しい視線を投げつけてきた。

「信じられない。そうなの？」

冬樹は首を振った。

「俺はレイプなんかしたくない」

「言葉をすり替えるなよ」河瀬が顔をしかめた。「俺だって、レイプしたいといってるわけじゃねえだろ。やらせてくれるならやりたいといってるんだ。それはどんな男だって一緒だ。本能なんだから仕方がねえ」

「ひどい。居直ってる」明日香がいう。

「お嬢ちゃんだって、男がそういうものだってことを全然知らないわけじゃないだろ。今さらカマトトぶるのはよそうや。だから警視さんよ」河瀬は誠哉のほうを向いた。「このレイプ野郎をどうするかなんてことは小さい問題だ。それより、男の本能っていう厄介なものをどうするかってことが大事なんじゃねえのか」

「そんなのあたしらには関係ないよ。男のことなんだから、男が解決したらいいじゃん。とにかくこっちにとばっちりが来るのは——」

「うるせえ娘だな」河瀬は眉間に皺を刻み、どすの利いた声を出した。「いいたいことはわかってるよ。ちょっとは黙ってろ。大人の話が出来ねえ」

明日香は心外そうに目を見開いた。だが口は閉じたままだった。

誠哉は黙ったまま、じっと目を閉じていた。その彼に皆の視線が集まった。するとそれを察知したように彼は目を開いた。

「最初にはっきりさせておきますが、集まっていただいたのは、小峰さんを糾弾するためではありません。今後我々がどうやって生きていくかということを考える、いいチャンスだと思ったからです。我々の将来について話し合いたいんです」

それまで黙って缶ビールを飲んでいた戸田が、くすくすと笑いだした。

「将来？　そんなもの、どこにあるんだ。世界は終わったってのに」

するると誠哉は立ち上がり、皆を見回して続けた。

「たしかに我々は以前の世界を失いました。だけど生きています。それは厳然たる事実です。その中で将来を考えるとすれば、やるべきことは一つしかない。新しい世界を造るんです」

41

「それ、どういう意味だ。新しい世界って」冬樹は誠哉に訊いた。

「我々の手による世界だ。以前のことは忘れて、ゼロから始めるんだ。ただ生き延びるだけじゃない。きちんと人生を感じられる生き方を、皆で目指すんだ」

「こんな中で、どうやって人生なんて感じられる？　残された食料のおかげで、辛うじて生きているだけなのに」やや酔った口調で戸田がいった。

「そういう生活からは脱却するんです。今のままでは、我々はただ以前の世界の残り物で生きていくしかありません。時間の問題で、食料を求めて放浪することになるでしょう。そうならないために、我々なりの世界を造っていこうと思うわけです」

「だから、どうやって？」冬樹は訊いた。

誠哉は深呼吸をし、皆に視線を配った。

「文明の利器に囲まれていた頃のことは忘れてください。残り物を食べる生活から抜け出すには、自分たちの手で食料を作りだすしかない。米もパンも野菜も、すべて作るんです」

缶ビールを飲みかけていた戸田が、少しむせた。

「百姓になれというのか」

誠哉は首を振った。

「生業《なりわい》のことをいってるんじゃありません。生きていくために必要なことをするだけです。昔の人々は、誰も彼もが作物を育てていました。そんな生き方を疑うことさえなかった。難しいことじゃない。人間の本来の生き方に戻るだけです」

「できるかな、そんなこと」冬樹は呟いた。

「大丈夫だ。俺は今、ゼロから始めるといったが、実際にはそうじゃない。郊外へ行けば、前の世界の誰かが耕してくれた畑があるはずだし、そこでは作物が育てられているだろう。植物はP—13現象の影響を受けないみたいだからな。我々は、その田畑を受け継げばいいだけだ。もちろん農業は簡単ではないだろうが、ノウハウを記した書物を探すのは難しくない。皆で力を合わせ、学びながら、一歩一歩技術を習得していけばいい。必ず、うまくいくはずだ」誠哉の声には熱がこもっていた。

全員が黙り込んだ。誠哉の提案について、それぞれが思考を巡らせているようだった。冬樹も自分が農作物を育てる様子を想像した。具体的にどんなことをするのかは全くわからなかったが、この絶望的な世界に送り込まれてきて以来、初めて前向きなことを考えたように思った。

「ちょっといいですか」明日香が手を上げた。

何だ、と誠哉は訊いた。

「誠哉さんの話はよくわかりました。あたしも、そんなふうに生きていくしかないのかなって思う。でも、そのことと、あの人のやったことと、どういう関係があるわけ?」明日香は小峰を指差した。「みんなで力を合わせようってことなら、ああいう人がいることは、一番まずいんじゃないの? だって、あたしたちは全然安心できないよ。力を合わせようって気になれないよ」

誠哉は小峰を一瞥してから、再び明日香に目を戻した。

「今、新しい世界を造っていこうといったけど、それは単に農業をするってことだけじゃない。我々は様々な方針を決めていかなきゃならない。国も役人もここには存在しない。全部、自分たちで決めていく。いわば、我々は一つの村だ。村の存続のために、全員で知恵を出す必要がある」

それで、と明日香は首を傾げた。

「村人たちが考えるべきことは、自分のことだけじゃない。いや、時には自分のことよりも村の発展を優先させなきゃならない。村を発展させるとはすなわち、人口を増やし、次の世代が安心して暮らせるシステムを作ることだ」

誠哉の言葉に、再び全員が沈黙した。しかし先程とは様子が違う。皆は、彼から発せられた一つの言葉に当惑したのだ。

「人口を増やす？」冬樹がいった。「それって、もしかすると……」

「子供を作るということだ。当然だろ」

ふん、と戸田が鼻を鳴らした。

「あんた、頭がいいと思っていたが、それほどでもないね。この少ない人数で、どうやって子供を増やすんだ？　女は三人、ミオちゃんを入れても四人だ。四組の夫婦を作って、その間に子供が出来て、その子供たちを結婚させるとかしても、いずれは血が濃くなってしまう。そんなやり方に限界があることは、世界中の小さな村が証明してくれている」

「たしかに、その問題はあります。だけど、血縁関係のある者同士が結婚をしなければならない局面が来るまでには、まだ相当の時間があります。それまでには、何らかの打開策が見つかっているかもしれません。我々以外の人間に出会うことだって、期待できます。それにもう一つ、女性が四人しかいないからといって、四組の夫婦しか作れないわけではありません」

この台詞には、冬樹も自分の耳を疑った。彼は兄の横顔を見つめた。「何だって？」

「ちょっと待って。それ、どういうこと？」早速、明日香が嚙みついた。「結婚しても、離婚して再婚する可能性があるってこと？　それならわかるけど、まさか、女たちに何人もの男の相手をしろっていってるんじゃないよね」

「いえ、きっとそうよ」今まで口をつぐんでいた栄美子が、ここで初めて発言した。「誠哉さんは、人口を増やすことを最優先にしたいといってるんだから、当然女たちは、なるべくたくさんの子供を産めってことでしょ。ただし相手の男性が一人だと遺伝子が偏《かたよ》ってしまうから、何人かの男性との間に子供を作る必要がある……」

「うそっ、信じられない。本気でいってるの？」明日香は見開いた目を誠哉に向けた。

誠哉は苦しげに唇を噛み、視線を落とした。

「未来のためだ。辛いとは思うけど、愛情を確かめ合うためのセックスではなく、人類の存続に不可欠な生殖行為をするんだと割り切ってもらえないだろうか」

「冗談じゃないよっ」明日香は両手でテーブルを叩いた。「いいたいことがやっとわかった。それでそのレイプ野郎のことも庇《かば》うわけね。未来のために、男は好きな時に女とセックスしてもいいってことにしたいわけだ。レイプでも何でもありってしたいんだ」

「レイプを認めるわけじゃない。それは別の問題だ。ただ、セックスについての解釈が、これまでの世界とは――」

「もういいよっ」明日香は怒鳴った。「好き勝手なことをいってればいいよ。もっと他人の心がわかる人だと思ってたのに、がっかり。一人一人の気持ちを踏みにじって、それで発展したって意味なんかない。ママ、菜々美さん、行こう。こんな話に付き合ってられないよ」

明日香は菜々美の腕を掴み、立ち上がらせた。さらに出入口まで引っ張っていった。誠哉の横を通る時、菜々美はちらりと彼を見た。だが彼は俯いたままだった。

彼女らに続いて、栄美子も出ていこうとした。だが廊下に出る前に振り返った。

「誠哉さんがひどい人だとは思いません。みんなのことを……人間の将来のことを考えて、辛い気持ちを抑えていっておられることだと思います。もしかしたら……いえ、たぶん正しいことをいっておられるんだと思います。でも、やっぱり、私は割り切れないです。そういうのは無理だと思います。まあ、私のようなおばさんが反論したって、何をいってるんだとお笑いになるだけかもしれませんけど」栄美子は作り笑いを浮かべ、お辞儀を一つしてから出ていった。

女性たちが出ていった後には、重たい空気が残った。誠哉は椅子に腰を下ろし、両手で頭を抱えた。

「やれやれ」河瀬がため息まじりにいった。「面倒臭いことになっちまったな。だけどさ、あのねえちゃんが怒るのも無理ないぜ。ソープ嬢じゃあるまいし、いきなり好きでもない男とやれといわれて、はいそうですかというような女はいねえよ」

「へええ、おたくがそういうことをいうかね」戸田が呂律《ろれつ》の怪しい口調でいった。

「若い女を借金でがんじがらめにして、最後にはソープに売り飛ばしてたんじゃないのか。本人の希望なんかは全く無視してさ」

だが河瀬は顔色ひとつ変えなかった。

「たしかに俺の仲間には、そういうことをしてたやつもいる。だけどそれは金を稼ぐためで、性欲を満たすためじゃない。あのねえちゃんたちに無理矢理ソープ嬢の真似事をやらせたって、何の意味もないといってるんだ」

「ソープ嬢なんかじゃない」誠哉が低い声を出した。「人類存続のための重要な役割を果たしてほしいといってるんだ。いわば、イブだ。アダムとイブのイブになってくれということだ。我々男たちの性欲処理を担ってくれといってるわけじゃない」

「警視さんよ、そんな高尚で難しいことを、こんな状況でいったって、誰もわかんねえよ。この先、自分がどうなるのかさえ見えてこねえのに、人類の将来について考える余裕なんかあるわけないだろ」

「だけど、いずれは考えなきゃいけないことだ」

「だからそれが今は無理なんだって。誰もがあんたみたいに冷静に考えられるわけじゃねえんだよ。それよりさ、もっとわかりやすいルールを作ったほうがいいんじゃないのか」

「わかりやすいルールって？」冬樹が訊いた。

「ねえちゃんたちが納得するようなルールだよ。はっきりいえば交換条件みたいなものを用意するわけだ。連中だって、男たちの力を借りなきゃ、この先、生きていけないことぐらいはわかってる。そこのところを押し出して交渉したらどうなのかっていってるわけさ」

「交渉？」

「そうさ。持ちつ持たれつの関係を築くわけだ。あっちは生活が保障されるし、こっちは男の本能って問題を解決できる。万々歳だ」

「そんなことはできない」誠哉が顔を上げ、河瀬を睨みつけた。「彼女たちの尊厳を傷つけるようなことは許さない」

するると河瀬は不思議そうに両手を広げた。

「どうして？　女たちに色恋抜きのセックスをやってくれ、といったのはあんただぜ。あんたが出した条件は人類の未来なんていう雲を摑むような話だ。それじゃあわかりにくいから、今この時の生活保障ってものを条件にしようといってるんだ。あんたの提案と俺の提案、一体どう違うんだ」

「全然違う」誠哉は首を振った。「俺は彼女たちに交換条件など出していない。人類存続のために力を貸してくれと頼んだだけだ。我々男たちが、彼女たちの安全な生活を確保することについても、その対価を要求してはならない。彼女たちはソープ嬢じゃないといっただろ。条件を出すということは、彼女たちの身体を買うということだ。彼女たちに対して、それほどの侮辱はない」

「そんなの、考えようじゃねえか。やろうとしていることは同じなわけだろ」

「同じじゃない。そんな提案には断固反対する」

誠哉の強い語気に圧倒されたように河瀬は口をつぐんだ。やがて頭を掻きながら腰を上げた。

「たぶん俺の頭が良くねえんだろうな。警視さんのおっしゃる意味が理解できねえよ。だったら、あんたの納得のいくようにすればいいさ。人類の未来を考えてくれって女たちに頼み込むことだ。それで連中が首を縦に振ってくれるとは、とても思えないけどさ」

河瀬は大きな足音をたてて部屋を出ていった。

戸田も気まずそうな顔つきで立ち上がった。

「難しいねえ、この問題は……」どこか他人事のような口ぶりでいい、出口に向かった。

誠哉は頬杖をつき、ため息をついた。冬樹には、ひどく疲れて見えた。

「兄貴のいってること、俺には何となくわかるよ。栄美子さんじゃないけど、正しいことなのかもしれないって思う」

「だけど女性たちが割り切るのは無理——そういいたいわけか」

「仕方ないよ。みんな、ちょっと前までは、ふつうの人々だったんだ。ふつうの生活を送って、泣いたり笑ったりしてたんだ。そんな人たちに、急に人類の未来を考えろといっても無理だ。今の自分のことを考えるだけで精一杯なんだから」

そんなことはわかっているとでもいうように、誠哉は顔をしかめ、指先で両方の目頭を押さえた。

かたり、と音がした。小峰が椅子から立ち上がっていた。

「あの……僕はどうしたらいいですか」

冬樹は誠哉と顔を見合わせた。誠哉はげんなりしたように口を歪めている。

「つい、出来心であんなことを……。どうかしていたんです。もう二度としません。信じてください。だから、どうか、一緒にいさせてください。お願いします」小峰はぺこぺこと頭を下げた。

「それは、我々にいうべきことじゃない」誠哉はいった。「今までのやりとりを聞いていてわかったと思うが、あなたの行為によって女性たちはひどく傷ついている。今後もあなたを受け入れるかどうかは、彼女たちに決める権利がある」

小峰は、がっくりと首を前に折った。今頃になって、自分がいかに愚かなことをしたのかを悟ったようだ。

「じゃあ、謝ってきます。……土下座したほうがいいですよね」

誠哉は黙っている。冬樹も返すべき言葉が思いつかなかった。

「でも、少しほっとしました。皆さん、同じだったんですね」

小峰の言葉に、誠哉は怪訝《けげん》そうに眉をひそめた。

「同じ？」

「ええ。だって、同じところに男と女が住んでいて、ほかにはもう人間がいないわけですから、どうしたって考えるじゃないですか。セックスのことを。しかも、女性たちは結構若いし……」

次の瞬間、誠哉は勢いよく立ち上がっていた。くるりと小峰のほうを向くと、彼の襟元を摑んだ。そのまま壁に押しつけ、ぐいと持ち上げた。小峰はつま先立ちになった。その顔には恐怖の色が浮かんだ。

兄貴、と冬樹は声をかけた。

「あんた、自分のやったことの意味が本当にわかってるのか」誠哉はいった。「いいか、俺があんたを殺さないのは、この世界にはたったの十人しかいないからだ。あんたのような人間の遺伝子だって貴重だと思うからだ。もしあんたの遺伝子が俺と同じなら、迷いなく殺していた」

小峰は怯えた顔のままで頷いた。

「もしまた同じことをしたら、その時は許さない。そんな男の遺伝子は最初からなかったと思うことにする。そのことを忘れるな」

「……わかりました」

か細い声で小峰が答えるのを聞き、誠哉は手を離した。小峰はその場に座り込んだ。

その時だった。轟音が近づいてくるのを冬樹は聞いた。何だろう、と思った瞬間には、激しく床が揺れ始めていた。

42

立っていることなどできなかった。何かに摑まろうと思った時には、冬樹は床に転がっていた。巨大なダイニングテーブルが滑り、壁に激突した。シャンデリアは揺れ、棚のものが次々と落下した。

耐震対策は万全なはずの公邸だが、すさまじい軋《きし》み音が鳴り響いた。まるで邸宅全体が悲鳴をあげているようだった。誠哉が、頭を守れっ、と叫んでいる。だがその声さえも、かき消されそうだった。

この地震の大きさは半端ではない——冬樹は思った。これまでにも何度か地震は来ているが、彼等がこの公邸に来た時点では、目立った被害は見当たらなかった。ところが今、この地震によって、さすがの耐震建築物も危機にさらされている。つまり、これまでで最大の地震だということになる。

冬樹は床の上を転げ回った。自分の意思で動くことは不可能だった。神の掌の上で弄《もてあそ》ばれているような気がした。

やがて揺れは収まった。一分足らずのはずだが、ひどく長い時間のように思われた。冬樹は、すぐには動けなかった。頭は混乱し、平衡感覚を失っていた。自分が何を聞き、何を見ているのかさえ判断がつかなかった。

「大丈夫か」誠哉の声が聞こえた。

冬樹はゆっくりと上半身を起こした。周囲を見回し、自分がキッチンの入り口まで転がっていることを認識した。

誠哉はダイニングテーブルの下にいた。小峰は壁際でうずくまっている。

「怪我はないか」誠哉が再び訊いてきた。

「何とか大丈夫みたいだ」冬樹は頭を小さく振った。まだ目眩が残っている。

「キッチンを覗いてみてくれ。コンロや家電品の状態を確認するんだ。ただし、迂闊《うかつ》にスイッチを入れたりするな。目視だけでいい」

「わかった」

冬樹は壁にもたれかかるように立ち上がった。ジェットコースターから降りた直後のように、足元がふらふらした。

幸いなことに、調理器具などに異状はないようだった。それを確かめてからキッチンを出ると、誠哉は床に腰を下ろしていた。彼の前にはエアコンのリモコンが転がっている。裏の蓋が外れ、電池が出ていた。

「何をやってるんだ」冬樹は訊いた。

「これを見ろ」そういって誠哉は持っていた電池を床に置いた。

単三の電池は、間もなくゆっくりと転がり始めた。それは止まることなく、壁まで達した。

「わかるか」誠哉がいった。

「床が傾いているみたいだな」

「そのようだ。地盤がしっかりしていて、耐震設計を施された邸宅でさえこうなんだ。ほかの場所だと、被害はこんなものじゃない。これまでの地震や台風では、辛うじて建っていた建物も、今度は倒壊している可能性は十分にある」

「ほかの建物のことは、この際もう考えなくていいんじゃないのか。俺たちが使うことは、おそらくないわけだし」

「俺がいっているのは建物のことじゃない。それだけの被害が出るようなら、街や道路の状況はさらに悪化しているだろうってことだ。ここへ辿り着くまでのことを覚えているだろ？　移動するのは、あの時よりもっと困難になっているおそれがある」

「道路の陥没は、あちこちで起きてると思いますよ」小峰がいった。「もう、かつての地図のことは忘れたほうがいいかも……」

冬樹は誠哉と顔を見合わせた。

「とりあえず、敷地内の被害状況を確認しておこう。小峰さん、一緒に来てくれるね？」

「あ、はい……」

ついさっき誠哉に脅されたばかりの小峰は、身体をすくめるようにして頷いた。おどおどしているが、生きる希望を失ったような気配は消えていた。むしろ、生への執着を強くした印象さえ受ける。新しい世界を造るためには女性たちにイブ役を求めねばならないという重い問題に触れ、自らの矮小《わいしょう》さを実感したのかもしれない。あるいは地震という圧倒的な自然の力を体現したことで、死に対する恐怖が再び蘇ったのかもしれない。おそらくその両方だろう、と冬樹は想像した。彼自身が少なからずそうだったからだ。

「冬樹、おまえはほかの人たちの様子を見てきてくれ。とりあえず、リビングルームに集まるようにいうんだ」

了解、といって冬樹は食堂を出た。

階段に向かうと、河瀬が反対側からやってくるところだった。

「ひでえ揺れだったな」

「被害状況を調べているところだ。何か変わったことは？」

「俺のほうは特にねえよ。棚の置物が落ちて壊れたぐらいだ」

「戸田さんの様子を見てきてくれ。異状がなければ、そのまま二人でリビングに行ってくれ」そういった後、冬樹は足早に階段を上がった。

二階に行くと明日香が廊下に出ていた。

「大丈夫か。怪我はないか」冬樹は訊いた。

「大丈夫。ミオちゃんや赤ちゃんも無事」

「そうか。すぐにリビングに行ってくれ」

しかし明日香は即答しない。口をつぐみ、視線を落としている。

「なんだ？　どうかしたのか」

彼女は顔を上げ、真っ直ぐに冬樹を見つめてきた。

「悪いけど、あたしたちはここにいる。あなたたちのところへは行かない」

「どうして？」

冬樹が訊くと、明日香は意外そうに首を少し傾げた。

「さっきのやりとりを忘れたわけ？　あたしたちはね、これからはあまり男たちには頼らないで生きていこうって決めたの。頼ったら、それと引き替えにセックスを要求されるかもしれないから。弱みは見せないことにしたの」

冬樹は自分の太股を叩き、その場で足踏みした。

「今はそんなことをいってる場合じゃないだろ。今度の地震で、周りがどうなってるのかもわからないっていうのに」

「どっちみち、街は壊れてるじゃない。これ以上、壊れようが消えようが、大して変わりないよ。それより、もっと大事なことがある。あたしたち女にとってはね。だからごめんなさい。そっちへは行かない」

「明日香……」

「誤解しないでね。敵対する気はないの。だけど、男性陣のいいなりになっているのはやめることにしたわけ。これからどうするかは、あたしたちもあたしたちなりに考えることにする」

明日香は部屋のドアを開けると、ごめんなさい、ともう一度いってから中に入った。ばたんとドアが閉じられた。

次の瞬間、足元ががたんと下がったような衝撃があった。冬樹は思わずしゃがみこんだ。激しい揺れが十秒ほど続いた。余震のようだ。部屋の中から女性たちの悲鳴が聞こえた。

「大丈夫かっ」彼は叫んだ。

ドアが開き、明日香が顔を出した。

「それはあたしたちが自分で判断する。冬樹君は、みんなのところに戻って」そういい終えると、明日香は冬樹の返事を待たずにドアを閉めた。

冬樹はため息をつき、階段を下り始めた。その途中、また少し揺れた。

リビングに行くと、すでに誠哉たちは戻っていた。戸田も、やや酔った目つきでソファに座っている。

明日香からの言葉を冬樹は伝えた。河瀬が頭を掻き、苦笑した。

「やれやれ、すっかり信用を失ったみたいだな。まあ、夜這いをかけるようなやつがいるんじゃあ、仕方ないか」

小峰は肩をすぼめるようにして座っている。

どうする、と冬樹は誠哉に訊いた。

「今日のところは、彼女たちの好きにさせよう。外は真っ暗だから、集まったところで何も出来ない。とりあえず、朝までは待機ということでいいと思う」誠哉はいった。

「夜が明けたら?」

「まずは、周辺がどうなっているかを調べよう。すべてはそれからだ」

「女性たちをあのままにしておいていいのかい」

「彼女たちには、俺のほうからもう一度話をする」

「どんなふうに？　イブになってくれって頼むのかい？　こんな状況で、そういう話は無理だと思うぜ。とても冷静には聞けないんじゃないか」

「こういう状況だから、わかってもらわなきゃいけないんだ。何のために生きるのか、これからどういう人生を歩むのか、それが決まらないことには、とてもこの危機的な状況から抜け出すことはできない」

「そうかな。今は和解が先決だと思うけど」

「表面的な和解など意味がないし、人の心を動かすことなど出来ない。人類が滅びるかどうかの瀬戸際なんだ」

「人類って、大袈裟な」

「そうか？　じゃあ訊くが、我々全員が死んだ後も、この世界に人類が残ると保証できるか？　俺は出来ないが」

突然、戸田が立ち上がった。その拍子にテーブルに載っていた缶ビールが転がった。

「重いよ。重すぎるよ。そんな話、聞かせないでくれ。そこまで考えなくたっていいじゃないか。せいぜい……そうだ、無人島にいる程度の気持ちでいいじゃないか。死んだらおしまい。それでいいじゃないか」

「ただ食べて寝て、食料がなくなったら餓死する。そんな人生でいいんですか」誠哉は訊いた。

「それでいいよ。俺はいいよ。もうあまり重荷を背負わせないでくれ」

戸田は頼りない足取りでドアに向かい、そのまま部屋を出ていった。

沈黙が続く中、河瀬が腰を上げた。

「さてと、じゃあ俺も寝るとしよう。何かあったら呼んでくれ」だが彼はドアの手前で立ち止まり、後ろを振り返った。「そうだ。この中に英語が得意なやつっているか」

「英語？　どうして？」冬樹が訊いた。

「例のP―13現象に関する資料だけどさ、後のほうに英語が出てくるんだ。補足資料らしいんだけど、何が何だかさっぱりわからねえ。それで訳してもらおうと思ってさ」

「英語なら少しはわかるが、そういうことなら難しいな」誠哉がいった。「おそらく科学技術の用語がたくさん出てくるだろうし。小峰さん、あなた、どうですか」

小峰は、ぎくりとしたように顔を上げた。

「得意というほどではないですが、資料を読む程度なら……」

「じゃあ、おたくに頼もう。訳してくれよ」河瀬が手招きした。

「今すぐにですか？」

「そうだ。こういうことは早いほうがいい。それとも、ほかの用事で忙しいのかい？」

「いえ、そういうわけじゃ……」

「だったら、今すぐに頼むよ。気になって仕方がないんだ」

小峰は戸惑った顔で腰を上げ、河瀬に続いて部屋を出ていった。

誠哉は腕組みをし、ソファに深くもたれた。

「おまえは？　まだ休まないのか」

「兄貴は？」

「俺は、もう少しここにいる。考えたいことがあるからな」

「女性たちのことかい？」

「それもある」

「なあ兄貴、俺は兄貴の考えを間違ってるとは思わないけど、物事には順序ってものがあるんじゃないかな」

誠哉は怪訝そうに首を傾げた。「順序？」

「村を発展させるには子供を作らなきゃいけない。その理屈はわかる。でもさ、だからといって、いきなり一人の女に複数の男の相手をさせるってのは無理があると思う。まずは、本人の意思を尊重して、好きな相手を選ばせてやったらいいんじゃないか」

「おまえは明日香君のことをいってるのか。彼女なら、たぶんおまえを選ぶだろうからな」

「そうじゃない。いや――」冬樹は息を整え、頷いた。「それもあるよ、正直いうと。俺、あの子のことが気に入ってるからさ」

「おまえにしては素直に認めたな」

「でも俺たちだけじゃない。菜々美さんは兄貴のことが好きだぜ、たぶん。兄貴だって、彼女のことが好きだろ？　彼女が自殺を図ろうとした時、あなたを失いたくないとはっきりいったじゃないか」

するとで誠哉は一旦目を伏せ、言葉を選ぶようにゆっくりと口を開いた。

「俺が失いたくないのは彼女だけじゃない。ここにいる全員、いやどこかに残っているかもしれない人間すべてを失いたくないと思っている。あの時にいったのは、そういう意味だ」

「じゃあ、菜々美さんに対して恋愛感情はないっていうのか。正直に答えてくれよ」

誠哉は天井を見上げ、深呼吸をした。

「そういうことは考えないようにしている。恋愛感情を抱くと、独占欲が生まれる。今のおまえのようにな。それは新しい世界を造るという目的のためには、決してプラスにならない」

冬樹は兄を見つめ、首を振った。

「そんなふうに考えられるものかい？　好きになるってことは、そういうもんじゃないだろ？　兄貴は、ただ感情をごまかしてるだけじゃないか」

「そうかもしれないが、そういうことが必要な場合もある」

「俺は無理だな。自分の好きな女がほかの男に抱かれるなんて、想像するのも嫌だ。それに耐えなきゃいけないぐらいなら、このまま全滅したって構わないって思ってしまう」

「そう考えるのが、かつての世界では善とされたからな。しかしここではすべてを白紙に戻さねばならない。とはいえ、強要する気はないよ。おまえに対しても、女性たちに対してもね」誠哉はいった。「だけど、理解してもらうための努力は続ける。現時点では、それが自分の使命だと思っているからな」

「使命……ね」

「使命のない人生は虚しいからな」そういってから誠哉は立ち上がり、ガラス戸越しに外を眺めた。「いやな風が吹いている。また暴風雨が来るのか……」

　その直後、またしても床が揺れた。

43

　結局、冬樹は誠哉と共にリビングで夜明けを迎えることになった。余震が間断なく訪れ、そのたびに緊張を強いられるからだった。ほかの部屋にいたところで、おそらくゆっくりと眠ることなど出来なかっただろう。

誠哉が出かける支度をするのを見て、「どこへ行くんだ?」と冬樹は訊いた。

「周囲の様子を見てくる。ここが無事だからといって、ほかもそうだとはかぎらないからな」

「俺も行く」冬樹は立ち上がった。

公邸を出る時、玄関のドアが軋み音をたてた。しかも、うまく閉まらない。

「建て付けが悪くなっている」冬樹は呟いた。

「床があれだけ傾いてるんだから、ドアの開閉が悪くなっても不思議じゃない。問題は、ほかの建物がどうなってるかだ」

公邸から官邸に移動した。傾斜地に建っているせいで、そこは官邸の二階フロアに当たる。館内を見回しながら二人は階段を下りた。特に異状はないようだ。

一階に下りると西通用口に向かった。その途中、不意に誠哉が立ち止まった。空を見上げている。

「どうかしたのか」冬樹は訊いた。

「雲の動きが速い」誠哉はいった。「やはり、また降ってきそうだ」

「地震と季節外れの台風か。その繰り返しばっかりだ。一体、どういうことなんだろうな」

「さあな。もしかすると、宇宙は俺たちを滅ぼそうとしているのかもしれない」

「宇宙が？　太一が死んだ時も、兄貴はそんなことをいってたな」

「本来ならば俺たちは存在していないはずなんだ。時間や空間にとって、俺たちの知性は邪魔なんだよ」

「そんなことといったって、時間や空間に意思があるわけじゃないだろ」

「もちろんそうだ。でも時間や空間が精神と連動するものだとしたらどうだ？　存在してはならないところに知性が存在する場合、それを消すように時間や空間が働く——そんな法則があるのかもしれない」

「それ、本気でいってるのか」冬樹は兄の顔を見つめた。

「もちろん本気だ。そうとでも考えなければ、これほどの異常気象や地殻変動を受け入れる気になれない。ただし、だ」誠哉は振り返った。「諦めるわけじゃない。どんな法則があろうとも、俺は生き延びてみせる。みんなのことも生かしてみせる。俺は、この世に生命というものが誕生したのは奇跡だと思っている。本当ならこの宇宙は、時間と空間だけに支配されていたはずなんだ。ところが生命が誕生したことで、数学的に説明できない知性というものが生じた。それは時間と空間にとっては、とんでもない誤算だった。だったら、ここでもう一度誤算を起こさせることも出来るんじゃないか。それを期待したっていいんじゃないか」

熱っぽく語る兄の顔を眺めながら、冬樹は苦笑していた。

「何がおかしい?」誠哉は怪訝そうな目をした。

「いや、おかしいわけじゃない。兄貴が諦めるのは、どういう時かなと思ってさ」

「いっただろ。俺は諦めない」そういって誠哉は歩きだした。

二人は通用口を出た。だがそこから少し歩いたところで、彼等は立ち止まらざるをえなくなった。目の前の光景に、冬樹は言葉が出なかった。

道路が消えていたのだ。

かつて外堀《そとぼり》通りと呼ばれた太い道路が完全に陥没していた。そこに行き場のない雨水が流れ込み、泥の川となっていた。

「この下には地下鉄の銀座線が通っていた」誠哉がいった。「そのせいで陥没したんだな。それにしても、地震の力は恐ろしい」

「ここが陥没したってことは……」冬樹もようやく声を出せた。

弟の意図をくみ取ったように誠哉は頷いた。

「ほかの場所……下に地下鉄が通っているようなところは全滅だと考えたほうがいいだろうな。で、東京の道路は、どこもかしこも下に地下鉄が通っているときている」

二人は陥没した道路の脇を歩き始めた。銀座線と南北線が交差しているが、南北線の上にある道路も崩れていた。さらに南北線は千代田線と交わっている。総理大臣官邸は、この三本の地下鉄に囲まれているのだ。

「こんなところにいつまでもいられない」誠哉はいった。「道路があるからこそ、都会は便利なんだ。道路がなくなれば、これほど移動しにくい場所はない。下手をすれば孤立して、どこへも行けなくなる」

「脱出するっていうのか」

「それしかない。この状態で今度暴風雨が来たら、完全に移動手段がなくなるぞ」

二人は公邸に戻った。食堂に行ってみると、三人の女性が缶詰や真空パックの食べ物をテーブルに出して並べているところだった。

「何をしてるんだ」冬樹は明日香に尋ねた。

「食べ物の在庫を確認してるの。無限にあるわけじゃないから、量を把握しておこうと思って」

「なるほどね。それは悪くないな」

「量がはっきりしたら、一人の取り分がわかる。それが当面の各自の財産というわけ」

「財産？」冬樹は明日香の顔を見返した。「それ、どういうことだ」

「そのままの意味。だって、自分の取り分がはっきりしてないと不安でしょ。どこからどこまでを共有して、どこから先は個人のものとするか、この際だから決めちゃおうよ」明日香は冬樹と誠哉を見比べながらいった。

「今は個人の財産のことなんかを考えてる場合じゃない」誠哉がいった。「何もかも共有する。食料も道具も衣類もだ」

「身体も?」明日香は誠哉を睨んだ。「セックスも共有したいわけ?」

誠哉は吐息をついた。

「そういうことか。それで個人の財産について気になり始めたというわけか」

「どういう意味だ」冬樹は兄に訊いた。

「彼女たちは、必ずしも俺たちと運命を共にするわけではないと意思表示しているんだ。いざとなれば別々の道を進む可能性もあるとね。だから今のうちに、食料という財産を分配しておく必要があるというわけだ」

冬樹は明日香を見た。

「女だけで、こんな世界を生き延びられると思っているのか」

明日香はかぶりを振った。

「生き延びることだけが目的じゃない。これはプライドの問題。はっきりさせておきたいのは、あたしたちは子供を産むための道具なんかじゃないってこと」

「そんなこと、誰も思ってない」

「ううん。誠哉さんは、そう思ってる」明日香は誠哉を指差した。「でなきゃ、個人の気持ちは捨てて、好きでもない男の子供を産めなんていえないない」

「道具だなんて思ってない」誠哉は静かに答えた。「君たちにはイブになってほしいと願っているだけだ」

「それって、言い方を変えただけだよ。要求されてることは同じなんだから」明日香は薄く笑い、肩をすくめた。「とにかく、各自の取り分をはっきりさせておくことは大事だと思う。食べ物がほしいならいうことをきけって、いついわれるかわからないわけだから」

「そんなことというわけないだろ」冬樹は顔をしかめた。

「冬樹君はいわないと思うけどさ」明日香は俯いた。

横では菜々美と栄美子が、黙々と作業を続けていた。すべての食料を十等分する気らしい。ミオはともかく赤ん坊も一人と計算しているところに、彼女たちの意地が示されているようだった。

「この際だから、君たちにいっておこう」誠哉が一歩前に出た。「個人という考えは捨てなければならない。なぜなら、ここでは一人じゃ生きていけないからだ。十人が力を合わせて、ようやく生き延びられる。そのことをわかってほしい」

だから、と明日香が下を向いたままでいった。

「生き延びることだけが大事じゃないんだって」

「プライドが大切か。じゃあ、勇人君はどうなる。彼は自力では生きていけない。彼を生かすには、我々が生き延びなきゃならない。自分のプライドと自分の命を天秤《てんびん》にかけるのはいい。だけど、他人の命を秤《はかり》に載せる資格は誰にもない。違うか？」誠哉は菜々美に近づき、彼女の横顔を見つめた。「いきなりイブになってくれとはいわない。だけど誤解はしないでほしい。俺は人類を滅ぼしたくないだけなんだ。勇人君が大人になった時、周りに一人も仲間がいないなんてことは避けたいんだ」

「無理よ」菜々美が小声でいった。

「何だって？」

「そんなの無理だっていったの。勇人君が大人になることなんてない。だって、それまでには全員死んでしまう。こんな世界で生きていけるわけがないもの」

「俺は絶対にみんなを死なせない」

「絶対に？　どうしてそんなことがいえるの？　山西さん夫妻だって、太一君だって死んじゃったじゃない。あなたには何も出来なかった」

菜々美の反撃に、誠哉はたじろいだような表情を見せた。兄のそんな様子はめったに見たことがなかったので、冬樹はぎくりとした。

「ごめんなさい」菜々美は細い声で謝った。「誠哉さんを責めるのなんておかしいですよね。だって誠哉さんは何も悪くないし、みんなのために一生懸命だし……」

彼女の目の縁がみるみる赤くなっていった。それを隠すように俯くと、そのまま彼女は出ていってしまった。

　菜々美と入れ違いに戸田が現れた。相変わらずの赤ら顔だ。

「どうしたんだ？」重苦しい気配を察したらしく、戸田は冬樹たちに訊いてきた。

「ここを出ます」誠哉がいった。

「えっ？　出るって、どういうことだ」戸田は目を丸くした。

「この公邸を出るといってるんです。弟と二人で周囲の状況を見てきました。度重なる地震の影響で、殆どの道路が通行不能です。このままここにいたら、いずれは脱出できなくなってしまう。そうなる前に、もっと広い土地のある場所に移動するんです」

　戸田は、げんなりしたように顔を歪めた。

「田舎へ行って、村を作るという話か。まだそんなことを本気で考えてるのか」

「いったはずです。それ以外に我々が生き延びる道はない」

　戸田はゆらゆらと頭を振り、椅子に腰掛けた。

「私はいい。もうそういう話には付き合いきれない。ここにいるよ」

「今の話を聞いてなかったんですか。こんなところにいても、未来はないんです」

「それでもいいといってるんだよ」戸田が誠哉を見上げた。「君は若いから生に執着があるんだろうが、私はもうこの歳だ。これから先、長生きしたってたかが知れてる。定年退職したら、毎日好きなことをして過ごそうと思っていたんだが、それが出来ないなら、いつ死んだってかまわない。もう疲れた。だから、出ていくなら君たちだけで行けばいい。私は残る」

「戸田さん……」誠哉は困惑の表情を浮かべた。

「だったら、ちょうどよかった」明日香がいった。「戸田さん、あたしたち今、ここにある食料を頭割りにしてるところなの。戸田さんの取り分もあるから、自分で管理してほしいんだけど」

「ちょっと待て。そういうことを勝手に決めるなよ」冬樹は明日香にいった。

「どうして？　だって、戸田さんにも食料が必要でしょ。それとも、戸田さんがここに残るとしても、全部の食料を持っていくとでもいうの？」

「そんなことはいってない」

「だったら、けちつけないで。あたしは、戸田さんの当然の権利を守ろうとしてるだけなんだから。戸田さんだけじゃない。別行動を取りたい人はほかにもいるかもしれないから、やっぱり食料を分配しておくことは必要だと思う」

「それはだめだ」誠哉がいった。「別行動はだめだ。戸田さん、お気持ちはわかりますが、どうか我々と行動を共にしてください。お願いします」

「わからんねえ。どうしてだ。こんな年寄りが一緒にいたって、メリットなんかはないだろう」

誠哉は首を振った。

「山西さんにも同じことをいった覚えがあります。不要な人間なんていないんです。一人よりも二人、二人よりも三人のほうが生存能力は向上します。我々は、たったの十人しかいないんです。ばらばらになって行動したら、忽《たちま》ち全滅します」

「だから、私はそれでもいいといってるんだ」

「あなたがよくても、俺は許さないといってるんですっ」

そういって誠哉がテーブルを叩いた直後だった。不穏な未来を示すように、低く雷鳴が轟いた。

冬樹は窓に目を向けた。朝だというのに、外は真っ暗だった。間もなく雨が落ちてきた。

「また大雨になりそう……」栄美子が呟いた。

「あの道路の状態から考えて、前回浸水した時みたいに雨が降ったら、ここは完全に孤立する」誠哉は沈痛な面持ちでいった。「一刻も早く、ここを脱出しないと……」

その時、ばたばたと大きな足音が聞こえてきた。乱暴にドアを開け、河瀬が入ってきた。その後ろには小峰もいる。

「お揃いだな。ちょうどよかった」やや興奮気味に河瀬がいった。

「どうしたんだ」誠哉が訊いた。

「例の英文、訳せたぜ。といっても、俺が訳したわけじゃないけどさ」河瀬は親指で、後ろの小峰を指した。

「何かわかったのか」冬樹は訊いてみた。

「わかったなんてもんじゃねえ。とんでもないことが書いてあった」河瀬は小峰のほうを振り返った。「あんた、説明してやってくれ」

小峰は硬い顔つきで前に歩み出た。

「一言でいうと、もう一度起きるということです」

「もう一度？　何が？」冬樹はいった。

小峰は深呼吸をひとつしてから、改めて口を開いた。

「もちろん、P―13現象が、です。最初の現象から三十六日後となっています」

44

冬樹は自分の耳を疑った。ほかの者も同様なのか、しばらく誰も声を発しなかった。

河瀬が、にやにやした。

「驚いただろ。俺も最初に聞いた時はたまげた。だから何度も小峰に確認した。それは本当なのかってね」

冬樹は小峰を見た。

「間違いないんですか。もう一度、P—13現象が来るというのは……」

小峰は真剣な目をして顎を引いた。

「間違いないと思います。それほど難しい英文は使われていなかったんです。それに、わからない単語は、すべて辞書で確認しました。三月十三日から三十六日目の四月十八日の午後一時十三分十三秒に、あの現象を引き起こしたエネルギーの波が、再び地球を包むんだそうです。それは一種の揺り戻しのようなものだと表現されています」

「揺り戻し……」冬樹はイメージを掴もうとしたが、頭に浮かぶものは何もなかった。そもそもP—13現象そのものを理解していないからだ。

「それがもう一度起きると、どうなるわけ？」明日香が質問した。

「基本的には、前のP—13現象と同様らしい」小峰が答えた。「数学的には、時空の跳躍が起きる。でも、実質的には何も変化はない」

「じゃあ、そんなに興奮するほどのことでもないじゃん」

「おや、そうかい？」河瀬が目を丸くした。「たしかに何もしなけりゃ何の変化もないだろうが、俺たちはP—13現象の使い方を知っている」

「使い方？　どういう意味だ」冬樹は訊いた。

河瀬は舌なめずりした。

「そんなのは決まってるじゃねえか。次に起きるP―13現象の十三秒間に、俺たちが死んじまったらどうなるか、といってるんだよ」

「何だって……」

「前にP―13現象が起きた時、問題の十三秒間に俺たちは死んだわけだ。それで今こんな世界にいる。ということは、もう一度同じことをしたらどうなるかって話だよ」

「そのタイミングで死んだら、元の世界に戻れるとでも？」

「当たり。そういうことだ」河瀬は指を鳴らした。

冬樹は息を呑んだ。元の世界に戻れる――今ではもう諦めていたことだ。

「待てっ」誠哉が鋭くいった。「そんなことを迂《う》闊《かつ》にいうな」

「何でだよ。朗報じゃねえか」

「どこが朗報だ。心を迷わせるだけの絵空事にすぎない。どうして元の世界に戻れると断言できるんだ」

「断言はしちゃいねえよ。可能性はあるといってるだけだ」

誠哉は首を振った。「ありえない」

河瀬は眉をぴくりと動かした。

「人には断言するなといっておきながら、あんたはありえないの一言かい」

「こちらには根拠がある。仮に、もう一度P―13現象が起きるとしよう。そのタイミングで死ねば、たしかに再び並行世界に飛ぶかもしれない。だけどそこは元の世界なんかじゃない。この世界から並衔移動した世界だ。そこにある街が地震と暴風雨で壊滅されていて、我々以外には誰もいないってことには変わりがない」

誠哉の話には、冬樹も同意せざるをえなかった。前回と同じことが起きるならば、今この世界を原点とした並行世界に移動するだけのことなのだ。

「ところが、そうでもないんだな」河瀬はいった。「あんたが今いったようなことは、俺と小峰だって考えたんだよ。いわなかったか？　こう見えても俺はＳＦマニアだったんだ。文句をつける前に、小峰の話を聞いてくれ」

誠哉は小峰に視線を移した。

「どういうことですか」

小峰が唾を呑み込む気配があった。

「最初にいいましたように、次に来るＰ－13現象は一種の揺り戻しなんです。数学的には、一度目の現象の逆だと表現されています。したがって、最初に起きた現象によって生じた歪みを解消する方向に時間と空間が作用するんだそうです」

「歪みを解消する？」誠哉は首を傾げた。

「御存じの通り、最初のＰ－13現象は十三秒間の時間跳躍でした。それによって十三秒間の歴史が消滅したのです。その消滅によって、時空には歪みが生じています。次に起きるP―13現象は、その歪みを補正するんだそうです」

「補正って、どんなふうにですか」

「問題は、そこです」小峰は困惑の表情を作った。「それについては詳しく記されていないんです。そもそもP―13現象の際、数学的矛盾を回避するためにどういう現象が起きるのかを、学者たちは全くわかっていなかったんです。死者たちが、こんな地獄のような並行世界に飛ばされるなんてことは、彼等には予期できなかった。わかっていたのは、その十三秒間に死んではいけない、ということだけでした」

誠哉は小峰を睨みつけた。

「だったら、次の現象時に死んだからといって元の世界に戻れるという根拠もないってことになる」

「戻れないっていう根拠もないぜ」河瀬は腕組みをしていった。「少なくとも、前のP―13現象と次のP―13現象が別物で、数学的に相反するものだってことは学者たちが保証してくれている。だったら、前と逆の現象が起きると期待したっていいんじゃないか」

「生半可な期待は人の心を惑わせるだけだ。そんなものに命を賭けろというのか」

河瀬は大袈裟な動作で後ろにのけぞった。

「誰も賭けろなんていっちゃいない。嫌ならやめればいい。好きにすればいいさ。俺は賭けてみようと思ってるけどさ」

　誠哉は河瀬を睨んだ。「本気でいってるのか」

「もちろん本気だ。ここで生きてたって、元に戻れる可能性はない。ゼロだ。それなら、たとえわずかでも可能性のあるほうに賭けてみる」

「ただ死ぬだけかもしれないんだぞ」

「かもな。その時はその時だ。俺は後悔しねえよ」そういってから河瀬は口元を曲げて笑った。「死んでんだから、後悔もくそもないか」

　誠哉は頭を振った後、小峰を見た。「あなたも同じ考えなんですか」

　小峰は小さく頷いた。

「仮に元の世界には戻れなくても、今よりも状況が悪くなるとは思えないんです。この世界で生きていく自信はありません。どうせ死ぬのなら、たとえ少ない確率でも、戻れる可能性に賭けたいです」

　誠哉は苛立ったように机を叩いた。

「そんな考え方は間違っている。今ここで生きてるんだから、その命を大切にすべきだ」

「大切にしないとはいってねえよ」河瀬が応じた。「でかい勝負だってことはわかってる」

　誠哉は太い息を吐き、腰に手を当てた。説得の言葉を探しているようだ。

すると明日香が発した。「それ、どこで死んでもいいわけ？」

冬樹は、ぎょっとして彼女の顔を見つめた。

「明日香……」

彼女は彼の視線に気づいているはずだったが、目を合わせようとはしなかった。気まずそうな顔で小峰を見て、質問を続けた。

「前に死んだ時と同じ場所じゃなきゃいけないとか、そういうルールはないわけ？」

小峰は首を振った。

「だから詳しいことは何もわからないんだ。もしかしたら何らかのルールがあるのかもしれない。そのルールを守らないとどうなるのかも、現時点ではわからない」

「明日香君」誠哉が諭すような口調でいった。「つまらないことを考えるな」

だが彼女は返事をせずに下を向いた。河瀬たちの提案に心を奪われていることは明らかだった。

「その話、乗ってもよさそうだな」戸田が、ぼそりといった。「このままじゃ、どうせ死んだもんなあ。だったら、勝負を賭けてみるのも悪くないかな」

「専務もその気になったかい」河瀬が嬉しそうにいった。「これで三人は決まりだ。お嬢ちゃんはどうするんだ？　女子高生も一緒となれば、かなり励まされるんだけどね」

「いい加減にしろっ」誠哉が鋭くいい放った。「そういうのは命を賭けるとはいわない。単に命を粗末にしているだけだ。どうして、今この世界で生きていこうとしない？　たしかに苦難が続いているが、何とかしてきたじゃないか。これから先も、必ず生き延びる道はあるはずだ。自棄《やけ》になるな。冷静になれ」

「自棄になんかなっちゃいねえよ」河瀬は低い声でいった。「俺なりに、いろいろと考えた末に出した答えだ。俺はさ、ただ生きていればいいなんていう考え方は好きじゃねえんだよ。そんな人生でよけりゃ、元々ヤクザになんかなってねえ」

「生き甲斐がほしいなら、この世界にだってある」

「村作りか？　あんたはそれでいいんだろうさ。でも俺は違う。この機会を逃したら、俺は死ぬまで後悔する。あの時にどうして勝負に出なかったのかって、くよくよ考えちまう。それが死ぬより嫌なんだ」

河瀬の反論に、誠哉は黙り込んだ。すると途端に外の音が気になり始めた。いつの間にか雨が降り始めていた。しかもかなり雨脚は激しい。

「今日って、何月何日だっけ？」明日香が、ぽつりといった。

「さっき、カレンダー機能のついた時計で確認した」小峰が答えた。「今日は四月の十一日だ。第二のP―13現象まで、ちょうど一週間ある」

「一週間か。それなら、下手に動く必要ないよね」

冬樹は、はっとした。

「ここにいるというのか。脱出しないで」

「だって、そんなことをする意味がないでしょ。あと一週間だけ、何とかして生きていけばいいわけなんだから」

「そうか。そういうことか」戸田が手を叩いた。「食料はあるし、寒い思いをしなくてもいい。残りの一週間、ここで好きなように過ごせばいいだけのことだ。それはいい」

いい終えると彼は早速キッチンに入っていった。缶ビールが目的だろう。

「本当に、やる気なのか」冬樹は明日香にいった。「一週間後に自殺するのか」

彼女は迷うように小さく首を傾げた。

「まだ何ともいえない。怖い気もするし、やってみたいという気持ちもある。冬樹君は、そんなふうには全然思わないわけ？」

「俺は……」冬樹は言葉に詰まった。つい、誠哉の表情を窺っていた。

「どうやら、俺がいたら本音の話が出来ないみたいだな」誠哉はいった。「俺は席を外すとしよう。じっくりと話し合うといい。だけど、このことだけはいっておく。自分の命が、自分一人だけのものだというのは間違いだ。何度もいうが、人数が減れば減るほど、残った人間の生存は困難になるんだ。たとえば勇人君は、ほかの者がいなくなったら生きてはいけない。だが、君たちのように自分の意思で死を選ぶこともできない。だからといって、彼を殺す権利など誰にもない。つまり彼は、この世界に残るしかない。彼一人を置き去りにしないためにも、俺はここに残る。逃げたりはしない」

誠哉が部屋を出ていくのを冬樹は黙って見送った。

河瀬が肩をすくめた。「おたくの兄貴は血が熱すぎるぜ」

「でもあたし、勇人君のことは考えてなかった」明日香がいった。「そうだよね。あたしたちがみんないなくなったら、あの子は生きていけない」

「みんなで一緒に死ねばいいだけのことだよ」戸田が缶ビール片手にいった。「難しく考える必要はない。あの赤ん坊だって、どうせここじゃ長生き出来ない」

「だからといって、あの子を殺す権利が俺たちにありますか」冬樹は訊いた。

「殺すわけじゃない。連れていくんだ。別の世界へね」河瀬が答えた。

「だけど本当に行けるかどうかはわからない。行けたとしても、そこがここより過酷じゃないとはいいきれない。自業自得なのはいい。でも勇人君については、誰がどうやって責任を取るんだ？」

「責任のことなんかは考えなくていいんじゃねえか。その時はその時だ」

「だけど兄貴は責任を取ろうとしている。先が読めないのに勇人君を死なせることは無責任だと思ってるんだ。それについては俺も同感だ」

「じゃあ、仕方ないな。おたくらは自分の気が済むようにしたらいい。俺はP―13現象を利用して、この世界からはおさらばさせてもらうよ」

河瀬は部屋を出ていった。小峰や戸田も後に続いた。

冬樹は椅子を引き、腰を下ろした。

「厄介なことになっちまったな。みんなの気持ちが完全にばらばらだ」

「冬樹君はどう思ってるの？　やっぱり、誠哉さんが正しいと思う？」

「兄貴は間違ってないと思うよ。こんな局面で、赤ん坊のことにまで気が回るのはさすがだと感心する。だけど、河瀬たちの気持ちもわかる。いやあ、本音をいえば、俺だって賭けたい気はある。元の世界に戻れるものなら戻りたいし、この世界で生き抜いていく自信もないしさ」

「冬樹君もあたしも、凡人ってことかな」

「そうなんだろ、たぶん。でもさ、河瀬はともかく、戸田さんや小峰さんは本当に死ねるのかな。怖くないのかな」

「さあ……その時になったらビビったりして」笑みを浮かべた後、明日香は栄美子のほうを向いた。「ママはどうする？」

栄美子は浮かない顔を上げた。「私は……」そこまでいいかけたところで言葉を切り、ドアを見つめた。ミオが入ってくるところだった。

「ミオ、朝ご飯はまだなの」栄美子は娘に優しく声をかけた。「出来たら呼んであげるから、もう少し部屋にいなさい」

　ミオは頷き、廊下へ出ていった。

「ミオちゃんは以前と比べて、ずっと明るくなった」冬樹はいった。

「私が心中のことを告白してからですよね。あれで、あの子も苦しみから解放されたのかもしれません」栄美子は両手で顔を覆った。「ビルの屋上から飛び降りた時のことを、私は今でも覚えています。あの子は、じっと私の顔を見つめていました。怖かったというより、びっくりしたんでしょう。それからたぶん、ものすごく悲しかったんだと思います。当たり前ですよね。じつの母親に殺されるなんて、夢にも思っていなかったでしょうから」

　彼女はそのまま両目を指先で押さえた。

「あの子に、もう一度あんな思いをさせるなんて、私には無理です。元の世界に戻れるかもしれないから一緒に死のうなんて、とてもいえません」

45

　雨は激しさを増す一方だった。いつまで経っても空はどす黒いままで、晴れ間の見える気配すらない。しかも、依然として不気味な余震が時折襲ってくる。

誠哉は応接室で、ブランデーの入ったグラスを傾けていた。彼の頭の中には、いかにして安全な住処を確保するかということしかなかった。この公邸に居続けることは死を意味するとまで考えていた。周囲が水浸しになっても、すぐに水がひいてくれるならいい。だがそうなる保証などどこにもなかった。公邸に残っている食料は、多く見積もっても一ヵ月分だ。それを食べ尽くした後も水がひかなければ、忽ち生きる術がなくなってしまう。

しかし今の状況では、誰も彼の提案を受け入れないだろうと予想できた。ここへ辿り着くのでさえ至難の業だったのだ。泥まみれになりながら、あてもなく瓦礫の中を移動する気力など、もはや残っていないに違いない。

誰もが河瀬たちの仮説に飛びつきたくなるのは当然だと誠哉も思った。元の世界に戻ることは、彼自身の悲願でもある。

だがどう考えても、そんなに都合のいい結果が得られるとは思えなかった。かつての世界では自分たちは死んでいる。だからここにいるのだ。そんな者たちが元の世界に戻れるのだろうか。それは時間や空間に、新たなパラドックスを生じさせることにならないか。

誠哉は首を振り、グラスにブランデーを注いだ。

どんなに説得を試みたところで、元の世界に帰還できるかもしれないという夢を捨てさせることは難しいだろうと思った。河瀬や小峰、そして戸田は、この世界での死を恐れていないのだ。

ごくりとブランデーを飲んだ時、入り口のほうで物音がした。菜々美がドアを開けて立っていた。

ここにもう一人、死に憧れている女性がいる——誠哉は彼女を見て思った。

「どうしたんですか」誠哉は訊いた。

菜々美は、おずおずと近づいてきた。

「明日香ちゃんから聞いたんです。あの……もしかしたら元の世界に戻れるかもしれないってことを」

「根拠のない話です。河瀬や小峰さんたちが、超常現象を都合のいいように解釈し、想像を膨らませているだけです」

「でも何かが起きる可能性はあるわけですよね。その時に死ねば」

「その何かが幸福をもたらしてくれるという保証はありません」

菜々美はソファのそばにやってきた。「座ってもいいですか」

「もちろん。どうぞ」

彼女はスウェット姿だった。ここ数日で、さらに痩せたように見えた。頬がこけ、顎が尖っている。

「そんな言い方をされるところをみると、誠哉さんは何もしないんですね。たとえP―13現象が起きるんだとしても」

「何もしないつもりです。前回にその現象が起きた時、上司の命令に従って何もしないでいれば、この世界に来ることもなかった。今度こそ、その指示通りにしようと思います」

「そうなんですか。でも、河瀬さんたちは自殺する気なんでしょう？」

誠哉はため息をついた。

「どうすれば説得できるか、頭を悩ませているところです」

「止めるつもりなんですか」

「それが義務だと思っています。あなたを止めたようにね。ただ、彼等がやろうとしていることは自殺にほかならないのですが、彼等自身はそれを何か前向きなことのように捉えている。だから始末が悪い」誠哉はブランデーを飲み、グラスを持ったままで菜々美を見た。「あなたもやはり、彼等の行動に賛同するつもりですか」

すぐに頷くものだと誠哉は思い込んでいたが、意に反して彼女は即答しなかった。

「わからないんです。たしかにあたし、ずっと死にたいと思っていました。でもそれは、この世界に絶望したからです。生きていても仕方がないと思ったからです。その気持ちは、今もあまり変わってないように思います。だから、ほかの世界で生きるために自殺するっていうのが、何というか、しっくりこないんです。だって、あたしはもう生きていたくないんですから」

「元の世界に戻れるかもしれなくても……ですか」

菜々美は誠哉を見つめ返してきた。

「だって、戻れないと誠哉さんは考えておられるんでしょう？」

「俺は、そんなに都合のいいことは起きないと思っています」

「そうですよね。あたしも、そんな気がします。何だか、今よりもっと生きていたくない世界に送り込まれそうで怖いです」彼女は目を伏せた後、改めて上目遣いをした。「それに、そこには誠哉さんはいないわけですよね」

慕うような視線に、誠哉は一瞬心が騒ぐのを覚えた。だがそれを表情に出すのを堪え、小さく頷いた。

「俺は無謀な賭けをする気はないですから」

「だったら、あたしもやめておきます。元の世界に戻れないだけでなく、ほかにはあの人たちしかいないなんて、そんなこと考えただけでも身体が震えそう……」菜々美は右手で左の二の腕を擦《さす》った。

ここで誠哉は、ようやく彼女の意図を理解した。彼女は、誠哉が自殺を実行するのならば、自分も命を賭けていいといっているのだ。彼と運命を共にしたいという告白とも受け取れる。

「すると、ちょうど半分だ」誠哉はいった。

「半分？」

「十人のうちの半分、五人が無謀な賭けには挑まないと宣言しているわけです。いや、正確にいうと宣言しているのは三人だけで、後の二人については我々が責任を負うわけですが。栄美子さんは、もう二度とミオちゃんを道連れにした心中などはしたくないそうです。勇人君については、俺が必ず守ります。で、あなたを入れて五人です」

「冬樹さんは？」

「迷っているようです。おそらく明日香君も、そうじゃないかな」

「だと思います。河瀬さんたちの計画をあたしに話してくれた時も、彼女自身がどうするのかはまだ決めていない様子でした」

「たぶん彼等二人は同じ答えを出すでしょう。どういう答えになるのかは俺にも予想できませんが、それを待っている余裕はない。今すぐにでも、出発の準備を始めたほうがいい」

誠哉の言葉に、菜々美は虚《きょ》をつかれたように目を見開いた。

「出発？　どこへ？」

「まだ決めていませんが、なるべく標高の高いところがいいと思います。東京は出たほうがいいでしょうね。北に向かうと冬場が辛いと思うので、やはり西に――」そこまで話したところで誠哉は言葉を切った。菜々美が沈んだ表情で俯いたからだ。「どうしたんですか。気分でも悪いんですか」

彼女は下を向いたまま、ゆらゆらと頭を振った。

「それならいいです」

「いい？　どういうことですか」

「あたしのことは人数に入れないでください。五人じゃなくて四人です。あたし、河瀬さんたちと行動を共にする気はありません。でも、だからといってこの世界で生き延びたいわけでもないんです」

「菜々美さん……」

「ごめんなさい。何だか、誠哉さんに変な期待を抱かせちゃったみたい」彼女は立ち上がり、ドアに向かった。部屋を出る前に振り返った。「あたしのことは置いていって結構です。どうせ、役に立ちませんから」

彼女が頭を下げて出ていくのを見送り、誠哉はがっくりと項垂れた。

オセロの盤を挟んではいるが、どちらも駒を置こうとはしなかった。冬樹は、ふっと笑みを漏らした。

「とてもオセロなんかやれる気分じゃないな」

「冬樹君のほうから誘ったくせに」明日香が口を尖らせる。

「気分転換したほうがいいのかなと思ったんだ。どうにも考えがまとまらないからさ」

「まだ決心がつかないわけね」

冬樹は顔をしかめて頷いた。

「自分で死を選ぶかどうかを決める時が来るなんて、夢にも思わなかったな。で、君はどうなんだ。どっちかに決めたのか」

「まだ。はっきりいって全然無理」明日香は肩をすくめた。「最初に聞いた時は、やってみようと思った。どうせこのままでは長く生きられないと思ったから。だけどリアルに考えてみると、やっぱり死ぬことは怖い。そのまま死んじゃうだけかもって思っちゃう」

「同感。俺も死にたくはない。こんな世界でも、がんばって生きていれば何かいいことがあるかもしれないとも思う」

「じゃあ、やめておくわけ？」

冬樹は腕を組み、唸った。

「そうはいっても、元の世界に戻れるかもって考えると、どうしても迷ってしまう。

もし河瀬たちが成功したら、きっと後悔すると思う」

「そうだよね。河瀬さんたちが成功しても、もう二度とP―13現象は来ないわけだから、同じことは出来ないんだもんね」

「チャンスは一度きり……か」

「ねえ、今思ったんだけど、もし成功したら、河瀬さんたちはどうなるのかな」

「だから……元の世界に戻るんだろ」

「そうじゃなくて、この世界ではどうなるのかってこと。あの人たちの身体は、あたしたちの目の前から、ふっと消えるわけ？」

明日香の質問の意味を理解したうえで冬樹は首を捻った。

「そうかもしれないな。前のP―13現象の時に、俺たちの周りから人々が消えたけど、あれと同じようになるんじゃないか」

だが明日香は釈然としない顔つきだ。

「あの時は、周りの人が消えたんじゃなくて、人のいない世界にあたしたちのほうが連れてこられたんだよ。ちょっと違うと思う」

「あ、そうか。つまり、前の世界じゃ、ほかの人間たちに俺たちはどう見えたのかってことだな。消えたのか、それとも……」冬樹は頭を掻きむしった。「だめだ。わかんねえや」

「だったら、しっかりと見といてくれよ。どうなるのかをさ」突然、入り口から声が聞こえた。河瀬が立っていた。「お邪魔かな？」

「いや、別に」冬樹はいった。「酒でも探しにきたのか」

「酒は部屋にある。じつは、困ったことがあってさ、あんたらに相談しようと思ったわけだ」河瀬は近寄ってきて、ソファに腰を下ろした。

「おたくが相談事を持ちかけてくるなんて珍しいな」

河瀬は苦笑を浮かべた。

「何しろ、一世一代の大勝負を賭けようとしてるんだからな、いろいろと慎重になっちまうわけよ。ミスったらアウトだからな」

「何のことだ」

「時計だよ」

「時計？」冬樹は明日香と顔を見合わせた。

「四月十八日の午後一時十三分十三秒に次のP―13現象が起きる。それはいいんだが、大きな問題が一つ見つかった。その時を示してくれる正確な時計がないってことだ」

あっ、と冬樹は声をあげた。

河瀬は口元を歪めた。

「もちろん時計はある。官邸には電波時計なんてものもあった。だけど、それが正確だという保証はどこにもない。小峰によれば、今はもう時刻を示す電波は出てないらしい。おそらく送信局が被災したんだろう。電波が出てないんじゃ、電波時計といってもただのクォーツ時計と同じだ」

そういうことか、と冬樹は合点して頷いた。

「つまり今のままじゃ、P－13現象が起きるタイミングを摑めないってことだな」

「テレビもないし、電話の時報もない。頼みの標準電波も出てないときてる。今が何時何分なのかを正確に知る方法がないんだ」

「なるほどな」

冬樹は河瀬の話を聞きながら、時刻とは所詮、人々が作りだしたものに過ぎないのだと改めて思った。全世界の時計が壊れてしまえば、時刻というものも消失するのだ。

「俺たちは時刻ってものを失ったんだな……」思わず呟いた。

「じゃあ、どうするの？」明日香が河瀬に訊いた。

「ないものは仕方がない。あるものを使うしかない。ただのクォーツ時計に成り下がったとはいえ、やっぱり一番正確なのは電波時計だ。最後に電波をキャッチしたのがいつなのかはわからないが、その時点では一秒の狂いもなかったはずなんだ。問題は、それからどれだけ時間が経って、どれだけ狂っているかだ。小峰によれば、一ヵ月も経てばクォーツ時計といっても十秒やそこらは狂うらしい。この狂いは大きい。

下手をしたら、死に損なっていることになる。そこで——」河瀬は唇を舐め、人差し指を立てた。「平均値を取ることにした」

「平均値？」

「出来るだけ多くの電波時計を集める。それらが示している時刻の平均を、今の時刻だと考えることにしたわけだ。どうだ、これならいけそうだろ？」

ずらりと時計が並んだ様子を冬樹は思い浮かべた。

「いけそうな気もするけど……どうなのかな」

「ほかに手がない以上、これをやるしかない。で、ここからが相談だ。手を貸してほしい」

「まさか、時計を集めてくれとでもいうんじゃないだろうな」

冬樹の回答を聞き、河瀬は指を鳴らした。

「さすがだね。御名答。今いったように、出来るだけ多くの時計を集めたい。五個や六個じゃ安心できない。二十個以上ってのが目標だ」

「今、いくつあるんだ」

「二個」河瀬は指で示した。「本当はもう一つあったんだが、電波が来てるかどうかを確かめるために小峰がリセットしちまった」

「その二個が示している時刻は、やっぱり少しずれてるのか」

「ああ。五秒ほどずれてる」

冬樹は首を振った。

「それじゃあすでに、現在時刻は不明ってことだな」

「そういうわけだ。だから時計を集めなきゃいけない」

「でもあたしたち、まだどうするかは決めてないんだけど」明日香がいった。「P—13現象の時に自殺しないんなら、別に正確な時刻なんてわからなくてもいいわけだし」

すると河瀬は彼女を見て、にやりと笑った。

「手伝わないっていうんなら、それも結構。だけど、やっぱり自殺するといいだしたって、時刻を教えてやらないぜ。時計集めに協力した者だけが、時刻を知る権利を持つ。それが俺たちの決めたルールだ」

46

階段を上がっている途中、また少し揺れを感じた。冬樹は足を止め、後ろから来る明日香のほうを振り向いた。彼女は不安げな顔つきながらも、大丈夫、というように頷いた。

「よく揺れるな。建物のせいじゃないよな」

「違うと思う。何だか、揺れる間隔が狭まっているような気がする」

「また、でかい地震が来るのかな」

「かもしれないね」

二人は官邸の中にいた。公邸と繋がっている二階から入り、各フロアを動き回っている。

最上階、つまり五階に上がったところで、冬樹は懐中電灯で廊下を照らした。発電設備が止まったらしく、すでに非常灯は消えている。

官房長官室という表示が見えた。冬樹は、その部屋のドアを開け、中に入った。室内は湿っぽい臭いがした。

地味な部屋だった。机と簡単な応接セットがあるだけだ。冬樹はテレビでよく見た官房長官の役人面を思い出した。会見前、彼はここで報道陣を煙に巻くための原稿を書いていたのだ。

机の上に小さな置き時計があった。冬樹は、それを手に取った。

どう、と明日香が訊いてきた。

「ばっちり。電波時計だ」

ラッキー、と彼女は小さく呟いた。

「官房長官が遅刻とかしてちゃまずいもんなあ」いいながら冬樹は室内を見回した。

ほかに時計は見当たらない。机の引き出しを開けてみたが、収穫はなかった。

官房長官室の隣は官房副長官室だった。そこも調べたが、ふつうのクォーツ時計が置いてあるだけだった。

「さて、いよいよここだ」冬樹が指さしたのは、総理大臣執務室のドアだ。

ドアを開けると正面に大きなテーブルがあり、それを囲むようにソファが並んでいた。

奥に重厚な構えをした机が置かれているが、その先を見て冬樹はぎくりとした。椅子に誠哉が座っていたからだ。

「兄貴、こんなところで何を……」

「おまえたちこそ、何をしている」

「俺たちは……時計を探している」

「時計？」

「電波時計だ」

冬樹は河瀬とのやりとりを話した。誠哉は冷めた表情で頷いた。

「なるほど。正確な時刻というのも取引の材料になるというわけか。さすがは元ヤクザだな。で、おまえたちも自殺する側に回ったということか」

「それはまだ決めてない。ただ、正確な時刻を把握しておくことは悪くないと思ったんだ」

誠哉は上目遣いに冬樹を見上げた。

「時刻なんてものは、所詮人間が作ったものだ。昔の人々は、月の満ち欠けや太陽の動きで日時を把握していた。生活するには、それで十分ってことだ」

「兄貴は、まだ新しい世界を造るっていう夢を捨ててないのか」

「捨てる理由がない。命があるかぎり、俺は目標を持つ」

「P―13現象の後、河瀬たちはいなくなる。そんな少人数で何が出来るというんだ」

「天は自ら助くる者を助く」誠哉はいった。

「何だって？」

「幸運を得たいのならば、まず自分の出来る最大限の努力をしろということだ。そのうえで俺は結果を受け入れる。行き着く先には死しかないということなら、その時初めて俺は観念する。しかしそれまでは諦めない。俺は生に執着する」

「河瀬たちだって執着してるぜ」

するど誠哉は首を振った。

「あれは執着しているとはいわない。彼等が得ようとしているものはリセットに過ぎない」

「リセット？」

「P―13現象を利用すれば、また新たな並行世界が生まれるかもしれない。だけど忘れてならないのは、死んだ人間がそこに移動できるわけではないということだ。俺たちは、前の世界からここへ移動してきたように思いがちだが、実際にはそうじゃない。この世界が生じるのと同時に、俺たちも作られたんだ。時空は矛盾を生じさせないように並行世界を作る。ならば、今ここにいる我々が、元の世界に戻れるなんてことはあり得ない。そんなことになったら、より複雑な矛盾が生じてしまう」

「じゃあ、どうなるというんだ」

「P―13現象のタイミングで死ねば、その人物と全く同じ姿形をした人間が、どこかの並行世界に生まれるかもしれない。しかしその人間は、元の人間と同一ではない。誰が何といおうと、元の人間は死んでいる。その事実は動かせない」

誠哉の話を聞き、冬樹は目が覚めるような思いがした。たしかにその通りだと思った。自分たちは並行世界を移動しているわけではないのだ。

「こっちへ来い」誠哉が立ち上がった。

彼は窓のそばに立った。そこには双眼鏡が置かれていた。それを手にし、冬樹のほうに差し出した。

「これで街を見てみろ。東京がどうなったかを、その目で確かめるんだ」

冬樹は誠哉の横に行った。窓の外に目を向け、愕然とした。

そこに広がる光景は完全に単色になっていた。濃い灰色——絵の具を使って絵を描く際、筆を水で洗っていたら、最後には水はいつも同じような色になるが、まさにあの色だった。

何もかもが同じ色で、しかも激しく雨が降り続いているせいで、街の様子がよくわからなかった。

冬樹は双眼鏡を目に当て、ピントを合わせた。最初に目に飛び込んできたのは、泥水に浸かっている信号機だった。かつては道路だったところを、濁った水が勢いよく流れている。その流れは複雑で、いたるところで渦を巻いていた。

「浸水がひどくなっている……」冬樹は呟いた。

「そういうことだ。俺が調べたかぎりでは、現時点で脱出出来るルートはひとつしかない。しかもあと五十センチ水位が上がれば、完全に脱出不能となる」

「たしかに豪雨が続いているけど、どうしてこんなことに……」

「地震の影響だ」誠哉はいった。「地盤が沈下している。大きなところでは二メートル近くもな。大雨が続いた上に地面が下がってるんじゃ、浸水するのも当然だ」

「そういうことか……」

「そのことが何を意味しているか、わかるか？」

誠哉の問いかけに冬樹は首を傾げた。

「どういうことだ？」

「おまえたちは、雨が上がればすぐに水がひくと期待しているのかもしれないが、その可能性は低いということだ。地盤沈下が進めば、海抜がゼロを切る可能性だって出てくる。水がひくよりも先に食料がなくなるぞ」

「そんな、まさか」

「そういうことは起こらないと楽観出来る根拠は何だ？」

冬樹は口をつぐんだ。根拠など何もなかった。

「生き延びたいなら、今すぐにでもここを出るべきだ。もちろん、俺はそうする。すでに栄美子さんは準備を進めている。ミオちゃんと勇人君も連れていく。一刻の猶予も許されない」

「こんな天候の中を？」

「これから先、回復する見込みがあるのなら待ってもいい。しかしそんなものはない」

「菜々美さんは？」

誠哉の顔が曇った。

「何としてでも連れていくつもりだ。彼女は生きる気力をなくしている。我々がいなくなれば、自殺するかもしれない」そういってから誠哉は改めて冬樹と明日香の顔を交互に見た。「悪いことはいわないから、おまえたちも俺のいうとおりにしろ。一緒に、ここを出るんだ。そうしないと生き延びられないぞ。これは忠告ではなく俺からの頼みだと思ってくれていい。何度もいっていることだが、おまえたちが一緒に行ってくれるかどうかで、俺たちの生存率も変わってくる」

冬樹は明日香と顔を見合わせた。彼女は目を伏せた。

「少しだけ時間をくれ」冬樹はいった。「あと一日、考えさせてほしい」

誠哉は苛立ったように首を振った。

「その一日で、事態がどこまで悪くなるか予測出来ないから、こうして急かしている」

「明日の朝までだ。それ以上は待たせない」

誠哉はため息をついた。

「仕方がないな。出発は明日の朝だ。それ以上の延期はない。一緒に行く気があるなら、それまでに準備をしておけ」

わかった、と冬樹は答えた。

冬樹から受け取った電波時計を、ほかの時計と並べ、河瀬は満足そうな笑みを浮かべた。

「これで六個か。針が一番進んでる時計と遅れてる時計とで、大体二十秒の差がある。その二十秒の間に正確な時刻が入ってると考えて、まず間違いなさそうだ」

「時計を集めれば集めるほど、針のずれ幅は大きくなる。それでも平均を取れば問題ないと思ってるのか」冬樹は訊いた。

「問題がないとはいわない。だけど、ほかに手はないだろ」

「ひとつ訊いていいかな」

「何だい」

「どうやって死ぬつもりなんだ」

冬樹の質問を聞き、河瀬はにやりと笑った。

「それがやっぱり気になるかい」

「わかってると思うけど、肝心の十三秒間に息絶えなきゃいけないんだろ」

「そういうことだ。虫の息でも残ってたら失敗する。つまり即死が要求されるってことだな。となれば刃物なんかは使えない。首を切ったら即死だろうが、ギロチン台なんかはどこにもないからな。というわけで、こういうものを用意した」河瀬が取り出したのは、拳銃だった。不気味に黒光りしている。

「どこでそれを？」

「どうってことない。官邸で時計を探してたら見つかった。弾だって入ってるぜ。試し撃ちも済ませてある。こいつをこうして」河瀬は銃身を口にくわえる格好をした。

「後は引き金を引くだけだ。間違いなく即死する」

「小峰さんたちも同じ方法ですか」冬樹は、横にいる小峰と戸田に訊いた。

二人はなぜか答えない。すると、「何かほかの方法を考えとけっていってるんだよ」と河瀬がいった。

「俺が使ってからじゃ、間に合わないかもしれないだろ。ただでさえ、ピストルなんか撃ったことがないわけだからさ。確実な方法ならいくつでもある。手っ取り早いのは飛び降りだ。官邸の屋上からなら、間違いなく即死できる」

小峰と戸田が浮かない顔つきをしている理由がわかった。彼等は死ぬ方法を決めかねているのだ。

「本当に考え直す気はないんですか」冬樹は小峰たちにいった。「今もいいましたように、ここから別の世界に行けるわけではないんです。この世界で死ねば、ここでの人生はそれで終わりです。別の世界に、あなた方と姿形が同じ人間が現れるかもしれないけど、今のあなた方とは別人です。それでもいいんですか」

小峰が冬樹のほうを向いた。

「そういうことはね、我々だって考えたんです。その上で決断したわけです。だからもう、ほっといてもらえませんか」

「要するに、あんたが迷ってるわけだろ」河瀬が冬樹にいった。「自分が迷ってるから、決断した人間にあれこれ難癖をつけたくなる。そういうことじゃないのかい？」

冬樹は河瀬の顔を睨みつけた。だがすぐに視線をそらした。

「そうかもしれないな」

すんなりと認めたことが意外だったらしく、河瀬は驚いたような表情を見せた。

河瀬たちの部屋を出た後、冬樹は食堂へ行った。すると明日香が一人で座っていた。湯飲み茶碗を手にしている。

「お茶、飲む？」

「いや、俺はいい」冬樹は彼女の向かい側に座った。「答えは出たかい？」

彼女は頷いた。

「あたしはやめておく。誠哉さんにはついていかない。河瀬さんたちと同じことをする」

「P―13現象の時に死ぬのか」

うん、と彼女は小さく答えた。

「あたしには無理だよ。新しい世界を造るなんてこと出来ない。イブにもなれない。正直いって降参。ごめんね」

「俺に謝る必要なんてないよ」

「冬樹君は決心ついたの？」

「いや……まだ迷ってる。一応、出発するための荷物をまとめてはみたんだけどさ」

明日香は目を伏せ、両手で茶碗を包み込んだ。

「正直いうとね、冬樹君が行くならついていってもいいかなって思ったりもした。イブになる覚悟はないけど、冬樹君となら一緒に暮らせるかなって。だけど、そんなに甘いものじゃないんだよね、きっと。誠哉さんが考えている新しい世界造りっていうのは、もっと大変だよね。だから冬樹君のことは好きだけど、あたしには無理だから、もう逃げだしちゃうことにしたの」

明日香の声が震えた。テーブルの上に、ぽたぽたと涙が落ち始めた。

冬樹の胸がざわざわと騒いだ。いてもたってもいられなくなり、彼は腰を上げた。テーブルの反対側に回り、明日香の肩に手を載せた。

その手を彼女が握ってきた。

「ごめんね……」彼女は繰り返した。

「いいんだ。それでいいんだ」冬樹はいった。「無理しなくていい。兄貴のいってることは理想論だ。それに何が正しいのかなんて、誰にもわからない。ましてやこんな世界だ。善も悪もない世界なんだから、自分の気持ちを最優先すべきだ」

「ありがとう」彼女は顔を上げた。目が涙で潤んでいた。「冬樹君とは、もう会えないのかな」

「俺が兄貴と一緒に行けば、そういうことになるな」彼はいった。「だけど、行かない。俺は、たった今、心を決めたよ。せっかく君が告白してくれたんだから、俺も正直な気持ちをいう。君をここに置いて、出発するなんてことは出来ない。俺も残る」

明日香は首を振った。

「それはよくないよ。あたしが冬樹君を引き留めたことになっちゃう」

「君は引き留めてない。俺が残るのは、俺の勝手だ。気にしなくていい」

冬樹は彼女の手を握り返した。

47

生暖かい風が吹いていたが、雨はやんでいた。だがそれも一時のことだろうと思われた。夜が明けたというのに、西の空にはどす黒い雲が広がっている。

誠哉は貴賓室《きひん》にいた。窓から外の様子を眺めていた。彼の傍らには、大きなリュックをはじめ、いくつものバッグが置いてある。中身は食料が殆どだ。新たな安住の地を発見するまでに何日かかるかわからないから、とにかく詰め込めるだけ詰め込んだのだ。

「誠哉さん」背後から声が聞こえた。

彼が振り返ると栄美子が入り口に立っていた。

栄美子に促され、菜々美が部屋に入ってきた。俯いたままで、彼の顔を見ようとしない。

「よかった」誠哉は笑みを浮かべた。「入ってもらってください」

「菜々美さんを連れてきました」

「私は外してますね」栄美子がいった。

誠哉は無言で頷いた。栄美子が出ていき、ドアが閉じられるのを待って、彼は改めて菜々美を見つめた。彼女は項垂れたままだ。

「これから、出発しようと思います」誠哉はいった。「ここに留まることは危険です。どうか、あなたも一緒に来てください」

菜々美は少し後ずさりした。

「前にいったじゃないですか。あたし、別に生き残りたくはないんです。無理して生きたって、いいことなんか何ひとつないし」

「そんなことはわからない。生きてみないとわからない。諦めないでください」

菜々美は、かぶりを振った。

「あたしのことなんか、ほっておいてください。足手まといになるだけです」

「そんなわけないでしょう。正直にいいます。あなたに来ていただかないと我々が困るんです。勇人君やミオちゃんのように、守ってやらないと生きていけない者もいます。あなたの力が必要です。我々に力を貸してください」誠哉は床に膝をついた。さらに両手をつき、頭を下げた。「お願いします」

「……そんなこと、やめてください。困ります」

「気持ちをわかってもらいたいんです」

「冬樹さんや明日香ちゃんだっているじゃないですか」

「弟たちが我々と行動を共にしてくれるかどうかはまだわかりません。彼等がいないとなれば、様々な負担を栄美子さん一人に強いることになります。そういうことは、何としてでも避けたいんです」

「冬樹さんたちが行かないなら、仮にあたしが行くとしても、たったの五人です。しかもそのうちの二人は赤ん坊と子供……。それでどうやって生きていけるんですか」

「わかりません。だけど、もし一緒に来ていただけるなら、俺は何としてでもみんなを守ります。命を賭けてでも」

菜々美は顔を歪め、頭を振った。

「仮に生きていけたとしても、そんな少人数じゃ、いずれは全員死ぬことになります。そんなことに、どういう意味があるんですか」

「それをいえば、どんな世界だって同じです。生きているものは、いつかは死にます。大事なことは、どう生きるかってことだと思います。生きる意味を知るには、ただひたすら生を求めるしかない」

「あたしは、そんな意味なんて、もうどうでもいいんです。勇人君やミオちゃんのことはかわいそうだと思うけど……」

「勇人君やミオちゃんだけじゃありません」誠哉は顔を上げた。「俺自身も、あなたを必要としています。あなたとなら、本当の力以上のものが出せるような気がするんです」

菜々美は困惑と苦悶《くもん》の混じった表情を浮かべていた。

「そんなこといわれても……」

「もしあなたが、河瀬たちと同じように、P―13現象のタイミングで自殺をするというのなら、こんなふうに説得したりはしません。どちらが正解なのかは、俺にだってわからないんですから。でももしそうでなく、単なる死を選ぼうとしているだけなら、俺たちと一緒にここを出てください。その命を、俺に預けてください」

菜々美の目に迷いの色が浮かんだ。

「どこへ行っても、死と隣り合わせだということに変わりはありません。だったら、誰かと一緒にいたほうがいいじゃないですか」誠哉は言葉に心を込めた。「俺はあなたと一緒にいたいです。一人では死にたくない」

菜々美の肩から、ふっと力の抜ける気配があった。

「あたしなんかで……いいんですか」

「あなたでないと困るんです。お願いします」誠哉は彼女の顔を凝視した。

菜々美がゆっくりと瞼を閉じた。そのまま動かなかった。やがて唇が開いた。

「もう少しだけ……生きてみようかな」

「そうしてください。ありがとうございます」

誠哉がいうと、彼女は目を開けた。うっすらと笑みが漏れた。

「誠哉さんのせいで、あたし、なかなか踏ん切りがつきません。早く楽になってしまいたいのに」

「あなたを死なせるわけにはいかないんです」誠哉は立ち上がった。

その時だった。ぐらり、と床が揺れた。菜々美が小さな悲鳴を上げ、誠哉のほうに寄りかかってきた。彼女の身体を支え、誠哉は足を踏ん張った。部屋のあちこちから軋み音が聞こえた。

揺れは間もなく収まった。すみません、といって菜々美が離れた。

「急いで支度をしてください。動きやすく、丈夫な服装に着替えるだけで結構です。食料や生活必需品は、すでに詰めてありますから」

わかりました、といって菜々美は部屋を出ていった。

朝だというのに、外は薄暗かった。汚れた綿のような雲が渦を作っていた。

公邸の前で、冬樹は誠哉たちと向き合っていた。誠哉の横には栄美子と菜々美がいた。誠哉は大きなリュックを担ぎ、両手にバッグを提げている。栄美子はミオの手を引いていて、菜々美は勇人を背負っていた。

「兄貴、ごめん」冬樹は兄に向かっていった。「そういうことだから」

誠哉は小さく頷いた。

「仕方がないな。もう少し話し合いたいんだが、タイムリミットだ」

うん、と冬樹は返した。

「小峰さんがいってた。さすがの耐震建築も限界が近いってさ。次に大きな揺れがきたら、どうなるかわからないそうだ。この世界で生き続けるつもりなら、なるべく早くほかの場所に移ったほうがいい」

「次のP―13現象まで……」誠哉が自分の腕時計に目を落とした。「あと、二日とちょっとか。見届けたい気もするが、そういうわけにもいかない」

「誠哉さん」冬樹の隣で明日香がいった。「ごめんなさい。こんなことなら、もっと早くに答えを出せばよかった。そうすれば、誠哉さんたちも早く出発できてたのに……」

誠哉は首を振った。

「そんなことは気にしなくていい。それより、あと二日、何とか持ちこたえるんだ。P－13現象の前に命を落としたりしたら、何の意味もないぞ」言葉の後半は、冬樹に向けられたものだった。

「もちろん、そんなことはわかってるよ」

「正確な時刻は把握できそうなのか」

「河瀬方式でいく。時計は十個ほど集められたから」

誠哉は頷いた後、自分の腕時計を外した。

「これも持っていろ。知っていると思うが、俺は犯人逮捕の前には必ず時計を合わせる。時報を聞きながら秒針まで合わせたから、かなり正確なはずだ。何かの役には立つかもしれん」

「兄貴はいいのか」

冬樹が訊くと誠哉は笑った。

「時刻なんか、この世界で生きていく俺たちには必要ない」

「わかった」冬樹は時計を受け取り、すぐに自分の腕に巻きつけた。

「じゃあ、俺たちは行くから」誠哉がいった。

冬樹は兄の顔を見つめ、後ろにいる菜々美や栄美子たちに視線を移した。彼女らは不安と怯えを隠そうとしていなかった。何が待ち受けているかわからない旅に出るのだから当然だった。しかも彼等が楽に歩けるような道はなく、彼等を迎えてくれる宿もない。どこまでいってもジャングルのような廃墟しかない。

冬樹はふと、彼女たちの目には自分たちがどのように映っているのだろうと思った。起きるかどうかわからない奇跡に期待して、この世界での生を放棄しようとしている者は、やはり愚かに見えるのだろうか。

「どうした？」誠哉が訊いてきた。

「いや、何でもない。――兄貴、元気でな。気をつけろよ」

「おまえもな」

これで永久に会えないにもかかわらず、冬樹の胸に感傷的な気持ちは殆どなかった。もはやそんな余裕がないからだと自分でもわかった。

誠哉が踵を返し、歩きだした。二人の女性とミオも彼についていく。過酷を極めるに違いない道のりを想像すると、彼女たちの足取りはあまりにも弱々しかった。

彼等の姿が見えなくなると、冬樹は明日香と共に公邸内に戻った。玄関のドアは開いたままだ。建物の傾きが激しくなり、開閉が全く出来なくなったからだ。このドアだけでなく、いたるところで歪みが生じている。

河瀬、戸田、小峰の三人は食堂にいた。戸田は相変わらず、朝っぱらからビールを飲んでいる。まるで酔った勢いで自殺を図ろうとしているかのようだった。

河瀬と小峰は、テーブルに並べた時計を眺めていた。小峰が紙に何かを記録している。

「連中は、もう行ったのかい？」河瀬が尋ねてきた。

ああ、と冬樹は頷いた。

「女と子供を連れて、ぶっ壊れた世界で生きていくわけか。全くあの警視さんには頭が下がるぜ」

「兄貴は兄貴で、俺たちのことが理解できないと思う」

「そのようだな。まあ、どっちのやってることも命がけって点では同じだな。おっ、にいさん、その時計をどうした？」河瀬が目ざとく冬樹の腕を見た。

「兄貴から貰ったものだ。ただし、電波時計じゃない」

「それじゃあ、足しにはならないな。いつ針を合わせたのかもわからねえんだろ」

「いや、P―13現象が起きる直前だということははっきりしている。秒針まで合わせたそうだ」

「ふうん、ちょっと見せてくれ」

冬樹が外して手渡すと、河瀬は興味深そうに時計を見た。だがテーブルの上にあるほかの時計と見比べ、顔をしかめた。

「何だよ、やっぱりかなり狂ってるぜ」

「狂ってる？　そんなはずはないと思うけどな」

「いや、狂ってる。見てみろよ。ほかの時計より、大体一分ぐらい遅れてるぜ」

冬樹は、ほかの時計の針を確かめた。河瀬のいう通りだった。誠哉の時計より、ほぼ一分ほど早い時刻を指している。

「おかしいな。どうしてだろう」

「そんなに不思議がることはないだろう。警視殿が合わせ間違えただけのことだ」

「兄貴がそんなミスをするとは思えない。犯人逮捕に備えて、緊張していたはずなんだ」

「だったら、この時計が狂ってるってことだ。どっちにしても、使えないな」

「いや、ちょっと待って」小峰が近寄ってきて、その時計を手に取った。「まさか……」

「何だよ。何が気になるんだ」

小峰は即答せず、逡巡の色を浮かべた。

おい、と河瀬が苛立ったような声を出した。

「この時計のほうが――」小峰が呟いた。「正しいってこともありうる」

「何だと？　どういうことだ」

「電波時計は従来の時計よりも圧倒的に正しいけれど、それは標準電波を定期的に捉えて補正しているからだ。だけどその標準電波自体が狂っていれば、それを受けた電波時計も当然狂った表示をすることになる……」

「電波が狂う？　なんでそんなことになるんだ」

「そりゃあ、電波の送信局に何らかのトラブルが起きれば、そういうことだって起こりうるよ。この世界じゃ、何が起きたって不思議じゃない。送信局が、停止する直前まで正しい標準電波を送ったという保証は、どこにもない」

小峰の説明を聞き、河瀬は舌打ちした。

「そんなことをいいだしたらきりがない。警視殿の旧式の時計一つを信用するか、最新の電波時計十個を信じるかってことじゃないのか」

小峰は首を振った。

「標準電波が狂っていたら、電波時計は全部狂う。数が多くても同じだ」

河瀬は頭を掻きむしった。小峰の手から時計を奪い取ると、冬樹のほうに差し出した。

「これはあんたが持っててくれ。で、俺たちには見せないでくれ。ある意味、目の毒だ。自分で自分の命を絶とうって時に気持ちがぐらついてちゃ話にならねえ」

冬樹が時計を受け取ると、河瀬は小峰の鼻を指差した。

「時刻は電波時計で決める。それで決定だ。文句はないな」

小峰は青ざめた顔で、首を縦に二度動かした。

その直後だった。下から突き上げられるような衝撃を冬樹は受けた。実際、彼の身体は一瞬宙に浮かんだ。その後、彼は背中から床に落ちた。

最初に目に飛び込んできたのは、天井で激しく揺れるシャンデリアだった。

鈍い衝撃音が断続的に響いた。続いて、部屋のいたるところから木材の擦れ合う音が聞こえてきた。

「危ないっ」小峰が叫んだ。「逃げろっ、逃げるんだっ。倒壊するぞ」

冬樹は明日香の手を握った。そのままドアに向かおうとした。しかしあまりの激しい揺れに、立ち上がることさえ出来ない。床を這うように移動し、大理石のテーブルの下に二人でもぐりこんだ。

次の瞬間、轟音と共に世界が傾いた。冬樹は明日香の身体を抱きしめていた。

48

衝撃が全身を襲った。まるで激しく叩かれる巨大な太鼓の中にいるようだった。明日香を抱きしめたまま、冬樹の身体は何度となく跳ねた。それでも懸命に、テーブルの下から転がり出ぬように耐えた。

どれほどの時間、そうしていたのか、彼にはわからなかった。目をつぶり、口も閉じていた。幾度となく響き渡る轟音に、聴覚も麻痺したようになっていた。

このまま死ぬのかもしれない、とさえ考えた。何かが——人智を超えた圧倒的な何かが、自分たちを消滅させようとしているのを冬樹は感じた。

殆どすべての感覚が機能を停止している中、最初に蘇ったのは嗅覚だった。冬樹は、埃っぽい臭いの中に、かすかに甘い香りがするのを感じた。シャンプーの匂いだ。続いて、自分の頬に明日香の髪が触る感覚が蘇った。同時に彼女の体温を感じた。

明日香、と彼は呼びかけた。ひどくかすれた声になった。「大丈夫か」

彼女の頭が前後に小さく動いた。頷いたようだ。

冬樹は瞼を開いた。だが真っ暗で何も見えない。彼は四つん這いの姿勢を取っていた。明日香のほうが下になっている。

立ち上がろうとして、愕然とした。瓦礫やら木材やらに囲まれていて、手足を殆ど動かせないのだ。

「どうしたの？」明日香が尋ねてきた。

冬樹は答えず、懸命に腕を伸ばそうとした。だがすぐ横に倒れている、どうやら柱の一部と思われる木材は、びくともしなかった。

「冬樹君……」

「閉じこめられた」

「えっ？」

「屋敷がぶっ壊れたらしい。それで、壊れた天井とか壁の下敷きになっているみたいだ。大理石のテーブルの下じゃなかったら、たぶん二人とも潰されてたな」

「……どうするの？」

冬樹は焦った。対策らしきことを口にしなければと思うが、何ひとつ思いつかないのだ。

「あたしたち、このまま出られないの？」

「そんなわけないだろ」

「どうして？　動けないんだよ」

冬樹は唇を舐めた。それから大声で叫んだ。「かわせっ」

明日香の身体がびくりと動いた。驚いたらしい。

「あ、ごめん。少しの間だけ、我慢してくれ」

「うん、平気」

冬樹は改めて河瀬の名を呼んだ。さらに、「戸田さんっ、小峰さんっ」と続けた。しかしどこからも応答はない。三人とも埋まってしまったのかもしれない。

「返事、ないね」明日香がいった。「ここには消防署も警察も病院もないから、誰も助けになんて来てくれないよね」

「諦めるのは早いよ」

冬樹は渾身の力を振り絞り、周囲のものを動かそうとした。だが体勢が悪いこともあり、うまく力が入らない。

「いいよ、冬樹君。無理しないで。あたしだって、諦めてるわけじゃない」

「……どういう意味？」

「冬樹君、腕時計は見れる？　暗すぎて見えない？」

「時計？　いや、たぶん大丈夫だと思う」

冬樹は明日香の首に両腕を回した姿勢のまま、左手に嵌めた時計のボタンを右手の指先で押した。淡く小さな光が点り、文字盤を浮かび上がらせた。針は八時四十五分を指していた。無論、午前だ。

そのことを告げると、よかった、と明日香はいった。

「時刻さえわかれば、こっちのもんだよ」

「どうして？」

「だって、次のP―13現象まで待っていればいいだけだもの。おなかはすくだろうけど、二日ぐらいならがんばれるんじゃない？」

彼女のいわんとしていることが冬樹にもわかってきた。

「この姿勢のままでP―13現象を迎えようっていうのか」

「だってほかに道はないでしょ。このまま動けないなら、あたしたちは死ぬしかない。でも、元々あたしたちは死ぬつもりだったんだよね。その準備が少し早まったと思えばいいんじゃないの？」

明日香の言葉を聞き、冬樹はため息をついた。

「たしかにその通りだ。この姿勢のままでP—13現象を迎えたって、何の問題もない。こんな時に、そう考えられるってのはすごいよ。本当に君は強いな」

彼の腕の中で、明日香は首を振った。

「強くなんかない。だから誠哉さんと一緒には行けなかった。やっぱり、死ぬのは逃げるってことだと思う。だからせめて死ぬことを怖がりたくない。せっかく冬樹君と一緒なんだし」

「そうだな。俺もそう考えることにするよ」冬樹は明日香を抱く腕に力を込めた。

「でも、問題はいくつかあるね」

「時計のことだろ。この時計は電波時計よりも一分遅れていた。それをどう考えるかだな」

「それも問題だけど、もっと大きなことがある」

「何だ？」

「方法」明日香はいった。「死ぬ方法。この体勢で、どうすれば死ねるかな」

再び冬樹は黙り込んだ。この問題は深刻だった。いくつかの方法が頭に浮かんだが、どれにも難点があった。

「ゆっくり考えよう。時間はたっぷりあるし」

冬樹がいうと、そうだね、と明日香も明るい声を出した。

暗闇の中、二人は抱き合って時間が流れていくのを、ただひたすら待った。それぞれの思い出話を聞き、感想を述べ、時には笑い合った。冬樹はふと、もしかするとこの世界に来て以来、初めて心の安らぎを感じているのではないだろうかと思った。同じ姿勢を取っているので肉体的な苦痛はあったが、精神的には殆ど疲れていなかった。

彼は時折、時刻を確認した。時間の流れを早く感じることもあれば、遅く感じることもあった。一刻も早くこの状態から逃げ出したいと思った時には遅く感じるのだが、様々な問題点を意識すると、決断の時を先延ばしにしたいという思いも強くなる。そういう時には早く感じるようだった。

「ねえ、冬樹君、ぎゅっと首を絞められたら即死するの？」不意に明日香が尋ねてきた。

「それはないね」冬樹は答えた。「窒息死するには、ある程度の時間が必要だ」

「ある程度って？」

「それは何ともいえない。一分かもしれないし、三十秒かもしれない」

「じゃあ、P—13現象が起きる少し前から首を絞め始めて……なんていうのは無理だね」

「それはだめだろうな」冬樹は声の抑揚を抑えたが、内心は穏やかではなかった。明日香は彼に自分の首を絞めさせることを考えたらしい。

「やっぱり何とか即死できる手段を――」

考えよう、と続けかけた時、「冷たいっ」と明日香がいった。

その意味は冬樹にもすぐにわかった。彼の腕が水に浸かっていく感覚があったからだ。

「水だ……」冬樹は呟いた。「水が入ってきてる」

「どうして？　どうしてこんなところに水が入ってくるの？」

「どういうことかな。もしかしたら、さっきの地震でさらに大規模な地盤沈下が起きたのかもしれない」

「じゃあ、この水が引くことはないわけ？　どんどん増えるってこと？」

「それは何ともいえないけど……」

水嵩が増えていくのが、暗闇の中でもはっきりと感じられた。このままでは明日香の頭が水没してしまう。いやそれどころか、冬樹自身もそうなるだろう。

「冬樹君、あたしの背中、完全に水に浸かってる」

「わかってる」

必死で身体を動かそうと試みた。何とか立ち上がらなければ、二人とも溺死してしまうことになる。

明日香がしがみついてきた。冬樹は彼女の頭を抱え、少しでも水没するのを遅らせようとした。だが水位の上がる速度は、そんな思惑をぶち壊しにするものだった。彼女の耳のあたりまで水が達した。

「あたしたち、もうだめだね」明日香がいった。言葉に力がなかった。「P－13現象にも間に合わない。死んで、おしまいだね」

「まだわからない」

「もういいよ。あたし、諦めた。だからね、お願いがあるの。キスして。どうせなら、冬樹君にキスされながら死にたい」

冬樹が何もいい返せないでいると、お願い、と彼女は繰り返した。

もうだめだな、と冬樹も思った。身体をずらし、明日香と唇を重ねようとした。

その時、それまで全く見えなかった彼女の顔が、突然浮かび上がった。どこからか光が入ってきたのだ。

ふゆきっ、と呼ぶ声が聞こえた。一瞬、空耳かと思った。だが次には、「明日香君っ」と聞こえたのだ。間違いなく、誠哉の声だった。

「兄貴っ」冬樹は叫んだ。「あにき、ここだ。助けてくれ」

続けて、「おーい、おーい」と冬樹は声を発し続けた。その間、水嵩は増し続け、明日香は辛うじて口だけを水面から出している。すでに目は閉じていた。

「この下だっ」誠哉の声がした。「この柱をどけるんだ。足元に気をつけて」

どうやら誠哉は一人ではないようだ。何らかの事情で戻ってきたらしい。

何かが崩れるような大きな音がして、冬樹たちに覆い被さっていたものが取り除かれた。同時に彼は、背中に雨が当たるのを感じた。

「冬樹、大丈夫か」

声をかけられ、冬樹は首を回した。誠哉がそばに立っていた。その服装は泥だらけだった。菜々美と小峰の姿もあった。

冬樹は明日香の上半身を起こさせた。幸い、彼女は殆ど水を飲んでいなかったようだ。何度か咳をした後、泣きながら彼にしがみついてきた。

「もう大丈夫だ」明日香にいった後、冬樹は誠哉を見上げた。「兄貴、どうしてここに？」

誠哉は首を振った。「やはり、手遅れだった」

「手遅れ？」

「立ち上がって、周りを見てみろ」

誠哉にいわれ、冬樹はゆっくりと膝を立てた。長時間、同じ姿勢をとっていたので、関節を動かすと痛みが走った。

立ち上がり、周囲に視線を巡らせた。言葉が出なかった。そこに繰り広げられている光景は、彼の想像をはるかに超えたものだった。

街が水没しようとしていた。殆どの建物は崩れたり、傾いたりしている。あらゆる方向から波が押し寄せ、様々なところで水しぶきがあがった。

「俺の判断ミスだ。脱出するのが遅すぎた。もはや、ほかの場所に移動する手段がない」誠哉はいった。

「それで戻ってきたのか」

「そうするしかなかった。しかし、公邸が倒壊しているのには驚いた。河瀬と小峰さんはすぐに見つけられたが、おまえたちがどこにいるのかはなかなかわからなかった。戸田さんのこともあるし、ある程度は覚悟していた」

「戸田さんが、どうかしたのか」

冬樹の問いかけに、小峰と菜々美が俯いた。誠哉が一呼吸置いてから口を開いた。

「亡くなった。崩れた天井の下敷きになったんだ」

冬樹は息を呑んだ。戸田が酔った時の赤ら顔が脳裏に浮かんだ。

明日香が再び声をあげて泣きだした。

ほかの者は官邸に避難していた。河瀬も助けられていたが、足を骨折していた。

この建物にしても、果たしていつまで保つのかは誰にもわからなかった。しかも三階部分までは、すでに浸水している。九人は、四階の応接室に集まっていた。

「こうなってみると、もうほかに選択肢はないってことかな」冬樹はいった。「P―13現象が起きるのを待って、みんなで死を選ぶ。それしかないんじゃないか」

何人かが無言で頷いた。菜々美や栄美子も含まれていた。

誠哉は答えない。じっと窓の外を見つめている。

「今、何時ですか」小峰が冬樹に尋ねた。

「午後三時を少し回ったところ。P―13現象まで、あと二十二時間だ」

明日香が吐息をついた。「まだそんなにあるんだ……」

彼女の言葉は、明らかに皆の心境を代弁していた。冬樹自身も、早く時間が過ぎてくれることを祈っていた。

その時、またしても建物が激しく揺れ始めた。壁や柱から小さな軋み音が聞こえ、女性たちは悲鳴をあげた。

揺れは強く、全員が四つん這いになった。河瀬がソファから転がり落ち、激痛を訴える呻き声をあげた。

ようやく揺れが収まった。建物は辛うじて無事のようだ。

「この官邸が壊れたら、我々も一巻の終わりだ」小峰が呟いた。

その直後だった。窓の外を見ていた誠哉が、「全員、上の階に移れっ」と大声で指示した。「巨大な波が来るぞ。ここまで水が上がってくるかもしれない」

誠哉の後から冬樹もそれを見た。街を覆った泥色の水面が、大きく膨らみながら近づいてくるのが見えた。その高さは、小さなビルを呑み込むほどだった。

ふらつく足取りで、全員が階段に向かった。誠哉は河瀬に肩を貸し、歩かせようとしていた。

「いいよ、警視さん。俺のことはほっといてくれ。自分で何とかするからよ」

「歩けもしないくせに強がるな。冬樹、手を貸してくれ」

冬樹は誠哉を手伝い、河瀬に階段を上がらせた。間もなく上の階に達するという時、建物が大きく振動した。波が建物に激突したのだ。

階段の下から水柱が襲ってきた。水の勢いはすさまじく、一瞬、冬樹たちの足元にまで達した。

「全員、無事かっ」階段を上がったところで誠哉が怒鳴った。

「菜々美さんは？　菜々美さんがいないっ」明日香が叫んだ。

49

階段を下りかけた冬樹の肩を誠哉が摑んできた。

「待てっ。何をする気だ」

「決まってるだろ。菜々美さんを探しに行くんだ。彼女は今の水柱にさらわれたんだよ」

「俺が行く。おまえはみんなを避難させろ」

「でも――」

「これからも波が襲ってくる。そのたびに今みたいな水柱が立つだろう。泳ぎに関しては、おまえより俺のほうが上だ」

誠哉の言葉に冬樹は反論できない。誠哉は学生時代、水泳部だった。しかもライフセーバーの資格を持っている。

誠哉は上着を脱ぎ、階段を下りた。だが途中で立ち止まると、振り返って冬樹を見上げてきた。

「みんなのことを頼むぞ。絶対に妥協するな。天は自ら助くる者を助く、だ。生き抜こうとしない者には奇跡なんか起きないと思え」

「わかった」

冬樹が大声で答えると、誠哉は頷いて階段を駆け下りていった。それを見届けた後、冬樹は皆のほうを向いた。

「全員、首相の執務室へ。急いでっ」

そう叫んだ直後、またしても建物全体が大きく振動した。誠哉がいったように、高波は次々とこの建物を襲ってくる。

ほかの者が執務室に逃げ込むのを確認し、最後に冬樹が入り口をくぐろうとした。その時、背後から轟音と共に水しぶきが降りかかってきた。まるで荒波が岩で砕けたようだ。

彼は階段の下を覗き込んだ。階下では、水がごうごうと激しく流れていた。その水位は、階段の中程まで来ている。

「あにきっ」冬樹は大声で呼んだ。「どこにいるんだ。あにきっ、菜々美さんっ」

水の音に混じって、みしみしと何かの軋む音が聞こえた。建物が悲鳴を上げているようだった。

「ふゆきっ」声が聞こえた。誠哉の声だ。

間もなく、廊下の曲がり角から誠哉が現れた。首まで水に浸かっている。菜々美を後ろ向きにして引っ張っている。彼女は気を失っているようだ。

「大丈夫かっ」冬樹は訊いた。

「足をやられて動けない。俺の荷物の中にロープがあるから、それをこっちに流してくれ」

「わかった」

冬樹は執務室に飛び込んだ。誠哉のリュックサックを調べると、たしかに古いロープが入っていた。いつだったか、冬樹と明日香を救い出す時に河瀬が使ったロープだ。

「どうしたの？　誠哉さんは？」明日香が訊いてくる。

「無事だ。ロープで引っ張る」そういって冬樹は部屋を飛び出した。

ロープを持って階段を下りた。水位は、先程よりも高くなっているようだ。

冬樹はゆっくりとロープを流した。水の流れに乗って、ロープの先端は誠哉のところに達した。

ロープを受け取ると、誠哉はそれを菜々美の身体に巻きつけて結んだ。

「よし、引っ張ってくれ」

冬樹はゆっくりとロープを手繰り寄せた。水の流れは強く、かなりの力が必要だった。いつの間にか明日香と小峰が後ろに来ていて、引っ張るのを手伝ってくれた。

やがて菜々美の身体が冬樹の手の届くところまで来た。

「すぐに彼女を部屋に連れていくんだ」誠哉が大声でいった。「人工呼吸と心臓マッサージを施すんだ。急がないと手遅れになる」

小峰が菜々美を抱え、階段を上がっていった。

冬樹は改めてロープを流した。誠哉は先程から殆ど動いていない。顔には出さないが、足はかなりの重傷らしい。

誠哉がロープを摑むのを確認し、冬樹は引っ張った。

「足、折れてるのか」

「どうやらそうらしい。泳ぎを自慢して、このザマだ」

誠哉が自虐的にいった時、爆発音のようなものが聞こえた。やがて建物が揺れ始めた。その揺れは徐々に大きくなり、ついには冬樹も立っていられなくなった。

水が激しく暴れた。池の底が抜けたように階下に向かって急激に流れだした。それに合わせて誠哉の身体が流される。冬樹はロープを摑んでいるのが精一杯だった。後ろで明日香も引っ張ってくれるが、誠哉の身体を引き寄せることは出来ない。

「明日香、俺の身体にロープを巻きつけてくれっ。ほどけないように結ぶんだ」

「わかった」

明日香はロープの余った分を冬樹の腰に巻きつけた。

だが次の瞬間、信じられないことが起きた。

轟音と共に天井の一部が落ちてきたのだ。それは冬樹と誠哉とを繋ぐロープを下敷きにした。さらには、誠哉の身体を巻き込み、流れだそうとする。

冬樹は歯をくいしばり、渾身の力で足を踏ん張った。しかしロープを引かれる力のほうが強い。腰に巻きつけているので、このままだと冬樹自身も水中に引っ張り込まれそうだった。

その時、誠哉と目が合った。

もうやめろ――兄は弟に、そう語りかけていた。このままだとおまえも巻き添えになる。

やめるもんか――弟は目で答えた。

強烈な力がロープに加わった。冬樹の身体は水中に投げ出された。もうだめだ、と思った。しかしその直後、ロープを引く力は消えていた。彼はもがくようにして階段に戻った。

ロープを引き寄せた。その先端を握っていたはずの誠哉の姿はどこにもない。

あにきーっ――叫んだが返事はない。

水は急速に引いていた。冬樹は階段を下りていった。破壊された建物の一部が堆積していた。その傍らで誠哉が倒れていた。胴体に建築資材らしき平たい板が刺さっていた。ほぼ貫通状態だった。

「兄貴……」冬樹は誠哉を抱いた。

誠哉は薄く目を開けた。その顔に生気はなかった。しかし彼は何かを呟いた。弟に何かを伝えたがっていた。それは声にならなかった。彼は呼吸さえ出来なかった。

黒い雲が空を覆っていた。太陽の光は遮られ、かつて東京と呼ばれた街の残骸は闇の中に沈んでいた。時折、雲は不気味な音を立てて光った。稲妻が走っているのだ。その瞬間だけ、街は無惨な姿をさらけだした。

建物は揺れ続けていた。地震のせいなのか、波が衝突するせいなのか、あるいは自分たちの錯覚によるものなのか、もはや誰にもわからなくなっていた。

冬樹は腕時計に目をやった。誠哉から貰った時計だ。

「午前五時を回りました」彼は後ろを振り返りながらいった。

「あと八時間か」小峰がため息をつく。「長いな……」

相槌を打つ者はいなかった。その気力がないのだ。河瀬は骨折の影響で、ぐったりしたままだ。菜々美は人工呼吸と心臓マッサージで息を吹き返したが、身体を動かせない状態だ。しかも誠哉のことを知らされ、激しいショックを受けている。これまで母親の強さでミオや勇人を守り続けてきた栄美子も、さすがに肉体的にも精神的にも疲弊しているように見える。そして明日香も、膝を抱えて座り込み、全く動こうとしない。

今や彼等を支えているのは、もう一度訪れるはずのP—13現象だけだった。その時まで耐えたら死んでもいい——いや、その時に死ぬのだと決めている。

奇妙なものだ、と冬樹は思った。死ぬ時期を決めていることだけが、今を生きる活力となっているのだ。

首相が使っていた椅子に腰掛け、冬樹は目を閉じた。誠哉の最期が瞼の裏に残っていた。

悲しいはずだが、喪失感はなかった。この過酷な世界では生きていること自体が奇跡のように思われ、死ぬことのほうが当然だと感じられるようになってしまったのかもしれない。あるいは、いずれ自分も同じ運命を辿るとわかっているから、誠哉はほんの何時間か先に死んだだけだ、と無意識のうちに割り切れているのかもしれなかった。

突然、地響きのようなものが聞こえた。冬樹は目を開け、椅子から立ち上がった。

明日香が顔を上げた。「今度は何？」

冬樹は窓の外を見た。次の瞬間、爆音と共に強烈な光が目に飛び込んできた。雷が、すぐそばに落ちたのだ。

続いて、機関銃のような音が四方八方から聞こえてきた。座り込んでいた明日香が、跳ねるように立ち上がった。「何、これ？」

冬樹は外を見て愕然とした。巨大な雹《ひょう》が降っているのだ。窓枠の外に落ちたものを見ると、直径が十センチほどもある。

雹だ、と彼は皆に告げた。

「やれやれ雷に雹か」河瀬が横になったままで呟いた。「もう、笑うしかねえな」

雹が建物に当たる音が、ますます大きくなっていった。明日香が何かを叫んだが、冬樹には聞こえなかった。

床がぐらりと傾いた。しかしこれまでの揺れとは違う。一定の方向に傾き続けている。倒壊だ、と冬樹は察知した。ついにこの官邸も崩れ落ちようとしている。

轟音と共に、強くて不規則な振動が襲ってきた。建物が少しずつ壊れていく様が想像できた。

壁が大きくしなった。建物が傾いたせいで、歪みが生じているのだ。

「みんなっ、頭を守れっ」冬樹は怒鳴った。だがその声が届いたとは思えなかった。建物が破壊されていく音は凄まじかった。

何かが上から降ってきた。天井が壊れつつあるのだ。冬樹は机の下に逃げ込んだ。

地獄の時間は何時間にもわたって続いた。度重なる地震は、官邸の土台を無力なものにしていた。そんな官邸を洪水と高波が揺らし続けた。屋根は落ち、柱は折れ、壁は倒れていた。倒壊こそしていないものの、官邸はもはや人間を守る入れ物ではなくなっていた。

それでも冬樹たちは生きていた。最上階の一角に集まり、未だに降り止もうとしない雹混じりの雨から身を守っていた。

床は大きく傾いたままだった。そのせいで、全員が壁に身体を押しつけるようにうずくまっている。だが壁の反対側が完全に崩落していることを全員が知っていた。

「一時っ」冬樹は時計を見て叫んだ。「今、一時を回った」

「あと十三分か」河瀬が絞り出すような声でいった。

「いや、十二分だ」小峰がいった。「その時計は一分遅れている」

「そうか。あと十二分経てば、ここから飛び降りればいいわけだ」

「そうすれば楽に死ねるのかな？」明日香が訊いた。

「たぶんね。下はコンクリートだぜ。いくら水が流れてるといっても、頭から落ちたらイチコロだよ」

「うまく出来るかな」

「出来なきゃ、その時はその時だ。腹をくくるしかねえ」河瀬の声には幾分明るさが込められている。何もかもが間もなく終わると思っているからだろう。

冬樹はほかの者を見た。栄美子は悲しげな表情で娘を抱きしめていた。彼女は、もう一度娘を殺すということに、明らかに迷っている様子だった。ミオは、そんな母親の思いなど知らず、ただ怯えた顔でしがみついている。

菜々美は勇人を抱いていた。勇人は殆ど虫の息で、ここ何時間も、泣くどころか手足を動かすことさえしなかった。ほうっておいても死ぬだろう、というのが菜々美の見解だった。その一言が、赤ん坊を自分たちの道連れにすることを皆に決心させた。

彼は時計を見た。さらに五分が過ぎていた。そのことを告げようとした時だった。大地が唸るような重くて低い音が聞こえてきた。

この上、一体何が起きるのか――そう考えた直後、冬樹は自分の身体が一瞬浮くのを感じた。飛行機がエアポケットに入った時のような感覚だ。

だがその数秒後には、激しい衝撃を感じていた。床がさらに傾く。身体を預けていた壁が崩れ始めた。

冬樹は下を見た。そこには恐ろしい光景が広がっていた。地面が割れ、すべてを呑み込もうとしていた。

不意に、いつか誠哉がいっていたことを思い出した。存在してはならないところに知性が存在する場合、それを消すように時間や空間が働く――。

そういうことなのかもしれないと思った。本来ならば死んでいなければならない知性が、P―13現象のパラドックスによって存在してしまった。宇宙は、その矛盾を解消しようとしているのかもしれない。

だとしたら、それはいつまでか。タイムリミットはあるのか。

次のP―13現象――それがタイムリミットではないのか。宇宙は、それまでに知性を排除しようとしている。では、それを越えたらどうなるのか。再び「矛盾」が生じるということではないのか。それこそが誠哉のいっていた「奇跡」ではないのか。

誰かが冬樹の腕を摑んだ。小峰だった。彼は腕時計を見ていた。

「あと一分だっ」彼は叫んだ。「あと一分我慢すれば、死んでもいいんだ」

「待て、そうじゃないかもしれない。P―13現象は、知性が存在できる限界点かもしれない。もしそうなら、生きられるだけ生きるべきだ」

「何をいってるんだ、今さらっ」

建物がさらに壊れていく。崩れ落ちた部分が裂けた地面に吸い込まれていった。全員は最後の力を振り絞り、落下しないよう、様々なものにしがみついていた。

「時間だっ」そう叫んで小峰が飛び降りた。ひらひらと舞い落ちるのが冬樹にも見えた。小峰の身体は何かに当たり、撥ね飛ばされた。そのまま瓦礫と混ざり合った。

「死んだ……」冬樹は呟いた。「何も起きない。まだP―13現象は始まってない」

彼は時計を見た。針が一時十三分を示したところだった。

大地が雄叫びをあげ、激しくうねった。もはや地震などというものではなかった。

冬樹は宙に投げ出されていた。同時に、すべての音が消えた。次に光が消えた。

そして最後に彼の意識が消えた。消える直前に彼が考えたことは、兄の時計は正しかった、ということだった。

50

銃声が背後で聞こえた。オープンカーの後部シートにしがみついたまま、冬樹は後ろを振り返った。

愕然とした。誠哉が倒れ、胸から血を流していたからだ。

「あにきーっ」彼は叫んだ。同時に手を離していた。その直後、再び銃声が響いた。ただし方向はまるで違うし、さっきよりもはるかに近かった。しかも、何かが耳をかすめる感覚があった。

車から転落した冬樹は、咄嗟に柔道の受け身の体勢を取り、アスファルト上を転がった。足元に血が流れていた。どこかを怪我したのかもしれない。だがそれには構わず、素早く立ち上がると、オープンカーの走り去った方向ではなく、誠哉に向かって走りだした。

坊主頭の男は捜査員たちによって取り押さえられていた。ベンツに乗っていた二人の男たちもすでに取り囲まれている。しかし冬樹にとって、そんなことはどうでもよかった。

誠哉は路上で倒れたままだった。そばにいる捜査員の一人が携帯電話をかけている。救急車と応援を呼んでいるのだろう。

「兄貴っ」冬樹は駆け寄った。

「動かさないほうがいい」

捜査員に制止されたが、冬樹はその手を払いのけ、誠哉を抱き起こした。兄がすでに助からないことを、いやもはやこの世にいないことを、なぜか彼は直感的に察知していた。

誠哉の顔は死人のものだった。瞼は半分開いていて、開いた瞳孔は虚空を見ていた。

突然、深い喪失感が襲ってきた。この異母兄を失うことがどれほど悲しく不幸かを、彼は今初めて悟った。

「何てことだ。俺のせいだ。俺が余計なことをして、兄貴を死なせちまった」

冬樹は人目も憚らず、泣き叫んだ。


一歩前に踏み出したところで栄美子は深呼吸をした。彼女は娘の手を引き、ビルの屋上にいた。そこのところだけ柵が低くなっている。

こうするしかない——自分にいい聞かせた。

夫が病死したのは一年前だ。それ以来、女手ひとつでミオを育ててきたが、もう限界だと思った。栄美子が働いていた会社が、三ヵ月前に倒産したのだ。しかも彼女には莫大な借金があった。夫の治療費や入院費にかかったものだった。パートの仕事程度では、その日食べていくのがやっとで、借金の利息さえも払えない。家賃も滞納を続けており、アパートは今週中に出ていくように不動産業者からいわれていた。

娘を道連れにするのは辛かった。しかし自分だけが死んでしまったら、後に残されたミオが苦しむだけだ。

こうするしかない――もう一度、心の中で唱えた。そしてさらに足を踏み出そうとした。

「おかあさん」ミオが呼びかけてきた。

栄美子は娘を見下ろした。するとミオは足元を指差した。

「おかあさん、アリさん」

「えっ？」

ミオが指しているところを見ると、たしかに数匹の蟻が動き回っている。

「すごいね、このアリさんたち。こんな高いところまで歩いて上がってきたんだね。小さいのに、すごいね」ミオは目を輝かせた。

その顔を見つめているうちに、栄美子の心を覆っていた黒い雲が、風に飛ばされるように薄くなっていった。重圧感が消失するのを彼女は感じた。

自分にはこの子がいる。それだけで十分じゃないか、と思えた。たとえすべてを奪われたとしても、この子は自分のものだ。もしもこの子を失うような日が来たら、その時こそこの世から去ればいい。

栄美子は娘に笑いかけた。

「寒いから、中に入ろうか」

うん、とミオは笑顔で頷いた。


持ち駒の中から桂馬《けいま》を選び、盤上に置いた。向かい側のタクジが苦い顔をするのを見て、河瀬はほくそ笑んだ。

「勝負ありだな。無駄なあがきはやめて、さっさと財布を出しやがれ」

「いや、もうちっと粘らしてくださいよ」タクジは腕組みをして将棋盤を睨んだ。

河瀬は壁の時計を見た。一時十三分を指していた。

突然、ドアの向こう側が騒がしくなった。男たちの怒号が聞こえる。

河瀬は、そばの机の引き出しを開けた。そこに銃を隠してあるからだ。それを手にするのと、ドアが開けられるのが、ほぼ同時だった。河瀬は瞬間的にしゃがみこんでいた。銃弾が頭上をかすめ、壁に当たった。

入ってきたのはフルフェイスのヘルメットをかぶった男だった。

「てめえ、荒巻会の回し者だな」河瀬は銃を向け、引き金を引いた。

だが弾丸が発射されることはなかった。何度か繰り返したが、同じことだった。

「なんで弾が入ってねえんだっ」河瀬は顔を歪めた。

タクジが、河瀬に向かって、にやりと笑うのが見えた。

ヘルメットの男が再び銃口を向けてきた。

「いや、待ってくれ……」

その銃口が火を噴いた。


大型モニターの斜め下に表示された数字は、とっくの昔に000を示していた。

担当者が自分の時計を確認した後、大月のほうを向いて頷いた。

「無事、P—13現象が通りすぎたと思われます」

会議室中に安堵感が広がった。各省庁の責任者たちの顔にも笑みが浮かんだ。

大月は田上を見上げた。

「問題の十三秒間に死亡事故や事件が起きてないかどうか、至急調べてくれ」

「わかりました」

田上が警察庁の人間と打ち合わせるのを見届け、大月は腕組みをして瞼を閉じた。

どうやら天変地異のようなことは起きなかったようだ。だがまだ安心は出来なかった。P—13現象が起きている間に知性が消滅すれば——つまり人が死ぬようなことがあれば、タイムパラドックスが起き、部分的に歴史が変わるおそれがある、というのが専門家たちの説明だった。ただしそれがどの程度のものなのかは誰にもわからないらしい。

「総理」

耳元で声がした。大月は目を開けた。田上がそばに来ていた。

「現時点で確認出来ているのは二件です。事件と事故が一つずつです」

「事件というのは？」

「強盗殺人犯を追っていた警察官が殉職しました。警視庁の管理官だそうです」

「警視庁？　よりによって警官か」大月は口元を歪めた。「事故というのは、交通事故か」

「そうです。中野区で、会社員の運転する車が歩道に突っ込みました。乗っていた会社員二人と、歩道にいた老夫婦が死亡したということです」

「すると、全部で五人か。まあ仕方ないか」

そこへ警察庁の人間が近づいてきて、田上の耳元で何やら囁いた。田上の顔が曇るのを大月は見た。

「どうした？」

「もう一件、事故があったようです。飯田橋の工事現場で、鉄骨が落下したそうです。一人、下敷きになって死にました。若い男性らしいです」

「参ったな」大月は前髪をかきあげた。「じゃあ、六人か。そのへんで打ち止めにしてもらいたいもんだな。しかし六人も死んで、特に何の影響も出ていないようだから、タイムパラドックスなんてものは起きなかったんじゃないのか」

「いえ、それはまだ何ともいえません」ＪＡＸＡから来ている担当者がいった。「前にもお話ししましたように、Ｐ—13現象の揺り戻しが一ヵ月後に来ます。それが過ぎてからでないと結論は出せません」

「揺り戻しか。その時にも、人を死なせちゃいけないんだったな」

「そういうことです」担当者は頷いた。「次のＰ—13現象が過ぎた時、今回のパラドックスによる影響が判明するはずです」


刑事部長の眉間には、最初から最後まで深い皺が刻まれたままだった。冬樹はそれをなるべく見ないようにしていたが、質問をされるとついそこへ目がいった。そのたびに、自分がいかに大きな過ちを犯したのかを思い知らされた。刑事部長だけではない。捜査一課長も理事官も、久我誠哉という部下を失い、深く落胆しているのが冬樹にも伝わってきた。

冬樹は警視庁に来ていた。誠哉の殉職に関わった捜査員全員が、聞き取り調査を受けることになったからだ。あの日、あの場所で起きたことを、冬樹は包み隠さずに話した。無論、何らかの処分が下されることは覚悟していた。

「君の話は大体わかった。ほかの捜査員の話とも一致している」刑事部長はいった。「事件に関する質問は、ほかにはもうない。ただ、一つだけ訊いておきたいことがある。じつは、君たち兄弟の仲はあまりよくなかったという話が私の耳に入ってきている。それは事実かね。そして、そのことが今回の悲劇に関係している可能性はあるんだろうか。正直に答えてほしい」

冬樹は一旦目を伏せてから、改めて刑事部長を見返した。

「私が兄の考えを理解していなかったのは事実です。それが今回のミスに繋がりました。でも私は兄を尊敬していました。警察官としてだけでなく人間としても。そして兄も私を愛してくれていたと信じています」

刑事部長は小さく頷き、それならよかった、といった。

冬樹が部屋を出て廊下を歩いていると、反対側から上野という捜査員がやってきた。かつては誠哉の部下だった。彼も聞き取り調査を受けた一人だ。

「終わったみたいだね」上野は訊いてきた。

「終わりました。どんな処分が下されるかはわかりませんけど」

「君が処分を受けることはないと思うけどな」上野は首を捻った後、冬樹の左耳に目を向けてきた。「その怪我、どんな具合?」

「今日、病院に行ってきます。抜糸する予定です」

「それならよかった」上野が携帯電話を取り出し、メールを確認した。「すまない。これで失礼するよ」

「事件ですか。忙しそうですね」

上野は口元を曲げた。

「いやな事件だ。無理心中だよ。母親が、生まれて三ヵ月の赤ん坊を道連れにして自殺をはかった。母親は病院に運ばれたけど、意識不明だ」

「赤ん坊は死んだんですか」

「いや」上野は首を振った。「首を絞められたらしいが、奇跡的に息を吹き返したようだ。今は元気にしてるってさ」

「へえ」

その赤ん坊の今後の人生を考えると暗い気分になる。たしかにいやな事件だと思った。

警視庁を出た後、飯田橋にある帝都病院に向かった。その途中、書店に寄って、スポーツ雑誌を買った。待合室で読むためだ。

耳の怪我は、例の誠哉が殺された事件でのものだった。オープンカーを運転していた男から銃で撃たれたのだ。だがその直前に冬樹は車から転落したため、弾丸は彼の左耳をかすめただけで済んだ。それでも五針を縫う怪我だったが、冬樹は人から出血を指摘されるまで、その怪我に気づかなかった。誠哉のことで頭がいっぱいだったからだ。

帝都病院の向かい側ではビルが建設中だった。しかし工事は今日もストップしていた。聞いたところによると、鉄骨の落下事故があったらしい。しかも下敷きになって死んだ青年がいたということだった。

冬樹が通りかかると、看護師の格好をした若い女性が、事故現場と思われる場所に花を手向けていた。彼が見つめていると目が合った。彼女は気まずそうな顔で会釈してきた。

「亡くなられた方は、お知り合いなんですか」つい尋ねていた。

「いえ、全然知らない人です。ただ、あの時、あたしもここにいたんです」

「あなたも？」

「ええ。もしかしたら、下敷きになっていたのはあたしだったかもしれないんです」

「というと？」

「あたしがここを歩いていたら、あの方が、危ないって叫びながら、あたしを突き飛ばしてくれたんです。おかげであたしは助かりました。その代わりに、あの方が

「……」彼女は俯いた。「だからあの方は、命の恩人なんです」

「そうでしたか」

「すみません。変な話をしてしまって。——うちの病院にいらしたんですか」彼女は冬樹の左耳を見ながら訊いた。ガーゼを当て、絆創膏で固定してあるからだろう。

「そうです。形成外科のほうに」

「場所はおわかりでしょうか」

「わかります。三度目ですから」

「そうですか。どうかお大事に」

「ありがとう」

彼女と別れて病院に入ると、窓口で診察券を提出し、形成外科の待合室へ行った。今日の来診については、前の時に予約を取ってあった。

待合室には、三人の患者がいた。そのうちの一人は高校生と思われる娘だった。ニット帽を眉が隠れるほど深くかぶっている。どうやらその下には包帯を巻いているようだった。冬樹は彼女の隣に腰を下ろし、スポーツ雑誌を読み始めた。

しばらくして、その女子高生が、冬樹の雑誌を覗き込んでいることに気づいた。

「この雑誌が気になるの？」彼は訊いた。

「それ、うちの先輩なんです」彼女はいった。

冬樹は雑誌に目を落とした。そこには女子サッカー選手の特集記事が載っていた。

「君、サッカー部?」

「フットサルです。あの、ちょっと見せてもらってもいいですか」

いいよ、と彼が答えた時、そばのドアが開いて看護師が顔を出した。

「ナカハラさん、ナカハラアスカさん」

はい、と答えながら女子高生が悔しそうな顔をして冬樹を見た。

彼は笑いかけ、雑誌を差し出した。「持っていっていいよ」

「本当ですか。ありがとうございます」彼女は嬉しそうな顔で受け取った。「このお礼は、きっとしますから」

「いいよ、そんなこと」

彼女は診察室に入っていった。冬樹は閉じられたドアを見つめながら、この病院に来る楽しみが出来た、と思った。

本書は二〇〇九年四月、毎日新聞社より単行本として刊行されました。

|著者| 東野圭吾　1958年、大阪府生まれ。大阪府立大学電気工学科卒業後、生産技術エンジニアとして会社勤めの傍ら、ミステリーを執筆。1985年『放課後』(講談社文庫)で第31回江戸川乱歩賞を受賞、専業作家に。1999年『秘密』(文春文庫)で第52回日本推理作家協会賞、2006年『容疑者Xの献身』(文春文庫)で第134回直木賞、第6回本格ミステリ大賞、2012年『ナミヤ雑貨店の奇蹟』(角川書店)で第7回中央公論文芸賞、2013年『夢幻花』(PHP研究所)で第26回柴田錬三郎賞、2014年『祈りの幕が下りる時』(講談社)で第48回吉川英治文学賞を受賞。他の著書に「加賀シリーズ」の『新参者』や『麒麟の翼』(ともに講談社文庫)など多数。

パラドックス13《サーティーン》

東野圭吾《ひがしのけいご》

講談社文庫

定価はカバーに
表示してあります

2014年5月15日第1刷発行

発行者――鈴木　哲
発行所――株式会社　講談社
東京都文京区音羽2-12-21　〒112-8001
電話　出版部　(03) 5395-3510
　　　販売部　(03) 5395-5817
　　　業務部　(03) 5395-3615

デザイン―菊地信義
本文データ制作―講談社デジタル製作部
印刷―――凸版印刷株式会社
製本―――株式会社千曲堂

Printed in Japan

ISBN978-4-06-277827-5

講談社文庫刊行の辞

二十一世紀の到来を目睫に望みながら、われわれはいま、人類史上かつて例を見ない巨大な転換期をむかえようとしている。

世界も、日本も、激動の予兆に対する期待とおののきを内に蔵して、未知の時代に歩み入ろうとしている。このときにあたり、創業の人野間清治の「ナショナル・エデュケイター」への志を現代に甦らせようと意図して、われわれはここに古今の文芸作品はいうまでもなく、ひろく人文・社会・自然の諸科学から東西の名著を網羅する、新しい綜合文庫の発刊を決意した。

激動の転換期はまた断絶の時代である。われわれは戦後二十五年間の出版文化のありかたへの深い反省をこめて、この断絶の時代にあえて人間的な持続を求めようとする。いたずらに浮薄な商業主義のあだ花を追い求めることなく、長期にわたって良書に生命をあたえようとつとめるところにしか、今後の出版文化の真の繁栄はあり得ないと信じるからである。

同時にわれわれはこの綜合文庫の刊行を通じて、人文・社会・自然の諸科学が、結局人間の学にほかならないことを立証しようと願っている。かつて知識とは、「汝自身を知る」ことにつきていた。現代社会の瑣末な情報の氾濫のなかから、力強い知識の源泉を掘り起し、技術文明のただなかに、生きた人間の姿を復活させること。それこそわれわれの切なる希求である。

われわれは権威に盲従せず、俗流に媚びることなく、渾然一体となって日本の「草の根」をかたちづくる若く新しい世代の人々に、心をこめてこの新しい綜合文庫をおくり届けたい。それは知識の泉であるとともに感受性のふるさとであり、もっとも有機的に組織され、社会に開かれた万人のための大学をめざしている。大方の支援と協力を衷心より切望してやまない。

一九七一年七月

野間省一

講談社文芸文庫

有吉佐和子
有田川
有田川の氾濫のたびに流され出自を失いながら流れ着いた先で新たな生を摑み取る紀州女、千代の数奇な生涯。『紀ノ川』『日高川』に並ぶ、有吉文学紀州三部作。
解説＝半田美永　年譜＝宮内淳子
978-4-06-290229-8　あM2

大岡信
私の万葉集　二
『万葉集』全二十巻の中でも特異な存在である「巻五」は、大伴旅人と山上憶良による抒情あふれる魅力の巻である。そこを含む『私の万葉集』全五巻のうち二巻目。
解説＝丸谷才一
978-4-06-290230-4　お03

吉田健一
英国の青年　吉田健一未収録エッセイ
晩星中学時代の仏語教師「ストルツ先生の授業」、中期の論考「現代文学における神の問題」、晩年の「世紀末の文人たち」他、昭和十二年から四十七年の全三十四篇。
解説＝島内裕子　年譜＝藤本寿彦
978-4-06-290231-1　よD20

講談社文庫　目録

姫野カオルコ　ああ、禁煙vs.喫煙
日比野　宏　アジア亜細亜　無限回廊
日比野　宏　アジア亜細亜　夢のあとさき
日比野　宏　夢街道アジア
平山壽三郎　明治おんな橋
平山壽三郎　明治ちぎれ雲
火坂雅志　美食探偵
火坂雅志　骨董屋征次郎手控
火坂雅志　骨董屋征次郎京暦
平野啓一郎　高瀬川
平野啓一郎　ドーン
平山　譲　ありがとう
平田俊子　ピアノ・サンド
ひこ・田中　新装版お引越し
平岩正樹　がんで死ぬのはもったいない
百田尚樹　永遠の0《ゼロ》
百田尚樹　輝く夜
百田尚樹　風の中のマリア
百田尚樹　影法師

百田尚樹　ボックス！(上)(下)
ヒキタクニオ　東京ボイス
ヒキタクニオ　カワイイ地獄
平田オリザ　十六歳のオリザの冒険をしるす本
ビッグイシュー 枝元なほみ　世界一あたたかい人生相談
久生十蘭　久生十蘭「従軍日記」
東　直子　さようなら窓
東　直子　らいほうさんの場所
平敷安常　キャパになれなかったカメラマン(上)(下)〈ベトナム戦争の語り部たち〉
樋口明雄　ミッドナイト・ラン！
平谷美樹　藪の奥〈眠る義経秘宝〉
平谷美樹　小倫敦の幽霊〈居留地同心・凌之介秘帳〉
蛭田亜紗子　人肌ショコラリキュール
藤沢周平　義民が駆ける
藤沢周平　新装版春秋の檻〈獄医立花登手控え㈠〉
藤沢周平　新装版風雪の檻〈獄医立花登手控え㈡〉
藤沢周平　新装版愛憎の檻〈獄医立花登手控え㈢〉
藤沢周平　新装版人間の檻〈獄医立花登手控え㈣〉
藤沢周平　新装版闇の歯車

藤沢周平　新装版市塵(上)(下)
藤沢周平　新装版決闘の辻
藤沢周平　新装版雪明かり
古井由吉　野川
福永令三　クレヨン王国の十二か月
船戸与一　山猫の夏
船戸与一　神話の果て
船戸与一　伝説なき地
船戸与一　血と夢
船戸与一　蝶舞う館
船戸与一　夜来《イエライ》香《シャン》海峡
深谷忠記　黙秘
藤田宜永　樹下の想い
藤田宜永　艶《つや》めき
藤田宜永　異端の夏
藤田宜永　流砂
藤田宜永　子宮の記憶〈ここにあなたがいる〉
藤田宜永　乱調
藤田宜永　壁画修復師

藤田宜永　前夜のものがたり
藤田宜永　戦力外通告
藤田宜永　いつかは恋を
藤田宜永　喜の行列 悲の行列 (上)(下)
藤田宜永　老猿
藤川桂介　シギラの月
藤　水名子　赤壁の宴
藤　水名子　紅嵐記 (上)(中)(下)
藤原伊織　テロリストのパラソル
藤原伊織　ひまわりの祝祭
藤原伊織　雪が降る
藤原伊織　蚊トンボ白鬚の冒険(上)(下)
藤原伊織　遊戯
藤田紘一郎　笑うカイチュウ
藤田紘一郎　体にいい寄生虫〈ダイエットから花粉症まで〉
藤田紘一郎　踊る腹のムシ〈グルメブームの落とし穴〉
藤田紘一郎　ウッふん
藤田紘一郎　イヌからネコから伝染《うつ》るんです。
藤田紘一郎　医療大崩壊

藤本ひとみ　聖ヨゼフの惨劇
藤本ひとみ　新・三銃士 少年編・青年編〈ダルタニャンとミラディ〉
藤本ひとみ　シャネル
藤本ひとみ　皇妃エリザベート
藤野千夜　少年と少女のポルカ
藤野千夜　夏の約束
藤野千夜　彼女の部屋
藤沢　周　紫の領分
藤木美奈子　ストーカー・夏美
藤木美奈子　傷つけ合う家族〈ドメスティック・バイオレンスを乗り越えて〉
福井晴敏　Twelve《トゥエルブ》 Y.O.《ワイオー》
福井晴敏　亡国のイージス(上)(下)
福井晴敏　川の深さは
福井晴敏　終戦のローレライ Ⅰ～Ⅳ
福井晴敏　6ステイン
福井晴敏　平成関東大震災〈いつか来るとは知っていたが今日来るとは思わなかった〉
福井晴敏　人類資金 1～6
福井晴敏作 霜月かよ子画　C《シー》-blossom《ブロッサム》〈Case《ケース》729〉
藤原緋沙子　遠花火〈見届け人秋月伊織事件帖〉

藤原緋沙子　春《はる》疾風《はやて》〈見届け人秋月伊織事件帖〉
藤原緋沙子　暖《ぬくめ》鳥《どり》〈見届け人秋月伊織事件帖〉
藤原緋沙子　霧の路《みち》〈見届け人秋月伊織事件帖〉
藤原緋沙子　鳴《なる》子《こ》守《もり》〈見届け人秋月伊織事件帖〉
藤原緋沙子　夏ほたる〈見届け人秋月伊織事件帖〉
福島　章　精神鑑定 脳から心を読む
樾《よし》野《の》道流　暁天の星〈鬼籍通覧〉
樾野道流　無明の闇〈鬼籍通覧〉
樾野道流　壺《こ》中《ちゅう》の天〈鬼籍通覧〉
樾野道流　隻《せき》手《しゅ》の声〈鬼籍通覧〉
樾野道流　禅定の弓〈鬼籍通覧〉
古川日出男　ルート3《サン》5《ゴー》0《マル》
福田和也　悪女の美食術
藤田香織　ホンのお楽しみ
深水黎一郎　エコール・ド・パリ殺人事件〈レザルティスト・モウディ〉
深水黎一郎　トスカの接吻〈オペラ・ミステリオーザ〉
深水黎一郎　ジークフリートの剣《つるぎ》
深見　真　猟犬〈特殊犯捜査・呉内冴絵〉
深見　真　硝煙の向こう側に彼女〈武装強行犯捜査・塚田志士子〉

講談社文庫　目録

松本清張　遠くからの声
松本清張　ガラスの城
松本清張　殺人行おくのほそ道(上)(下)
松本清張　塗られた本
松本清張　熱い絹(上)(下)
松本清張　邪馬台国　清張通史①
松本清張　空白の世紀　清張通史②
松本清張　カミと青銅の迷路　清張通史③
松本清張　天皇と豪族　清張通史④
松本清張　壬申の乱　清張通史⑤
松本清張　古代の終焉　清張通史⑥
松本清張　新装版大奥婦女記
松本清張　新装版増上寺刃傷
松本清張　新装版　彩色江戸切絵図
松本清張　新装版　紅刷り江戸噂
松本清張他　日本史七つの謎
松谷みよ子　ちいさいモモちゃん
松谷みよ子　モモちゃんとアカネちゃん
松谷みよ子　アカネちゃんの涙の海

眉村　卓　ねらわれた学園
眉村　卓　なぞの転校生
丸谷才一　恋と女の日本文学
丸谷才一　闊歩する漱石
丸谷才一　輝く日の宮
丸谷才一　人間的なアルファベット
麻耶雄嵩　翼ある闇〈メルカトル鮎最後の事件〉
麻耶雄嵩　夏と冬の奏鳴曲《ソナタ》
麻耶雄嵩　木製の王子
松浪和夫　摘出
松浪和夫　非常線
松浪和夫　核の柩
松浪和夫　警官魂〈激震篇〉〈反撃篇〉
松井今朝子　仲蔵狂乱
松井今朝子　奴《やっこ》の小万《こまん》と呼ばれた女
松井今朝子　似《に》せ者《もん》
松井今朝子　そろそろ旅に
松井今朝子　星と輝き花と咲き
町田　康　へらへらぼっちゃん

町田　康　つるつるの壺
町田　康　耳そぎ饅頭
町田　康　権現の踊り子
町田　康　浄土
町田　康　猫にかまけて
町田　康　真実真正日記
町田　康　宿屋めぐり
町田　康　猫のあしあと
町田　康　人間小唄
舞城王太郎　煙か土か食い物〈Smoke, Soil or Sacrifices〉
舞城王太郎　世界は密室でできている。〈THE WORLD IS MADE OUT OF CLOSED ROOMS〉
舞城王太郎　熊の場所
舞城王太郎　九十九十九
舞城王太郎　山ん中の獅見朋成雄《しみともなるお》
舞城王太郎　好き好き大好き超愛してる。
舞城王太郎　NECK《ネック》
舞城王太郎　SPEEDBOY!
舞城王太郎　獣の樹
舞城王太郎　イキルキス

松尾由美　ピピネラ
松久淳 田中渉・絵　四月ばーか
松浦寿輝　花腐《くた》し
松浦寿輝　あやめ鰈ひかがみ
真山仁　虚像の砦
真山仁　レッドゾーン(上)(下)
真山仁　新装版 ハゲタカ(上)(下)
真山仁　新装版 ハゲタカII(上)(下)
毎日新聞科学環境部　理系白書〈この国を静かに支える人たち〉
毎日新聞科学環境部　「理系」という生き方〈理系白書2〉
毎日新聞科学環境部　迫るアジア どうする日本の研究者〈理系白書3〉
前川麻子　すきもの
町田忍　昭和なつかし図鑑
松井雪子　チル☆
牧秀彦　裂《れっ》帛《ぱく》〈五坪道場一手指南〉
牧秀彦　凛《りん》々《りん》〈五坪道場一手指南〉
牧秀彦　雄《ゆう》飛《ひ》〈五坪道場一手指南〉
牧秀彦　清《せい》冽《れっ》〈五坪道場一手指南〉
牧秀彦　美《び》剣《けん》〈五坪道場一手指南〉

牧秀彦　無《む》我《が》〈五坪道場一手指南〉
真梨幸子　孤《こ》虫《ちゅう》症《しょう》
真梨幸子　深く深く、砂に埋めて
真梨幸子　女ともだち
真梨幸子　クロク、ヌレ！
まきの・えり　ラブファイト〈聖母少女〉(上)(下)
牧野修　黒娘 アウトサイダー・フィメール
毎日新聞夕刊編集部　女はトイレで何をしているのか？〈現代ニッポン人の生態学〉
前田司郎　愛でもない青春でもない旅立たない
間庭典子　走れば人生見えてくる
松本裕士　兄弟〈追憶のhide〉
枡野浩一　結婚失格
円居挽　丸太町ルヴォワール
円居挽　烏丸ルヴォワール
松宮宏　秘剣こいわらい
松宮宏　くすぶり亦《また》蔵《ぞう》〈秘剣こいわらい〉
丸山天寿　琅《ろう》邪《や》の鬼
三好徹　政・財 腐蝕の100年
三好徹　政・財 腐蝕の100年 大正編

三浦哲郎　曠野の妻
三浦綾子　ひつじが丘
三浦綾子　岩に立つ
三浦綾子　青い棘《とげ》
三浦綾子　イエス・キリストの生涯
三浦綾子　あのポプラの上が空
三浦綾子　小さな一歩から
三浦綾子　増補決定版 言葉の花束〈愛といのちの792章〉
三浦綾子　愛すること信ずること
三浦光世 三浦綾子　愛に遠くあれど〈夫と妻の対話〉
三浦明博　死《し》水《すい》
三浦明博　サーカス市場
三浦明博　感染広告
宮尾登美子　東福門院和子《まさこ》の涙
宮尾登美子　新装版天璋院篤姫(上)(下)
宮尾登美子　新装版 一絃の琴
皆川博子　冬の旅人(上)(下)
宮崎康平　新装版 まぼろしの邪馬台国 第1部・第2部
宮本輝　朝の歓び(上)(下)

講談社文庫　目録

宮本　輝　ひとたびはポプラに臥す1〜6
宮本　輝　骸骨ビルの庭(上)(下)
宮本　輝　新装版 二十歳《はたち》の火影《ほかげ》
宮本　輝　新装版 命の器
宮本　輝　新装版 避暑地の猫
宮本　輝　新装版 ここに地終わり 海始まる(上)(下)
宮本　輝　新装版 花の降る午後(上)(下)
宮本　輝　新装版 オレンジの壺(上)(下)
宮本　輝　にぎやかな天地(上)(下)
峰　隆一郎　寝台特急「さくら」死者の罠
宮城谷昌光　侠骨記
宮城谷昌光　夏姫春秋(上)(下)
宮城谷昌光　花の歳月
宮城谷昌光　重耳《ちょうじ》(全三冊)
宮城谷昌光　春秋の色
宮城谷昌光　介《かい》子《し》推《すい》
宮城谷昌光　孟嘗君　全五冊
宮城谷昌光　春秋の名君
宮城谷昌光　子産(上)(下)

宮城谷昌光他　異色中国短篇傑作大全
宮城谷昌光　湖底の城 一〈呉越春秋〉
宮城谷昌光　湖底の城 二〈呉越春秋〉
水木しげる　コミック昭和史1〈関東大震災〜満州事変〉
水木しげる　コミック昭和史2〈満州事変〜日中全面戦争〉
水木しげる　コミック昭和史3〈日中全面戦争〜太平洋戦争開始〉
水木しげる　コミック昭和史4〈太平洋戦争前半〉
水木しげる　コミック昭和史5〈太平洋戦争後半〉
水木しげる　コミック昭和史6〈終戦から朝鮮戦争〉
水木しげる　コミック昭和史7〈講和から復興〉
水木しげる　コミック昭和史8〈高度成長以降〉
水木しげる　総員玉砕せよ！
水木しげる　敗走記
水木しげる　白い旗
水木しげる　姑《クー》娘《ニャン》
水木しげる　決定版 日本妖怪大全〈妖怪・あの世・神様〉
宮脇俊三　古代史紀行
宮脇俊三　平安鎌倉史紀行
宮脇俊三　室町戦国史紀行

宮脇俊三　徳川家康歴史紀行5000キロ
宮部みゆき　ステップファザー・ステップ
宮部みゆき　新装版 震える岩〈霊験お初捕物控〉
宮部みゆき　天狗風〈霊験お初捕物控(二)〉
宮部みゆき　ICO《イコ》—霧の城—(上)(下)
宮部みゆき　ぼんくら(上)(下)
宮部みゆき　新装版 日暮らし(上)(下)
宮部みゆき　おまえさん(上)(下)
宮部みゆき　小暮写眞館(上)(下)
宮子あずさ　看護婦が見つめた人間が死ぬということ
宮子あずさ　看護婦が見つめた人間が病むということ
宮子あずさ　ナース・コール
宮本昌孝　夕立太平記
宮本昌孝　影十手活殺帖
宮本昌孝　おねだり女房〈影十手活殺帖〉
宮本昌孝　家康、死す(上)(下)
皆川ゆか　機動戦士ガンダム外伝〈THE BLUE DESTINY〉
皆川ゆか　新機動戦記ガンダムW(ウイング)外伝 〜右手に鎌を左手に君を〜
皆川ゆか　評伝シャア・アズナブル〈《赤い彗星》の軌跡〉

2014年3月15日現在